Titel- , Autoren- und Covergestaltet
by Patrick Wamsganz

www.schreibtischtaeter.com

Herstellung und Verlag: Books on Demand GmbH, Norderstedt
ISBN-10: 3-8334-6394-5
ISBN-13: 978-3-8334-6394-5

Für einen Menschen,
der mit einem Lachen mich öffnete,
meine Welt verstand,
meine Hand nahm,
und für immer mein Herz gewann.

Nadine, dieses Buch widme ich dir.

Holger Schnitker

Der Lockvogel

Thriller

Einleitung

Obwohl es einer der letzten Sonnentage war, der den September noch hergab, war Herr Schönhäuser Laune, beim verlassen seines Hauses, am frühen Morgen, der Weg zu seiner Arbeitsstätte nicht gerade sehr wohl gekonnt. Lag es am dem Montag? Der zu beginn der Woche, es keinen Arbeitnehmer leicht machte. Trotz seiner zwanzig Berufsjahre, hätte er sich am liebsten krankgeschrieben. Herr Schönhäuser, war wirklich nicht nach lachen zumute. Obwohl er seine Arbeitsstätte durch den gang durch die Fußgängerzone, mit einem lockeren Fußmarsch in einer halben Stunde erreichen konnte, kam es ihm so vor, als wäre es ein ganzer Tagesmarsch. Was seiner Laune nach, immer noch viel zu kurz war.

Jeder, der nur im entfernten an ihm vorbeiging, muss nicht all so ausgeschlafen sein, um seine schlechte Laune in seiner doch so verkanteten Mimik ablesen. Die sich im verlauf der letzten zwölf Monate immer mehr um mehr sich die Elend näherte.

„Stell dich nicht so an, Schatz!" munterte ihn seine Frau immer wieder auf, was im laufe der Zeit bei Herr Schönhäuser immer mehr Bedeutung verloren hatte. Hatte er doch mit achtzehn bei seinem Arbeitgeber als Azubi seine Karriere bis zu hin zum Abteilungsleiter hochgearbeitet. Sah er doch schon sein Glück als glücklicher Familievater, seiner siebzehnjährigen Tochter, die so allmählich ihre ersten Liebschaften mit nach Hause brachte.

Er seiner Tochter so langsam klar machen musste, welche Bedeutung, die Biene zu der heutigen Sexualität hat. Ja, Herr Schönhäuser, war wirklich nicht nach Lachen zu muhte.

Magenschmerzen, die seid der Unternehmensumgestaltung eines neuen Hauptkapitalsgebers einen neuen Anfang gewonnen hatte. Gehörte noch sein alter Arbeitgeber, vor der Übernahme zu den letzten Arbeitgebern, die bei den Gewerkschaften einen guten Ruf hatte. Gutes Gehalt. Ausreichend Urlaub. Und extra Sondervergütungen. Ja, da machte noch alles seinen Spaß. Aber seid dies nicht mehr gibt. Mehr um mehr auf die Kostenbremse gedrückt wurde. Sehnte sich Herr Schönhäuser an jene Zeiten zurück, die er als jungen Student Anfang der 70iger Jahre, bei manch einer Demo auf der Straße gestanden hatte.

Als Herr Schönhäuser durch den Haupteingang der Bank ging, empfang in wie jeden Morgen der Pförtner, der mit freundlicher Mimik hinter seinem Schreibtisch die Kunde begrüßte. Was eher Herr Schönhäuser mit einem schweigen Kopfnicken erwiderte. Er gehörte wirklich nicht so den Menschen, die viel sprachen. Er hielt sich eher in seiner Art bedenkt. Konzentrierte sich mehr auf seine Arbeit, als Kontakte im Unternehmen zu finden. Vielleicht war das sein Markenzeichen, was seine Ehefrau so an in gezogen hatte. Als, sie damals bei ihm in seiner Abteilung als kleines Kücken angefangen hatte. Und heute, sind die Beide schon fast zwanzig Jahre Verheiratet. Eine Zeit, die in den Augen von Herr Schönhäuser wie im Zug vorbeiging. Eine Zeit, in der er seine geliebte Tochter schnell wachsen sah, als im eigentlich lieb gewesen wäre.

In seinem Büro angekommen, stand wie jeden Morgen seine geliebte gelbe Kaffeetasse auf seinem Schreibtisch, die ihm seine Sekretärin zuvor hingestellt hatte. Sie kannte mittlerweile ihren Chef so gut, dass sie ihm ohne viele Worte seine Wünsche aus den Augen ablesen konnte. Denn sie kannte seine momentane Lage wirklich so gut, dass sie jegliche Unnötigkeiten, in seinem Vorzimmer abfing. Im Betrieb herrschte kein allgemeines gutes Betriebsklima seid der Übernahme. Standen doch noch einige Mitarbeiter auf der Abschussliste, wie auch bei Herr Schönhäuser Abteilung, gegen was er sich mit allen Mittel, gegen die neue Konzernspitze, die nun in Frankfurt war, sich zu währen versuchte. Lag doch seine Chance als einziger, nicht all so berauschend. Was gegen den Kern der heutigen Globalisierung eher ein Schlag gegen Windmühlen war.

Herr Schönhäuser hatte noch nicht einmal an seinem Schreibtisch platz genommen – die vor hin hochgestapelte Post durchschaut, da klingelte auch schon sein Telefon. Auf dem er nur die Frankfurter Vorwahl sehen musste - da drehte sich auch wieder sein Magen um, die sich Tag für Tag eigentlich nur noch vermehrt hatten. Am liebsten hätte er schon längst den Job hingeschmissen, aber als Familienvater hatte man ja seine Verpflichtungen, und von denen hatte Herr Schönhäuser schon genug Angst. Von was nur seine Sekretärin wusste. Sie kannte sein Geheimnis, dass so nie seine Frau erfahren durfte. Sie wusste, dass er schon seit längerem unter starken Depressionen lit. Sie ihn immer Tabletten bei ihrem Mann besorgen musste, der zum Glück von Herr Schönhäuser Arzt war, und somit ohne großen Papieraufwand in die passenden Tabletten besorgen konnte.

Bevor er zum Telefonhörer griff, nahm er sich noch schnell eine ein. Denn so schlimm waren die Schmerzen wirklich noch nie. Lied er doch seid Wochen schon an Schlaflosigkeiten, Weinkrämpfen, Herzstichen. Und immer wieder kam was Stündlich dazu.

„Hier, Schönhäuser!" meldete er sich am Hörer.

„Herr Schönhäuser, wie sieht es aus mit ihrer Personalplanung…." Eine Anspielung, auf kommende Personalkürzung. Denn zehn von seinen Mitarbeiter, die musste er Streichen. Aber, wie sollte er sich das vor sich selbst verantworten. Das war die Frage, mit der Herr Schönhäuser nicht klar kam.

„Ich habe ihnen doch schon erklärt….." versuchte wieder Mal Herr Schönhäuser seine Bedenken frei Luft zu machen. Denn er kannte die Qualität seiner Mitarbeiter. Wusste, wie sehr sie diesem Unternehmen zu gute kam.

„Herr Schönhäuser, ich möchte jetzt wissen, wer sie nicht mehr in ihrer Abteilung haben möchte…." das war also der Wert, dass das Unternehmen für ihre Angestellten hatte.

„Aber…." Versuchte sich Herr Schönhäuser zu erklären. „Wenn sie mir nicht gleich sagen…. Können sie von mir aus gleich gehen!" wiederholte sich mit zunehmenden Ton, die Frauenstimmen auf der anderen Seite, die nach Herr Schönhäuser Erkenntnis, nach ihrem Dialekt nicht all so weit von ihm gewohnt haben musste. Denn der Saarbrücker Dialekt war wirklich für ihn unverkennbar. Also, hatte diese Frau überhaupt kein Heimatgefühl. Wusste sie nicht, wie sehr die Arbeitslosigkeit im Saarland umging.

„Aber…" sprach er ihr wieder ins Wort. Aber da hörte er schon das Abdrücken der Leitung, von der anderen Seite. Was er eher mit großer Erleichterung zu Kenntnis nahm. Für ihn der Befreiungsschlag war, auf den er die ganze Zeit gewartet hatte. Denn ihm war sofort klar, dass seine Zeit in diesem Unternehmen mit dem heutigen Zeit einfach zu ende war.

Da klingelte auch schon erneut sein Telefon, und Herr Schönhäuser brauchte nicht hinzusehen, um zu wissen, wer dran war.

„Herr Schönhäuser, kommen sie bitte in mein Büro!" melde sich schon sein Chef, der gleich auch wieder auflegte. Er war froh darüber, dass ihn eine Schuld mehr genommen wurde. Sich der erste freiwillig zur Strengbank begab. Hatte doch zu diesem Zeitpunkt einfach jeder Angst um seinen Arbeitplatz, dass er sich einfach feste vorgenommen hatte, einfach seine Klappe zu halten.

Gerade wollte Herr Schönhauser sein Büro verlassen, da klingelte sein Telefon ein drittes Mal. Wo zu seiner Überraschung, sich nach dem Display zu folge, die Handynummer seiner Tochter zu sehen war. Aber Herr Schönhäuser wusste, dass sie ihren Weg von nun an, ohne ihren Vater gehen musste.

Erster Teil

Jasmin

Ich ging wie jeden Tag früh aus dem Haus. Wollte ich doch meinen allmorgendlichen Gesundheitslauf am Saarufer machen, der trotz des schlechten Wetters mir nicht gerade sehr schwer viel, hatten sich doch am gestiegen Abend so heftig meine Eltern gestritten, dass ich nun mit einer gewaltigen Wut im Bauch auf den bereits von Regenwasser versiegten Wanderweges, so meine Mühe hatte, geradezu unbeschadet eine Spur zu finden. So viele Pfützen hatten sich in kürzester Zeit angesammelt, dass es wirklich das Beste für mich gewesen wäre, doch zuhause zubleiben. Aber hatte beim verlassen des Hauses alles noch so friedlich ausgesehen, dass ich nun wirklich eines besseren belehrt wurde. So sehr es auch regnete, hatte ich irgendwie großen Spaß dabei! War doch dies die einfachste Art, all meinen Frust aus dem Leib zulaufen. So sehr hatte mich der Streit meiner Eltern mitgenommen, dass es mir wirklich nichts ausmachte, an diesem Morgen früher als sonst aufzustehen. Während meine Mitschüler es wahrscheinlich lieber vorzogen, in ihrem gemütlichen, warmen Bett noch die letzten Stunden vor dem allmorgendlich stressigen Schulalltag auszunutzen, auf was ich wirklich nicht aus war. Wollte ich doch so dem allmorgendlichen Frühstück mit meinen Eltern aus dem weg gehen, da konnte es noch so viel regnen wie es wollte, ich lief meine Strecke zu ende.

Zu hause wieder angekommen, war ich sehr erstaunt darüber, dass der schwarze Porsche meines Vaters bereits die Einfahrt unseres Hauses verlassen hatte, war er doch immer der, der mich bis zum heutigen Tage, immer noch schnell vor seinem Arbeitsbeginn zur Schule fuhr. Denn in einem, mit vielen Schülern, dicht gedrängten Schulbus sitzen zu müssen, war wirklich nicht mein Ding.

Rasch trat ich ins Haus ein, ging in einem zackigen Tempo auf mein Zimmer, befreite mich von meinen nassen Kleidern und sprang dann auch schon schnell unter die warme Dusche. Machte mich wenig später frisch gestylt, verpackt in meiner dicken Regenjacke auf zur Bushaltestelle, wo bereits eine größere Gruppe Wartender eingetroffen war, die mich zu Recht ein wenig verwundert anstarrten, hatten sie doch zuvor mein Gesicht noch nie gesehen. Wie denn auch, war doch Vaters Fahrdienst mir da immer am liebsten.

Das Wetter hatte sich zu diesem Zeitpunkt nicht gerade beruhigt, was mir sehr auf die Laune ging, hatte ich doch wegen den geringen Unterstellmöglichkeiten keine andere Wahl, als mich neben ein total überfülltes Wartehäuschen zustellen. Ohne jeglichen Schutz wartete ich auf meinen Linienbus, der sich an diesen Morgen meines Erachtens nach viel Zeit ließ, meine Stimmung mehr um mehr zum kochen brachte, und ich echt mühe hatte, beim späteren Betreten des Busses den Fahrer mit all meinem Frust nicht an den Hals zu springen. Der zu meinem Entsetzen noch einen total überhöhten Fahrpreis wollte, wusste ich doch nur zu gut, dass es bis zu meiner Schule nur ein paar Meter waren. Ich saß auf der Außenseite einer Sitzbank, die sich im vorderen Teil des Busses befand. Neben mir lag meine Schultasche so, dass sich niemand neben mich setzen konnte.

Während der Fahrt beobachtete ich die an mir vorbeirauschende Landschaft, die umschlingt von all dem schlechten Wetter, wirklich keinen Aufschwung andeutete, was mich allerdings eher weniger interessiert hatte. Ich saß im Trockenen – in einem fahrenden Bus, der seinem Ziel immer näher kam, und ich nur noch an der für mich passenden Haltestelle aussteigen musste, die sich zu meinen Glück direkt vor meiner Schule befand.

Vor der Schule herrschte auf dem großen Vorplatz ein reges Treiben, trotz des schlechten Wetters, was mich ein wenig überrascht hatte. Hatte ich doch eher damit gerechnet, dass die meisten Schüler in ihren Klassen waren. Aber heute, da war einer der letzten Schultage meiner 13jährigen Leidenszeit. Und da, da herrschte allgemein in der Schule ein lockeres Klima. Obwohl ich eher damit gerechnet hatte, dass mach einer die Situation ausnutzte, um sich die eine oder andere Woche krank zu schreiben.

Vorbeigeschmuggelt durch die dicht versammelten Gruppen, ging ich in das leergefegte Treppenhaus unseres Schulgebäudes, wo meine beste Freundin Lisa auf mich wartete. Sie hatte so wenig Lust gehabt wie ich, draußen auf den Schlag des Schulgongs zu warten. Begeistert nahm sie mich in Empfang, gehörte ich doch zu den wenigen Menschen, die sie gut kannte. Hatte sie doch im starken Gegensatz zu mir eher einen kleinen Freundeskreis. Da konnte sie noch froh sein, dass sie einen älteren Bruder hatte, der ihr in all ihren Krisenzeiten bei Seite stand. Für mich war Lisa eher eine Freundin, wie jede andere auch. Ich hatte überhaupt in meinen gesamten Freundeskreis nicht die Person, da wo ich sagen könnte, dass wäre mein engster Vertrauter. Eine Vorsicht, die eher mit dem Vermögen meiner Eltern zutun hatte, die nicht gerade zu den ärmsten dieser Stadt gehörten.

Lisa machte nicht gerade einen sehr begeisterten Eindruck auf mich, da konnte ich sie noch so sehr in den Arm nehmen wie ich wollte, sie bekam nur schwer ein Lachen über ihre Lippen.

„Was ist los mit dir?" erkundigte ich mich besorgt bei ihr. Sah sie doch so aus, als wolle sie mit mir über ihre Probleme sprechen. So wie sie es immer tat. Ich war in diesem Sinne schon etwas wie eine Schwester für sie. Eine Tatsache, die mich am Anfang schon ein wenig abgeschreckt hatte, machte sie mir doch manchmal solche Andeutungen, als währe ich der entscheidende Halt im ihrem Leben. Was mir schon ein wenig Angst machte. Eine Mentalität, die ihr bestimmt nicht gerade viele Freunde beschert hatte, daher war ich mir umso mehr bewusst, dass ich Lisa wirklich nicht alleine lassen konnte – wirklich nicht wollte.

Lisa war die Person, die ich in mein Herz geschlossen hatte, da konnte einer noch soviel über sie erzählen, ich wollte sie aus meinen Kreis wirklich nicht mehr streichen, was mir bei manch einem, der nur auf mein Luxusleben aus war, schon viel leichter fiel. Seid der Scheidung ihrer Eltern lebte Lisa bei ihrer Mutter. Und ihr Bruder, an dem sie so hing, er lebte bei ihrem Vater in Köln. Eine Situation die für einen so gefühlsbetonten Menschen, wie es Lisa war, eher der absolute Alptraum war.

Gerade wollte ich mich ein wenig mit Lisa zurückziehen, da erklang im nächsten Moment der Schulgong, der uns keine andere Möglichkeit ließ, als sich in unseren Klassensaal zu begeben, in dem wir beide uns gemeinsam eine ruhig gelegene Schulbank in unmittelbarer Nähe des Fenster ausgesucht hatten. Wenn da nicht Rebecca gewesen wäre, die mir mit ihrem Antikapitalismus gewaltig auf die Nerven ging – was mir in diesem Sinne nichts ausgemacht hätte, wenn sie nicht Lisa zur Zielscheibe gemacht hätte, die in der Klasse meine engste Vertraute war. Spielte doch da ein gewisser Neid auf meine Person eine große Rolle?

Und so dauerte es auch an diesem Morgen mal wieder nicht lange, bis Rebecca mit ihrer gesamten Bandbreite an Sprüchen wieder gegen eine Lisa schlug, der es schwer viel sich dagegenzusetzen.

„Kannst du nicht mal die Klappe halten!" schrie ich Rebecca entgegen, die wie ein kleines Kind immer wieder an unseren Tisch vorbeilief. In einer Tonart, die man sonst wohl bei ihr noch nie angeschlagen hatte. Was mir im nächsten Moment echt peinlich war, wie ein Hirnkranker durch den Klassensaal zu schreien. Im zentralen Mittelpunkt meiner Mitschüler zu stehen – die aufgeschreckt von meiner Reaktion, mich so anstarrten, als hätte ich gerade jemand umgebracht!

Diese ganze Situation hätte ich mir wirklich lieber erspart, Lisa nahm dies eher mit Dankbarkeit zur Kenntnis. Sie war froh darüber, dass ich ihr geholfen hatte. Sie wusste was sie an mir hatte. Rebecca hingegen fixierte mich mit ihrem blick eher so starr, als wolle sie nicht so recht begreifen, was sich gerade vor ihr abgespielt hatte. Denn so hatte sie mich noch nie erlebt.

Stille herrschte im Raum. Kein Mensch sagt nur ein Wort, was mir schon ein wenig Angst machte – in einem Raum zu sitzen, in einer Masse von Menschen, aus der kein Mucks ertönte. Was irgendwie schon komisch war, aber was sollte ich noch anderes machen als liebevoll zurückgrinsen, und mich mit all meinem Scharmgefühl hinter meinen aufgeschlagen Schulbüchern zu verstecken. Lisa hingegen, sie war anders als die Anderen. Sie strahlte mich so an, als hätte ich ihr die Last von der Schulter gerissen. Aber was hatte ich schon großartiges getan? Gut, ich hatte mich mit Rebecca angelegt – dieses Kommunistenweib, die mit ihren zahlreichen Sprüchen auf ihrer Ledertasche schnell jedem klar machte, welche politische Meinung sie vertrat. Was mich eher weniger interessiert hatte. Kommunismus hin oder her, sollte sie doch machen was sie wollte, so lange sie mir nicht zu nahe kam.

Rebecca, die sich schnell wieder gefangen hatte, sah man deutlich an, dass sie mir am liebsten an die Gurgel gesprungen wäre, wenn nicht im nächsten Moment unsere Klassenlehrerin den Raum betreten hätte. Was mir sehr entgegen kam, wollte ich doch nur meine Ruhe vor dem allem.

Während der Schulstunde, unterhielt ich mich lieber mit Lisa, als dem sticklangweiligen Unterricht zu folgen, der sowieso in den letzen Schultagen nicht gerade sehr spannend war. Warum sollte ich auch da zuhören, hatte ich doch bereits meine Noten sicher in der Tasche - meinen Ausbildungsplatz schon gefunden. Was mir nicht gerade schwer gefallen war, fragte ich doch einfach bei meiner Mutter nach, die in der Finanzwelt solche Verbindungen hatte, dass ich mir um mich keine Sorgen machen musste. Lisa, sie war immer noch auf der Suche, nach dem für sie passendem Beruf.

Sie hatte leider nicht diese Möglichkeiten, wie ich sie hatte. Ein zunehmender Druck, der sich in Kombination mit der gerade vollstreckten Scheidung ihrer Eltern, immer mehr auf ihren Magen schlug.

Plötzlich wurde ich von meiner Klassenlehrerin aus dem gerade anfänglichen Gespräch mit Lisa gerissen. Sie rief mich total unerwartet vorn an die Tafel, sollte ich doch meinen Klassenkameraden irgendeine Aufgabe, die bestimmt mal wieder niemand in dieser Mathematikstunde sonst hätte lösen können, vorrechnen. Waren doch meine Mathematikkenntnisse bereits über die Schulmauern hinweg bekannt, was mir unter anderem auch meinen Ausbildungsplatz eingebracht hatte. Nicht wie es Rebecca immer wieder behauptete, ich wäre ausschließlich mit Hilfe meiner Mutter an diese Stelle gekommen, womit sie letztlich auch nicht ganz Unrecht hatte, aber was ging das schon eine Rebecca an.

Ich fand es schade, dass ich vor an die Tafel musste, wollte doch Lisa mir gerade ihr Herz ausschütten – mir ihre Probleme anvertrauen. Und ich, ich musste vor an die blöde Tafel, wo wieder mal eine dieser Aufgaben stand, die für mich wirklich ein Kinderspiel war. Und ich echt keine große Mühe aufbringen musste, sie zu lösen, und mich dann auch wieder auf meinen Platz setzen konnte. Und dort, dort war ich wieder bei Lisa, bei der es mir schwer viel, die für sie passenden Worte zu finden, war sie doch der Mensch, bei der man sich jedes Wort gut überlegen musste.

War sie doch von ihrer Art etwas zu schüchtern, als, dass sie einfach so daher redete. Doch kaum war die große Pause angesagt, begab ich mich zusammen mit ihr hinaus auf den Schulhof, wo trotz des noch immer andauernden Regens, es Lisa nicht schwer fiel, mit mir in einer der abgeschotteten Ecke des Schulgeländes das mitzuteilen, was ihr im Endeffekt so auf dem Herzen lag.

Nach der Schule konnte ich es kaum erwarten wieder zu hause auf meinem Zimmer zu sein, wo ich erstmal meine Musikanlage aufdrehen musste, was bei dem andauernden schlechten Wetter wirklich besser gewesen war, als dem ständigen Regenprasseln, gegen meine Fensterscheibe, zuhören zu müssen, als auf längere Sicht, in diesem schweigenden Raum, ohne meine Musik, hätte es mir sicherlich auch noch den letzten Nerv geraubt.

Im Rausch der Musik suchte ich aus meinen Kleiderschrank, die für mich passenden Kleider, die für das Wetter geeigneten waren und ging rasch zu meinem eigenen Badezimmer, das extra meine Eltern für mich ins Dachgeschoss eingebaut hatten. Was wirklich besser war als halbnackt, nur mit einem Badetuch bewaffnet, durch die Wohnung zu laufen. Was für eine Frau wirklich nicht gerade sehr angenehm war.

Zweimal drehte ich den Zimmerschlüssel um und fing auch schon an mich auszuziehen. Wollte ich mich doch von meiner eng anliegenden Kleidung, die durch das angesammelte Regenwasser wie eine zweite Haut an mir klebte, befreien.

Ich genoss sehr die warme Dusche – das klare Wasser, welches meinen nackten Körper nach einem harten Schultag, wie dieser es war, gerade zu rein spülte und entspannte. Doch da klopfte es überraschend an meiner Badezimmertüre, auf was ich im ersten Moment nicht gefasst war.

„Was ist los?" rief ich total verwirrt aus der Duschkabine heraus, wollte ich es doch nicht wahrhaben, dass man mir meine Ruhe nicht gönnte.

„Ich bin es, Lisa!" Melde sich nach einem kurzen Schreckmoment Lisas schüchterne Art zu Worte.

Überrascht und etwas besorgt sprang ich gleich aus der Dusche heraus, wickelte mich ins nächst greifbare Badetuch ein. Öffnete dann die Zimmertür hinter der solch eine Lisa stand, der ich deutlich die pure Verzweiflung aus ihrem Gesicht ablesen konnte.

Umsorgt nahm ich Lisa in meine Arme, drückte sie ganz nahe an mich, wusste ich doch nur zu gut, was sich bei ihr zu hause wieder abgespielt hatte.

Mit nassen Haaren, fast nackt denn nur bekleidet mit meinem Badetuch, was mir in diesen Moment völlig egal war, nahm ich Lisa gleich mit auf mein Zimmer. War ihre Person mir doch so wichtig, dass ich mir darüber keine Gedanken machen wollte. Wir nahmen platz auf meinen Bett, wo ich Lisa fest in meinen Arm nahm, und ihr so Trost spendete, so, wie ich es schon oft tat, was meine Eltern immer für richtig hielten. Für sie war doch Lisa etwas wie ihr eigenes Kind. Kannten sie sie doch schon seid frühster Jugend. War ich doch mit ihr zusammen im Kindergarten gewesen, bin mit ihr zusammen aufgewachsen. Bin mit ihr zusammen, bewaffnet mit meiner großen Schultüte, zum ersten Schultag marschiert. Damals, als ihre Eltern noch zusammen waren.

Aber war ihr Vater nicht durch den beruflichen Umzug seines Arbeitgebers gezwungen worden, diesen nach Köln zu begleiten? Von da an ging seine Ehe endgültig den Bach herunter. Lisas Bruder seinem Vater schnell nach Köln folgende, wollte er doch im Saarland nicht länger bleiben. Dafür war es ihm einfach zu langweilig hier, was ich gut nachvollziehen konnte. Aber hätte er nicht auf seine kleine Schwester Rücksicht nehmen können? Er wusste doch ganz genau, dass sie an ihm hang!

„Was ist passiert?" Fragte ich vorsichtig, mit zurückhaltender Stimme eine Lisa, die sich so allmählich wieder gefangen hatte. Und im nächsten Moment mir eine Geschichte erzählte, die ich wirklich nicht wahr haben wollte.

Nach allem Erzählten konnte ich es wirklich nicht glauben, dass Lisas Mutter, ihre „Kleine", wie sie sie immer nannte, sie nach Köln, zu ihrem Bruder schicken wollte. Fern ab ihrer Mutter, von der sich Lisa nicht trennen wollte. Die, aber nun wieder nach langer Arbeitslosigkeit, solch einen stressigen Beruf gefunden hatte, dass sie vor ihrer Seite meinte, dass Lisa in der Obhut ihres Bruders wirklich besser dran war. Und von ihrem Vater, von dem wollte Lisa wirklich nichts mehr wissen. Und warum? Das hatte Lisa mir gegenüber nie erwähnt. Konnte ich doch daher irgendwie diese hasserfüllte Angst vor ihrem Vaters nicht so recht verstehen.

Gerade hatte ich mir im Beisein von Lisa einen Slip und ein weißes T-Shirt angezogen, da lagen wir zusammen auf meinen Bett und erzählten uns im Genuss der Musik irgendwelche peinlichen Geschichten aus unserer gemeinsamen Schulzeit, was Lisas rasch wieder auf fröhlichere Gedanken brachte, sie spürbar zum lachen brachte, was uns beiden sehr gut tat.

Lisa blieb bis in den späten Abend bei mir, so wie sie es immer tat, wenn sie bei mir rat suchte.

Lisa, sie war eher die Person, die sich sehr an mich gebunden hatte, was mir manchmal sehr unangenehm war. Immer unter dem Druck ihrer Probleme zu stehen. Aber was sollte ich schon machen? Mir hatte es im Endeffekt auf längere Sicht nie geschadet, sodass ich niemals das Ziel hatte, Lisa aus meinen Freundeskreis zustoßen – ihr da lieber die Hand zuhalten. Sie in meinen Bett schlafen zulassen. So, wie sie es in dieser Nacht tat. So wie sie es immer tat, wenn sie nicht zu hause übernachten wollte. Was mich nicht nervte, sondern es war für mich eher schwierig zu verstehen, wie ich damit umgehen sollte. Für einen Menschen jederzeit dazu sein, immer erreichbar. Persönlich oder einfach per Telefon. Aber das sollte ich schon machen; ich konnte doch nicht einfach so davonrennen.

Lisa klammerte sich so nahe an mich, als hätte sie Angst gehabt, ich könnte jeder Zeit verschwinden - hatte ich doch mein eigenes, mit Sorgen, beschlagenes Leben, mit all seinen Tücken, und vor deren Auswirkungen ich mich nur in meinem, so wichtigem, eigenem Zimmer zurückziehen konnte. Hatte ich doch noch zu sehr den Streit meiner Eltern im Gedächtnis, dass es mir da sehr schwer viel, mich noch auf Lisa zu konzentrieren.

Meine Eltern, die sich zum ersten Mal in meinem Augenschein, im Wohnzimmer, einen so heftigen Schlagabtausch abgeliefert hatten, dass es mir schwer viel, dies alles zu verarbeiten. War doch die Ehe meiner Eltern bis dahin wirklich ein Vorbild gewesen, was sich nicht nur in unserer Nachbarschaft herumgesprochen hatte, sondern auch weit über die Grenze meiner Schule hinaus. Was am letzten Abend, meine Eltern eher weniger interessiert hatte, wenn man der Lautstärke ihres Gebrülls folgen sollte. Und das alles aus mir nicht bekannten Gründen.

Schnell schlief Lisa ein. Was ich mit einer gewissen Erleichterung aufnahm, stand ich doch unter einem enormen Druck, wegen meiner Eltern, deren Rauferei mir nicht aus dem Kopf gehen wollte.

Am nächsten Morgen, ich war gerade aufgewacht, da sah ich eine noch immer tief schlafende Lisa neben mir in meinen Arm liegen, was mir eine gewisse Stärke gab. Doch plötzlich hörte ich aus der Stille des Erdgeschosses ein leicht, ganz schwach wahrnehmbares Heulen, dem ich sogleich vorsichtig folgte, ohne dabei Lisa aus ihrem Schlaf zureisen.

Versteinert, mit weiß angelaufener Mimik stand ich wenig später in der Küche und sah meine Mutter an, die meiner Meinung nach so aussah, als hätte sie die Nacht durchgemacht.

Ihre Ellenbogen auf den Tisch abgestützt, hielt sie ihr verweintes Gesicht so geschützt, dass ich erst in ihre verweinten Augen sehen konnte, als sie durch mein überraschendes Erscheinen ihren Blick erhob.

So hatte ich meine Mutter noch nie erlebt. So stark, wie sie eigentlich mal war. Hatte es doch meine Mutter im laufe ihrer Berufsjahre in eine hoch angesehenen Position geschafft. Angefangen in einer kleinen Dorffiliale arbeitete sie sich in die gehobenen Etagen der Frankfurter Bankenwelt hoch. Was für mein Taschengeld wirklich gut war, nicht aber grad für unsere Beziehung zueinander. Pendelte doch meine Mutter während der Woche meist zwischen Frankfurt und Saarbrücken hin und her, man daher also nie wirklich wusste, wann sie zuhause war. Aber allem Anschein nach hätte sie zu diesem Zeitpunkt lieber keinen Urlaub nehmen sollen, in dem sie eigentlich mit meinen Vater wegfahren wollte. Hatten sie doch beide durch die letzten Tage einsehen müssen, dass sie sich stark auseinander gelebt hatten, und angesichts vergangener Nacht war wohl weniger zu retten, als uns allen miteinander lieb gewesen wäre.

Meine Mutter verstand die Welt nicht mehr. Und ich, ich stand vor ihr und wusste nicht so recht, wie ich auf sie zugehen sollte. So leid es mir auch tat. So unglaubwürdig sich ihre Geschichte auch anhörte, ich wollte das wirklich nicht wahrhaben. Aber was konnte ich da noch machen? Hatte ich eine andere Wahl, als der Tatsache ins Auge zu schauen? Eine Tochter, die es so zuvor noch nie erlebt hatte – aufgewachsen in einem perfekten Familienhaus, das sich von nun an in einer Situation befand, die ich eigentlich nur aus Lisas Erzählungen kannte. Da konnte ich von Glück sprechen, das Lisa die ganze Zeit während ich mich mit meiner Mutter unterhielt, weiterschlief.

Irgendwie konnte ich es nicht glauben, dass mein Vater für die nächste Zeit ein Zimmer im Hotel vorzog, wo er erstmal für sich alleine sein wollte.

„Warum ist Vater weg?" Fragte ich bei meiner Mutter nach. Ohne eine Antwort oder Erklärung, weil sie es wohl selbst noch nicht realisiert hatte, musste ich zurück auf mein Zimmer gehen, indem noch immer Lisa schlief. Zu einem Zeitpunkt, wo wir Beide eigentlich schon längst in der Schule sein mussten. Was mir zu dieser Stunde so völlig egal war, wie es einem gleichgültiger nicht hätte sein können. Legte ich mich doch da lieber zurück zu Lisa, die ich von da an besser verstand.

Am Mittag war es schon für mich ein beklemmendes Gefühl, neben einer Freundin aufzuwachen, derer familiärer Zustand mit meinem nun gleichzusetzen war. In dessen Lage ich mich von nun an, schnell hineinversetzen konnte.

Wie gerne hätte ich Lisa alles erzählt. Wie gerne hätte ich bei ihr Trost gesucht – die in meinem Bett liegend, mich nun so anstrahlte, dass es für mich schon unheimlich war. Für eine Person, die zuvor das Wort „Familienkrise" noch nicht einmal vom Ansatz kannte, und es nun mit einem Schlag völlig unvorbereitet ins Gesicht bekam. Gott, womit hatte ich das verdient?

Hatte ich mir doch von meiner Seite eigentlich nie einen Fehler eingestehen müssen. Nie zwischen den Fronten meiner Eltern gestanden, die mich in eine neue, unbekannte Situation gebracht hatten.

Wie gerne hätte ich am liebsten Lisa umklammert und laut angefangen zu heulen. Was ich laut meinem Verstand nach zu urteilen niemals durfte – Lisa niemals verstanden hätte, war sie es doch schließlich die Person, der man Trost spenden musste. War sie doch schließlich die Person, die bei mir Halt fand. Bei einer Person, die gefestigt durch das Leben ging. Und was war in Wirklichkeit? Ich war eher der Mensch, der nicht mehr weiter wusste. Aber dies, niemals zeigen durfte, was wirklich sehr schwer für mich war! Was Lisa bestimmt nicht verstanden hätte – wollte ich ihr doch wirklich keine Angst machen.

Gerade war ich aufgestanden, saßen wir beide gemeinsam in der Küche, wo mir im Gegensatz zu Lisa wirklich nicht nach essen zumute war. Ging es doch an diesem Tage, Lisa wieder ziemlich gut.

Vergessen waren Ärger, Ängste und das Bedürfnis nach Schutz, der sie zu mir trieb. Zusammengebrochen war nun meine Welt, die mich nicht dazu bringen konnte, etwas zu essen. Lisa störte dies eher weniger. Wie denn auch? Sie kannte mich doch als die Person, die mit einem strahlenden Selbstbewusstsein durchs Leben ging.

Kaum hatten wir den Küchentisch abgeräumt, begleitete ich Lisa auf ihre Bitte hin, zu ihr nach hause. Machte mich dann auch gleich, ohne längeren Aufenthalt bei ihr, wieder auf den Rückweg. Auf dem - in der Innenstadt – zu meinem großen Entsetzen, ich auf eine groß angesammelte Masse von Menschen traf, die sich zu einer irrwitzigen Anti-Kapitalismus-Demo zusammengefunden hatte, was mich eher weniger interessiert hatte. Waren doch dies meines Erachtens nach, alles nur Neider! Wer glaubte schon ehrlich daran, dass es Menschen gab, die aus ihren sehr guten Lebensverhältnissen aussteigen wollten. Der musste schon mehr als dumm sein!

Zu meiner großen Verwunderung, sah ich natürlich Rebecca. Hätte mich auch gewundert, ging sie doch auf dieses Treiben voll ab. Verwundert blickte sie mich an, als sie mich bemerkte. Hatte sie wohl damit gerechnet, mich in all den Jahren mit ihrem Geschwätz überredet zu haben, dafür wollte ich eigentlich nur auf dem kürzesten Weg nach Hause. Was ich in der Masse von Menschen endgültig abschreiben konnte. Dauerte es doch ziemlich lange, bis ich völlig fertig, aber sichtlich erleichtert zu hause durch die Haustüre taumelte und in ein Haus eintrat, indem trügerische Menschenleere herrschte. Ein Zustand, an den ich mich erst im Laufe der letzten Jahre gewöhnt hatte – das meine Eltern ihren Beruf so verfolgten, dass jedoch für mich nicht immer die wichtigste Zeit übrig blieb. Hatten zu diesem Zweck meine Eltern eine Haushaltskraft eingestellt, die ihren Dienst immer so antrat, dass ich die Abendstunde nie alleine war. Doch hatte ich meine Jacke ausgezogen, da meldete sie sich telefonisch krank, was mir eher wie gerufen kam.

Schnell stellte ich mich unter die Dusche, die ich sehr lange genoss. Schlüpfte dann in meine Klamotten hinein und machte es mir zusammen mit einer Rotweinflasche in unserem Wohnzimmer gemütlich. Schaute fern, und sah mir aus lauter Langeweile eine Reportage von einer Demo an, durch die ich mich noch am Mittag durchgeschlagen hatte, was mich irgendwie interessiert hatte. Denn, so wohl oder übel – mal abgesehen, von meinem gesellschaftlichen Standpunkt, konnte ich diese Menschen, die sich so um ihre Sache bemühten, verstehen. Eine Lage, die irgendwie mehr oder weniger kompliziert erschien, und ich geradewegs mit einem Schluck Rotwein herunterzuspülen versuchte.

Am nächsten Morgen, in der Schule, nahm ich eine nicht überhörbare Rebecca zwangsweise wahr, die wirklich jedem mitteilte, dass der gestrige Erfolg ihrer Demo über das Fernsehen in allen Teilen dieses Landes ausgestrahlt wurde. Da aber der allerletzte Schultag angebrochen war, konnte ich dieses Geredete mit verhältnismäßig wenig Schmerz über mich ziehen lassen. Und für Lisa, ihr sah ich deutlich an, dass sie nicht so recht wusste, ob sie sich freuen oder heulen sollte. Sie wollte nicht nach Köln. Sie wollte mich nicht als ihre beste Freundin verlieren. Aber was konnte ich schon dagegen tun? Denn mehr als Trost konnte ich ihr zu dieser Stunde wirklich nicht geben. So gerne ich es auch getan hätte.

Später, als ich alleine zu hause wieder auf meinem Zimmer saß, machten sich mit der Zeit mehr um mehr bei mir die Gedanken breit. Das schweigende Telefon erschien mir sonderbar, war es bis jetzt doch immer so, dass sich Lisa unmittelbar nach der Schule mindesten einmal am späten Nachmittag bei mir anrief.

Gerade an diesem Tag, wartete ich sehnlichste auf diesen Anruf, war doch Lisa in der Schule nicht mehr aus dem Heulen herausgekommen.

Am nächsten Morgen war es für mich ein gewöhnungsbedürftigstes Gefühl, konnte ich doch nach langem Schulalltag wieder mal ausschlafen, und meinen ersten Ferientag völlig genießen. Gemütlich durch die Altstadt zu gehen und mich bei einem schaumigen Milchcafé, im nächst besten Café, entspannt zurückzulehnen und dabei einfach seine Seele treiben zulassen.

Kaum hatte ich meinem zweiten Milchcafé bestellt, sah ich überraschend in der Ferne eine ziemlich mitgenommene Lisa an mir vorbeigehen. Die so schnell auf ihren Füßen war, dass ich nicht die geringste Chance hatte, sie zu mir herüber zu rufen oder ihr noch hinterher zu laufen, was mit einer offenen Rechnung wirklich undenkbar erschien.

Nachdem ich noch schnell meine Rechnung bezahlt hatte, war es leider schon zu spät, Lisa war schon über alle Berge. So folgte ich ihren Spuren zu ihr nach hause, wo mir Lisas Mutter leider einen negative Auskunft geben musste, hatte sie doch überhaupt keine Ahnung wo ihre Tochter sein konnte, denn zu hause war sie zu diesem Zeitpunkt noch nicht eingetroffen.

Auf meinem Nachhauseweg lief mir Rebecca über den Weg, die im Kreise ihrer Freunde einen sehr selbstbewussten Eindruck, von ihrer Parkbank aus, bei mir hinterließ. Da konnten ihre Freunde mich noch so sehr anstarren, ich wollte an diesem Tage nicht ihr Feindbild sein, sondern einfach nur nach hause, hatte ich bis dahin doch wirklich genug erlebt.

Vor der heimischen Haustüre stehend, öffnete mir schon meine Mutter die Türe. Sie schaute mich verwundert an, konnte jedoch meine auf schlechte Laune hinweisende Mimik nicht verstehen. War ihr doch klar, dass ich heute eigentlich meinen ersten Ferientag genoss. Also gab es, ihrem Glauben nach, bei mir keinen Grund den Kopf hängen zu lassen. Aber kannte meine Mutter die Problematik von Lisa? Wie gerne hätte ich es ihr erzählt, was mir so am Herzen hing. Aber hätte sie Verständnis für meinen Freundeskreis, den sie wegen ihrer vielen Arbeit nur vom Hörensagen kannte?

Schnell zog ich mich in mein Zimmer zurück, wollte ich doch nur meine Ruhe für mich genießen, als da plötzlich mein Telefon klingelte.

„Können wir machen, Mona!" Eine gute Klassenkameradin, mit der ich schon lange wieder mal etwas unternehmen wollte. Hatte in den letzten Monaten uns der Prüfungsstress so zu schaffen gemacht, dass für jegliche Freizeitaktivitäten eher weniger Zeit übrig blieb.

Den Hörer abgedrückt, machte ich mich auch gleich schnell fertig. Und gerade hatte ich meinen Rock angezogen, klingelte Mona schon an der Haustüre, wo ich sie nicht lange warten lassen wollten.

Hängte mir noch schnell meine Tasche um und verschwand dann auch schon durch die Haustüre, wo mich Mona mit einer herzlichen Umarmung begrüßte, und schon stiegen rasch ins Monas Auto ein. Ein 77iger, aufgebauter Käfer, den sie sich selbst zu ihrem 18sten Geburtstag gescheckt hatte, für den sie lange zeit in einem Lokal kellnerte.

Zu unserem Glück war das gestrige Regenwetter nicht mehr zusehen, so dass wir ohne jegliche Zweifel ans Saarufer fahren konnten, wo ein kleiner Kreis meiner Klassenkameraden bereits den Grill aufgebaut hatten, was ich mit gemischten Gefühl aufnahm, hatte ich doch mit Rebecca samt ihrem Anhang am wenigsten gerechnet.

Auf der Wiese sitzend, unterhielten wir uns untereinander, jeder mit einem kühlen Bier bewaffnend, recht gemütlich, während der reicht bestückte Grill seinen Dienst tätigte, über die letzten Jahren unseren gemeinsamen Schulzeit.

Am Anfang wusste ich nicht so recht, wie ich auf Rebecca eingehen sollte, baute sich allmählich aufgebaute Vorsicht, ihrer Person gegenüber, zunehmend ab. Saß doch in ihrem Kreis eine Person, der ich mich nach einem kleinen Kampf der inneren Überwindung, vorstellte. Jürgen, war sein Name. Er hatte einen sehr liebevollen Blick. Und je länger wir uns anschauten desto mehr zog er mich in seinen Bann.

Es war ein schöner Tag, an dem jeder seinen Spaß hatte, war es doch wahrscheinlich die letzte Gelegenheit alle Klassenkameraden auf einen Schlag zu sehen. Da war es erstaunlich, dass Rebecca bei uns war. Es hätte mich nicht gewundert, wenn sie bei der in Planung befindlichen kubanischen Revolution, als Mitinitiator dabei gewesen wäre.

Als die Dunkelheit immer näher kam, machten sich die ersten von uns bereits auf den Nachhauseweg. Mona wäre sicherlich mir zu liebe noch geblieben, ihr war meine angeregte Unterhaltung mit Jürgen nicht entgangen, aber nachdem sie fast eingeschlafen wäre, gab ich Jürgen lieber meine Telefonnummer, als Mona weiterhin zuzuschauen, die sichtlich mit der Müdigkeit kämpfte. Was dieser mit Verständnis gut nachvollziehen konnte, das Mona nur noch nach hause wollte.

Am nächsten Morgen saß ich mit gespannter Erwartung in der Küche, hatte mir doch Jürgens Art eine schlaflose Nacht bereitet, was ich mir nicht so recht eingestehen wollte.

Das letzte Brötchen geschmiert, klingelte endlich das Telefon, an das ich sofort wie ein Verrückter sprang.

„Lisa, was ist los mit dir?" erwiderte ich enttäuscht einer völlig niedergeschlagenen Lisa, mit der ich jetzt am wenigsten gerechnet hatte.

„Ich muss mit dir reden!" machte mir Lisa unmissverständlich in einer Tonart klar, die mir schon Angst machte.

„Sag was los ist?"

„Nicht am Telefon – wir müssen uns treffen!" sprach sie und fuhr nach einer kleinen Bedenkpause fort: „Wir treffen uns in einer Stunde im Burger King am Bahnhof!" Ich stimmte zu. Kaum hatte ich dies getan, legte Lisa abrupt den Hörer auf.

Ich musste mich beeilen, denn die Zeit war wirklich knapp bemessen. So zog ich gleich meine Schuhe an, ohne einen weiteren Gedanken an Jürgen zu verlieren.

„Erzähl mir jetzt endlich was los ist?" Fragte ich Lisa gleich, nachdem wir uns in eine der stillen Ecken des Fastfood- Restaurant zurückgezogen hatten. Und schon erzählte mir Lisa, dass sie seit gestern tatsächlich in Köln wohnte.

Sie sei nur für diesen einen Tag zurückgekommen um mit mir zu sprechen, was für mich eine Tendenz zu Mrs. 007zeigte.

„Ich wollte mich eigentlich nur von dir verabschieden!" Eine Bemerkung, die mir meinen Burger, im wahrsten Sinn des Wortes, im Halse stecken ließ.

„Das ist doch nicht dein ernst?" gab ich verwundert zurück. Lisa, sie nickte nur mit dem Kopf ohne mir dabei ins Gesicht zusehen.

„Komm Lisa, was ist wirklich los?" Fragte ich verzweifelt nach, hatte ich doch das Gefühl es steckte etwas ganz anderes hinter diesem fadenscheinigen Geredete.

War ich doch eigentlich gekommen um Lisa die Last von der Schulter zunehmen und wirklich nicht um eine endgültige Verabschiedung zu vollziehen.

„Was soll los sein?" erwiderte Lisa auf eine Art, bei der ich echt die Zähne zusammenbeizen musste.

„Hat es etwas mit deinem Vater zutun?" hakte ich nach einer langen Bedenkpause nach. Auf was Lisa mir keine Antwort gab. Sie schaute mich nur schweigend an, was mir endgültig den letzten Nerv raubte.

Wutendbrand – eher verzweifelt verließ ich meinen Platz, Lisa dagegen aß tatsächlich geradezu unbeeindruckt einfach ihren Burger weiter.

Den Tränen nahe ging ich nach Hause. Sperrte mich in meinem Zimmer ein, konnte ich doch nicht so recht verstehen, was sich gerade abgespielt hatte. Doch plötzlich klingelte wieder das Telefon, an dem sich, lang ersehnt, Jürgen sich bei mir meldete.

Er merkte sehr schnell, dass etwas nicht mit stimmte und hatte es zügig geschafft mich mit seiner Art wieder aufzubauen, was wirklich sehr lieb von ihm war.

Etwas, was mich gleich so an diesem Mann fasziniert hatte – wollte ich doch eigentlich heute keinem Menschen mehr in die Augen schauen, aber ich konnte Jürgens Angebot, bei mir vorbei zu kommen, wirklich nicht absagen.

Ich war froh, als es endlich acht Uhr, und die Zeit des Wartes endlich vorbei war, und Jürgen mich Zuhause abholte. Denn noch länger hätte ich es bei meiner Mutter nicht mehr ausgehalten, die seit der Trennung von meinen Vater all ihren Frust in unserem Wohnzimmer vor dem Fernseher zu verdrängen versuchte.

So gerne meine Mutter meine Anwesenheit genoss, war sie froh darüber, dass ich jemand kennen gelernt hatte – war ich ihrer Meinung nach, doch wirklich schon zu lange solo gewesen. Und außerdem hatte sie immer einen Menge Bücher im Wohnzimmer, die in einem groß angelegten Bücherregal standen, denen sich meine Mutter zufolge gleich widmen wollte, gab ihr doch das Fernsehen nicht die Ablenkung, die sie suchte.

Ich lief derweil neben einen Jürgen her – neben ihm fühlte ich mich in dieser Situation am wohlsten. War er doch mit seinem ein Meter neunzig mein Held, der mir alles Böse vom Leib hielt. Seine blaue Augen die im Glanz seiner kurz geschnittenen schwarzen Haare sehr zu Geltung kamen, was mich sprichwörtlich in den Boden zerfließen ließ.

Wir liefen gemeinsam durch die Saarbrücker Altstadt, wo wir nach einer Kneipe mit gemütlichem Ambiente suchten. So sehr wir sie auch suchten, gingen wir wenig später an das für uns nicht so weit entfernte Saarufer, das direkt durch das Herz der City lief, wo wir uns auf eine ruhig abgelegene Parkbank setzten, von der man einen wunderschönen Blick auf den Vollmond hatte, der als zeitloses Bild auf der Wasseroberfläche widergespiegelte. Eine Stimmung, die auch von der Stadtautobahn, die auf der gegenüberliegenden Uferseite nicht zerstört wurde.

Dicht an dicht saßen wir da, die Blicke voneinander weggedreht, starrten wir beide auf die an uns vorbeilaufende Saar. Trauten uns nicht uns gegenseitig anzuschauen. So sehr in mir auch das Herz schlug, wollte ich mich nicht von meinen Gefühlen verleiten lassen und hörte da lieber den Worten Jürgens zu, der in diesem Moment selbst nicht so recht wusste, wie er reagieren sollte.

So harmonisch, wie wir Beide da saßen – es war schon so, als würden wir uns seit Jahren kennen – war da auf der anderen Seite die Angst, wir würden den anderen zu etwas verleiten, was eigentlich niemand wollte. So zogen wir es lieber vor uns „nur" zu unterhalten.

„Papa, was machst du denn hier?" Rief ich verschreckt auf, als ich ihm am nächsten Mittag die Haustüre öffnete.

„Mit dir reden!" machte er mir auf seine leichte, etwas verkrampfte Art, klar. Wusste er doch nicht so recht, wie er sich mir gegenüber verhalten sollte.

„Mutter ist nicht zuhause!" versuchte ich mich hilflos bei ihm zu endschuldigen.

„Das weis ich!" stand doch ihr Auto nicht in der Einfahrt.

So bat ich meinen Vater hinein und wir gingen gemeinsam ins Wohnzimmer, wo wir eine zeitlang uns nur schweigend gegenübersaßen und niemand so recht wusste, wie er die Unterhaltung angehen sollte. Hatten wir beide uns seit drei Tagen nicht mehr gesehen. War ich doch fest in dem Glauben, er habe mit meiner Mutter sein Glück fürs Leben gefunden – hatte er nun eine neue kennen gelernt. Was für ein Mistkerl, tragischerweise – aber trotzdem natürlich noch mein Vater war, dem ich so etwas wirklich nicht zugetraut hätte.

Verzweifelt, voller Hass gefüllt, schmiss ich meinen Vater aus dem Haus, was er mit schweigendem Verständnis zu Kenntnis nahm. Viel es mir doch schwer zuglauben, dass meine Eltern nun getrennte Wege gehen sollten.

Kaum war mein Vater gegangen, kam wenig später meine Mutter nach Hause. Sie erkannte direkt, dass etwas mit mir nicht stimmte, waren doch meine Tränen überall im Gesicht nicht übersehbar.

Liebevoll, führsorglich nahm sie mich gleich in ihre Arme, was bei ihr selten vorkam, desto mehr ich es nun genoss. Es mir schnell zu dieser alten Stärke verhalf, die meine Mutter von mir gewöhnt war.

„Jasmin, was war los mit dir?" Fragte mich meine Mutter, in einem Moment, in dem ich nicht mehr auf ihrer Hilfe angewiesen war, wollte ich doch nun alleine auf meinem Zimmer sein, und drehte mich daher schweigend von ihr ab.

Anstatt meiner Mutter die Wahrheit zusagen, drehte ich die Musikanlage auf, was mir immer noch leichter viel – denn die Kraft meiner Mutter die Wahrheit ins Gesicht zu sagen, die konnte ich bei Gott nicht aufbringen.

Ich hatte es mir, bis in den späten Abend, auf meinem Bett gemütlich gemacht, da meldete sich Mona telefonisch bei mir, die unbedingt noch mit mir um die Häuser ziehen wollte. Was mir, in meiner Laune, wie gerufen kam.

Noch schnell an der nächsten Tankstelle ein Sixpack besorgt, fuhren wir raus aus dem Stadtkern an einen schön gelegenen Stausee, dessen Badewiesen zu dieser späten Stunde bereits wie leergefegt waren. Wo wir unsere nackten Füße, auf den Bootsdecks sitzend, an den eine Vielfalt von Dreht- und Ruderbooten befestig waren, ins abgekühlte Wasser hielten. Nur noch der Bootseigner war noch da, der gerade noch an seinem Kiosk die Rollläden herunterließ und sich schweigsam an uns vorbei, sich auf den schnellsten Weg nach Hause machte.

„Was war denn jetzt gestern?" Hakte Mona neugierig nach.

„Wie meinst du dass?" wusste ich doch nicht, auf was sie hinaus wollte.

„Zwischen dir und Jürgen, läuft da jetzt was?" kicherte sie leise auf, was mich auch nicht verwundert hatte, hatten doch diese ganzen Swap-Serien Monas Liebesleben extrem geprägt. So hatte ich keine andere Wahl als Mona meine Geschichte zu erzählen, die sie mit voller Spannung verfolgte, was ihr in diesem Zusammenhang viel näher ging als Lisa. Sie beurteilte meine Erlebnisse eher aus einer gewissen Distanz. Aber das war jetzt auch egal, sie gehörte nun nicht mehr zu meinem Freundeskreis.

„Was ist los mit dir?" unterbrach mich schlagartig Mona.

„Was soll los sein!" Fragte ich geschockt nach, konnte ich doch erahnen das Mona sah, was in mir vorging.

„Irgendwas stimmt doch mit dir nicht?"

„Ich möchte nicht darüber sprechen!" gab ich resigniert zu Worte, was Mona mit einen Kopfnicken zu Kenntnis nahm. Sie hätte mir zu gerne geholfen.

Mona zog es vor, nicht weiter nachzufragen, gab mir eher die Ruhe, die ich wirklich brauchte. Da hörte ich doch lieber Mona zu, die mit Begeisterung über ihren zukünftigen Arbeitsplatz sprach. Hatte sie es doch geschafft in Berlin einen Arbeitsplatz zur Journalistin zu bekommen, von dem ich immer nur träumen konnte, war doch mein Weg hier in Saarbrücken bis auf das Letzte verplant.

Es war schon weit nach zwölf Uhr, als wir uns entschlossen den Heimweg anzutreten. Schnell sammelten wir noch unsere leeren Flaschen zusammen und gingen wieder zurück auf den breiten Parkplatz, wo zu dieser Stunde nur noch Monas Auto stand. Das wir in weiser Voraussicht unter eine Straßenlaterne geparkt hatten, damit wir es unbeschadet in der Dunkelheit wieder erreichen konnten.

Verwundert schauten wir uns an, als eben noch in voller Aufbruchstimmung, nun nach zahlreichen Startversuchen der Motor schwieg, was uns in eine gewisse Panik versetzt hatte. Da konnte sich Mona noch so sehr in ihren Zündschlüssel verbeißen, es hatte wirklich keinen Sinn mehr.

Verbittert schlug Mona auf das Lenkrad, öffnete mit einem leichten Schrei die Motorhaube und versuchte schnell den Fehler zu finden, was leider nicht so möglich war, wie es ihr lieb gewesen wäre. Und außerdem, was hatte sie noch so für eine andere Möglichkeit? Waren doch die Werkstätten in den umliegenden Dörfern bereits längst alle geschlossen.

So entschlossen wir uns die Nacht am Weiher zu verbringen, was immer noch besser war, als sich im eng gepferchten Auto Platz zu schaffen. Da konnten wir von Glück reden, dass an diesem Tag eine angenehme, lauwarme Sommernacht herrschte, so dass der Abend für uns nicht allzu grausam war. Hatten es wir zudem nicht schwer genug, auf einer blanken Wiese zu liegen, jeder einzelne Stein spürbar, kuschelten wir uns so dicht aneinander, dass ich Monas Atmen in meinen Nacken spüren konnte, was mich gleich wieder an Lisa erinnerte.

Ich bekam noch nicht einmal von Mona einen gute Nacht gewünscht, da schlief sie schon ein. Alleine da wach liegend, konnte ich, so gerne ich es auch getan hätte, nicht einschlafen. Hörte den Wind über das Wasser pfeifen, die Grillen zwitschern. Bei Gott, es hatte verdammt lange gedauert, bis ich endlich, trotz all meiner Gedanken, einschlief. Aber schon kurze Zeit später, von den ersten Sonnenstrahlen wieder aus meinen süßen Träumen gerissen wurde, und ich von da nur noch nach Hause wollte. Da war mir Monas Gejammer so ziemlich egal, die gerne noch weitergeschlafen hätte. Ich wollte nur noch auf den schnellsten Weg unter meine Dusche. Da konnte sich Mona ihren Geheulen sonst noch wo hin stecken, ich war in meinen Gedanken schon längst auf den Nachhauseweg.

Ging zur nächsten Telefonzelle die am Rande des Weihers so gut versteckt war, dass ich sie nur bei hellem Tageslicht erkennen konnte. Plötzlich und völlig geschockt, sah ich meinen Vater zusammen mit einer weiblichen Begleitung in einem Ruderboot auf dem Weiher, was ich nicht länger beobachten wollte. So schwer es mir auch viel den Worten meiner Mutter zu glauben, musste ich mir nun eingestehen, dass sie in diesem Zusammenhang recht hatte.

Mona, die mich beobachtet hatte, konnte sich ihren Teil denken, dafür kannte sie mich einfach zu gut, dass ich ihr da noch etwas hätte verbergen hätte können.

Schnell hatte ich den Pannendienst gerufen, der mit ein paar Handgriffen Monas Auto wieder so fahrbereit machte, dass wir uns schnell auf den Heimweg machen konnten.

Die nächsten Ferientage verliefen so, wie ich mir dass eigentlich vorgestellt hatte. Viele Partys brachten mir die Abwechslung, die ich brauchte, war es für mich doch schwer mit dem Erlebnis vom Stausee meiner Mutter gegenüberzutreten. Der ihr, wenn ich es erzählt hätte, wahrscheinlich damit den Rest gegeben hätte. Und Jürgen, er hatte sich zu meiner großen Verwunderung die letzten Tage nicht mehr bei mir gemeldet. Eigentlich hatte ich ihn schon abgeschrieben, als er sich doch noch wieder bei mir anrief. Was ich am Anfang gar nicht glauben wollte, aber umso mehr freute ich mich letztlich darüber.

Wir telefonierten bis in die späte Nacht hinein und keiner von uns Beiden hatte Lust das Telefongespräch zu beenden. Aber so schwer mein Arm auch wurde, umso deutlicher konnte ich mir die Müdigkeit anmerken. So beendete ich mit einer kleinen Tränen, im Auge, das Gespräch, legte den Hörer bei Seite und wollte mich gerade schlafen legen, da klingelte es überraschend an der Haustüre, was ich zu dieser Stunde nicht glauben konnte.

Vorsichtig – mit kleinen Schritten ging ich auf die Haustüre zu, hinter der durch die starke Außenbeleuchtung die Umrisse einer Person durch die Glassschreibe reflektiert wurden, mit der ich auf Anhieb nicht so recht etwas anfangen konnte. Ich war stark am überlegen ob ich öffnen sollte – aber die Neugier war umso groß in mir, dass ich jetzt nicht mehr die Türe geschlossen halten konnte.

„Jürgen, du hier?" schrie ich vor Begeisterung auf, und schon nahm mich Jürgen in seine Arme, was ich sehr genoss.

So sehr es in meinem Körper am Vorabend gekribbelt hatte, konnte ich meine Gefühle der letzten Stunden nicht so recht einordnen. Ging mir das nicht vielleicht nicht ein bisschen zu schnell?

Schweigsam drehte ich mich von Jürgen ab, auf was er keine Reaktion zeigte. So sehr er sich bemühte, mich wieder in seinen Arm zunehmen - gegen was ich mich in all meinen Gedanken nur währte. Was er nicht glauben – einfach nicht begreifen wollte. Er versuchte beruhigend auf mich einzureden, um mir die Angst zu nehmen, aber trotzt allem kamen meine Zweifel wieder hoch, die ich noch von meiner letzten Beziehung hatte.

Die Zeit nach der Trennung, in der ich die Hilfe von Lisa brauchte. Sie immer ein offenes Ohr für mich hatte und stets für mich da war.

Schnell machte ich Jürgen klar, dass es das Beste wäre, wenn er gehen würde. Was Jürgen einfach nicht glauben wollte, mir andererseits für ihn sehr Leid tat, aber für mich wirklich das Bessere war, steckten noch so sehr diese Erfahrungen in meinen Knochen.

So sehr ich auch versucht hatte, mir diese Gedanken in den zahlreichen Partynächten aus dem Kopf zu schlagen, desto mehr versuchte sich Jürgen telefonisch bei mir in den nächsten Tagen zu melden. Was mich irgendwie schon genervt hatte – für was ich keine Zeit mehr hatte, rückte doch mein Ausbildungsbeginn immer näher. Ein Tag, in dem ich mit meinen Gedanken am besten aufgehoben war.

Kaum hatte mein Wecker, an diesem Tage, mich aus meinem Schlaf gerissen, stand ich im nächsten Moment unter der Dusche. Was würde mich wohl an meinen ersten Arbeitstag erwarten? Gedanken, die mich zunehmend immer nervöser machten.

Frisch gestylt stieg ich wenig später in den Wagen meiner Mutter, die mich auf dem schnellsten Weg mit auf die Arbeit nahm.

An der Bank angekommen stellte meine Mutter ihren Porsche auf ein extra für sie reservierten Parkplatz, der sich in unmittelbarer nähe des Haupteingangs befand – ein Privileg, dass nicht jedem zugute kam. Was mich sichtlich beeindruckt hatte.

Den großräumigen Eingangsbereich durchschritten, führte meine Mutter mich auf dem direkten Weg zum Filialleiter, der schon auf uns gewartet hatte. Wo mich meine Mutter nur noch schnell abgab, war doch ihr Terminplaner mal wieder so voll gepackt, dass für mich eher weniger Zeit übrig blieb. Und ich gleich an den nächsten freien Schreibtisch geführt wurde, wo mir Frau Reibweiler vorgestellt wurde, die bei mir auf Anhieb einen sympathischen Eindruck hinterließ.

Kurze Zeit später saßen wir beide alleine an ihrem Schreibtisch, wo mir Frau Reibweiler die wichtigen Merkmale des ersten Arbeitstages nahe brachte, was für mich eher kein Problem war, hatte ich doch einen Namen zur Verteidigung.

Es machte mir viel Spaß am Computer zu sitzen, und mit all den Zahlen zu spielen, kam doch hier meine Liebe zur Mathematik voll zur Geltung.

So verliefen, die nächsten Arbeitstage, in denen ich mehr und mehr in die Verantwortung eingebunden wurde.

Eines Tages, als ich nach Hause kam, es war ein Freitag, an dem ich völlig fertig nach einer harten Arbeitswoche nun endlich ins freie Wochenende starten wollte, plötzlich mein Telefon klingelte, auf dessen Display ich wieder mal Jürgens Nummer sah, der es immer noch nicht aufgegeben hatte, mit mir sprechen zu wollen.

Ich wusste nicht, was mich dazu getrieben hatte den Hörer abzuheben. Vielleicht war es meine gute Laune, mit der Jürgen im ersten Moment nichts anfangen konnte. War er doch zudem überrascht, dass ich den Hörer abgehoben hatte. Waren doch mehr als drei Monate seit unserer gemeinsamen Nacht vergangen.

„Wie geht es dir?" Eine Frage, die ich trotz meiner guten Laune mit einem gedämpften: „Es geht!" beantwortete. Ich weis nicht, wie ich das fortlaufende Gespräch weiter beschreiben sollte. Kamen wir doch ziemlich schnell zu einem lustigen, klaren Gesprächsverlauf, welches sich über die Lockerheit vergangener Telefonabende stellte.

„Was machst du heute Abend noch?" Erkundigte sich Jürgen schlagartig bei mir, wollte er doch bestimmt die Nacht nicht alleine sein.

„Ich werde noch mit Mona um die Häuser ziehen!" zog ich mich schnell aus der Affäre. Und nun von da an, das Gespräch schnell zu Ende war.

Aber ich zog es lieber vor, den Abend alleine in meinem Bett zu verbringen. Las ein Buch, bis meine Augen immer schwerer wurde – wollte ich gerade noch mein Buch bei Seite legen – als ich plötzlich mein Klassenfoto sah, dass auf meinen Nachttisch stand. Ich nahm es in meine Hand, und mein Blick gleich auf Lisa traf, die ich mit zunehmender Dauer immer mehr vermisste.

Lange blickte ich sie an. Es kam mir schon so vor, als lachte sie mich an. So wie sie es immer tat – ihre Art, die mich immer wieder schnell aufbaute.

Müde und traurig, der Schläfrigkeit nicht mehr trotzen zu müssen, konnte ich mich doch keine weitere Sekunde mehr wach halten.

Am späten Abend, aus den Schlaf gerissen, klingelte mal wieder das Telefon.

„Lisa, bist du es?" schrie ich wie von der Tarantel gestochen in den Hörer, konnte es kaum realisieren, dass sie es war.

„Ich habe nicht viel Zeit mit dir zu reden. Ich muss dich so schnell wie möglich treffen!" flüsterte Lisa so leise in den Hörer, dass ich echt Mühe hatte sie zu verstehen.

„Was ist denn überhaupt los?" erkundigte ich mich verwundert, ging mir das doch ein bisschen zu schnell.

„Morgen Abend um elf Uhr am Stausee. Komm bitte alleine!" gab mir Lisa rasch zu verstehe, und legte dann auch schon wieder den Hörer auf.

Es viel mir schwer am nächsten Tag gegenüber meiner Mutter ein glückliches Gesicht am Frühstückstisch zu ziehen. So schwer steckten noch Lisas Worte in meinen Kopf, dass ich mich am liebsten unter den Küchentisch zurückgezogen hätte.

„Gehst du noch weg?" Fragte mich meine Mutter, als ich am Abend das Haus verließ.

„Ich wollte mich noch mit Mona treffen!" versuchte ich mich zu endschuldigen, wollte ich doch meiner Mutter gegenüber nicht erwähnen, dass ich mich mit Lisa treffen wollte.

Es war nicht allzu weit bis zum Stausee, was mit dem Linienbus noch nicht einmal in sechzig Minuten gedauert hatte. Minuten, in denen sich die Angst immer mehr in mir ausbreitete. Stellte ich mir mehr um mehr die Frage, ob ich nicht doch wieder nach Hause fahren sollte.

Ich wusste nicht, was ich wollte, wie ich mich in dieser seltsamen Situation verhalten sollte.

Am Ziel, aus dem menschenleeren Bus ausgestiegen, schloss der Bus gleich wieder die Türe hinter mir zu, und schon fuhr der Bus wieder zurück in die Stadt. War es doch wirklich für den Busfahrer ein Rätsel, was ich um diese Uhrzeit hier draußen noch wollte. Alleine stand ich wenig später am Ufer. Weit und breit war keine Lisa zu sehen.

„Bist du alleine?" überraschte mich eine Lisa, schlagartig, unerwartete plötzlich hinter mir stand.

„Kannst du mir mal sagen, was überhaupt los ist?" Fragte ich sie mit einer Miene, in der deutlich die Angst zu erkennen war. Fühlte ich mich doch der 007- Tendenz noch näher kommend.

Rasch führte mich Lisa zu einer Stelle des Sees, von wo aus, wir nicht so schnell zu sehen waren. Wie setzten uns ans Ufer und gleich fing Lisa an zu erzählen. Machte mir deutlich klar, in welch ein Spiel sie verwickelt war. Welchen Druck sie Tag für Tag ertragen musste, nämlich den ihres Vaters, der so lange auf Lisas Mutter eingeredet hatte, bis sie zuwilligte Lisa nach Köln zu schicken.

Er untersagte Lisa jeglichen Kontakt zu ihrem Freundeskreis. Regeln, die eingehalten werden mussten, auf was auch ihr Bruder sehr achtete!

Rasch verging die Zeit, Lisa konnte nicht all so lange bleiben, wurde sie bestimmt schon vermisst.

Zum Abschied umarmten wir uns so fest, wie wir es noch nie getan hatten.

„Pass auf dich auf!" flüsterte sie mir ins Ohr, bevor Lisa verschwand, waren wir uns beide doch sehr sicher, dass wir uns an diesem Tag nicht zum letzten Mal gesehen hatten.

Sichtlich geschockt blieb ich noch eine Weile sitzen, war ich doch trotz der gespannten Lage sehr froh darüber, dass unsere Freundschaft noch nicht zu Ende war.

Kaum war ich wieder zu hause, meldete sich wieder Jürgen am Telefon, der so lange ohne mich nicht leben konnte.

„Mir geht's super!" gab ich ihm die Antwort, die er hören wollte. Kam es mir doch so vor, als wolle er meine Anwesenheit kontrollieren. Ich hielt es daher für das Beste, das Gespräch auf einen kurzen Level zu halten.

Am nächsten Tag, hielt ich dem zunehmenden Druck meiner Gedanken nicht mehr aus. Ich musste raus – ging in die Stadt. Setzte mich in den Außenbereich, einer der zahlreichen Straßencafe des alten Marktplatzes, der sich im Herz der Altstadt befand. Aß einen großen Eisbecher und las dabei die örtliche Tageszeitung, die ich mir vom Kellner hatte bringen lassen.

Gerade, als ich die erste gelesene Seite umschlagen wollen, sah ich plötzlich Jürgen in der Ferne, zusammen mit Rebecca an mir vorgehen, was die Gedanken, der Vergangenheit schnell wieder in mir aufheulen ließ.

In der nächsten Zeit wiederholten sich immer mehr um mehr Lisas Worte in meiner Erinnerung, was schon ein eigenartiges Gefühl in mir war, merkte ich doch dabei, wie ich mich zunehmend zurückzog. Eine Situation, mit der ich nicht umgehen konnte. Was mir immer mehr angst machte.

So verging die Zeit. Tag für Tag. Woche für Woche. Aus den Sommer heraus, bis in den späten Winter hinein.

Es war mittlerweile Mitte Dezember. Ich war gerade auf meiner Arbeitsstätte damit beschäftigt, wieder mal hinter dem Computer sitzend, für den richtigen Überblick der Zahlen zu sorgen, als plötzlich für mich total unerwartet meine Mutter neben mir stand.

Durch ihre unglaubliche Erscheinung, zog durch den Raum eine unbeschreibliche Stille ein, wusste doch jeder zu gut, wer sie war. Von was ich mich nicht aus der Ruhe ziehen ließ, verhielt ich mich doch meiner Mutter so gegenüber, wie ich es von zuhause gewohnt war.

Kaum ging meine Mutter nach einem kurzen Gespräch mit mir, zurück zum Fialeleiter ins Büro, da kam gleich Frau Reibweiler zu mir an den Tisch, die das per „Du" mit meiner Mutter nicht verstehen konnte. Was ich eher mit einem Lachen zur Kenntnis nahm, war das doch meine Mutter, was Frau Reibweiler sichtlich geschockt zur Kenntnis nahm.

Ein halbes Jahr später

Noah

Was für ein armseliger Tag es wieder war. Der Himmel bewölkt, die Luft äußerst feucht, nicht gerade ein typischer Julitag. Nein, bei solch einem Wetter hatte ich nicht gerade die große Lust mich aus meinem Bett zu erheben. Aber was blieb mir da für eine andere Möglichkeit, als mein Gesicht von meinen Fenster abzudrehen und mein müden Arsch in die Schule zu bewegen. Wo bestimmt ein Haufen Spekulanten, Schleimer oder irgendwelche Hinterweltler auf mich schon warteten.

Ich versuchte mich noch einmal unter meine Bettdecke zu verstecken, aber da klingelte auch schon mein Telefon, das sich leider nicht vor meinem Bett befand, sodass ein Aufstehen nicht vermeidbar war. Nun denn, was blieb mir da für eine andere Möglichkeit, als meine warme Bettdecke bei Seite zu ziehen und mich mit einer seitlichen Rechtsdrehung über die Bettkante hinweg, in eine senkrechte Körperhaltung zu bringen. Da spürte ich schon im nächsten Moment, den kalten, erstarrten Holzboden, der in mir all meine Glieder zusammenziehen ließ.

Am liebsten hätte ich mich geradewegs wieder zurück ins Bett fallen lassen, wenn nicht da das immer noch klingelte Telefon gewesen wäre.

Mit einer Unterhose und einem T-Shirt bekleidet stieg ich über Essensreste, Kleiderstücke, Schuhe und Bücher hinweg, die sich in den letzten Tagen in meiner kleinen Wohnung angesammelte hatten. Wo ich echt mühe gehabt hatte, unbeschadet das Telefon zu erreichen.

Den Hörer in meiner linken Hand meldete sich schon eine elektronische Stimme bei mir. „Guten Morgen hier spricht der von ihnen bestellte Weckdienst der Deutschen Telekom!"

Mit schrecken gehört, legte ich gleich den Hörer wieder bei Seite und fragte mich, ob solch ein Mensch wie ich, der nie Geld in der Tasche hatte, zu solch einem kostspieligen Service greifen sollte.

Nein, da konnte etwas nicht stimmen! Da hatte mir wohl jemand ein Streich gespielt. War es meine Mutter?

Versuchte sie doch – seit ich nicht mehr bei ihr wohnte, stets mein Leben unter Kontrolle zu halten. Musste ich mir nun mal eingestehen, dass sie in diesem Fall wieder zu weit ging.

Hinein in die Klamotten, die ich in ein paar alten Mühlsäcken gelagert hatte, welche mir als Kleiderschrank dienten, war doch die Mobilität so kostspielig bei mir geworden, dass ich mir wenigsten noch ein Bücherregal und einen funktionierenden PC mein eigen nennen konnte, an dem ich schon manch eine Nacht durchgemacht hatte.

Startklar verließ ich wenig später meine Wohnung. Begab mich, vorbei durch die Saarbrücker Fußgängerzone, hinein in die Altstadt – aus der Innenstadt hinaus, über die rote Ampel. Quer über die hoch frequentierte Straße hinweg und hinter dem Staatstheater ging ich mich über eine enge Fußgängerbrücke, die auf die andere Seite des Saarufers reichte. Nach wenigen Minuten war ich am Saarbrücker Schloss. Nahm die Abkürzung, die Schlosstreppe hinauf, den direkten Weg zum Schlosshinterhof und ersparte mir so die lange gezogene Umgehungsstraße.

Über den Schlosshof rannte ich hinweg, von wo aus, ich schon die immer näher rückende Schule sehen konnte.

Ich rannte noch an der großen Schulmauer entlang, die mit ihrer überragende Größe den vorbeifahrenden Straßenverkehr vor heran fliegende Fußbällen schützten sollte. Und siehe da, da stand ich schon, im vorderen Eingangsbereich des Schulhofes, wo sich die Schüler in mehrere kleine Gesprächsgruppen unterteilt hatten.

Kaum wurde ich als Ankömmling von jedem einzelnen begutachtet, stand bei mir schnell wieder die Frage im Raum: „Zu wem sollte ich gehen?"

Am liebsten wäre ich nicht von der Stelle gewichen, denn was hatten die schon bei mir verloren. Sie waren nicht gerade die Menschen, zu denen ich Kontakt suchte. Meine Interesse schenkte ich mir da lieber selbst – meinem Computer, der zu den Dingen gehörte, die ich in dieser Welt noch ein wenig ernst nehmen konnte. Was auch nicht verwunderlich war, hatte ich doch keine wahren Freunde auf dieser Schule, eher nur ein paar wenige Bekanntschaften, mit denen ich mal ein paar Worte wechselte. Warum sollte ich mir das auch antun?

Auf der Stelle stehend, wusste ich nicht so recht, wo ich hingehen sollte. An was das wohl gelegen haben konnte? Konnten sie mich nicht mehr sehen, oder konnte ich sie nicht mehr sehen? Ich wusste nicht – diese Blicke, die mich regelrecht in die Ecke trieben. Aber da ertönte auch schon der Schulgong, der mir das Startsignal gab, mich zusammen mit der getriebenen Masse, durch die eng gepferchte Eingangstür ins Schulgebäude zu drücken.

Die Treppe gleich hoch, den Gang durchgelaufen, erreichte ich nach einen langen Fußmarsch meinen Klassensaal. An der davor befindlichen Garderobe zog ich noch schnell meine Jacke aus und betrat dann den Klassensaal.

Nahm meine gewohnte Sitzposition auf meinem Platz an, der sich im hinter Teil der Klasse dort befand, wo ich vor den Blicken, der Lehrer noch einigermaßen geschützt war.

Mit dem Kopf auf dem Tisch liegend – ich hatte noch nicht einmal die Augen zugemacht, wurde ich von einem heran fliegenden, dicht gebündelten Schüsselbund, der mit voller Wucht aus der Hand meiner Lehrerin kam, aus meiner Gemütlichkeit gerissen, und ein Moment entstand, ich dem ich nicht so recht verstand, was passiert war.

Doch diesen Moment der Peinlichkeit, konnte ich so nicht auf sich beruhen lassen. Das Gelächter meine Klassenkameraden war weit über die Zimmergrenzen hinaus zu hören. Da war doch eigentlich jeglicher Art von Kommentar unnötig!

Nach einer kurzen Bedenkpause sah ich nun eine Möglichkeit, der Situation wieder Herr zu werden. Ich nahm den Schüsselbund rasch an mich und warf ihn im nächsten Moment, zur größten Überraschung meiner Klassenlehrerin, nicht ihr wieder zurück, sondern aus dem geöffneten Fenster. Und siehe da, da war niemand mehr nach lachen zu mute – eher lachte keiner mehr, was nun mich dafür umso mehr lachen ließ. Mein Klassenlehrerin hingegen, sie blickte geschockt ihrem Schüssel hinterher, der geradewegs auf der viel befahrenen Verkehrsstraße landete, zu der sich zu dieser frühen Morgenstunde, die Autos nur so durch den dicht gedrängten Berufsverkehr quälten.

Nun hatte wohl auch der Letzte im Saal den Blick auf meine Person gerichtet. Sie alle konnten so nicht richtig begreifen, dass ich aus den Fehlern der Vergangenheit nichts gelernt hatte.

„Geh sofort meinen Schlüssel holen!" schrie sie. Ginge es nach ihr, wäre ich schon längst nicht mehr auf dieser Schule.

„Verstehen sie denn keinen Spaß?" versuchte ich bei verlassen des Raumes mich zu erklären, hatte sie ja schließlich mit diesem Unfug angefangen.

Schnell hatte ich den Schlüssel von der Straße aufgehoben, ging ich wieder zurück in die Klasse, ohne dabei einem stehenden, herumschreienden Autofahrer, der sich vor dem fliegenden Schlüsselbund bedroht gefüllt hatte, meine Aufmerksam zu widmen.

Ich brachte meiner Lehrerin die Schüssel zurück, und atmete erstmal tief durch, als ich mich wieder zurück an meinen Platz setzte. War ich doch von meiner Person nicht die Sportskanone. Aber da rief sie mich im nächsten Moment vorne zu ihr an den Pult, und somit die Reise für mich noch nicht zu Ende war.

„Noah – hast du ein Problem?" Fragte sie mich total wutentbrannt. Ihre Hilflosigkeit stand ihr ins Gesicht geschrieben.

„Wie kommen sie da darauf?" Fragte ich sie so unschuldig wie nur möglich. Worauf sie mich nur schweigend anstarrte.

„Warum haben sie mich gerufen?" hakte ich nach einer langen Pause nach, war ich doch der Annahme, ich hätte sie milde gestimmt. Hatte dieser Tag doch grad erst begonnen. Also, warum der ganze Stress?

„Es geht um die Praktikumsstelle, Noah!" erwiderte sie – wohl wissend, dass ich im Gegensatz zu meinen Mitschülern anderweitig beschäftigt war, als mir jetzt eine Praktikumsstelle zu suchen.

Ich hätte an diesem Tag wirklich lieber zu hause bleiben sollen, hatte ich doch nicht die Lust gehabt, bei dem morgigen Pflichtpraktikum nur einen Finger zu rühren. Den Handlanger für jemanden anderen zuspielen. Wer möchte schon den Parkplatz fegen, Ringordner sortieren oder nur Zigaretten einkaufen? Könnte man ja sich gleich einen Ferienjob suchen, da bekam man wenigsten noch einen

Lohn dafür. Daher zog ich es nicht gerade vor mir eine Praktikumsstelle zu besorgen. Wollte diese Zeit lieber für mich alleine sein.

„Ich habe leider nichts gefunden!" gab ich ihr zu verstehen, wobei ich mit dem Gedanken gespielt hatte, sie würde mich von all meinen Pflichten befreien.

„Das habe ich mir schon gedacht, und deswegen habe ich schon gestern Abend dein Vater angerufen!"

Ja – mein geliebter Vater, wenn es ihn nicht gäbe, hätte ich bestimmt mein Leben ein wenig ruhiger gestalten können. Gegen einen Menschen, der in der Landesregierung einen so guten Ruf genoss, konnte man eben nichts tun. Wobei ich möchte nicht behaupten, dass mein Vater mir böses wollte. Setzte er sich doch immer für mich ein. Bog gerade, was ich falsch gemacht hatte. Was er mehr, als einmal für mich getan hatte. War doch mit dem richtigen Parteibuch in unserem Land wirklich alles möglich.

„Was meinen sie bitte damit?" erkundigte ich mich mit einer gewissen Vorahnung.

„Dein Vater hat mir zugesichert, dass er für dich eine Praktikumsstelle organisieren wird!" Ein Genuss des Sieges, was sie sichtlich sehr genoss.

„Und was soll ich dort?" gab ihr ich niederschlagen zu verstehen.

„Regle das bitte mit deinem Vater!" hatte sie doch absolut keine Lust mehr, sich auf eine weitere Diskussion mit mir einzulassen.

Enttäuscht, über meinem misslungenen Plan, setzte ich mich zurück an meinen Platz, von wo aus der fortlaufende Unterricht an mir vorbei ging.

Ich war froh darüber, als endlich die Schule vorüber war, und ich mich gleich zu meinen Vater aufmachte, dessen Arbeitsstätte von meiner Schule nur ein Steinwurf entfernt war.

Ich ging über die kurze Eingangstreppe ins Gebäude, in dem mein Vater arbeitete – geradewegs durch die breit angelegte Eingangstüre, am Pförtner vorbei. Benutzte den nächst verfügbarem Aufzug, der mich geradewegs in den letzten Stock des Gebäudes beförderte, wo mein Vater sein Büro hatte.

Dort angekommen, stand ich in einem menschenleeren Flur, mit einem laufenden Kopierautomaten, der sich gegenüber der Fahrstuhltür, genau in der Mitte des langen Flures befand.

Die Bürotüre meines Vaters hatte ich gefunden, da klopfte ich auch schon zweimal vorsichtig an Türe, und schon bat mich mein Vater hinein, der am Anfang mich recht verwundert anschaute, hatte er doch mit mir am wenigsten gerechnet.

„Ich möchte mit dir reden!" machte ich meine Bedenken frei, wollte ich mich doch nicht immer mit seinen Entscheidungen anfreunden.

Ich setzte mich in einer der Lederseelen die direkt vor seinem Schreibtisch standen, die eigentlich für wichtigere Besucher gedacht waren, als für mich. Kaum hatte ich mich hingesetzt, fragte mich verwundert mein Vater mit gestresster Mimik, was eigentlich los sei.

„Wie – hast du ein Problem damit?" hakte er in einem Moment nach, in der ich gerade noch die optimale Sitzposition für mich suchte.

„Ich möchte nicht dieses beschissene Praktikum machen, egal wo es sein soll!" sagte ich.

„Noch nicht einmal auf einer Bank!" was für mich eher noch schlimmer war, als ich am Anfang gedacht hatte.

Nun saß ich da, wie der bekannte Ochs im Walde. Dies war die Situation, die mein Vater sichtlich genoss. Es entsprach dem Charakter seiner Person. Da konnte ich meine Mutter im Nachhinein umso besser verstehen, dass sie sich letzten Endes von ihm hatte scheiden lassen.

„Was soll ich auf einer Bank!" Hatte ich doch von meiner Seite finanzielle Probleme genug.

„Wo möchtest du denn dann hin?" erkundigte er sich reflexartig bei mir.

Nun stand ich noch blöder bei meinen Vater da, wie zuvor, trotz meiner gesammelten Erfahrungen, die ich im Laufe der Zeit bei meinen Vater gesammelt hatte.

Mir blieb sprichwörtlich die Spucke im Halse stecken, stand wie versteinert da, wusste ich doch nicht, wie ich in dieser Situation reagieren sollte, die mir in diesem Moment eher angst machte. Ich es einfach nicht wahrhaben wollte, dass da mein Vater so lachend vor mir saß. Schnell – rasch –

unverzüglich machte ich mich wieder auf, wollte ich doch diesen Ort schnellst möglich verlassen. Ab zurück in die City, wo um diese Uhrzeit ein recht reges Treiben herrschte. Hatte es doch in den vergangen Tage so stark geregnet, dass es die Menschen bei diesem schönen Wetter endlich wieder aus ihren Häusern zog. Ideale Vorrausetzungen meinen heimischen Kühlschrank wieder aufzufüllen, dessen Zustand auf die Dauer, so wirklich nicht mehr hinnehmbar war.

So sehr ich auch meine Mutter mochte, fiel es mir immer wieder schwer, sie um Geld zu bitten, hatte sie doch selbst seit der Scheidung, ihre eigenen Probleme.

Es war schon ein dummes Gefühl für mich gewesen, als ich ihren Fünfzigmarkschein in der Hand hielt. Mir all diese Zweifel wieder hoch kamen. Aber so beschissen ich mich dabei fühlte, wusste ich zugleich, wie sehr meine Mutter sich um mich sorgte.

Gerade hatte ich das Brot, der letzte Punkt auf meiner Einkaufsliste, im Supermarkt eingepackt, ging ich zurück zu meiner Wohnung. Grade dort angekommen, stand mir schon mein Vermieter gegenüber, der unbedingt sein Geld wollte.

Es war schon schwer für mich, diesem Mann gegenüberstehend, die richtigen Worte zu finden, wusste ich doch nur zu gut, dass mein Vermieter genauso auf mein Geld angewiesen war, wie ich selbst.

„Ich möchte jetzt mein Geld haben!" machte er mir diesmal recht unmissverständlich klar. Hob dabei seine Hand, mit einem gestreckten Finger, um seiner eben getätigten Aussage Nachdruck zu verleihen.

„Machen sie sich keine Sorgen, morgen haben sie ihr Geld!" Was er am Anfang nicht so recht glauben wollte, kannte er doch zu gut meine Triebkraft, die am nächsten Morgen wohl ihren Höhepunkt gehabt haben musste, war es doch für mich wirklich mal kein Problem aus dem Bett zu kommen.

Zum Glück herrschte vor der Bank am frühen morgen nicht gerade ein Hochbetrieb, der mir die gute Laune hätte nehmen können. Zudem hatte ich doch nicht gerade die Zeit, mich länger als nötigen dort aufzuhalten, wollte ich doch bei meinen ersten Praktikumstag wirklich nicht unpünktlich dort erscheinen.

Schnell hatte ich mein Geld vom Automaten bekommen, da stand ich wieder vor der Eingangstüre, der Bank, in der Morgendämmerung, die von früh frostiger Frische begleitet wurden. Meiner Lust zu folge, hätte ich mich am liebsten wieder zurück ins Bett gelegt.

Es war schon ärgerlich genug für mich, mit siebzehn noch kein Auto fahren zu dürfen, und es so mal wieder unumgänglich erschien, den Weg zur Arbeit zu Fuß, zu nutzen. Die langsam immer mehr werdenden Menschen, auf dem Bürgersteig, rechts und links neben mir, gaben regelrecht das Schritttempo vor. Ein auf und ab der Gefühle in mir begann. Stopp and Go, geregelt von den Ampelanlagen, kam es zu einem Spiel zwischen Ordnung, Raum und Zeit, in dem Niemand zurücktreten konnte oder wollte.

Wäre es nach mir gegangen, läge ich nun noch zuhause im Bett, in all meinen Träumen. Für was ich mich nun bei meinen Vater bedanken konnte, der mich unter solch einen Druck gesetzt hatte, dass ich nun keinen Ausweg mehr sah, als mich dieser immer näher rückenden Praktikumsstelle nun doch zu stellen. Hatte er mir doch zu sehr damit gedroht den Geldhahn zuzudrehen, was mich letzten Endes auf die Straße gebracht hätte.

Am Ziel angekommen, betrachtete ich erstmal vor der Bank stehend, meine Arbeitsstätte, für die nächste Wochen an. Die von ihrer Größe ein sehr beeindruckendes Bild auf mich hinterließ. Kurze Hand später ging ich die lang gezogene Eingangstreppe hinauf, bevor ich im Schalterbereich stand, der wirklich so groß war, dass es einen Moment gedauert hatte, bis ich mir einen Überblick verschafft hatte.

„Guten Morgen Herr Petry!" begrüßte mich eine gut gelaunte Dame, um die zwanzig Jahre alt, wenn mich mein erster Eindruck nicht täuschen sollte. Charmant lächelte sie mich an, was mir gleich gefiel – mir gleich sehr entgegenkam, war sie doch in diesem Sinne, die Augenweide, zu der ich nicht gerade „nein" sagen würde.

„Frau Theis" hieß sie, was schon mal ein guter Anfang zur "Telefonnummeraustauschfrage" war.

Sie führte mich gleich durch die heiligen Hallen, zeigte mir im Vorbeigehen die wichtigsten Dinge – wie, der Kopierautomat - alles was ich zur Arbeit eben brauchte.

Wir erreichten das Büro, des Filialleiters. Er begrüßte mich in einer kurzen Willkommensansprache zu meinen ersten Tag, was mich eher weniger interessierte. Vielmehr hatte mich mein alltäglicher Stundenlohn, den vorher mein Vater für mich ausgehalten hatte, interessiert. Fünfundzwanzig Mark, auf mein Vater war wirklich verlass.

Herr Hoffmann, der Filialleiter, zeigte wenig später mir, immer noch in Begleitung von Frau Theis, den Rest des Gebäudes. Er führte uns zu meinen Arbeitsplatz, der sich in unmittelbarer Nähe von dem Platz der sympathischen Frau Theis befand, was mir in diesem unübersichtlichen großräumigen Büro, einen sehr zielsicherer Orientierungspunkt war.

Am Platze sitzend wusste ich nicht so recht, was ich mit dem vor mir stehenden PC überhaupt anfangen sollte, war doch mein Interesse mehr auf das Spielen bedacht, als das erarbeiten irgendeiner Buchhaltung. Da konnte ich Frau Theis noch so sehr bittend anschauen - regelrecht anstarren, sie versorgte mich nicht mit Arbeit.

So hatte ich mir wirklich nicht meinen ersten Tag vorgestellt. Lag es vielleicht an der Tatsache, das Frau Theis selbst nicht wusste, was sie mir geben konnte – welche Arbeit für mich Vertrauenswürdig war? Herrschte doch in dem ganzen Büro regelrecht Geheimstufe Nr.1. Durfte kein Ordner offen liegen gelassen werden. Also, was sollte mir Frau Theis geben – was durfte ich überhaupt bearbeiten?

Ein Gefühl des Unbehangens kam, mit der Zeit, in mir hoch! Ein Wechselbad der Gefühle in mir auslöste, war ich es doch von meiner Person gewohnt, die Oberhand zu gewinnen.

Was für ein Arbeitsplatz, der sich vor mir ausbreitete! Lagen nicht solche Unmengen von Informationen vor mir, die bestimmt nicht für jeden X-beliebigen sichtbar werden sollten. Da stellte mich Frau Theis doch lieber vor den Kopierer, hatte sie doch noch eine Menge von Arbeitsunterlagen von denen sie unbedingt noch einen Abzug brauchte. Eine Aufgabe, der ich mich gewachsen fühlte.

Kaum war ich mit meiner Arbeit fertig geworden, brachte mir Frau Theis solch einen riesigen Ordnerstapel, dass sie regelrecht Mühe hatte noch ihre eigenen Füße zusehen. Doch gerade, als es den Anschein hatte, sie würde unbeschadet ihr Ziel erreichen, kam sie ins stolpern. Was ich zu gern mit einem Lachen zur Kenntnis genommen hätte, wenn Frau Theis nicht ungebremst mit ihrem Gesicht auf dem Boden aufgeschlagen wäre, sodass mir für einen Augenblick vor schreck die Luft wegblieb.

Sofort wollte ich ihr zu Hilfe eilen, aber da kniete sie schon wieder auf und stapelte schnell ihre herumliegende Ordner aufeinander, sodass ich keine Chance hatte, ihr zu helfen. Sie keine Zeichen von Schmerz zeigte. Erst als ich sie auf ihren aufgerissen Ellenbogen aufmerksam machte, wurde ihre Gesichtsfarbe schlagartig kalt weis – ich setzte sie sofort, gestützt von meiner Schulter, vorsichtig auf einen Stuhl.

„Tut mir leid, dass ich dich vorhin so ablehnend behandelt habe!" versuchte Frau Theis ihr vorangegangenes Verhalten zu entschuldigen.

„Ist schon gut, Frau Theis!"

„Nenne mich bitte, Jasmin!" was mir gleich viel besser gefiel.

Es war schon erschreckend für mich zu sehen – wie sehr ich mich um Jasmin gekümmert hatte, umso mehr hatte ihr Sturz bei den restlichen Angestellten des Hauses keinerlei Reaktionen aufkommen lassen. Zogen sie es doch lieber vor, an ihren Plätzen sitzen zu bleiben. Warum sollten sie ihr auch helfen? Lagen doch deren Arbeitspläne zu dicht bemessen, dass sie Jasmin eher nicht beachten durften, wenn sie nicht mit ihrem Arbeitspensum ins Hintertreffen geraten wollten.

„Begleitest du mich mit in die Mittagspause?" erkundigte sich zu Beginn der Mittagspause Jasmin bei mir. Ein Angebot, dem ich nicht widersprechen konnte.

Da wir nicht das Risiko der Pausenraumregelung auf den Prüfstand stellen wollten, zogen wir es lieber vor, gemeinsam in die Stadt zugehen. War doch die Altstadt nur wenigen Gehminuten von unserer Arbeitsstätte entfernt.

Bei solch einem herrlichen Wetter saßen wir draußen vor einer der zahlreichen Cafés, auf dem kreisförmigen alten Marktplatz, in dessen Mitte ein großer, in weiß angelegter Frauenbrunnen befand. Er gab den, an diesem Ort befindlichen Menschen, eine gewisse Ausstrahlung, die diesen Ort doch zu einladen aussehen lies.

Während des, genoss ich ein kühles Bier und schaute den vorbeilaufenden Passanten zu. Versuchte mir so meinen Kopf von meinen ersten halben Arbeitstag zu befreien, war ich es doch als Schüler gewohnt, um diese Uhrzeit schon zu hause zu sein.

Suchte eher nicht so das Gespräch mit Jasmin, was offensichtlich auf Gegenseitigkeit beruhte. Steckte ihr wohl noch so tief der Schreck des Sturzes in den Knochen – ich dagegen, überlegte eher ob ich wohl noch etwas anderes, außer dem Kopieren, machen durfte.

Gewaltig schnell gingen die sechzig Minuten, der Mittagspause, vorbei. Mir kam es vor, als wären es nur fünf Minuten gewesen. Rasch gingen wir zurück zu unserem Arbeitsplatz, wo wir unsere restliche Zeit abarbeiteten.

Am liebsten wäre ich bei Dienstschluss vor Begeisterung der Dankbarkeit auf die Knien gefallen, wenn nicht Montag gewesen wäre und so die Arbeitswoche gerade erst angefangen hätte. So griff ich schnell zu meiner Jacke, die ich den ganzen Tag über meinen Stuhl gehangen hatte, und ging in einem zackigen Tempo nach hause, wo ich mich zunächst einmal auf mein weiches, bequemes, gemütliches Bett legen musste, war ich doch einfach so fertig, dass ich mich nur noch schlafen legen wollte.

Doch da klingelte es überraschend bei mir an der Wohnungstüre, was ich am Anfang eher an mir vorbeiziehen lassen wollte. Aber es entwickelte sich aus einem einfachen Klingeln in Windeseile in einen unaufhörlichern Kingelsturm, der mir letzten Endes so meine Nerven nahm, dass ich mich überredet fühlte, doch an die Wohnungstüre zu gehen.

Verwundert blickte ich drein, als ich die Türe geöffnet hatte. Hatte ich am Anfang noch damit gerechnet, mein Vermieter würde seine fällige Monatsmiete einfordern, sah ich nun meinen Vater vor mir stehen. Der es sich nicht nehmen lassen wollte, eine ausführliche Schilderung von meinen ersten Arbeitstag abgeliefert zu bekommen.

„Lass mich bitte mit diesem langweiligem Praktikum in Ruhe!" machte ich meinen Vater unmissverständlich klar, wollte ich doch zu dieser Stunde eigentlich für mich alleine sein. Aber nichts desto trotz blieb mir eine weitere Rede meines Vaters nicht erspart. Was hatte er mir alles erzählt?! Dinge, die ich wirklich schon zur Genüge gehört hatte, und sicherlich nicht schon wieder vorgehalten bekommen wollte. Konnte ich doch meine Mutter mit zunehmender Dauer umso mehr verstehen, dass sie dem Ganzen ein Ende gemacht hatte, was mir am Anfang so noch nicht klar geworden war. Sehnte ich mich noch in meiner Jugend nach dem perfekten Familienglück. Und heute, da hatte ich gelernt auf Durchzug zu schalten. Da war das Gerede meines Vaters eigentlich nur noch halb so schlimm wie es sich anhörte. Wusste ich doch nur zu gut, je schneller er fertig war, desto schneller konnte mich letzten Endes ins Bett legen.

Nach dem erwachen aus meinen Gedanken war es auch schon soweit, mein Vater verließ die Wohnung. Ich fiel in mein Bett und schlief auch gleich ein.

Jasmin

Obwohl ich noch nicht einmal das erste Ausbildungsjahr hinter mich gebracht hatte, wollte ich nicht länger diesen Job machen. Hatte ich es doch schon schwer genug mit der mir zugewiesenen Arbeit, bekam ich nun noch von meinen Chef einen Praktikanten zugewiesen, mit dem ich absolut nichts anfangen konnte. Und das ich dem noch gleich an seinem ersten Tag das „Du" angeboten hatte, war wirklich nicht die beste Idee von mir gewesen.

Es war mittlerweile schon dunkel geworden, als ich zu hause nach einem harten Arbeitstag ankam. Gehörte ich doch wieder zu den letzten, die die Arbeitsstelle verlassen durfte. Umso mehr freute ich mich darauf, nach einer heißen Dusche, mit Mona in der Altstadt einen drauf zu machen. Hatte ich in den letzten Monaten Mona zu sehr vernachlässigt, dass ich mir schon Sorgen um unsere Freundschaft machen konnte.

Spät war es, als ich geschafft aber überglücklich von meinen durchzechten Streifzug nach Hause kam. Was meine Mutter auf Anhieb nicht glauben konnte, war doch Disziplin das Hauptwort in ihrem Leben. Daher waren die Sorgen umso größer bei ihr, es könnte mir etwas passiert sein. Lag sie doch in ihrer Jugend um diese Uhrzeit immer schon im Bett.

Aber was konnte meine Mutter schon davon abhalten, mal nicht auf mich zu warten? Egal wie spät es war, sie ging erst dann ins Bett, wenn auch ich zu hause eingetroffen war.

„Wo warst du die ganze Zeit gewesen?" Fragte sie mich, gleich nachdem ich die Haustüre aufgeschlossen hatte.

„Lass mir doch mal meinen Spaß!" versuchte ich mich zu erklären.

„Du weist, dass du morgen wieder arbeiten musst!" auf was ich wirklich keine Lust hatte, darauf eine Antwort zu geben.

Aber warum sollte ich meiner Mutter berichten, wie unbefriedigend es mir auf der Arbeit ging, was bei ihr andererseits vermutlich schon längst angekommen war. *„Augen zu und durch!"* war ihr Motto, welches ich mit zunehmender Dauer, und mit zusehends schwindender Kraft, wahrscheinlich irgendwann gar nicht mehr durchhalten konnte. Also, warum sollte ich da noch auf meine Mutter hören. Ging da doch lieber gleich in mein Badzimmer, wo ich mich zunächst nur noch unter die Dusche stellen wollte.

Mit geschlossenen Augen genoss ich, wie das Wasser meinen nackten Körper berührte – ein Gefühl der innerlichen Befriedigung, wie ich es lange so bewusst nicht mehr erlebt hatte. Plötzlich öffnete ich erschrocken meine Augen, konnte ich doch wirklich nicht glauben, wie ich mit meiner Hand meine Busen streichelte. So, als hätte jemand hinter mir mit in der Dusche gestanden.

Entsetzt über mich selbst, verließ ich fluchtartig die Dusche, rannte nackt aus dem Badezimmer geradewegs auf mein Zimmer. Versteckte mich unter meiner Bettdecke, wo ich mich wie ein kleines Kind zusammenzog. Mit all meinen Tränen im Gesicht wurde mir da zum ersten Mal klar, wie sehr mich die letzte Zeit mitgenommen hatte.

Schnell hatte ich mich wieder ein wenig beruhigt, da zog schlagartig im nächsten Moment, mir jemand meine Bettdecke weg. Einer hilflos blickenden Mona schaute ich ins Gesicht, die im nächsten Moment absolut nicht wusste, wie sie auf mich eingehen sollte.

„Jasmin?" flüsterte sie leise meinen Namen und setzte sich vorsichtig bei mir auf die Bettkante.

Sie streichelte sanftmütig mein Haar, bis ich meinen Kopf zu ihr in den Schoß legte, so dass ich mit meinen Brüsten ihre Knie berührte. Was Mona in der Situation total überforderte, hatte sie eigentlich nur ihren Haustürschlüssel bei mir liegen gelassen – war sie nun in einer Situation, der sie total blind gegenüber stand. Es verschlug ihr regelrecht die Sprache, was ich nicht wollte – ihr nicht antun konnte.

Schnell rannte ich in das Badezimmer zurück, zog mir mein altes T-Shirt und Slip an und setzte mich zurück zu Mona, die, seit sie vor zwei Jahren bei einem Rockfestival vergewaltigt wurde, zu einem sehr verschlossenen Menschen geworden war, den ich erst langsam wieder neu kennen lernen musste.

Mir war es mehr als peinlich, wie sehr ich Monas Gefühle geweckt hatte. Wollte ich sie anfangs noch nach Hause fahren lassen – konnte ich es nun wirklich nicht verantworten, sie alleine auf ihrem Zimmer, mit all ihren wirrten Gefühlen sitzen zu lassen. Aber Mona interessierte dies eher weniger. Sie wollte ihre Ruhe, ganz für sich alleine.

Mir tat Mona schon leid. Mir viel keine gelungene Erklärung ein, mit der ich aus dieser seltsamen Lage hätte wieder raus kommen können. Brauchte ich doch nur an unseren Praktikanten zu denken, der mir so extrem in meinen Ausschnitt gestarrt hatte, dass mir regelrecht die Angst durch die ganzen Körper schoss.

Noah

Am nächsten Morgen begann alles wie gewohnt. Immer derselbe Ablauf, wie am Vortag. Mein Wecker klingelte – ich stand auf – wusch mich – zog mich schnell an und ging wieder zu meiner Arbeitsstätte. Obwohl ich meiner Lust, nach am liebsten in meinem Bett liegen geblieben wäre, herrschte doch beim betreten der Bank ein weitaus unübersichtliches, geradezu tierisches Treiben, was ich zunächst nicht glauben konnte. Wusste ich doch ziemlich genau, dass der offizielle Dienstbeginn noch nicht begonnen hatte.

Von dem allem unbeeindruckt, begab ich mich zu meinem Arbeitsplatz, wo Jasmin schon eingetroffen war. Verwundert schaute sie mich an, auf was ich nicht recht zu reagieren wusste.

„Du bist zu spät dran!" machte mir Jasmin unmissverständlich klar, was ich im ersten Augenblick eher als einen Scherz empfand.

Was konnte ich schon dem Arbeitseifer einer Jasmin entgegensetzen. Ging es nach ihren Arbeitskollegen, wäre ich nun beim Frühstück, inmitten einer lebenslustigen Unterhaltung, auf welches Jasmin offensichtlich nicht den geringsten Wert legte. Was ich schweigend zur Kenntnis nahm. Wollte ich mir doch wirklich nicht meine gute Laune nehmen lassen.

Trotzdem, so länger ich Jasmin beobachtete, desto mehr Unsicherheit stieg in mir auf, und ich konnte einfach nichts dagegen tun. Und das alles an einem Tag, der erst angefangen hatte.

So zog ich es lieber vor, meine Arbeit fortzusetzen und einer Jasmin besser aus dem Weg zugehen, was wirklich die beste Idee gewesen war, denn lange dauerte es nicht, bis unser Chef vor Jasmin stand. Mit einem Gesichtsausdruck dem, auf der Skala der Unhöflichkeit, ich eine 9,9 von 10 möglichen Punkten gegeben hätte.

Was für ein Tag. Was für ein Morgen, an dem so ein Theater gespielt wurde. Ein Chef, der Jasmin so herunter machte – das man ihr die Hilflosigkeit mehr um mehr anzusehen konnte. Was mich erstaunlicherweise wirklich unberührt ließ, kein Grund der Panik bei mir auslöste. Hatte Jasmin wohl ihre Arbeit nicht so gemacht, wie sie sie eigentlich hätte machen sollen, oder? So genau wusste ich es auch nicht. War es doch erst mein zweiter Tag, in der harten Arbeitswelt, in der ich schon die Erkenntnis gewonnen hatte, anstatt groß die Klappe aufzumachen, sich lieber schweigend seine Arbeit zu widmen.

„Kommst du mit in die Stadt?" fragte ich Jasmin, wollte ich doch nicht die Mittagspause alleine verbringen.

Verwundert schaute sie mich an, war sie noch im Geist so in ihre Arbeit vertieft, dass mich ihre Mimik, als sie den kurzen Moment in dem sie zu mir aufschaute, an schlechtere Zeiten erinnerte. Wortlos richtete sich ihr Blick wieder auf den Schreibtisch.

„Jasmin, ich rede mit dir!" wiederholte ich mich nach einer kurzen Bedenkpause. Und nichts geschah.

Schweigen trat ein. Es war einer dieser dummen Situationen, wo man sehnsüchtig auf eine Antwort gewartet hatte. Aber wer machte da den ersten Schritt? Sie? Ich?

Jasmin sagte kein Wort, schaute mich unterdes so an, als wolle sie mir die Pistole auf die Stirn drücken. Zu meinem Erstaunen stimmte sie doch noch zu. So gingen wir gemeinsam, nach all dem Stress am Vormittag, in die Mittagspause, in die es Jasmin sprichwörtlich wie ein Magnet zog.

Wir verließen die Bank in einen heißen Sommertag. Suchte, und fanden, und genossen ein kühles Bier, welches ich in meiner Hand hielt.

In einem kühlen Sommerwind saßen wir in einem gemütlichen Café, ganz im Herzen der Altstadt. Und dort sah ich eine Jasmin mir gegenübersitzen, mit der ich allmählich wesentlich leichter ins Gespräch kam. Was von der Situation recht schön war, aber leider alles andere als informationsreich. Egal, worauf ich Jasmin auch ansprach, ob die Familie oder das Wochenendeleben – eher erfolglos, kam ich zu keinem rechten Ergebnis - nichts von dem hatte Jasmin interessiert. Kein klares, präzises Wort welches mir ein Schluck aus meinem Glass vereinfacht hätte.

Die Mittagspause verging schneller als ich glauben konnte und so mussten wir wieder zurück zur unseren Arbeitsstelle.

Zurück in der Dienststelle angekommen, blickte ich völlig ratlos auf eine, wie automatisiert arbeitende Jasmin, die sich immer mehr in ihre Gedanken zurückzog. Was sollte ich denn da noch machen? Kam ich mir doch langsam so vor, wie ein Schwerverbrecher, der an ihrer schlechten Lage schuld sein sollte.

Als ich mich am Freitagnachmittag, auf den Nachhauseweg befand, musste ich mit einem Blick in den Geldbeutel ziemlich schnell feststellen, dass an meinen Vater kein Schritt vorbei führte. So sehr ich ihn auch hasste, konnte ich wirklich nicht zu meiner Mutter gehen.

Ich wusste gleich wo ich meinen Vater auffinden würde, war doch die Arbeit schon so etwas, wie sein zweites zu hause.

Als ich, bei seiner Arbeitsstätte, durch die Eingangstüre trat, schaute mich der Pförtner mit einen aufgespielten Lächeln an, als wolle er mir sagen: „Du kommst hier nicht rein!". Du Arschloch, dachte ich mir, saß doch letzten Endes mein Vater am längerem Hebel.

„Was ist mit dem Geld?" fiel ich ihm gleich ins Wort, nachdem ich zügig den Raum betreten hatte. Da war mir sein laufendes Telefongespräch eher nicht so wichtig, da konnte mich mein Vater noch so giftig anschauen, mir war es völlig egal welch eine wichtige Person auf der andere Seite der Leitung war. Der die Stirn meines Vater so verzog, dass er mir schon richtig sympathisch war, mit anzusehen, wie mein Vater im nächsten Moment das Gespräch völlig entnervt abdrückte, was mir einerseits innere Genugtuung gab, mich andererseits an die letzten Ehetage meiner Eltern erinnerte.

Mit versteinertem Blick schaute er mich an, war ihm doch deutlich anzusehen, dass er selbst nicht wusste, wie er mit der Situation umgehen sollte. Inwiefern er, sich mir gegenübertreten behaupten sollte. War ihm noch am Anfang nicht klar, warum ich überhaupt zu ihm gekommen war, zuckte er im nächsten Moment, ohne einen weiteren Kommentar zu verlieren, sein Geldbeutel zum Vorschein, und vernichtete mit einem Schlag meine Unterhaltsprobleme. Da war es mir auch egal, dass er mich gleich wieder aus seinem Büro beförderte, hatte ihn doch das Telefongespräch anscheinend sehr mitgenommen.

„Du, Noah, vorhin war Jemand hier gewesen, der sich nach dir erkundigt hat!" machte mich mein Vermieter darauf aufmerksam, als ich gerade dabei war meine Wohnungstüre aufzuschließen versuchte.

„Wer war es denn?" fragte ich verwundert nach. War ich es doch nicht gewohnt Besuch zu bekommen. Eine Frage, auf die mir mein Vermieter jedoch leider keine Antwort geben konnte.

„Hat er mir eine Nachricht hinterlassen?"

„Das auch nicht!"

Das war eine super Nachricht mit der ich überhaupt nichts anfangen konnte. So schlug ich, ohne einen weiteren Gedanken daran zu verschwenden, die Türe hinter mir zu. War ich doch so müde, dass ich nur noch schlafen wollte.

Im Bett liegend, trat schnell bei mir eine innere Ruhe ein, die ich normalerweise so rasch nicht gewohnt war. Keine Musik, kein summender Computer – rein gar nichts von dem war zuhören. Leise sprach ich mit mir selbst: "Ich habe meine Ruhe von der Schule, meinem Beruf und meinem Vater. Einfach Ruhe von jedem. Vor jeder Gott verdammter Sau!". Einzig, der angenehme Geräuschpegel der am Haus vorbeifahrenden Autos, schleichende Fußgänger, singende Vögel, dem pfeifenden Wind und das Rauschen der Bäume, die solch eine Monotonie erzeugten, die mich im Lauf meiner Gedanken all meine Zweifel und Ängste vergessen lies. Bis zu jenen Zeitpunkt, als es plötzlich total unerwartet bei mir an der Wohnungstüre klingte. Und alles wieder ein Ende hatte.

„Jasmin, du hier?" mit der ich am wenigsten gerechnet hatte.

„Ich wollte dich mal besuchen kommen!" gab mir Jasmin mit ihrem liebenswerten Lächeln zu verstehen. Ein Lächeln, bei dem ich trotz meiner etwas leichten, bettgerechten Kleidung, nicht umgehen konnte, sie in meine Wohnung zu bitten. Wenn man das überhaupt als eine Wohnung bezeichnen konnte. Sah es doch da gerade so bei mir aus, als wäre eine Bombe bei mir explodiert. Kleiderstücke und Essensreste die überall herumlagen, was Jasmin eher nicht die Stimmung nahm.

„Schön hast du es hier!" sagte sie, was ich zunächst nicht glauben konnte.

„Meinst du das wirklich?", die Verwunderung musste mir eigentlich im Gesicht gestanden haben.

„Ja wirklich!"

Jetzt schlug es bei mir sprichwörtlich „dreizehn", hatte ich doch noch die ermahnenden Worte meiner Mutter aus vergangen Tagen im Gedächtnis.

Am Anfang fühlte ich mich durch Jasmins Besuch ein wenig überrumpelt. Denn mit ihr hatte ich wirklich am wenigsten gerechnet. Aber was sollte ich tun? Ich konnte sie ja nicht einfach so aus meiner Wohnung schmeißen!

Einen kurzen Moment geschah nichts. Wir schauten uns gegenseitig nur stumm an. Den Rücken an die Wand gelehnt, hockte ich mit stark angewinkelten Beinen auf meinem Bett. Jasmin setzte sich vorsichtig vor mir auf die Bettkante, sodass ich mit meinem Blick ihren Rücken traf.

Sie drehte sich schnell zu mir nach hinten um, und funkelte mich für einen kurzen Moment so liebeshungrig an, dass ich mich am liebsten auf sie geschmissen hätte. Eine Situation, der ich nicht Herr war. Eine Situation, aus der sich Jasmin schnell wieder zurück in ihr Innerstes zog. Ein Gesicht dabei aufsetzte, in dem ich sie nicht wieder erkannte, mir regelrecht Angst machte.

„Sei mir nicht böse, aber ich habe in der Stadt noch etwas zu erledigen!" waren ihre Worte, die ich unvermutet etwas traurig entgegennahm.

Jasmin

Schnell hatte ich Noahs Wohnung verlassen, machte er doch auf mich nicht gerade den Eindruck, als wolle er mich noch länger bei sich behalten. Wollte ich doch nur einfach mal „Hallo!" sagen. Eigentlich, weis ich nicht so recht, was ich genau bei Noah wollte. Vielleicht lag es an meiner Mutter, die mich so sehr zu hause genervt hatte, dass ich wirklich aus dem Haus raus musste.

Ich konnte es einfach nicht mehr hören. Meine Mutter, sie wollte es nicht wahrhaben, dass mein Vater sie verlassen hatte. Dabei hatte sie doch mehr ihn zur Scheidung gedrängt.

„Vater, was machst du hier?" Konnte ich es irgendwie nicht verstehen, dass ich zu dieser späten Stunde noch meinen Vater in der Stadt traf. War er doch in diesem Zusammenhang eher ein Sonderling. Was bei seinem Beruf – in seiner Position nie üblich war.

Meinem Vater fiel es schwer auf mich zuzugehen. War doch der Streit zwischen ihm und meiner Mutter, ihm zu sehr unter die Haut gegangen, dass er nun mehr Angst hatte, ich würde mich von ihm wegdrehen. Gefühlsvoll umarmte ich meinen Vater, was ihm sehr viel Last von seinen Schultern nahm, und ihm gleich einen neuen Weg zeigte.

„Wie geht's dir?" erkundigte sich mein Vater mit stark zitterte Stimme bei mir und lud mich spontan zum Italiener ein, der sich nur wenige Meter von uns befand. Welche ich, auf Grund der drastisch nachlassenden Kochlust bei meiner Mutter seit dem Auszug meines Vaters, dankend annahm.

Ein reges Treiben empfing uns zu dieser späten Abendstunde im Lokal, so dass der Bekanntheitsgrad meines Vaters sich als förderliche erwies und uns somit noch tatsächlich ein freier Tisch angeboten werden konnte.

Schnell hatten wir uns an den Tisch gesetzt, da wurde uns von einem charmanten, gut gekleideten Italiener die Speisekarte überreicht. Wenn er sich seinen lockigen Vollbart mal abrasiert hätte, er vielleicht interessant für mich gewesen wäre.

Zuerst bestellt mein Vater für uns beide eine Flasche Rotwein. Ein Ritual, das er normalerweise früher immer mit meiner Mutter geteilt hatte. Die gemeinsamen Essen beim Italiener, die eigentlich schon eher wie ein fester Bestandteil ihrer Ehe waren. Hatten sie doch hier so zahlreiche Abende diskutiert, was beide sehr gerne taten. Was nun aus und vorbei war. Ein Schmerz, den man meinem Vater schon ansah, bevor er den ersten Schlug genommen hatte. Meine Mutter hatte in diesem Zusammenhang nie Zeit für mich, spielte doch ihr Beruf, bei ihr immer die wichtigere Rolle. Was meinem Vater nie in den Sinn gekommen wäre, er las mir sprichwörtlich meine Sorgen von den

Lippen ab, bevor ich überhaupt mal was sagen konnte. Gab er mir doch mit seiner Art von Humor das Gefühl von Geborgenheit, eben dass, was ich zurzeit am meisten brauchte.

Es verging eine geraume Zeit, bis wir unser Essen an den Tisch serviert bekamen. Eine Dauer, in der ich eher stillschweigenden meinen Vater beobachtete, gab doch seine Person mir die Ruhe, die, all den Trubel, der um mich herum herrschte, schlagartig vergessen ließ.

„Wie geht es deiner Mutter?" beendete mein Vater schlagartig sein schweigen, womit ich eher nicht so abrupt gerechnet hatte. Hatte ich doch zu diesem Zeitpunkt meine Aufmerksamkeit mehr auf mein Essen, als auf meinen Vater gerichtet.

„Wie meinst du dass?", fiel es mir doch recht schwer diese Frage richtig einzuordnen, ging ich doch eher davon aus, er hätte sie verlassen.

„Ich denke, du hast sie wegen einer anderen Frau verlassen?" Fragte ich total verwirrt, wie von all Sinnen nach, was Vaters Gesichtsfarbe entschwinden ließ.

„Hat dir Mutter nicht davon erzählt?" hakte er mit zitternden Händen nach einer langen Bedenkpause nach, in der wir uns eher nur stillschweigend gegenseitig anstarrten.

„Was soll Mutter mir erzählt haben?" wusste ich doch nur zu gut, was ich abends am Weiher gesehen hatte.

„Das sie einen neuen Mann in ihrem Leben gefunden hat!" Was ich eher nicht glauben wollte. So sehr ich meinen Vater liebte, war ich hin und her gerissen, wer nun im Recht war.

„Vater, lüg mich nicht an! Ich habe dich doch mit deiner neuen Liebe im Ruderboot auf dem Weiher gesehen!"

„Ich glaube du irrst dich da! Dass war nur eine gute Freundin von mir, die ich schon länger kenne!" was mein Vater mir mit einer Art klar machte, die ich bestimmt nicht als aufgesetzt beschreiben konnte.

Verwirrt – geschockt, im Rausch meiner Gedanken, hatte ich nicht die Kraft meinem Vater weiterhin in die Augen zu schauen – seine Anwesenheit noch länger zu ertragen. Rasch, getrieben von all meinen Gedanken rannte ich in meiner Angst gefangen, raus aus dem Restaurante – weg von meinem Vater, der sich sprachlos, nur mit einem leichten Nicken, von mir verabschiedete. Nicht versuchte mir zu folgen.

Er wusste, wie er auf mich eingehen musste, und aß doch lieber seine Pizza weiter. Mit all meinen Tränen im Gesicht, rannte ich zurück nach hause, wo ich nur noch für mich alleine sein wollte.

„Was ist mit dir passiert?" Fragte mich besorgt meine Mutter, die mit meinem Gewimmer, das durch das Haus ging, unvermeidlich konfrontiert wurde.

Führsorglich setzte sie sich zu mir, streichelte liebevoll mein Haar, was mir so fremd war. So sehr meine Mutter in ihrer Führsorglichkeit mich erzogen hatte, fühlte ich nur kalte fremde, was mir die Sprache nahm, meinen Gliedern jegliche Regung nahm. Auf was meine Mutter keine Antwort fand.

„Was ist los mit dir, mein Kind?" wusste sie wirklich nicht, wie sie mit mir umgehen sollte.

„Geh bitte!" schrie ich sie voller Verzweifelung an. Immer und immer wieder, bis sie endlich, ohne ein weiters Wort zu verlieren mein Zimmer verließ, was ich mit großer Erleichterung zur Kenntnis nahm.

So zerreißend der Tag für mich auch war, war ich froh darüber, als ich endlich einschlief. Doch plötzlich, spät in der Nacht, klingelte mich schlagartig mein Telefon aus meinen Träumen.

Wer war es, der jetzt noch was von mir wollte? Mein Vater! Denn er hatte dieses Gewissen, das jede Zeit vergessen ließ.

„Hey Jasmin, wie geht's dir?" auf was ich irgendwie nicht eingehen konnte. Was sollte ich sagen?

„Was willst du?" Meine Stimme bebte, konnte ich doch eine gewisse Begeisterung nicht verbergen.

„Ich wollte wissen, wie es dir geht?" fragte er mich sehr erfreut, war es doch eher so, dass ich ihm die letzten Wochen aus dem Weg gegangen war. Hatte ich doch meine Zeit gebraucht, die schlecht laufende ehemalige Beziehung mit Alexander zu vergessen, dessen Art mir nun wie gerufen kam. Nahm er mir doch die Last von den Schultern.

Noah

Am nächsten Morgen in der Bank angekommen, machte Jasmin zu meiner großen Verwunderung, einen sehr niedergeschlagenen, abweisenden Eindruck auf mich. Hatte ich ihr etwas angetan, das sie mich gleich so in Empfang nahm? Oder wurde Jasmin wieder mal von ihren Kollegen so unter Druck gesetzt? Ich wusste es nicht! Hatte keine Ahnung, was mit ihr los war. Über was ich allerdings auch nicht weiter nachdenken wollte. Es ging mir eher am Arsch vorbei. Sollte sie sich doch mit ihrer Selbstzerstörung alleine beschäftigen.

Aber was hatte Jasmin in mir bewegt, dass ich dies nicht ertragen konnte? Die Mühlen meiner Gedanken langsam in Lauf brachte. Aber was konnte ich schon gegen Jasmins Lage tun? Saß sie doch im Mittelpunkt des Geschehens – in einem Meer von Menschen, die sich, verteilt in ihren kleinen Arbeitsgruppen, so positioniert hatten, dass sie Jasmin jederzeit in ihrem Kaffeeklatsch beobachten konnten. Und ich, ich saß mit einem flauen Gefühl im Magen da, und wusste wirklich nicht was ich machen sollte.

Ich nur noch Hass gegen all jene Menschen, empfand, die dort saßen. Auf der anderen Seite, empfand ein gewisses Mitgefühl, welches ganz Jasmin galt.

Wie gern hätte ich sie in den Arm genommen – ihr Trost gescheckt. Aber was war? Konnte ich doch, aus lauter Respekt der Menschenmassen gegenüber, mich keinen Zentimeter bewegen.

Kaum zeigte meine Armbanduhr an, dass der heutige Arbeitstag langsam seinem Ende entgegen ging, packte ich sowie Jasmin schnell unsere Sachen zusammen und waren weg. Was mich von Jasmins Seite ein wenig verwundert hatte, war sie es doch immer die, die von uns beiden bis in die späte Nacht noch weiterarbeitete.

Während ich mich auf den Nachhauseweg machte, spielten sich meine Gedanken rundum Jasmin. Was ich nicht mehr so kontrollieren konnte, wie es mir lieb gewesen wäre.

Was ging in mir vor? Von was wurde sie so getrieben?

„Jasmin?" sprach ich sie vorsichtig an, konnte ich es doch zunächst nicht glauben, dass sie da, auf der Parkbank saß. Und sie, sie schaute mich mit einen tränen überflossenem Gesicht so an, dass ich sie kaum wieder erkannte.

Schockiert setzte ich mich neben ihr auf die Bank, legte vorsichtig meinen Arm um ihre Schulter. War ich mir doch nicht sicher, was ich dort tat.

Es dauerte lange, bis Jasmin sich wieder ein wenig beruhigt hatte. Sie mein Mitgefühl zwar annahm, aber für mich nur schwer nachzuvollziehen war, schließlich kannten wir uns so lang auch noch nicht.

Was konnte ich dagegen tun? Wusste ich doch ganz genau, was los war.

„Vielleicht sollte ich mal zu deiner Mutter gehen?"

„Was hat die denn damit zu tun!" War ich doch der letzte Mitarbeiter, der noch nicht verstanden hatte, welch eine Stellung Jasmins Mutter im Unternehmen hatte.

Schnell wurde ich von Jasmin aufgeklärt – rasch wurde mir klar, welch ein Spiel hier lief.

„Ich glaube, die Idee wäre nicht so gut?" gab ich meine Bedenken frei, wusste ich doch ganz genau, dass es so nur noch schlimmer werden würde.

„Wieso, die Idee wäre doch gar nicht so übel!" widersprach mir plötzlich Jasmin, und sah mich dabei so an, als wäre das die Lösung für ihr Problem, auf was ich sie nur lange schweigend ansah.

„Versuchen könnte ich es wenigsten mal!" brach sie mit recht verzweifelter Stimme das Schweigen. Hatte sie wohl aus meiner Reaktion sich denken können, dass das nicht den größten Sinn hatte.

„Was ist den mit deinem Vater?" wechselte ich genervt das Thema.

„Meine Eltern, sie leben in Scheidung!" auf was ich erstmal schlucken musste, war ich doch feste der Annahme, dass ich derjenige war, der ein zerstörtes Familienleben vorweisen konnte. Aber, dass das jetzt schon die Regel der Gesellschaft war, das hatte mich echt auf dem falschen Fuß erwischt.

Ich beobachtete genau Jasmin. Versuchte zu verstehen, was in ihr vorging. Aber was sollte ich so verstehen? Wie würde ich es überhaupt verstehen?

Aufmunternd führte ich Jasmin ins uns all sei bekannte Cafe, dass in den letzten Tagen, uns in den Mittagspausen so in seinen Bann gezogen hatte. War doch das die letzte Möglichkeit, Jasmin wieder auf andere Gedanken zubringen.

In der kürze der Zeit, die wir da saßen, entwickelte sich zwischen uns ein Gespräch, dessen Ansätze sich bis dahin, schleppend entwickelten. Und ich, ich hörte Jasmin bei dem Grund – über die Vorkommnisse zwischen ihren Eltern zu. Trank dabei mein Getränk und versuchte mich in die Lage zweier Menschen zu versetzen, die ihren eigentlichen Mittelpunkt des Lebens, rein in ihr berufliches Bestreben gelegt hatten. Was mir, aus meiner Lage nicht allzu schwer nachzuvollziehen fiel.

Wir waren beiden doch Einzelkinder, die mehr als Last, als ein Glück gesehen wurde. Aber was konnte – wollte – sollte ich da noch machen?

Gedanken, die mir sehr vertraut waren. Worte, die ich im bei sein von Jasmin niemals aussprechen wollte, war doch die Peinlichkeit einfach zu groß, als dass Jasmin jetzt klar zumachen, in welchen Verhältnissen ich lebte.

Nach zahlreichen Getränken und ein letztlich Endendem harmonischen laufendes Gespräch, begleitete ich Jasmin noch nach Hause, wo sie sich herzhaft dankend von mir verabschiedete.

Als ich am nächsten Morgen an meinen Arbeitsplatz eintraf, traute ich meinen Augen nicht, war doch Jasmins Platz unbesetzt. Sie sei krank, teilte unser Chef mir kurze Zeit später mit. Von was ich mir selbst ein Bild machen wollte. Und so machte ich mich gleich nach der Arbeit auf zu Jasmin.

An Jasmins Elternhaus angekommen musste ich erstmal tief Luft holen. Im prallen Sonnenlicht stand dort ein Gebäude, dessen großräumige Gartenanlage ein gläsernes Gebäude umfasste, welches die Stromversorgung des Hauses durch Gewinnung und Speicherung von Sonnenenergie mit Hilfe von Solarplatten garantierte. Mehr als beeindruckt, ging ich langsam die Eingangstreppe hinauf und stand vor einer prunkvollen Haustüre, wo ich auch schon gleich klingelte, und mir nach nur kurzer Zeit des warten, geöffnet wurde.

„Ist Jasmin zuhause?" erkundigte ich mich bei einer Frau, deren Erscheinungsbild dem des Hauses entsprach.

„Wer bist du?" fuhr sie auch fort, hatte sie mich doch bis dahin noch nie gesehen.

„Noah!" stellte ich mich ihr mit ausgestreckter Hand vor.

„Ich habe schon von dir gehört. Du arbeitest doch mit ihr auf der Bank?"

„Ja, wir sitzen zusammen an einem Platz." Klärte ich sie auf.

„Und wie gefällt es dir?" frage sie mich gespannt.

„Gut!" was hätte ich ihr auch sonst antworten sollen.

Rasch führte sie mich durch das großräumige Erdgeschoss, hinauf in den zweiten Stock, bis vor Jasmin Zimmertüre, wo sie mich auch alleine ließ. Zweimal klopfte ich an Jasmins Türe und trat in den Raum ein, in dem Jasmin gerade mit einem weißen T-Shirt und einer schwarzen Jogginghose bekleidet, auf ihrem Bett saß und ein Buch lass, als ich ihr gegenüber trat.

„Was machst du denn hier?" Fragte eine sichtlich angespannte Jasmin.

„Ich wolle mal sehen, wie es dir geht?" hakte ich sichtlich unbeeindruckt nach.

„Das ist aber süß von dir!"

Erwartungsvoll legte Jasmin ihr Buch bei Seite. Ich setzte mich neben ihr. Liebevoll schaute sie mich an. Was ging ihr in diesem Moment wohl durch den Kopf? Was für ein Mensch saß da neben mir?

Schlimm sah sie aus. Ein kreidebleiches Gesicht – was mich schon sehr beängstigt hatte.

„Was ist los mit dir, Jasmin?" Erkundigte ich mich vorsichtig bei ihr. Sah ich doch einer Frau gegenüber, die nach meiner Meinung, so ziemlich mit ihren Nerven am Ende war.

„Noah, du verstehst mich nicht?" Konterte sie in einem direkten Ton.

„Wie darf ich das jetzt verstehen?"

Stille trat in den Raum. Jasmin viel es schwer, sich auf diese Situation einzustellen. Was hätte ich ihr auch sonst sagen sollen?

„Geh doch einfach zu deiner Mutter und mach ihr die Lage klar?" machte ich ihr in einer leicht verständlichen Art die Lösung zum Problem verständlich.

„Und was dann?" versuchte sie sich zu erkundigen. „Denkst du, dann wäre die Sache vom Tisch?" nun wurde sie mehr als deutlich.

„Bestimmt!" gab ich frohkundig von mir, war ich doch fest der Annahme, Jasmin überzeugt zu haben.

Hatte in der Vergangenheit Jasmin sich so in ihrer eigenen Welt zurückgezogen, legte sie im nächsten Moment argwöhnisch ihr Buch zu Seite und klopfte genervt mit ihren Händen auf ihre Oberschenkel. Stoppte kurz. Überlegte, und sagte: „Wenn das so schnell ginge, als wenn man es sich Wünsche würde!" und klopfte stattdessen unbeeindruckt weiter. Ein Spiel, in welches ich mich nicht hineinversetzen konnte.

„An was denkst du?" Erkundigte ich mich nach langem bei einer wie vor klopfenden Jasmin, die mir so langsam auf die Nerven ging.

„Das weis ich selbst nicht… das weis ich wirklich nicht!"

„Glaubst du nicht, dass deine Mutter dir helfen würde?" sprach ich zu einer Jasmin, die im nächsten Moment ihre Schlagzahl erhöhte.

„Irgendwie schon!"

„Wie genau, meist du dass?"

„Wie würde das wohl aussehen, wenn bekannt werden würde, dass meine Mutter für mich ihre Hände ins Feuer legen würde?"

„Das verstehe ich nicht!" zuckte ich mit den Schultern. Stöhnte kurz auf und fuhr nach einer kurzen Bedenkpause fort: „Kannst du mir das mal bitte erklären?"

„Was soll ich dir da erklären? Schau dich doch hier nun mal um, denkst du dies hier alles, kam nur aus pure Mutterliebe zustande!"

„Du hast sie nicht mehr alle!" hakte ich Jasmin ins Wort, konnte ich sie doch wirklich nicht mehr für ernst nehmen.

Schnell trat Stille ein. Festgefahren hatte sich diese Situation, in der jeder noch so viel zusagen hatte. Aber hatte das hier noch alles einen Sinn von meiner Seite? Ich hielt lieber meine Klappe und dachte mir meinen Teil dabei.

„Möchtest du etwas trinken?" frage mich plötzlich Jasmins Mutter, die unterwartet ins Zimmer kam. Und diese Frau, sollte die Fähigkeit besitzen, über Leichen zugehen? Diese Vorstellung was irgendwie absurd.

Jasmin

Gerade hatte ich mich an Noahs Anwesenheit gewöhnt, war er auch schon wieder gegangen. Aber irgendwie wurde ich aus diesem Menschen nicht schlau. Wie kam ich zu dieser Ehre, dass er sich so um mich bemühte?

Kaum hatte ich mich bei meinen Arbeitgeber krank gemeldet, stand Noah schon bei mir vor der Haustüre. Und nun war er wieder weg? Irgendwie kam ich mir schon dumm vor, hatte ich mich doch sehr über seinen Besuch gefreut, war er doch beste Abwechselung zu meinem häuslichen Stress, mit meiner Mutter.

Kaum hatte Noah das Zimmer verlassen, wollte ich einfach in meinem Buch weiter lesen, welches ich nach Noahs Eintreten auf das Bett gelegt hatte.

Als wenig später meine Mutter in mein Zimmer eintrat, konnte sie am Anfang nicht glauben, dass Noah schon gegangen war.

„Wo ist Noah hin?" Fragte sie verwundert nach.

„Der ist schon nach Hause gegangen!" gab ich ihr schnell zu verstehen, ohne ihr dabei ins Gesicht zuschauen. Ein Rückzieher, den ich schon den ganzen Tag vorgezogen hatte, hatte mir doch die letzte Begegnung mit meinem Vater so sehr im Hinterkopf gelegen, dass ich mich mehr um mehr von meiner Mutter distanzierte. Jedem Gespräch, mit ihr aus dem Weg ging. Wie denn auch, was hatte ich meiner Mutter schon in beruflicher Sicht großartig zu verheimlichen, stand sie doch im ständigen Kontakt mit meinem Chef. Und ein anderes Gesprächsthema interessierte meiner Mutter da weniger bis gar nicht! Also, warum sollte sie noch länger in meinem Zimmer bleiben?

Ich hatte noch nicht einmal damit begonnene die angefangene Seite meines Buches fertig zu lesen, da klingelte auch schon mein Telefon.

„Was willst du?" Fragte ich verwundert Alexander, mit dem ich zu diesem Zeitpunkt am wenigsten gerechnet hatte.

„Ich wollte wissen, wie es dir geht?" hackte er einem kurzen Schockmoment nach, wollte er es doch nicht wahrhaben, wie ich mit ihm sprach.

Und von da an – ich weis nicht, wie es Alexander geschafft hatte, mich mit all seinem Scham in ein Gespräch zu verwickeln. Mit all dem Stress, der Vergangenheit, war ich doch wirklich zu nichts zu gebrauchen. Was mir umso mehr an die Substanz ging – ich Probleme damit hatte, damit klar zukommen.

Nach diesem Telefongespräch, war ich wirklich nicht in der Lage, weiter in meinem Buch zu lesen. Versuchte eher auf dem Bett liegend meine Gedanken nun zu ordnen.

Welche Fragen machte mir so zu schaffen, dass mir so unkontrolliert mein Herz raste. Meine Hände nur so zitterten brachte.

Schnell zog ich mich an, wollte ich doch nur noch raus aus diesem Haus, in die frische Luft hinein, abseits von dem allem.

An der Bushalte Stelle angekommen, atmete ich erstmal tief durch, als ich in dem losfahrenden Bus saß, war es mir bewusst, auf welchem Weg ich war.

Noah

Schnell zuhause angekommen, konnte ich es kaum erwarten, mir etwas Trinkbares aus dem Kühlschrank zuholen, bevor ich meine Füße hochlegte, war ich doch wirklich so geschafft von diesem Tag, als ich jetzt noch irgendwas machen wollte. Da war es mir egal, ob mein Vermieter bei mir wieder mal Sturm klingelte. Der Alte konnte mich mal! Sollte er sich mal in meine Lage versetzen, dann hätte er es wohl verstehen können, dass ich diesmal meine Musikanlage ein wenig mehr aufdrehte als sonst.

Als ich am nächsten Morgen auf den letzten Drücker auf meiner Arbeitsstelle ankam, musste ich erstmal tief Luft holen, bevor ich mich auf meinem Platz niedersetzte. Und im nächsten Moment tief enttäuscht wurde. Wo war Jasmin? War sie immer noch krank? Das konnte sie mir doch nicht antun! Immer wieder ging mir dieser Gedanken durch den Kopf.

Wie heißt es so schön, geteiltes Leid, ist halbes Leid, was an diesem Tag wirklich etwas gebracht hätte. Bekam ich doch so langsam Jasmins Rolle gut geschrieben. Da war die Freude umso größer bei mir, als ich meinen Dienst hinter mir hatte, und zu Jasmin gehen konnte.

„Was willst du denn hier?" nicht allzu fremde Worte, mit denen mich Jasmin verstarrt an der Haustüre empfing. Desto erstaunlicher war es für mich, dass sie mich schnell zu ihr in die Wohnung bat, in der eine einsame Stille herrschte. Weit und breit war niemand zusehen. Jasmin war wirklich alleine zu hause.

Beim Durchschreiten des Hauses, Richtung Jasmins Zimmer, zeigte sie mir bei der Gelegenheit das Haus, welches von innen betrachtet, noch größer wirkte als von außen. Außergewöhnliche Kunstgegenständen, gaben den Räumen einen persönlichen Charakter.

Während mir Jasmin dies alles zeigte, beobachtete ich sie sehr genau, was sich in ihrem Gesicht abspielte. Vergessen war der hilflose, stets angespannte Eindruck. Es schien mir eher so, dass sie überglücklich aussah. Ihr Gesicht strahlte so sehr, als hätte sie vor all nicht zu langer Zeit verdammt gutem Sex gehabt.

Sie setzte sich gleich auf ihr Bett, als wir das Zimmer betreten hatten. Ich zog es lieber vor, mich auf ihrem doch so gemütlichen Arbeitsstuhl zu platzieren, wollte ich doch die Situation aus der sicheren

Distanz betrachten. Hatte doch Jasmin so den Drang zu erzählen, was mich eher weniger interessiert hatte. Meine Gedanken eher in die Ferne schweifen ließ.

Beobachtet, weggetreten aus all der Realität, blickte aus dem Fenster auf die vorbeiführende Verkehrsstraße, auf zwei daher treibenden Kinder, die in bester Franz Beckenbauer Manier, mit ihrem Fußball spielten. So unbesorgt – so unbekümmert sie daherliefen, ohne einmal mal nach rechts oder nach links zuschauen. Nein – sie spielten, ganz auf ihre Art. Hatten sie sich mit ihren Jacken das Spielfeld so abgegrenzt, dass sie die volle Fahrbahnbreite als Spielfeld ausnutzten.

„Hörst du mir überhaupt zu?" ermahnte mich Jasmin, was mich mit einem Schlag wieder zurück in die Realität holte.

„Was hast du gesagt?" meldete ich reflexartig zurück.

„Hast du mir überhaupt zugehört?" fühlte sich eine Jasmin so langsam von mir verarscht, was ich eher mit einem hilflosen Lächeln beantworten konnte. Eine Situation, die Jasmin im Nachhinein mit viel Humor aufnahm.

Ein Lachen, dass mich zu sehr auf dem falschen Fuß erwischt hatte, dass ich Probleme mit Jasmins Lockerheit hatte. Schmiss sie mir ein so befreites Lachen zu, dass mir bewusst wurde, wie sehr mich Jasmin in ihren Bann gezogen hatte. Aber da, da war alles anders. Ganz anders - war doch zum ersten Mal, so, etwas von Hoffnung zu verspüren. Aber wie würde es Jasmin sehen? Würde sie mit sich sprechen lassen? Eine Frage, mit der ich mich nicht länger beschäftigen wollte, ließ mich eher da von der Situation verleiden.

Es gefiel mir sehr, Jasmin auf ihrem Bett liegend zu beobachten. Mit all ihren Reizen, was bei mir ein leichtes unerklärliches Kribbeln in meiner Magengegend ausgelöst hatte. Hatte ich mich etwa verliebt? Eine Frage, die ich mit zunehmendem Blick auf ihren wohl geformten Po beantworten sollte. Was mir schon richtig peinlich war. Aber zum Glück merkte von dem allen nichts Jasmin. Oder? Neigte sie doch immer wieder ihren Kopf so zur Seite, dass sie mir regelrecht meine Gedanken von den Augen ablesen konnte.

„Was sollen wir tun?" Eine Frage, mit der sich alles wieder regulieren ließ. Vorbei, war es mit der Glückseeligkeit. Jetzt war sie wieder da – die harte Realität.

Jasmin drehte sich so um, dass sie mir im nächsten Moment mir in die Augen starrte. Mich mit ihrem Blick regelrecht durchleuchtete.

„Was ist passiert?" wehrte ich ab, spürte ich doch ein zunehmender Druck auf meinen Schultern. Etwas, was Jasmin nicht verstand.

Ich traute mich gar nicht bei Jasmin nachzufragen, so sehr wurde ich von der ganzen Situation überrumpelt.

Der Schock in meinen Gliedern – traute ich mich nichts zu sagen.

Etwas verkrampft, streichelte ich ihr Haar, was ich eher aus Verzweiflung tat. Und erst im Laufe der Zeit, konnte ich dies genießen. Doch da legte Jasmin meine Hand zurück auf meine Seite, was mich völlig überraschte. Mir die Stimme nahm.

„Ich habe mit meiner Mutter gesprochen!" gab mir Jasmin in solch einer Tonlage zu verstehen, als wäre nie etwas gewesen.

„Und?" Erkundigte ich mich geschockt, über den plötzlichen Situationswandel.

„Es ging ihr eher am Arsch vorbei!" was mehr als deutlich bei mir ankam.

Jasmin

War ich froh, als dieses Arschloch endlich das Haus verlassen hatte. Irgendwie war mir klar, dass es Noah nur gut gemeint hatte. Aber konnte dieser Depp nicht wirklich mal etwas anderes machen, als mir auf den Arsch zu starren? Gut! Er ist ja schließlich ein Mann. Aber musste ich mir nicht eingestehen, dass ich mit meinen Sorgen wirklich alleine sein wollte. Mit all meinen Gefühlen, die ich nicht so recht einordnen konnte. Was mir Angst machte. Lag ich noch vor nicht zu langer Zeit, am Saarufer. An einem heißen Sommertag, umringt von einem Meer von Menschen, die den heißen Tag nicht zu hause verbringen wollte. Stattdessen sie im Genuss mit dem einen oder anderen kühlen Bier, das eine oder andere Volleyballspiel spielten. Von was ich mich am wenigsten angesprochen gefühlt hatte. Ich zog es lieber vor mit hochgekrempelten Hosen, barfuss meine Ruhe zu suchen.

Auf der Wiese zu liegen, war es doch für mich wirklich so heiß, dass ich nicht mal die Lust verspürte auch nur den kleinen Finger zu bewegen.

„Hey Jasmin!" schrie jemand überraschend zu mir herüber, was mich schlagartig hochfahren ließ. Nun sitzend, suchte ich, und fand schnell Jürgen etwas weiter von mit entfernt, der von seiner Gruppe aus, auf direktem Weg auf mich zukam.

„Schön, dich zusehen!" was ich nur bestätigen konnte. Und forderte ihn gleich auf, bei mir platz zunehmen. „Wie geht's dir?" erkundigte er sich freundlich.

„Gut!" erwiderte ich eher trocken, was zur Überraschung seinerseits führte. Was bei mir eher Verhaltensbedingt war. Er damit nicht klar kam, lag doch unsere letzte gemeinsame Nacht noch so tief in meiner Erinnerung, dass es mir nun schwer fiel ihn neben mir sitzen zu haben.

So gerne ich das tiefgründige Gespräch mit Jürgen gesucht hätte, fiel es mir schwer, aus mir herauszugehen, und daher das Thema lieber flach hielt. Was Jürgen im Endeffekt so verunsicherte, dass er letzten Endes ging. So schnell, wie er gekommen war.

„Willst du meine Email-Adresse?" war da eher noch die Frage, mit der ich versuchte mit letzter Kraft einen gewissen Kontakt aufrecht zu erhalten. Da konnte ich echt noch von einem Wunder sprechen, dass er meine von mir genannte Emailadresse auf ein Stück Papier schrieb, dass er zuvor irgendwie aus seiner Hosentasche herausgezogen hatte. Und im nächsten Moment, wieder bei seinen Freunden war, von denen mir jeder fremd erschien. Wodurch ich mich wieder mehr um mehr in meine Welt zurückzog. Wie gerne wäre ich zu Jürgen herüber gegangen. Ihm gesagt, wie sehr ich noch an ihm hing, ihn vielleicht noch liebte. War er doch die einzige Person, die ich seit meiner letzten Beziehung, so nahe an mich heran gelassen hatte.

Verwirrt von meinen Gedanken getrieben, ging ich nach Hause, wo ich in meinen Zimmer für mich alleine sein wollte. Mit all meinen Zweifeln, lag ich auf meinem Bett, starrte wie versteinert an die Decke, ohne jegliche Art von Bewusstsein, schwelgte ich in meiner eigenen Welt. Was bei mir in der Form noch nie aufgetreten war, und meine Angst immer mehr zum kochen brachte. Die Nacht zum absoluten Alptraum machte.

Noah

Als ich wieder zuhause in meiner kleine Wohnung ankam, genoss ich sehr den restlichen Vormittag mal für mich alleine zu sein, bis es an meiner Wohnungstüre klingte.

„Jasmin!" erstarrte ich plötzlich. Ja – es war Jasmin, die vor meiner Wohnungstüre stand. Mit all ihren Tränen in ihren Augen, viel sie mir gleich in meine Arme. Was ich irgendwie nicht verstehen konnte – einfach nicht glauben konnte. Was war geschehen? Gute Frage, nächste Frage. Hatte mich doch Jasmin vor nicht allzu langer Zeit, mich höfflich aus ihrem Elternhaus gewiesen. Und jetzt dass – ich konnte es einfach nicht verstehen!

Versteinert stand ich mit einer Jasmin da, die ich immer noch zum trösten in meinen Armen hielt.

Führsorglich führte ich sie in meine Wohnung, wo wir uns zusammen auf mein Bett setzten. Dabei viel es mir schwer, mein Gemüht so recht bei Laune zu halten. Und nun sollte ich Jasmin noch zuhören.

„Jasmin, was ist passiert?" Und Jasmin ließ sich viel Zeit, in der mir so die Gedanken durch den Kopf gingen.

„Mein Mutter, sie hat einen neuen Freund!"

„Aber, was ist so schlimm daran?" konterte ich direkt, sprach ich doch da aus eigener familiärer Erfahrung.

„Sie hat einen Neuen!" murmelte sie immer und immer wieder vor sich hin. Was ich irgendwie nicht verstehen konnte. Oder hatte sie die Scheidung so mitgenommen, dass ich in diesem Zusammenhang kein Mitgefühl aufbauen konnte. Oder? Wie würde ich wohl reagieren, wenn meine Mutter jemand neues mitbringen würde.

Wie würde ich wohl reagieren, wenn ich herausfinden würde, dass irgendein Typ mit meiner Mutter zusammen im Bett liegen würde.

Gab es in diesem Zusammenhang wirklich etwas Schlimmeres?

Jasmin

Es war schon ein seltsames Gefühl, bei einem Noah in der Wohnung zu sitzen, den ich auf eine gewisse Art nie erst nehmen konnte.

Warum saß ich gerade bei ihm? Verwunderung, die mich überkam. Aber hatte ich das zu hause wirklich nicht mehr aushalten können. Unter dem massiven Druck meiner Mutter, die immer mehr von mir einnahm.

„Darf ich dir Steffen vorstellen!" Einen Mann, den ich zuvor noch nie gesehen hatte, und vor allem nicht in meinem Elternhaus.

„Wer soll das sein?" erwitterte ich. War ich doch gerade froh darüber, dass Noah gerade das Haus verlassen hatte, stand ich im nächsten Augenblick inmitten meiner persönlichen Horror-Show, die ich nicht wahrhaben wollte. Sie nicht verstehen konnte, so sehr ich es versucht hatte.

„Was ist passiert?" fragte mich Noah, auf die liebevolle Art, die mir dieses Verständnis gab, wie es nur er mir geben konnte.

„Meine Mutter hat einen neuen Freund!" gab ich ihn heulend zu verstehen.

„Wie meinst du dass?" fragte Noah verunsichert nach.

„Meine Mutter, sie hat einen neuen Freund!" wiederholte ich meine Worte.

„Sind deine Eltern nun endgültig getrennt!" untermauerte ich meine Aussage, dachte Noah noch am Anfang, es würde noch ein wenig Hoffnung auf ein gemeinsames Zusammenleben meiner Eltern bestehen.

Noah

Am nächsten Morgen, war alles anders, als zuvor. Kein kreischender Wecker der meinen Kreislauf zum Absturz brachte.

„Warum willst du schon aufstehen?" Frage ich eine noch schlafende Jasmin, die aus lauter Verzweifelung die letzte Nacht bei mir geblieben war.

„Komm jetzt!" forderte ich sie mich wieder auf, war uns doch beiden klar, dass wir beide schon längst auf dem Weg zur Arbeit hätten sein müssen, was Jasmin eher weniger interessiert hatte.

Jasmin, sie zog es vor, lieber im Bett liegen zu bleiben. Sie wollte nicht in die Höhle des Löwen zurücktreten. Und dies, dies wollte sie mit aller Macht, so lang wie möglich, herauszögern. Und so dauerte es nicht lange, bis wir uns eine Vielzahl von Blicken, nach dem Durchschreiten der Eingangstüre zum Arbeitsplatz, eingefangen hatten. Was mich eher mehr störte als Jasmin. Ihr sah man bei jedem weiteren Schritt sprichwörtlich die Angst im Gesicht stehen.

„Frau Theis, kommen sie mal bitte mit in mein Büro!" forderte sie gleich unser Chef auf, als wir ins Gebäude eintraten. Was für mich eher wie ein Aufruf zur Schlachtbank klang. Und für Jasmin, eher der Gnadenschuss. Sie war diese Art von Folter wirklich schon gewöhnt. Was ich von meinen Arbeitsplatz aus nicht sagen konnte. Machte ich mir doch eher Sorgen um Jasmin, mit deren Entlassung ich eigentlich schon fest gerechnet hatte.

Verwundert schaute ich, als sie wenig später, mit ein breiten Grinsen zurückkam.

Was war das für eine Person, die da vor mir stand? Gestern noch außer rannt und band, und jetzt, platzte sie quasi nur so vor Selbstbewusstsein. Mehr, als ich selbst?

Als wir am Nachmittag aus unserer gemeinsamen Mittagspause zurückkamen, wartete an unserem Arbeitsplatz bereits unser Chef auf uns, was wir mit Sprachlosigkeit aufnahmen.

„Ihr seid zu spät!" waren seine ersten Worte, mit denen er uns in Empfang nahm. Was er uns nicht hätte sagen müssen, waren wir bis dahin noch nie pünktlich aus der Mittagspause zurückgekommen. Etwas, das eine Vielzahl von den Mitarbeitern, bei Gott einfach nicht verstehen konnte.

Ihre Blicke waren wie gebahnt auf uns gerichtet, waren sie doch wirklich auf das Schlimmste eingestellt. Was unser Chef eher mit viel Humor aufnahm, trotz seines harten Führungsstils. Was ich, genauso wie Jasmin zunächst nicht glauben konnte. Aber er, er hatte was Besseres mit uns vor. „Ich möchte, dass ihr Beide morgen nach Frankfurt fahrt!" machte er uns mit seiner freundlichsten Art klar. Jasmin und ich waren nun mehr als verwundert darüber, dass wir dazu nichts mehr sagen konnten, denn was sollten wir schon großartiges an der Böse tun. Wo sich jeden Tag Bär und Stier guten Tag sagen. Da hatte ich wirklich nichts zu verlieren. Jasmin, sie nahm die ganze Sache eher als eine Herausforderung an. Ein Bestandteil ihrer Ausbildung, dem ich nun folgen sollte.

Jasmin

Es war recht sonderbar für mich, vor dem Landestag nur so meine Warteschleifen zu ziehen. Was so sonderbar wie der ganze bisherige Tagesablauf war.
Am frühen Morgen neben einem Menschen aufzuwachen, den ich bis dahin – so leid es mir auch tat, irgendwie nicht ernst nehmen konnte. Hatte ich doch in der letzten Zeit einfach viel Kontakt mit Männern. Und nun Noah. Was ich zwar nicht so recht glauben wollte, aber trotzdem wollte. Ich es sehr genoss, mein Herz bei ihm auszuschütten und die Aufmerksamkeit auf mich zu ziehen. Was ich gerne – wie ich es auch gewollt hätte, nicht hätte vermeiden können. Aber fühlte ich mich in meiner Persönlichkeit als Frau nicht so an das starke Geschlecht gebunden, dass dieser Kick von Geborgenheit nicht unbedingt hätte entstehen konnte. Also, was sollte ich mir noch ein Gedanken machen? Da war es mir egal, wenn ich mich selbst als billige Schlampe im Spiegel wieder sah. Gehörte doch die Regel der Gemütlichkeit zum einfachen Leben, also warum sollte ich mir da noch Gedanken machen. Und da war mir das Lied, der anderen, völlig egal. Und außerdem, wer war es denn, der so von seinem Ex so verarscht wurde? Ich – letzten Endes. Meine Person. Hatte ich ihn so geliebt, war ich letzten Endes nur fürs Bett gut. Ein Bedürfnis, an das ich mich gewöhnt hatte. Da war Jürgen nur eine Nummer, die am Ende einer langen Liste stand.
Gerade als mich der Drehteufel holen wollte, kam endlich Noah aus dem Büro seines Vaters zurück, der sich dort noch etwas Geld von seinem Vater besorgen wollte, bevor wir unsere Shoppingtour starten sollten. Ein paar Vorbereitungen für unsere morgige Reise nach Frankfurt machen mussten. Gehörte doch der Börsenpool zum Bestandteil einer langen Ausbildung, bei der man mit dem entsprechenden Aussehen erscheinen sollte.
Eine Shoppingtour mit sehr viel Herzblut – die mir sehr gut gefiel.
„Gehst du jetzt nach Hause?" Fragte mich Noah missmutig, als wir nach einem langen Nachmittag unser Treiben im Straßencafe enden ließen.
„Ich weis nicht!"
„Aber solltest du nicht mal zurückgehen?"
„Ich weis nicht!"
„Wo liegt für dich das Problem?"
„Ich weis nicht, wie ich mit der ganzen Situation umgehen soll!"
„Ich weis, dass es hart ist!" offenbarte mir Noah, hatte er doch nicht die Lust, als ein Besserwisser dazustehen.
„Du weist gar nichts!" kam ich nicht verstanden vor.
„Meine Eltern sind seid zwei Jahren geschieden. Also brauchst du mir nichts zu erklären!" kochte sich langsam die Situation hoch.
„Ja, bei dir, da war ja auch alles anderes?"
„Was soll da anders gelaufen sein?" war mir doch das Gespräch so langsam zu dumm geworden.

Noah

Ich hatte es geschafft, nach einem harten Arbeitstag, unbeschadet in meine Wohnung einzutreten, wo ich zunächst mein Alleinsein genoss. Aber so gemütlich ich vor dem laufenden Fernseher mein kühles Bier trank, musste ich mir doch mit fortlaufender Dauer eingestehen, dass mir etwas fehlte. Hatte ich mich in etwa in Jasmin verliebt?

Am nächsten Morgen vor dem Hauptbahnhof, wartete schon Jasmin auf mich, die es nur mit schüttelndem Kopf aufnehmen konnte, wie spät ich wieder mal dran war. Ziemlich sauer schaute sie mich an, als ich gerade noch rechtzeitig zu ihr kam. Rannten wir geradewegs, unter sechzig Sekunden, zu unserem Bahngleis an dem unser Zug schon auf uns wartete. Total erschöpft setzten wir uns gleich ins nächste freie Abteil, in dem wir, nachdem wir unser Gepäck verstaut hatte, gleich unsere Füße hochgelegt hatten. Hatten wir doch so sehr unsere Beine während des Sprints strapaziert, dass wir nicht mehr gerade stehen konnten.

Bequem legte ich mich während der Fahr zurück. Versuchte noch ein wenig Schlaf noch zuholen. Jasmin, die mir direkt gegenübersaß, blickte nachdenklich aus dem Fenster, träumte in die vorbeilaufende Landschaft hinein.

Was ging in ihr vor? Wo waren ihre Gedanken? Wusste sie, was uns erwarten würde? Fragen über Fragen, die in ihrem Gesicht zu erkennen waren.

„Wach auf Noah!" weckte mich Jasmin mit einem harten Schlag auf mein Knie, der mich glatt aus meiner Sitzposition brachte.

Endstation Frankfurt. Am Ziel angekommen stiegen wir zusammen mit einer Masse von Menschen aus, die sich während der Fahrt, zwischen all den einzelnen Bahnhöfen angesammelt hatte.

Eine Masse, die mir schon Angst machte, in der ich mich wie bei der Fuchsjagd fühlte. Aber hatten wir nicht so einen engen Zeitplan, dass ich keinerlei Zeit zum nachdenken hatte.

Vor dem Bahnhof setzten wir uns sofort ein Taxi, das uns auf dem schnellsten Weg zu unserer neuen Arbeitsstätte, brachte.

Vor der Böse stehend, bliebe mir für den ersten Moment die Luft weg. War dies der Ort der Macht? War es für mich eher nur ein großes Gebäude, dass im Besitz einer kosmospolitischen Gesellschaft war, die regelmäßig ein und aus gingen.

„Hallo! Hatten sie eine gute Fahrt?" begrüßte uns ein elegant gekleideter Geschäftsmann, der aus dem Gebäude direkt auf uns zukam.

Was wir nur bejahen konnten, und schon reichten wir ihm zu Begrüßung die Hand.

Gemeinsam gingen wir ins Gebäude, in welchem wir wie durch ein Paket der Wertpapiere geführt wurden, wobei zu dieser Mittagsstunde nicht allzu viel los war.

Oben auf der Besucherterrasse, von wo man eine herrliche Aussicht auf das System des Finanzfußes hatte, welches für mich schon erschreckend aussah, das es die Luft zum atmen nahm. Aber zum Glück hatte ich noch Jasmin an meiner Seite, die diese Sicht eher mit einem breiten Grinsen aufnahm.

Kurze Zeit, später wurden wir in einen der zwei Nebenflügel des Gebäude geführt, im den sich unserer zukünftiger Arbeitsplatz befand. Zwar ein wenig abseits von all dem ganzem Trubel, allerdings aber auch alles andere als das Paradies! Zusammengepfercht mit einer Unmenge von Mitarbeitern unseres Arbeitgebers, die dort ihren speziellen Kundenstamm hatten.

Die Arbeit glich ziemlich der, welche wir schon zuvor in Saarbrücken gemacht hatten. Eine Art der Langeweile, die mit einem abwechselungsreichen Blick über die Frankfurter Finanzwelt ausgeglichen wurde.

Jasmin saß am Computer, ich direkt neben ihr. Ich musste mir schon eingestehen, dass, wenn Jasmin nicht den Überblick über diese Welt gehabt hätte, ich von meiner Seite jämmerlich versagt hätte.

Gerade war die Arbeitszeit vorüber, machte ich mich zusammen mit Jasmin auf zu unserem Hotel, das sich in unmittelbare Nähe befand. Das nicht solch einen Eindruck hinterließ, den wir uns eigentlich erwartet hätten. Gut, jeder von uns hatte auf seinem Zimmer einen Farbfernseher, aber das war auch schon die Krone des Luxus die man uns könnte.

Schnell hatte ich meinen Koffer ausgepackt, wollte ich nur noch unter die Dusche. War dieser Tag einfach zu anstrengend für mich gewesen, dass ich diesen Abend nur noch so angenehm wie nur möglich beenden wollte.

„Jasmin, weist du „sicher" was du hier tust?" War die von mir an Jasmin am häufigsten gestellte Frage, den heranfolgenden Tagen.

Jasmin, die stets immer darauf achtete, dass ihr während der Arbeit niemand über die Schulter schaute, was ich nicht so recht verstehen wollte. Was mir schon Angst machte.

Was Jasmin entgegnete immer wieder mit einem breiten Grinsen zu Kenntnis nahm. Eine Reaktion, die ich nicht so recht einordnen konnte. Fühlte ich mich doch in dieser Situation so hilflos, wie ein kleines Kind, das nur so schnell wie möglich nach Hause wollte.

Der letzte Arbeitstag in Frankfurt war eingetroffen, an dem ich mich noch mit letzter Kraft aus dem frühmorgendlichen Schlaf reißen konnte.

„Was ist dass?" Fragte ich Jasmin, wollte ich doch eigentlich, im Saal des Hotels, in Ruhe frühstücken, sah ich nun eine, bei genauerer Betrachtung, tatsächlich als Schweizer Bankkarte identifizierte Karte, vor mir liegen, mit der ich absolut nichts anfangen konnte.

„Dein Weg in ein neues Glück!" gab mir Jasmin deutlich klar zu verstehen.

„Was ist los?" Etwas ratlos zuckte ich mit den Schultern.

„Was soll schon los sein!" gab Jasmin murrend von sich, war ich doch diese Art von Gesprächen einfach satt.

Jasmin

So viel Spaß wie ich in Frankfurt hatte, hatte ich lange nicht mehr. So grausam auch der allmorgendliche Kaffee des Hotelfrühstücks war, konnte es mir noch lange nicht die Stimmung bei der Arbeit nehmen, bei welcher ich einige meiner besten Eigenschaften produktiv hatte einsetzten können, die für Noah zum Glück nicht offensichtlich erkennbar war. Wie hätte wohl Noah am Anfang reagiert, wenn er herausgefunden hätte, dass ich dieses System zu meinem eigenem gemacht hatte. Was mit meinen Mathematikfähigkeiten wirklich ein Kinderspiel gewesen war.

Aber hatte ich nicht das Recht, nach all diesem Mobbing, der mir wirklich das Leben schwer gemacht hatte, nun meinen verletzten Gefühlen mal freien Lauf zu lassen, und nun dieses System mal die nackte Schulter zu zeigen.

„Willst du sie nicht?" Fragte ich Noah, der mich einfach nicht verstehen wollte.

„Weist du überhaupt, was du da tust?" Hakte er verdutzt nach. Ging mir doch das alles über mein Verständnis hinaus.

„Wenn du das Geld nicht willst, ich kann es gerne behalten!" musste ich mir doch in diesem Zusammenhang keine Sorgen machen. Hatte ich mir doch das Geld, so auf ein Sonderkonto abgezwackt, dass nur ich diesen Weg des Transfers verfolgen konnte. Eine Frage, auf die Noah nun schweigend die Bankkarte in seiner Tasche verschwinden ließ, damit also kein Grund mehr für weitere Diskussionen war.

Man konnte Noah während unseres letzten Arbeitstages ansehen, dass ein enormer Druck auf seinen Schultern lastete. Was wäre wohl passiert, wenn Noah ein falsches Wort über die Lippen gekommen wäre. Umso glücklicher war ich, als endlich dieser Tag ein Ende fand und wir am letzten Abend zurück auf unser Hotel gingen. Uns fertig für die morgige Heimreise machen wollten.

Schnell zogen wir uns in unsere Zimmers zurück. Ich stellte mich gleich unter die Dusche und setzte mich anschließend vor den Fernseher. Dort, wo ich mich immer noch am wohlsten fühlte.

Noah

Den Fernseher ausgeschaltet, saß ich nun wieder alleine in meinem kleinem Hotelzimmer. Abgeschottet von all dem Trubel saß ich in einer von Kälte geprägten Atmosphäre, vor dem ausgeschalteten Fernseher. Hatte ich doch keine weitere Lust auf das langweilige Fernsehprogramm. Talkshows. Überall nur Talkshows. Nein Danke! Ich wohl keine andere Wahl hatte, als mir alleine die Nacht um die Ohren zuschlagen.

Gerade als ich mir die Zeit hinter einem Buch totschlagen wollte, klopfte es plötzlich an meiner Zimmertüre. Misstrauisch öffnete ich die Türe. Wer konnte das jetzt noch um die Uhrzeit sein?

„Jasmin?" horchte ich erstaunt auf. Blendend sah sie aus.

Ihr schwarzes Haar hatte sie nach hinten hochgesteckt. Leicht dezent geschminkt, blickte sie mich mit ihren strahlenden Augen so an, dass mir regelmäßig der Boden unter den Füßen weggezogen wurde.

„Würdest du mich mit in die Stadt begleiten?" Sie hatte wohl definitiv die Schnauze voll, alleine auf ihrem Zimmer zu sitzen. Was ich gut nachvollziehen konnte, um für was man nicht großartig überreden musste.

Schnell zog ich meine Schuhe an, schnappte meine Jacke, die an der Garderobe, direkt neben der Türe, hang und begab mich schnell an Jasmins Seite, und wir uns gemeinsam auf den Weg machten.

Wir wussten am Anfang nicht so recht, wo wir hingehen sollten, waren doch die Auswahlmöglichkeiten einfach zu groß. So zogen wir es lieber vor, im Lichtschein der Frankfurter Stadtmetropole auf dem leergefegten Gehweg, unseren Weg fortsetzten.

„Sollen wir hier hineingehen?" deutete ich auf einen Italiener, der sich an einer abgelegenen Straßenecke so versteckt befand, dass wir ihn auf den ersten Blick in der Nachtdämmerung nicht erkennen konnten.

Zu dieser späten Stunde herrschte, so eine menschenleere Stimmung, dass ich mich unbesorgt mit Jasmin vorne an die Bar setzen konnte, hatte wir doch wirklich nicht die Absicht, etwas essen zu wollen.

„Wie denkst du, geht das jetzt weiter?" Fragte ich Jasmin nach dem ersten Schluck aus meinem Cocktail. Worauf sie mich nur lange schweigend anstarrte. Und ich in einen Menschen blickte, bei dem es einfach unmöglich war, zu erkennen, was in diesem Menschen gedanklich vorging.

„Jasmin?" forderte ich sie nun mehr zu einer Antwort auf. War ich doch mit der ganzen Situation einfach nur überfordert.

„Was soll los sein?" schreckte Jasmin plötzlich auf.

„Was sollen wir jetzt machen?" wiederholte ich mich. Wusste ich doch selbst nicht, wie es nun weitergehen sollte.

„Ich weis nicht!" war die Antwort, mit der ich nun am allerwenigsten Anfangen konnte.

„Sollen wir getrennt Wege gehen!" was eher eine Idee der Hilflosigkeit war.

„Was meinst du damit?" Fragte geschockt Jasmin bei mir nach, war die Angst zu groß in ihr, dies könnte unser letzter gemeinsamer Abend sein.

Eine Frage, auf die ich nur lachen konnte. Ein Lachen, das Jasmin nicht so recht einordnen konnte. Konnte ich doch in ihrem Blick wieder die Hilflosigkeit erkennen. Ich mich daher schnell bemühte, die Situation wieder zu glätten. Jasmins Hand nahm und sie führsorglich streichelt, woraufhin sie mich liebevoll anblickte. Was ihr den Schutz gab, den sie immer bei mir bekommen sollte.

Wie schön auch die ganze Situation war, so sehr ich diesen Moment auch genoss, hatte ich in nun meine Endscheidung getroffen. Aber sollte dies der letzte Abend gewesen sein? Ich genoss weitere Drinks mit Jasmin. Wollte einfach nicht den Abend enden lassen.

Was wäre wohl passiert, wenn wir an diesem Abend, wir als ein perfektes Paar erschienen wären, da wäre bestimmt alles ganz anders gelaufen. Aber dies war ja, Gott sei Dank, nicht gegeben. Und so verabschiedete ich mich, nach einem langen inneren Kampf, von Jasmin.

„Wir sehen uns morgen!" hielt ich es für angebracht, mich kurz zu halten. Hatte ich doch einfach zu große Angst, ihr meine Endscheidung zu sagen.

Die Müdigkeit steckte mir so in den Knochen, dass ich mich gleich ins Bett legte. Was der perfekte Ort war, nochmals über alles nachzudenken.

War es richtig, Jasmin zu verlassen? Hatten wir doch bis dahin alle Hindernisse gemeinsam überwunden. Eine Angst, mit der ich jetzt nicht umgehen konnte. Aber was sollte ich derzeit noch machen, stand ich doch fest hinter meiner Endscheidung. So schwer es mir auch gefallen war, war das für mich der bessere Weg.

Die Stunden verstrichen, und ich lag da in meinem Bett. Kein Radio, kein Fernseher war zuhören. Es herrschte absolute Stille in meinem Zimmer.

Plötzlich klopfte es an meiner Türe, was ich mit großer Verwunderung zu Kenntnis nahm. Mit Vorsicht ging ich an die Zimmertüre und öffnete sie nach langer Überlegung.

„Jasmin!" rief ich erleichtert auf. Sie sich mit voller Freude in meine Arme warf. Wir den direkten Weg zu meinem Bett nahmen. Spürte ich doch gleich ihre Zunge in meinem Mund.

Als ich am nächsten Morgen aufwachte, wusste ich sofort, dass ich einen großen Fehler gemacht hatte. Hatte ich doch für mich beschlossen, Jasmin den Rücken zuzudrehen! So musste ich mir nun eingestehen, dass ich ein richtiger Vollidiot war. Aber was sollte ich jetzt noch machen? Ich konnte ja nicht die Zeit zurückdrehen.

Mir wurde schnell klar, dass das so, nicht länger weiterlaufen durfte. Rasch suchte ich meine Kleider zusammen, packte sie hektisch in meine Tasche und verließ still und schweigsam, so leise mein Zimmer, dass Jasmin dabei nicht wach wurde.

„Wollen sie schon abreisen?" Fragte mich gleich der Portier, als ich am Empfang ankam, worauf ich nur wortlos mit dem Kopf nickte, und meine Rechnung bezahlte. Wollte ich doch so rasch wie möglich durch die Drehtüre das Hotel verlassen.

Jasmin

Wo war Noah? Hatte er mich alleine gelassen? Wie konnte er mir das antun? So hilflos und allein in einem Bett liegend, kam ich mir noch nie vor. Starrte ich gegen eine tote Wand. Versuchte ich zu begreifen, was gesehen war. Was hatte mich vor Noahs Zimmertüre getrieben? Welche Macht zwang mich, mit Noah zu schlafen. War es die Angst vor dem allein sein? Wollte ich mich doch nun einmal mit ihm unterhalten, mich in aller Stille von ihm verabschieden. Aber so, so hätte es niemals passieren dürfen.

Lag es an dem schönen Abend, an dem ich mich nach langer Zeit so entfalten konnte, dass ich mich in meiner Haut einfach nur wohl fühlte? Was zugegeben, von Cocktail zu Cocktail immer intensiver wurde.

Gab es keinen Grund dafür? War es die Freiheit des Kapitals, das uns keine Türe ungeöffnet ließ? Was uns am Anfang Beiden nicht klar werden wollte. Lange sprachen wir darüber, was wir jetzt uns alles kaufen konnten. Und nun sollten wir getrennte Wege gehen. Das war so sicherlich nicht vorgesehen. Sehnte ich mich eher nach der schützenden Schulter. Hatte ich nun wirklich nicht damit gerechnet, am Ende alleine da zustehen. War es vielleicht das, warum ich Noah in meinen Plan mit einspannt hatte, und warum ich ihm genau die Hälfte gab? Damit er ein Teil von mir war? Damit er nie von meiner Seite weichen konnte. Hatten wir doch schließlich etwas, was uns zusammenhielt.

Und nun, nun war ich allein. Ich brauchte meine Zeit, um zu verstehen in welch einer Situation ich mich befand. Ich begann meine Sachen zusammen zu sammeln. Wusste ich doch zu gut, dass jede weitere Sekunde zählte.

Und nun verließ ich so schnell, wie ich nur konnte das Hotel, sprang in das nächst fahrbereitem Taxi, welches am Anfang einer langen Schlange stand, die direkt sich vor dem Eingang des Hotels sich befand.

„Fahren sie mich bitte schnell zum Flughafen!" forderte ich fieberhaft den Fahrer auf, dass er noch nicht einmal die Chance hatte, seine Zeitung bei Seite zulegen.

„Nur langsam, die Dame!" versuchte er mit seinem trockenen Humor die Lage etwas zu entspannen.

„Machen sie schon!" fuhr ich ihn an.

„Die Dame hat es wohl eilig!" und dann fuhr er endlich los. Dem Taxifahrer huschte ein Lächeln übers Gesicht. Hatte er doch nach seinen langen Berufsjahren, so viele Menschen gefahren, dass er meine Situation aus seiner Sicht, eher nicht so ernst nehmen konnte. Aber wusste er auch, wie sehr mir die Angst zu schaffen machte? Wusste er vielleicht gleich, wer ich war? Konnte ich ihm vertrauen?

Umso erstaunlicher war ich, als ich unbeschadet vor der Eingangstüre des Frankfurter Flughafens ankam, wo sich zu dieser Uhrzeit ein Heer von Menschen im Aufbruch befand, die im Zeichen der heutigen globalen Welt, ihre Ziele noch nicht gefunden hatten.

„Was kann ich für sie tun?" war die Frage, auf die lange warten musste. So lang war die Schlange vor dem Schalter, dass eine schnellstmögliche Abreise gar nicht möglich sein konnte.

„Geben sie einen Flug nach Kuba!" sprach ich total verwirrt, wurde doch meine Zeit immer knapper.

„Die erste Klasse bitte!" löste ich die letzte Frage der schier nicht enden wollenden Liste der Dame am Schalter. Nun stand meiner Reise nichts mehr im Wege. Doch plötzlich packte mich jemand von hinten an der Schulter.

„Folgen sie mir bitte!" und nun wusste ich, dass alles vorbei war.

Zweiter Teil

Noah

Im Zug sitzend, wusste ich nicht so recht, ob ich lachen oder heulen sollte. Auf der einen Seite hatte ich es geschafft, mit beiden Füßen das trockene Ufer zu erreichen. Auf der anderen Seite, konnte ich doch nicht einfach so hart sein und Jasmin alleine zurücklassen.

Irgendwie ein ungutes Gefühl! Während der Fahrt legte ich meine Füße hoch, lass ein Buch, dass ich trotz der ganzen Panik mir noch schnell im Bahnhof gekauft hatte. Versuchte beim lesen, der einzelnen Zeilen, wieder meine gewohnte Ruhe zu finden, war doch mein Herzschlag so heftig, dass er seine Mühe hatte, während der Fahrt, wieder sein gewohnte Rhythmus zu finden.

Als ich wieder zuhause, in Saarbrücken ankam, konnte ich es kaum erwarten schnellst möglich das besten Fast Food zu genießen. Waren es doch vom Bahnhof aus, nur wenige Schritte, bis in die Fußgängerzone. Aber gerade hatte ich mir einen freien Platz im Restaurant gesucht, da war er wieder, mein harter Herzschlag. Diese Angst, die mir schon selbst unheimlich erschien. Mich, niemandem vertrauen ließ. Waren es die Blicke der Gesellschaft? Wussten sie, wer ich war?

Ich hatte noch nicht einmal den ersten genussvollen Biss in meinen Burger gemacht, da sprang ich wieder auf, und verschwand so schnell, wie ich gekommen war. Rannte nur noch auf dem schnellsten Weg zu mir nach Hause.

Dort angekommen – es war einer dieser Momente der Heimkehr, die mich gleich auf mein Bett zog, wo ich es sehr genoss, wieder in meinen vier Wänden zu sein. Doch gerade hatte ich den Fernseher eingeschaltet, kehrte erneut, der harte Herzschlag zurück. Härter als sonst. Ich begriff sehr schnell, dass ich hier keine weitere Sekunde mehr bleiben konnte.

Geschockt sprang ich auf, schnappte meinen Rucksack aus meinen Kleiderschrank, und stopfte ihn mit neuer frischer Kleidung voll, und war dann auch wieder raus aus meiner Wohnung.

Auf der Straße stehend, wusste ich zuerst nicht, wo ich hingehen sollte. Vielleicht wieder zurück zum Bahnhof? Aber hätte man mich da nicht schon bereits erwartet. Würden sie mich verhaften? So streifte ich mir meinen Rucksack auf den Rücken, irrte ziellos durch die Straßen meiner Stadt. Bis in die späten Abendstunde hinein. Eine Zeit, die ich nach einem langem, hin und her laufen, damit verbrachte, mich auf einer Wiese schließlich schlafend legte. In unmittelbarer Nähe des Saarsufers, wo mir zum ersten bewusst wurde, dass eine Dusche gegen meinen saumäßigen Körpergeruch angebracht gewesen wäre – ich diese Welt mit einem Schlag hinter mir gelassen hatte - wie sehr mir dies alles nun am Arsch vorbei gehen konnte. Es für mich von nun an, ab diesem Zeitpunkt, keine Regel mehr geben durfte.

Alleine und vergessen, mit dem Gefühl der Befreiung, machte ich mich am nächsten Morgen auf, und ging zurück zu meiner Wohnung. Wollte ich doch nicht begreifen, dass meine Reise noch lange nicht beendet war.

Am Ziel angekommen, blieb ich geschockt stehen. Nach dieser Schrecksekunde, versteckte ich mich hinter einem parkenden Auto, von wo aus ich ein polizeiliches Treiben direkt vor meiner Wohnungstüre beobachten konnte. Hatten sie wohl an diesem Tag in meiner Wohnung so ein Chaos dahergezaubert, dass ich mir nun die Wohnung endgültig abschreiben konnte.

Ich schaute mir die ganze Sache noch eine Weile an, und begab mich dann zur nächsten Autobahnauffahrt. Wusste ich doch gleich, dass meine Zeit in dieser Stadt aus und vorbei war.

Obwohl Trampen nicht so meine Sache war - sah ich es als die sicherste Reisemöglichkeit. Da war ich am wenigsten davon ausgehen konnte, in einer großen Menschenmasse erkannt zu werden.

„Wo möchtest du denn hin?" Eine gute Frage, des plötzlich anhaltenden Autofahrers, auf die ich im ersten Augenblick nicht vorbereitet war. So zog ich es lieber vor, meinen Fahrer bis zu seiner Endstation zu begleiten.

Es war am Anfang schon ein mulmiges Gefühl, in einem fremden Auto, in einer fremden Umgebung, bei einem fremden Mann zu sitzen. Der nach seinem Erscheinungsbild nach, zu dem Geschäftskreis meines Vaters gehörten konnte.

Schnell kamen wir ins Gespräch. Unterhielten uns über dies und jenes. Wir nahmen uns gegenseitig die Angst, wusste er doch selbst nicht, was ihn in Köln erwarten würde.

Jasmin

Es war schon ein dummes Gefühl für mich. Ich hörte noch wie der Schüssel meiner Zelle sich ein zweites Mal umdrehte, und dann war es auch schon wieder still. Kein Mucks war im ganzen Haus mehr zu hören. Was ich nicht glauben konnte, in welch einer Situation ich mich nun befand. Da sitzend, ganz alleine in meiner Zelle, die gerade mit dem nötigsten ausgestattet war.

Ein altes Eisenbett, das aus den Restbeständen der Bundeswehr herausgezogen wurde. Solch ein Plumpsklo, das alles andere als sehr einladet aussah. Da war es mir egal, dass ich mir um einen einfachen Sonnenuntergang beobachten zu können, an dem stark vergitterten Außenfenster mir die Nase wirklich platt drücken musste.

Alleine auf meinen Holzstuhl sitzet, wusste ich nicht so recht, was ich machen sollte. Hatte ich mir doch die ganze Sache nach meinen Plan zufolge, wirklich das alles ganz anders vorgestellt. Und nun? Was würde wohl Noah zu diesem Zeitpunkt machen? Hatte er es bereits bereut, mich alleine zurückgelassen zu haben?

Wie sehr würde ich mich freuen, wenn es ihm noch schlimmer ging, wie mir. Hatte er mich doch so feige sitzen gelassen. Gedanken über Gedanken, die mich mehr und mehr in den Wahn zogen.

Mit all seinen Hindernissen, hatte ich mich nach langem dazu überwinden können, mich endlich schlafen zu legen. Nur noch schlafen wollte. Dem Alttraum ein Ende bereiten wollte, als sich plötzlich, meine Zellentüre öffnete.

„Papa, was willst du hier?" Sprach ich peinlich berührt auf. War es nicht schlimm genug, im Blickfang aller in Handschellen durch den Flughafen geführt zu werden, musste ich nun meinen Vater direkt in die Augen schauen. Er, der einen sehr nachdenklichen Eindruck auf mich machte. So, wie ich ihn selbst noch nie erlebt hatte. Was im Spiel zwischen unserer Familie und der Gesellschaft nie zu einem vernünftigen Verhältnis gestanden hatte, entpuppte sich nun zum absoluten Alptraum. Legten doch meinen Eltern bis dahin immer sehr viel Wert darauf, dass ich in dem angemessenen Licht erschien, welches den Vorstellungen ihrer Pläne, mit mir entsprach. Wollten doch meine Eltern, dass ich eher etwas aus meinem Leben machte. Erfolg! Den ich bis dahin immer vor Augen gehabt hatte. Niemals verlieren wollte. Und nun, warum saß ich hier? War ich der Rebell, der aus der Reihe der Gesellschaft hervortreten wollte? Den man wieder zurück in seine Grenzen rufen wollte. Unter welch einem Druck hatte man mich zuvor im Verhör gesetzt. Oh Gott, ich werde es nie vergessen, in diesem kaltstarren Raum sitzen zu müssen. Eingerichtet mit dem Nötigsten vom Nötigen. Starrte ich von einem Tisch, der sich in der Mitte des Raumes befand, auf die mich umgebenden weißen Wände.

So musste wirklich die Hölle aussehen, in der ein laufender Affe von Polizist, es nicht lasse konnte, mir immer wieder die ein und selben Frage zu stellen, dass ich am liebsten ihn an Ort und Stelle, das Herz aus der Brust gerissen hätte.

Was wollte dieser Schwachkopf eigentlich von mir, der mir so meine Hände zum zittern brachte? Was hatte ich ihm getan, dass er mir solch eine Angst machte? Aber ich schwieg, was war ich dieser Pfeife schon schuldig!

„Sag, dass das nicht wahr ist?" schrie mein Vater mich an. Wusste er doch selbst nicht, wie er auf die Situation eingehen sollte.

„Doch Papa!" erwiderte ich nach einer langen Bedenkpause, und schon nahm mein Vater schmerzerfüllt mich in die Arme. War es das Zeichen, auf das ich die ganze Zeit gewartet hatte?

Noah

Orientierungslos stand ich, am Abend, in der Kölner City, ohne jegliche Ahnung wo ich hingehen sollte. Lief durch die dunklen Straßen und wusste nicht so recht, was ich machen sollte. Meinem Körperbefinden zu folge, wäre es mal Zeit für mich gewesen, einen Schlafstätte zu suchen. Hatte ich doch schon echt Mühe damit, meine Augen offen zu halten. Aber wo sollte ich hingehen? So setzte ich mich ins nächste Restaurant, das sich in einer abgelegenen Straße befand, wo ich sicher davon ausgehen konnte, dass ich nicht der Gefahr ausgesetzt war, in eine große Menschenmasse erkannt zu werden.

Man schaute mich am Anfang schon recht verwundert an, als ich mit meinen Rucksack mir einen Platz in einem voll besetzten Restaurant suchte?

Ich hatte Glück und fand den letzten freien Platz, der sich zwischen Theke und Küchenausgang so abseits befand, dass ich immer dem hektische Treiben, in der Küche in dem Moment verfolgten konnte, indem die Türe durch einer der viel gestressten Kellnerinnen, die sekündlich die Teller rein und raus brachten, geöffnet wurde. Was mich eher weniger störte, war doch mein Platz so abgelegen, das ich dem Klassentreffen der 45iger Generation nicht stören könnte.

Ein leichter Blick zu der Kellnerin genügte, um ihre Aufmerksamkeit zu gewinnen.

„Was darf ich ihnen zu trinken bringen?" Fragte sie mich mit einen liebevollem Lächeln, konnte sie doch meine Erschöpfung schon von weiten erkennen.

Gleich nachdem sie mir ein Glass Wasser gebracht hatte, fragte ich sie, wo man in der Stadt günstig übernachten könnte.

„Wie meist du dass?" Erkundigte sie sich verwundert bei mir, hatte sie doch keine Ahnung in welch einer Situation ich mich befand.

„Ich bin auf der Durchreise!" konterte ich geschickt.

„Ach so!" Nahm sie mit viel Verständnis auf und zählte an ihren Finger ab, wo ich hingehen konnte. Aber zuerst ließ ich mir noch die Speisekarte bringen, war doch der Hunger einfach so groß in mir.

Während ich dasaß und genüsslich mein Essen genoss, blickte ich unbemerkt immer wieder zu der Kellnerin herüber. Hatte sie es mir doch mit ihrer Art sehr angetan. Weckte sie doch mit ihrer engen schwarzen Jeans, dem luftigen Pullover, und ihren roten Schuhe mein volles Interesse.

Kaum hatte ich meinen letzten Bissen heruntergeschluckt, kam sie wieder an meinen Tisch.

„Darf ich dir noch etwas bringen?" Lächelte sie mich an.

„Nein, danke!" war doch wirklich satt. Worauf sie noch mehr grinste, hatte sie noch zu gut meinen niedergeschlagenen Eindruck im Gedächtnis, mit dem ich ins Restaurant gekommen war.

Unter einer großen Befriedigung schluckte ich den letzten Bissen meines Essens herunter, und zuckte dann schon meinen Geldbeutel zum Vorschein, wollte ich doch hier nicht mehr länger bleiben. Aber, wo sollte ich hin? Wie sollte mein fortlaufender Weg sein? Hilflos fragte ich nochmals bei der Kellnerin nach, die mir gerade die Rechnung machte. Und mich gleich ein paar Straßen weiter schickte, wo man nach ihren Worten, billig übernachten konnte.

Ich musste nicht lange suchen, bis ich vor einem heruntergekommener Haupteingangstüre stand, die mich nicht so sehr abschreckte, als mich dem Gefühl, was mich hinter dieser Türe erwarten würde.

Wo war ich hier überhaupt gelandet? Eine Mischung zwischen Jugendzentrum, Übernachtungsstätte und Drogenberatungsstelle, Was nicht gerade meinen Geschmack entsprach. Aber, wo sollte ich hin, wurde ich doch mit zunehmender Dauer immer müder.

In das Gebäude eingetreten, stand ich in einem Meer von Menschen, die in bester Partylaune waren. Verwundert fragte ich den nächst besten, der mir über den Weg gelaufen war, wo man sich den hier anmelden sollte.

„Hey Paule!" schrie dieser, nach der Person, an die ich mich bestimmt wenden musste. Und siehe da, nach einem kurzen Moment, sah ich Paule. Ein junger Mann meines alters, der auf mich einen Eindruck eines wieder auferstandenen Bob Marley machte.

Er verlor nicht gerade viel Worte bei mir, sah er doch schon an meinem gepackten Rucksack, warum ich hier überhaupt hier gelandet war.

Schnell führte er mich aus der Masse heraus, durch den lang gezogenen Flur, über das Treppenhaus, das sich im hinteren Teil des Gebäudes befand, und uns in den ersten Stock des Gebäudes führte, wo mir gleich die erste Türe aufgeschlossen wurde, und ich in meinem Zimmer stand, was mir für den Anfang, mehr als nur reichte. Und ich nicht länger überlegen musste, hier die Nacht zu verbringen.

Am nächsten Morgen aufgewacht, musste ich mit erstaunen feststellen, dass von der laufenden Party, von letzter Nacht, nichts mehr übrig geblieben war. Und nun wieder Stille im Haus herrschte.

Eine Situation, die ich zum langem schlafen ausnutzte, bevor ich mich ausgiebig unter die Dusche stellte, danach mich rasch anzog und in den unteren Bereich des Hotels zog, wo nach die letzten Überbleibsel der gestiegen Party nicht wirklich unübersehbar waren.

Die überall herumliegenden Bierflaschen, die auf den Fußboden nicht übersehbar waren. So stellte ich mir den Geruch der 20iger Jahre vor, der sich durch das gesamte Gebäude zog, der mir schwer zu schaffen machte. Also, hier war wirklich kein Frühstück für mich drin. So sehr ich mir nach einen Frühstück sehnte, war ich zu einem besserem belehrt, und schon ging ich in die nächste Bäckerei, die ich nach längerer Suche, in der nahe liegenden Innenstadt fand.

Wieder im Hotel angekommen, saß ich mit meinen Leckereien in meinem Zimmer, auf dem Bett, vor dem laufenden Fernseher, wo gerade die zehn Uhr Nachrichten liefen. Die bei mir nicht gerade einen interessanten Eindruck hinterließen. So groß war der Hunger in mir, dass ich das Programm an mir vorbeiziehen lassen konnte.

Doch da blieb mir im nächsten Moment der Biss im Halse stecken, als ich völlig unerwartet Jasmin auf der Mattscheibe sah. War mir doch gleich wieder bewusst geworden, in welch einer Situation ich mich befand. Und mein Hunger nun endgültig weg war. Ich die Leckereien bei Seite legte, widmete ich doch von nun an lieber meine Aufmerksamkeit dem da laufenden Fernseher.

Ich konnte es – es viel mir schwer zu glauben, das Jasmin, als ein entlaufender Terrorist beschrieben wurde. Was mir, der sich noch auf der Flucht befand, ja regelrecht Angst machte. Es mir schwer viel, mit anzusehen zu müssen, wie hart Jasmin in Handschellen abgeführt wurde. Was mir im Nachhinein eher am Arsch vorbei ging. Was schon leicht beängstigt war, musste ich noch am letzten Abend mit ansehen, wie sehr die Polizei meine Wohnung auf den Kopf gestellt hatte. Viel es mir doch schwer zu glauben, die ganze Situation neu einzuschätzen.

Der Ohnmacht nahe, saß ich vor dem Fernseher. Blickte ich mit Entsetzen in Jasmins Augen, in derer Mimik, die volle Staatsgewalt zu erkennen war. Wo war ihr Lachen, dass es mir so angetan hatte? Blanker Haas schäumte in mir hoch. Mit vollster Gewalt konnte ich mich gerade noch so zusammennehmen.

Wie gerne hätte ich mich gerecht. Sie befreit. Mit aller Gewalt, ohne Rücksicht – ohne Skrupel. Hätte ich jeden vernichten können, der sich bei mir in den Weg gestellt hätte. Ja, das waren meine Gedanken, die mir da durch den Kopf gingen.

Mein Verstand, zu diesem Zeitpunkt, nicht klar bei Sache war. War ich noch am Morgen, mit einem guten Körpergefühl aus dem Bett gestiegen, saß mir nun die volle Angst in den Knochen. Brauchte ich nun die Ruhe, um keine klare Entscheidung zu treffen. Kein Fernseher, kein Radio – ich wollte wirklich von dem allem nichts mehr wissen. Versteinert, mit voller Angst, starrte ich an die Türe, als es plötzlich völlig unerwartet klopfte. Und jemand gleich meinen Namen rief.

„Bist du es Paule?" kam mir doch diese Stimme vertraut vor.

„Ja, der bin ich!" und schon öffnete ich ihm nach starkem Zögern die Türe.

Paule, der es am Anfang nicht so recht glauben konnte, wie seltsam ich mich ihm gegenüber verhielt. Mir die Angst regelrecht im Gesicht ablesen konnte. Sosehr ich auch versucht hatte, dies zu überspielen, glaubte ich, konnte er eine gewisse Panik bei mir nicht übersehen.

„Hast du mich nicht gehört?" Fragte Paule gleich nach.

„Sorry, ich glaube der Fernseher war ein wenig zu laut!" versuchte ich mich zu endschuldigen.

„Wie der Fernseher?" hörte doch Paule absolut keinen Mucks aus meinem Zimmer. Was für eine Frage? Wusste Paule schon, was ich ihm zu verbergen hatte?

„Ich bin eingeschlafen!" war bestimmt noch die passende Antwort, die da glaubhaft erschien.

„Wie lange möchtest du denn noch bleiben?" wechselte Paul schlagartig das Thema, war es ihm einfach zu dumm geworden, darüber noch ein Wort zu verlieren!

„Ich werde heute noch abreisen!" Was Paule mir nur mit einem schweigenden Kopfnicken bestätigte.

Paule hatte gerade mein Zimmer verlassen, da schloss ich auch schon direkt die Zimmertüre hinter ihm zu. Schnappte gleich meinen Rucksack aus der Ecke hervor, und stopfte schlagartig meine

Sachen zusammen. Ich wollte nur noch weg von hier. Zu groß war einfach die Angst, Paule hätte Verdacht geschöpft.

In einem zackigen Tempo rannte ich an der leergefegten Rezeption vorbei, legte noch meinen Zimmerschüssel, und einen hundert Markschein drauf, was für meine Kosten eigentlich reichen musste, und war dann auch schon weg.

Auf der Straße stehend, wusste ich nicht so recht wo ich hingehen sollte. War der Weg zur Heimat schon für angebracht? Was von der Idee her, eher weniger gut gewesen wäre, so sehr ich auch meine Wohnung vermisste.

Gestern Abend in Köln angekommen, stand ich ohne Plan irgendwo in dieser Stadt, und wusste nicht so recht, wo ich hingehen sollte. Wie ein blinder Hund gaunerte ich durch die Straßen. Blickte voller Neugier überall herum. Und versuchte, so im Blick meiner Gedanken, meinen Weg zu finden. Plötzlich da, da war was! Wie konnte es sein, dass da ein Haus stand, das eher dem Wohlstand der Straße, im Bild, noch nicht einmal im Ansatz glich.

Eine heruntergekommene Hausfassade, an der kein eindeutiger Farbton zu erkennen war. Obwohl? Für mich sah es eher wie nach schwarz aus.

Was ich von der Mitte des Gehwegs aus, nur zu gut erkennen konnte, und lauschte dabei der Musik zu, die aus einer der oberen Stockwerke des Hauses kam. Was ich nicht so stillschweigend genießen konnte, wie ich es gerne getan hätte. Lies ich mit meiner enormen Breite von meinen Rucksack, niemand an so einfach an mir vorbeiziehen.

Die hilflose Familiemutter hatte es gerade geschafft, sich mit ihrem Kinderwagen an mir vorbeizudrücken, als plötzlich sich an dem Haus die Türe öffnete und jemand zum Vorschein trat, den ich schon gut kannte. Wie konnte ich auch solch ein Gesicht vergessen haben. Aber würde sie mich wieder kennen? Aber da kam sie schon auf direktem Weg auf mich zu, so, als würde sie mich schon seit Jahren kennen.

„Lass mich raten, du bist auf der Durchreise?" Brachte sie die Sache mit einem breiten Grinsen auf den Punkt.

„Und du, du bist die Kellnerin, von gestern Abend!" erwiderte ich mit einem zunehmenden Lachen!

„Bist du schon am Ziel angekommen?" Was für ein Ziel, wusste ich noch nicht einmal selbst, was ich hier wollte.

„Wo gehst du hin?" Fragte ich sie nach einer kurzen Bedenkpause.

„Wo möchtest du denn hin?" konterte sie mir frech, und wir gleich wieder beim alten Thema waren.

„Ich denke, da wird dir schon was einfallen!"

„Dann komm mal mit!" forderte sie mich auf. Auf was ich mich so nicht eingestellt hatte. Aber war ich es nicht leid, alleine meinen Weg zugehen.

Wir liefen Richtung Innenstadt, in der zu dieser Stunde ein zunehmendes Treiben herrschte. Hatte es doch viele Menschen, bei diesem Wetter vorgezogen, ihre Mittagspause in der Stadt zu verbringen. Was für mich, mit meinen Rucksack, eher nur ein Kampf war, der wenig Sinn für Humor hergab. Aber, dass war mir in diesem Sinne eher unwichtig. So sehr hatte mich meine Begleitung in ihren Bann gezogen, dass ich rings um mich, alles vergessen ließ.

Ob ich mich verliebt hatte, dass wollte ich mir zu diesen Zeitpunkt noch nicht eingestehen, da konnte sie mich noch so sehr anlächeln, ich hatte meine Sinne bis dahin sehr gut unter Kontrolle.

„Wie heißt du eigentlich?" Eine Frage, auf die sich mich nur dumm anschaute.

„Schön, dass du mich auch mal fragst?"

„Lisa, ja Lisa ist mein Name!" und schon waren wir uns ein Stück näher.

Wir setzten uns ins nächst liegende Cafe, dass sich gerade in unserem Blickfeld schob. Wollte ich doch jetzt nicht mehr an Paule denken. Hatte er mittlerweile schon begriffen, wer ich war?

Lisa, sie bestellte sich trotz meiner offenen Einlandung, nur ein Glass Wasser. Ich hingegen, versuchte mit einem gepressten Orangensaft, einem gekochten Ei, zwei gebackenen Schokoladenbrötchen, mein Frühstück nachzuholen. Was ich sichtlich genoss.

Schweigsam saß ich da, und hörte lieber während ich aß, Lisa zu.

Kaum hatte ich den letzten Bissen heruntergeschluckt, den Teller bei Seite geschoben, kam ich mit Lisa schnell ins Gespräch. Und so umging Stunde um Stunde. Es war einfach spannend sich mit ihr zu unterhalten. So verlief der Rest des Tages, bis in den späten Nachmittag hinein.

„Wo gehst du denn hin?" Hakte ich gleich, nachdem ich die Getränke bezahlt hatte, nach, während sie sich gerade von mir verabschieden wollte.

„Nach Hause!"

„Kann ich dich begleiten?" Fragte ich reflexartig mit zunehmender zitternder Stimme nach, war mir doch nicht bewusst, was ich da tat.

„Natürlich!" Eine Zustimmung, die mich sehr überraschte.

So folgte ich, mit zunehmenden müden Schritten, unter der Last meines Rucksacks, eine Lisa, die mir zu liebe, den schnellsten Weg zu ihr nach Hause nahm.

Hinauf in den dritten Stock, standen wir nun endlich bei ihr vor der Wohnungstüre, die Lisa mit großer Erleichterung aufschloss.

Schön war sie auf den ersten Blick ihre Wohnung eingerichtet, und vor allem sauber, was man von meiner Wohnung nie behaupten konnte.

Schnell stellte ich meinen Rucksack in der Ecke ab, und schaute mir in all Ruhe ihrer beschauliche Zweizimmerwohnung an, die gerade mit den einfachsten Möbelstücken eingerichtet war.

Da war noch nicht einmal Platz für einen Fernseher, der nach Lisas Aussage, die Menschen sowieso nur dumm machte. Dafür lass Lisas umso mehr, was man an ihren gut sortierten Bücherregal wirklich sehen konnte.

Während ich auf dem Bett saß, kochte uns Lisa, in ihrer kleinen Küche, einen starken Kaffee, der meine müde Kochen wieder ein klein wenig Leben zurückgab.

„Schön hast du es hier!" was Lisa auf den ersten Blick, mir nicht glauben konnte. Schweigsam setzte sie sich doch neben mich, und schaute mich so an, als wäre ich gerade von Himmel gefallen.

„Ja wirklich!" bestätigte ich meine vorherige Aussage.

„Mein Bruder findet es hier nur langweilig!"

„Wie du hast einen Bruder?" war ich doch davon ausgegangen, dass sie ein Einzelkind ist.

Es viel ihm schwer, mit all ihren Büchern klar zukommen, was auch nicht verwunderlich klingt, da war mir doch mein Computer schon viel lieber - gut, ich hatte zu Hause das eine oder andere Buch in meinem Regal stehen, das mir aber mehr als Fassade dienten.

„Es gibt nichts schöneres, als Bücher!" versuchte ich weiter bei Lisa zu punkten. Worauf Lisa mir ihre Bücher genauer zeigte. Jede einzelne ihrer Lieblingsstellen vorlas. Und so verging viel Zeit.

„Sei mir nicht böse, aber ich glaube, ich muss mal weiter!" unterbrach ich sie schlagartig, war es doch draußen mittlerweile schon dunkel geworden.

Ich wollte gerade mit meinem Rucksack ihre Wohnung verlassen, da hörte ich von hinten Lisas Stimme: „Willst du nicht bleiben?" Was mich schlagartig erwischt hatte. Ich über diese Frage nicht länger überlegen musste. So blieb ich, wo hätte ich auch hingehen sollen, war ich doch in meiner Lag eher das blinde Huhn.

Jasmin

Wie würde es Noah zu diesem Zeitpunkt gehen? Das war die Frage, die mir irgendwie in meiner Untersuchungszelle, nicht aus dem Kopf gehen wollte. Und mein Vater, der gleich nachdem er von meiner Festnahme Erfahren hatte, mir zu Hilfe geeilt war, ihn würde dies eher weniger interessieren. Er redete die ganze Nacht schon so auf mich ein, dass ich mir am liebsten gewünscht hätte, den Rest meines Lebens in Einzelhaft zu verbringen, was ihn da eher weniger interessierte.

Mein Vater war ein Mann, mit solchen Verbindungen, die ihm die ganze Welt zu Füßen liegen ließ. Warum sollte er sich da auch Gedanken machen?

Ein Mann, wie er es war! Warum solle er sich da nun um irgendein Verständnis bemühen? Mein Vater ließ grundsätzlich niemanden zu Worte kommen. Wie denn auch, war doch seine Welt immer die Perfekte, in der er immer recht hatte. Was spielte ich da doch noch für eine Rolle?

„Ich hoffe sie wissen, was sie tun?" schrie mein Vater wie ein Irrer in sein Handy, verlief doch das Gespräch nicht nach seiner Vorstellung.

„Ich verspreche ihnen, dass die Sache schnellst möglich erledigt wird!" sprach eine stark eingeschüchterte Stimme auf der anderen Seite. Einer dieser Kontakte, die in dem Telefonbuch meines Vaters stand. Würde mich nicht wundern, wenn es der Polizeipräsident, dieser Stadt, höchst persönlich gewesen wäre.

„Das will ich ihnen auch raten!" befahl mein Vater in solch einer Tonlage, dass diese bestimmt nicht im ganzen Haus zu überhören war.

„Und glauben sie nicht, dass ich meine Tochter jetzt alleine lassen!" fuhr mein Vater fort. Was mehr als deutlich war. Auch der letzte im Gebäude verstand hatte, dass mein Vater mich nicht alleine lassen wollte. Und schon drückte er das Gespräch ab. Er hatte das gesagt, was er sagen wollte.

Und ich, ich lag da auf meinem Bett, und musste regelrecht um meine Annerkennung bei meinen Vater kämpfen.

So hatte ich ihn noch nie erlebt. So hart, so abwesend, saß er bei mir auf der Bettkante. Was mir gut tat. Mir Sicherheit gab. So sauer auch mein Vater auf mich war – er immer für mich da, mit seiner voller Aufmerksamkeit. Aber wie würde es jetzt weitergehen? Hatte er das Verständnis, für das, was ich getan hatte. Oder? Ich wusste es selbst nicht? Zweifel, die mich fertig machten. Zu dieser Stunde – in diesem Moment – desto mehr, viel es mir schwer, meine Gefühle in mir zu verbergen.

Ich konnte wirklich nicht einschlafen. So sehr ich auch mich darum bemüht hatte, schossen mir unentwegt die Gedanken der letzten Wochen durch den Kopf.

„Vater, warum bist du zu Hause ausgezogen?" mit was mein Vater in dieser Stunde eher überhaupt nichts anfangen konnte.

„Vater, gib mir bitte eine Antwort!" schien er mich doch nur schweigsam anzustarren.

„Weil dein Mutter, einen anderen liebt!" versuchte er sich doch kurz zuhalten. War er es doch leid, mir eine Erklärung abzuliefern.

„Warum liebt ihr euch nicht mehr?" Viel es mir doch schwer, seine Worten zu glauben.

„Wenn es nur so gewesen wäre, wäre das Leben so einfach!"

„Der Punkt ist einfach, deine Mutter hat einen Neuen gefunden!"

„Habt ihr nicht einmal über einen Neuanfang gesprochen?" machte sich doch bei mir die Panik breit.

„Was hätte das noch alles für einen Sinn gehabt?" drehte sich mein Vater hilflos von mir ab.

„Was willst du jetzt machen?" fragte ich nach einer langen Bedenkpause nach, wusste ich doch selbst nicht, wie ich mit der ganzen Sache umgehen sollte.

„Ich werde mir eine neue Wohnung suchen. Raus aus Saarbrücken – mal was anderes!"

„Was ist mit deiner Firma?" versuchte ich meinen Vater zum bleiben zu überreden.

„Du weist doch ganz genau, dass ein Großteil meiner Firma sich schon in Köln befindet. Also, wo liegt da das Problem. Und außerdem, wenn habe ich noch in Saarbrücken?"

„Papa, ich bin doch noch da!" flehte ich ihn an.

„Du kannst mich doch besuchen kommen, wann immer du willst!" war der Standartspruch geschiedener Eltern, mit dem mich mein Vater beruhigen wollte.

Noah

Plötzlich, mitten in der Nacht, wurde ich durch ein lautes Kratzen an der Wohnungstüre, aus meinen Schlaf gerissen. Verschreckt schlüpfte ich aus meinen Schlafsack heraus, den ich in der engen Küche, direkt neben dem nicht überhörbaren Kühlschrank ausgebreitet hatte, und ging zu Lisa herüber, die wie versteinert auf ihrem Bett saß und so ihre Hände vors Gesicht hielt, dass ich erst ihre Tränen sah, nachdem ich vorsichtig ihre Hände wegnahm.

„Was ist passiert?" Hakte ich nach einer langen Bedenkpause nach, wusste ich doch selbst nicht, wie ich auf Lisa eingehen sollte.

„Nichts!"

„Wie nichts?" Was ich nicht glauben konnte.

Ruhe trat ein. Sprachlosigkeit machte sich bei mir breit. Was war gesehen? Wer hatte Lisa diesen Schmerz zugefügt? Fragen über Fragen, die sich bei mir breit machten. Aber was konnte ich schon machen? Ich konnte doch ihr nicht einfach so die Pistole auf die Brust setzen. So machte ich mich wieder zurück, in meinen Schlafsack, der zum meinen Glück noch nicht abgekühlt war.

Am nächsten Morgen weckte mich Lisa auf, die gerade aus der Dusche kam. Verwundert schaute ich sie an, als sie nur mit einen Badetuch gekleidet, und ihren nassen Haaren, direkt vor mir stand. Ging es ihr doch da schon wesentlich besser.

Weg war all der Schmerz vom Vorabend. Sah ich doch nun ein breites Lachen, auf ihren Lippen, was mich sehr überraschte, aber zugleich beruhigte.

Nach einer warmen Dusche, saß ich frisch gebügelt am Küchentisch. Und Lisa, sie kochte noch schnell den Kaffee, bevor sie sich dann auch zu mir setzte. Und schon genossen wir ein vielfältiges Frühstück, das wir zuvor gemeinsam in aller Ruhe gemacht hatten. Und im Gespräch, die Zeit an uns vorbeiziehen ließen, bis es plötzlich an der Wohnungstüre klingelte. War es der Postbote? Lisa hatte wirklich keine Lust ran zugehen. Aber wurde nicht das Klingel in kürzester Zeit so stürmisch, dass Lisa so wohl auch ob, keine andere Möglichkeit mehr übrig blieb.

„Frau Müller, Post für sie!" und schon drückte er Lisa ein kleines Päckchen in die Hand, war er doch nun endlich froh darüber, den letzten Kunden seiner Tour hinter sich gebracht zuhaben, und sich in den heutigen Feierabend zu verabschieden. Was Lisa eher mit dem ernsten Blick zur Kenntnis nahm, sie war nicht gerade sehr amüsiert, über das Verhalten des Postboten.

Gerade hatte Lisa wieder die Wohnungstüre zu gemacht, schaute sie verängstigt so auf das Paket, als wisse sie schon genau, was sie erwarten würde. Schnell legte sie es so bei Seite, als wolle sie sich von einem Fluch befreien.

„Soll ich es für dich öffnen?" fragte ich sie völlig überraschend, hatte sie wirklich nicht mit meinem Erscheinen aus der Küche gerechnet.

„Ne, lass mal!" und schon saßen wir wieder am Frühstückstisch, wollte ich doch Lisa weiter damit nicht unnötig belasten.

Als wir mit dem Frühstück fertig waren, räumten wir schnell den Tisch ab, und setzten uns zusammen aufs Bett. Lisa, sie schaute mich verängstigt an, als ich ihr das Päckchen auf die Knie legte, wollte sie es doch nur vergessen. Was ich nicht glauben - wirklich nicht verstehen wollte.

„Soll ich es öffnen?" was eher von meiner Seite, als ein Witz gedacht war. Aber da hatte ich schon das Päckchen auf meinen Beinen liegen, was ich eher mit einem Lachen zu Kenntnis nahm.

So ging ich in die Küche, holte dort ein kleines Messer, mit dem ich gleich das Paket öffnete. Kaum hatte ich den Deckel bei Seite gerissen, wusste ich nicht was ich sagen sollte. Mir blieb schlagartig das Herz stehen. Ein abgeschlagener Hühnerkopf, war eher ein schlechter Scherz für mich war.

Lisa, sie hatte noch nicht einmal richtig hingesehen, da rannte sie schon auf zur Toilette. Ich schmiss das Paket aus dem Fenster, von was Lisa, aus ihrer Position, über der Toilette hänget, eher wenig mitbekam. Sie war letzten Endes froh darüber, dass dieser Scheiß aus ihrer Wohnung raus war.

Es dauerte lange, bis Lisa wieder zurückkam. Sie sich an meine Seite kuschelte. Ihren Kopf auf meinen Schoss legte. Eine Situation, der ich verwundert gegenübersaß. Wo war ich hier gelandet? Wer hatte es hier auf Lisa abgesehen?

„Was war dass?" Fragte ich nach langem, bei Lisa vorsichtig nach.

„Nichts!"

Wieder und wieder jammerte sie vor mich her, so als würde sie um Gnade flehen. Hilflos schaute ich sie an, wusste ich doch nicht, was ich ihr antworten sollte.

Verzweifelt verließ ich das Zimmer. Brauchte ich doch einfach meine Zeit für mich, am Küchentisch sitzend, wo ich mich erstmal wieder fangen musste. Wo ich erstmal meine Gedanken der letzten Tage, mir durch den Kopf gehen ließ. Wo Lisa mich alleine ließ.

Lange dauerte es, bis sie sich zu mir setzte. Schaute mich so an, als wolle sie verstehen, was in mir vorging.

„Du Noah!" sprach sie mich vorsichtig, mit zurückhaltender Stimme, an. Worauf ich keine Antwort gab. Ich widmete da lieber meine Aufmerksamkeit diesem Buch zu, das Lisa wohl vergessen hatte, wieder zurück in ihr Regal zu stellen.

„Was ist los mit dir?" wiederholte sich Lisa, die mit der zunehmenden Stille nicht klar kam.

„Was soll los sein?" Antwortete ich nach einem langen Schweigen.

Plötzlich, da klingelte es wieder an der Wohnungstüre. Es war Lisas Bruder, der durch sein besonderes Doppelklingel seiner Schwester schnell klar gemacht hatte, dass er hinter der Türe auf sie wartete.

Verwundert blickte er mich gleich an, als er mich wenig später in der Küche zum ersten Mal sah.

„Wer ist dass?" Hakte er gleich hartnäckig bei seiner Schwester nach, was mir mehr um mehr Angst machte.

Jasmin

Am nächsten Morgen, hatte ich nicht gerade die Möglichkeit gehabt, mal richtig auszuschlafen. So sehr suchte man die Wahrheit in mir. Immer wieder diese Verhöre, die mir den Magen umdrehten. Daran konnte auch mein Vater nichts ändern, der die ganze Zeit bei mir geblieben war.

Dort sitzend, saß ich wie am Vortag festgekrallt, klammerte mich am Stuhl fest und hatte Mühe meine Anspannung zu verbergen.

Immer dasselbe Ritual. Wie gerne hätte ich diesem aufgeblasenen Arschloch mal die Meinung ins Gesicht blasen. War er doch gerade mal ein paar Jahre älter als ich. Wie sollte da er mich schon Angst machen. Vielleicht mit seinen kurzen Haarschnitt, der mich seine Kopfhaut sehen ließ? Dafür hätte er mal auf die Kraftbank gehen müssen.

Übergewicht und Kleinwüchsigkeit – ich konnte da nur lachen. Aber war ich hier nicht derjenige, der auf der Anklagebank saß. Der rede und antwort stehen musste. Dessen Situation wirklich nicht zum lachen war.

Ohne väterliche Hilfe, der in einem Nebenraum, meine Panik, durch die abgedunkelte Glassscheibe, ohne viel Mühe leicht erkennen konnte.

„Sie brauchen kein Wort weiter zusagen!" schrie ein Mann auf, der in seiner eleganten Kleidung schlagartig den Raum betrat.

„Wer sind sie?" erwiderte verwirrt der Beamte.

„Ich bin Frau Theis Anwalt!" Hätte mich auch gewundert, wenn mein Vater nicht sein Handy benutzt hätte.

Schlagartig kam die Erleichterung über mich. Wie lange hätte ich es noch vermeiden können, jegliche Hintergründe zu verneinen. Wie sehr hätte es mich getroffen, Noahs Name in die Runde zuschmeißen.

Rasch wurde die Vernehmung abgebrochen. Jegliche Beamte von meinem Anwalt aus dem Raum geschmissen, und ich wenig später am Tisch sitzend, von meinem Anwalt über weitere Verhaltensregeln aufgeklärt wurde, während mein Vater nur schweigend dasaß, und nicht im Geringsten sich an der Diskussion beteiligte. Was mir schon Angst machte. Nicht erkannte, was für ein Mann mein Vater war, der, nachdem mein Anwalt, mich über alles aufgeklärt hatte, wieder den Tisch verlassen hatte, noch lange schweigsam bei mir am Tisch sitzen blieb.

„Hast du schon mit Mutter gesprochen?" fragte ich hilflos beängstigt bei meinen Vater nach, wusste ich doch so langsam nicht, wie ich mit seinem schweigsamem Verhalten umgehen sollte. Eine Frage - mein Vater schaute mich lange schweigen an, und verlies dann auch schon den Raum, ohne dabei nur ein Wort los zu werden. Und ich, ich wusste nicht, wo mir mein Kopf stand. Hatte ich was Falsches gefragt? Aber wusste nicht jeder im Land, wer ich war? Was ich getan hatte? Und dies konnte doch nicht einfach so an meiner Mutter vorüber gegangen sein?

Gerade als ich mich von meinem Stuhl erheben wollte, kam mein Vater zurück in den Raum. Setzte sich so versteinert wie er war, zurück, so an den Tisch, dass ich am liebsten im Boden versunken wäre.

„Deine Mutter, sie war nicht erreichbar!" Machte mein Vater mir unmissverständlich schnell klar.

„Aber, sie muss doch erreichbar sein?" hakte ich verzweifelt nach, wollte ich doch mit dieser Antwort mich nicht zufrieden geben.

„Jasmin, ich weis, dass die ganze Situation für dich nicht gerade sehr angenehm ist, aber deine Mutter – glaube mir, sie will mit der ganze Sache, nichts zutun haben!"

„Aber warum?"

„Weil du sie bitter enttäuscht hast!" Wogegen ich nichts mehr sagen konnte. Hatte doch mein Vater da den Nagel auf den Kopf getroffen.

„Wie geht die ganze Sache jetzt weiter?" Unterbrach ich mein langes Schweigen, wusste ich doch selbst nicht mehr, was ich zu meiner Mutter sagen sollte. Und in dieser Hinsicht nur noch zu einem Ende kommen wollte. Wollte ich nur noch meine Aussage machen, was mein Vater mit einem schweigenden Kopfnicken zur Kenntnis nahm.

„Also, er hat sie dazu verleitet?" Kam da auch schon die erste Frage, des zurückkommenden Beamten, der keine Sekunden von meinem Anwalt, samt meines Vaters, aus den Augen gelassen wurde.

„Das kann ich ihnen auch nicht sagen!" machte ich ihm mit verzweifelter Stimme klar.

„Wollen sie damit sagen, dass sie nicht alleine gearbeitet haben?"

„Nein!" wollte er mir doch was aus der Nase ziehen.

„Aber sie haben doch gesagt, dass sie nicht alleine waren?" Was für eine Fantasie.

„Aber sie waren doch nicht alleine bei ihrer Arbeit?"

„Das Stimmt! Aber der hat mit der ganzen Sachen nichts zutun!"

„Also, haben sie die ganze Sache alleine geplant?"

„Nein!" versuchte ich mich schreckhaft zu schützen.

„Wer war es dann?" hakte er verbissen nach.

„Ich kenne ihn überhaupt nicht!"

„Können sie mir ihm von seinem Äußeren her beschreiben?" ließ er sich doch nicht von seinem Standpunkt ableiten.

„Ich bin der Person nur einmal begegnet!" verfing ich mich in meinen eigenen Worten.

„Aber, sie müssen doch wissen…."

„Wenn meine Tochter dies nicht sagen kann…." Schlug mein Vater sich verbal dazwischen.

„Aber…." Versuchte der Beamte schnell wieder das Gespräch an sich zu ereisen.

„Nichts aber!" und schon bekam die Sache eine ganz andere Richtung.

„Was wollen sie von meiner Tochter wissen?" Fragte mein Vater nach einer kurzen Bedenkpause nach, in der sich die Situation ein wenig verschärfte.

„Wenn ihrer Tochter nicht das Geld hineingezogen hatte – oder wie sie selbst sagt, nicht daran beteiligt war, dann möchte ich gerne wissen, wer es gewesen sein könnte!"

„Ich weis es selbst nicht!" gab ich hilflos zu verstehen. Merkte ich doch schnell, dass mir meine Geschichte allmählich abgenommen wurde.

„Können sie uns das nicht sagen, oder wollen sie es uns nicht?"

„Ich darf es nicht!"

„Werden sie erpresst?"

„Ja, das werde ich!" gab ich mit einem zunehmenden zögern zu verstehen.

„Von wem?" hakte er verbissen nach. Was von der Tonlage wirklich nicht zu überhören war.

„Das weis ich nicht! Man hat mir einen Brief unter meine Hotelzimmertüre durchgeschoben, und an dessen Anweisungen musste ich mich halten."

„Also sehen sie, dass meine Tochter mit der ganzen Sachen nichts zutun hat?" fuhr mein Vater ihn so an, dass es mich echt gewundert hatte, dass dieser sich noch auf den Stuhl halten konnte. Und nun hatte die Märchenstunde ihren absoluten Höhenpunkt.

„Aber wo ist das Geld…." Versuchte der Beamte noch einen entscheidenden Punkt zu finden.

„Glauben sie, unsere Familie ist noch auf das Geld angewiesen?" Und schon hatte die Diskussion keinen Nährboden mehr.

„Das will ich jetzt nicht damit sagen!" versuchte er sich noch zu endschuldigen.

„Mein Herren, ich nehme jetzt meine Tochter mit nach Hause. Sie wissen ja, wo sie mich finden können?"

„Aber, sie können doch nicht!" Aber mein Vater war schon aufgestanden, als plötzlich der Polizeipräsident der Stadt hineinkam, der im Normalfall vermutlich gar nicht gekommen wäre, wenn die Visitenkarten meines Vater nicht bei ihm einen bestimmten Platz in seinem Adressbuch gefunden hatte.

„Das geht schon klar!" brachte er den letzten Zweifler schnell raus, sodass mein Vater den Weg mit mir unbeschadet fortsetzen konnte.

Noah

Obwohl Lisas Bruder bei unserer ersten Begegnung, nach seinem Eindruck, mir am liebsten den Hals umgedreht hätte, schockierte es mich umso mehr, dass er mich kurze Zeit später, zu sich in die Wohnung einlud, die sich nur ein Stockwerk unter Lisas Wohnung befand. Lisa, sie blieb derweil lieber in ihrer Wohnung alleine zurück, und ging dort ihren eigenen Weg.

Es war mittlerweile schon ziemlich spät geworden, als ich mich einer unzähligen Mengen von Drinks von Mathias am späten Abend verabschiedet hatte, und mich im Rausch des Alkohols die Flurentreppen hoch kämpfte, und mit Gottes Segen endlich froh war, als ich unbeschadet Lisas Wohnungstüre erreichte. Verschreckt schaute mich Lisa an, als sie mir die Türe öffnete. So sehr hatte mich der Alkohol gefangen genommen – was sie von mir nicht gewohnt war. In die Wohnung eingetreten, schloss sie gleich die Wohnungstüre inter mir zu, und folgte meinen Spuren zu ihrem Bett, auf das ich mich nur fallen ließ. Was Lisa eher weniger aus der Ruhe brachte. Sie legte sich so neben mich, als wäre ich gar nicht anwesend. So beschießen konnte es mir gar nicht gehen, um nicht so merken, wie sehr Lisa die Nachdenklichkeit im Gesicht stand.

„Alles O.K. bei dir?" Frage ich besorgt nach. Eine Frage, auf die Lisa gar nicht einging. Eher mit einem Schweigen hinnahm.

Ich wusste wirklich nicht, wo mir der Kopf stand. Hatte der Alkohol mich so zugerichtet? Auf was hatte ich mich da eingelassen? Mit müden Knochen ging ich zurück in die Küche, war ich doch von dieser Situation mehr als nur überfordert. Und ich nur noch schnell meinen Schlafsack ausrollen musste. Aber so gerne ich auch sofort eingeschlafen wäre, gelang es mir nicht, in einen tiefen Schlaf zu fallen. Wie verwirrt war ich? Warum hörte ich Lisa aus dem Nebenzimmer heulen? Mit was ich nicht umgehen konnte. Ich einfach versuchte, dies alles zu ignorieren.

Es dauerte lange, bis ich endlich einschlief. Und Lisa! Mein Gott, wie gerne hätte ich ihr geholfen.

Am nächsten Morgen, machten sich die letzten Alkoholreste, des Vorabends durch den typischen Schlaghammer, bei mir bemerkbar. Schwer fiel es mir aus dem Bett zu kommen. Betrachtete ich eher im Badezimmerspiegel den wahren Schein der Wiedergeburt. Bemerkte ich doch erst, nachdem ich aus der Dusche zurückkam, dass Lisa nicht mehr in der Wohnung war. Sprichwörtlich vom Erdboden verschlungen.

Schockiert rannte ich in meinen Gedanken versunken, das Treppenhaus herunter, zu Mathias Wohnung, mit meiner Panik, die mich fast ungebremst an die Wohnungstüre aufschlagen ließ.

„Was ist los?" hakte Mathias eher genervt nach. Hatte ich ihn, mit seiner Tasse Kaffee in seiner Hand, gerade von Frühstückstisch geholt.

„Lisa, sie ist nicht in ihrer Wohnung!" brach es aus mir panisch heraus.

„Ach so!" Mit was ich eher nicht gerechnet hatte. Dann fuhr Mathias schon fort: „Lisa sie wiederholt doch freiwillig die dreizehnte Klasse, weil sie mit ihren alten Noten nicht zufrieden war!" und schon verschwand er wieder in seiner Wohnung, und ich ging mit meinen Gedanken alleine zurück hoch in Lisas Wohnung. Denn, wo war ich hier überhaupt gelandet. Eine Welt, die doch so schön und zugleich so fremd war, dass ich noch nicht einmal wusste, dass Lisa noch zu Schule ging.

Eine Nachdenklichkeit, die Lisa, so gut einen Menschen ansehen konnte, der, da im Kreis meiner Gedanken, saß ich auf dem Bett, und versuchte beim lesen eines Buches, zwischen den Zeilen, eine Antwort für mich zu finden.

Verschreckt schaute ich auf, als plötzlich Lisa zurück von der Schule kam. Nachdenklich sah sie aus, was sich bestimmt aus dem Schultag entwickelt hatte. Schnell fragte ich bei ihr nach, ob bei ihr alles in Ordnung war. Was Lisa nur mit einem schwiegen Kopfnicken beantworte.

Was ging in ihr vor? Dass die Schule nicht gerade einem den größten Spaß bereitete, wusste ich doch noch selbst aus eigener Erfahrung. Musste mir doch selbst klar sein, dass ich doch zu diesem Zeitpunkt noch selbst Schüler war.

„Sollen wir in die Stadt, was essen gehen?" unterbreitete ich schnell den Vorschlag. Wollte ich doch keine weitere Sekunde in dieser Wohnung bleiben. Ich, alleine mit Lisa, in diesem Klima – diese Kälte. Eine Stille, in der wir uns schnell näher kamen.

Lisa nahm meinen Vorschlag begeistert auf, hatte doch Lisa absolut keine Lust, mit dem dreckigen Geschirr, der letzten Tage, was sich in der Küche zu häuft angesammelt hatte, sich einfach zu beschäftigen. Und zudem herrschte vor der Haustüre solch ein herrliches Wetter, dass es wirklich eine wahre Sünde gewesen wäre, den Tag weiter in der Wohnung zu verbringen.

So machte ich mich zusammen mit Lisa auf, durch die Einkaufsstraßen dieser Stadt. Entschlossen wir uns doch zu einer spontanen Shoppingtour, die einmal durch die gesamte Geschäftswelt, der Kölner City führte. Lisa Kleidungsstück für Kleidungsstück anprobierte. Und ich immer vor der Umkleidungskabine sitzend, meine einzelne Urteil abgab. Aber kaufen, wollte sich Lisa nichts – so schön auch ihr die Stücke standen, was mich stark verwunderte. Ich stets mehr um mehr auf sie einredete, sich etwas zu kaufen, schüttelte sie mehr um mehr mit ihrem Kopf, wusste sie doch nur zu gut, dass sie jeden Pfennig in ihrem Haushalt mehr wie einmal umlegen musste, um überhaupt über die Runde zu kommen. Eine Situation, die mich steht's mehr beängstigte. Waren wir doch hier gedanklich in zwei verschiedenen Welten.

War ich doch der, der hier ohne Probleme nicht ein Kleid, sondern eher den ganzen Laden kaufen könnte. Was ich auch gerne getan hätte, wenn da nicht bei mir diese Angst gewesen wäre. Aber wer hat nicht die Angst davor, erwischt zu werden. Und, wie hätte das ausgesehen, wenn ein Junge meines Alters Lisa Kleid für Kleid gekauft hätte. Hätte man sich da nicht die Frage gestellt, wer ich war – ich war wer? Das war der Punkt, zu dem es nie kommen durfte. Ich niemals zulassen durfte. Aber zu meinem großen Glück, konnte ich Lisa zu einem großem Eiscafe einladen, wo es im Blickfeld des Kölners Doms uns beiden gleich besser ging. Wo zu dieser Stunde, ein Meer von Menschen sich aufhielten. Von was ich mich an diesem Tage nicht aus der Ruhe bringen ließ. Meine Person nicht in Gefährdung sah, saß ich doch einer Person gegenüber, die mich diese kalte hohe Schutzmauer in mir, regelrecht fallen ließ. Bis plötzlich eine kleinere Gruppe, in unmittelbare Nähe unseres Tisches, an uns vorbeiging. Lisa zuckte regelrecht in sich zusammen, als sie sie sah. Und sie nur noch so schnell wie möglich von diesem Ort weg wollte.

„Warum willst du gehen?" fragte ich bei Lisa nach, die nur noch die Panik trieb.

„Noah, lass uns einfach gehen!" Eine Antwort, bei der ich nicht weiter nachfragen wollte. Hatte Lisa nicht den Kreis ihrer guten Bekanntschaften getroffen, was bei mir in Saarbrücken nicht anders war, wie jetzt bei Lisa in Köln.

Missmutig wurde Lisa von allen Seiten nur dumm angestarrt. Was ihr sehr wehtat. Jenen Schmerze, den ich spüren konnte.

Schnell kam die Gruppe auf uns zu. Die Situation immer brisanter wurde. Ich in meiner Person, mich mehr um mehr an die Wand gedrückt fühlte.

„Was ist los du Pfeife?" Schnappte ich mir gleich den erst besten. Und dieser, schaute mich nur dumm an, auf was Lisa am wenigsten eingestellt war. Für sie war die ganze Situation mehr als peinlich.

Hätte jetzt bestimmt eine andere Frau, in dieser Situation sich nach einem starken Mann gesehnt. So war bei Lisa alles anders. Überraschend stellte sie sich zwischen mir und diesem Typen, den mir so gerne eins übergebraten hätte. Und dieser sich schnell von mir lösen konnte.

Was soll das werden, wenn es fertig wird? Dachte ich mir, hatte ich doch von meiner Seite am wenigsten gewollt, dass dieser Schwachkopf das Weite suchen konnte. Ich konnte da wirklich nicht glauben, was Lisa da tat, hätte ich doch mit einem Schlag dem ganzen ein Ende bereiten können. So folgte uns jetzt, im sicheren Abstand diese Gruppe, was Lisa eher weniger aus der Ruhe brachte, als meine Person.

Ich drehte mich immer wieder nach hinten um, doch plötzlich war sie wie von Erdboden verschwunden. Absolut aus unserem Sichtfeld geraten, was, ich direkt an Lisas Stimmung bemerkbar machte. Sie mir ein schönes Lächeln schenkte. Aber wer waren diese Typen? Diese Antwort blieb mir Lisa schuldig. Es war ihr eher unangenehm, mir diese Frage zu beantworten. So oft ich sie ihr auch gestellt hatte.

Wieder in Lisas Wohnung angekommen, war sie im ihrem Verhalten nach, ganz die Alte. Und für mich gab es nun der Punkt der Zweifel, über das gerade gesehene, der mich einfach nicht verlassen wollte. In einer Zeit, in der Lisa unverzüglich, mit bester Laune, so als wäre nie etwas passiert, in der Küche uns den nächst besten Kaffee kochte.

Und ich, ich stand da in ihrem Zimmer, wie bestellt und nicht abgeholt, wollte mich da nicht zum Deppen vom Dienst abstempeln lassen. Rasch ging ich zu Lisa in die Küche. Setzte mich zu ihr an den Küchentisch, wo Lisa sich an ihrer Kaffeetasse festhielt. Brauchte ich doch keine großartigen Worte über meine Laune los zu werden, konnte sich doch Lisa schon bestimmt denken, was ich von ihr wollte.

Jasmin

Ich war frei! So schwer es mir auch fiel, dies zu glauben. Und nun befand ich mich irgendwo zwischen Frankfurt und Saarbrücken, auf dem Weg Richtung Heimat.

Mit voll aufgedrehtem Motor schossen wir auf der Überholspur an dem Pendelverkehr vorbei. Nichts konnte uns jetzt noch aufhalten, die neu gewonnene Freiheit zu genießen. Daher wollte ich nur noch so schnell wie möglich nach Hause. Hatte ich doch einfach die Angst, mich der fortlaufenden Vergangenheit zuzuwenden. So schnell mein Vater noch fuhr, fiel es mir schwer zu glauben, nun auf der sicheren Seite zu sein.

„Alles in Ordnung mit dir?" erkundigte sich mein Vater bei mir, hatte wir doch bereits die Hälfte der Strecke hinter uns gebracht. Da klingelte plötzlich das Autotelefon meines Vaters. War es meine Mutter, die mich sprechen wollte? Drückte doch mein Vater mir gleich den Hörer so schnell in die Hand, dass ich keine große Zeit hatte, „Nein, danke!" zusagen.

„Ja, mir geht es gut!" Antwortete ich ihr mit unterkühlter Stimme. Denn, was wollte überhaupt meine Mutter von mir? Hatte sie sich nur bei meinen Vater gemeldet, um mich zu sprechen. Welch ein Wunder. Warum, hatte ich das verdient? Oder ging es mehr um ihre wirtschaftliche Existenz?

Hatte sie einfach Angst, um ihre Position? War sie doch meine Mutter – und ich einfach der Staatsfeind Nr. 1, der in ihrem Unternehmen arbeitete, welches sie mir ausgesucht hatte, gegen das ich meinen Kampf bestritten hatte. Und nun wollte man sich mit dieser Niederlage nicht befassen.

Eine Situation, die nach den Worten meiner Mutter, einem politischen Skandal nun glich. Und meine Mutter, warum war sie nun so gut gelaunt? Warum war sie nicht besorgt um ihre Person? Lag es an ihrem Standpunkt, der sich in ihrer Position so gefestigt hatte, dass sie sich keine weiteren Sorgen um ihre Sicherheit machen musste. War es das, was Rebecca so zum Kampf aufrieb - dieses System so zu bekämpfen. Fragen um Fragen, die während des Telefongesprächs mit meiner Mutter, für sie nicht von großer Bedeutung waren. Was ich irgendwie selbst nicht glauben wollte, wie sehr ich mich diese ganze Geschichte verändert hatte.

Als wir vor den Toren Saarbrücken standen, hatte ich schon längst das Telefongespräch beendet, und mich einigermaßen wieder beruhigte.

Obwohl die Fahrt noch nicht einmal eine Stunde gedauert hatte, kam sie mir so vor, wie eine halbe Ewigkeit. Die Strecke – vorbei an der lang gezogenen Steppe. Die zahlreichen Ein- und Ausfahrten, Rasthäuser, Tankstellen, Orte, Gemeinden, Städte, Sehenswürdigkeiten, Kulturen, Menschen, hinein in meine alte Umgebung, die ich so liebte. In der ich wieder zu alter Kraft aufblühte. Mir die Sicherheit gab, nach der ich mich so gesehnt hatte.

Es war gerade Mittag, als wir in der Stadt einfuhren. Von der Stadtautobahn heruntergefahren, erkannte ich meine Heimatstadt schnell wieder.

So schön sie da lag, als wäre es eine Ewigkeit her, als ich sie das letzte Mal gesehen hatte. Von der Ausfahrt aus, fuhren wir auf dem schnellsten Weg zu dem Hotel meines Vaters, indem sich die letzten Wochen er zurückgezogen hatte. Denn zu dem Elternhaus – zu meiner Mutter – da wollte mein Vater auf keinen Fall hin.

Papas Hotel lag ziemlich zentral in der City. Ruhige Lage. Nicht weit von der Autobahn entfernt.

Kaum hatte war das Hotelzimmer betreten, da hatte mein Vater seine Schuhe schon neben seinem Bett abgestellt, und sich gleich schlafen gelegt. Während ich mir eine Falsche Cola aus dem Kühlschrank nahm, und mich vor den Fernseher setzte.

Versuchte auf dem Sessel sitzend, irgendwie die Worte meiner Mutter aus dem Kopf zu schlagen. Die mehr Schaden angerichtet hatten, als ich mir das eigentlich vorgestellt hatte.

Wollte ich sie noch mal sehen? Mit ihr reden? Einfach in ihre Nähe sein. Gleich. Unbedingt. Sofort. Schnell sprang ich auf, ließ einfach alles liegen. Hatte ich doch schon zulange gewartet.

Es war bereits schon auf den Straßen dunkel geworden. Ich kämpfte mich durch die leergefegten Straßen, was mir so viel Angst machte, wie dass, was mir noch bevorstehen sollte. Wie würde wohl meine Mutter reagieren, wenn ich plötzlich vor ihrer Haustüre stände.

Würde sie mich nach alldem so empfangen, wie es für eine Tochter würdig ist? Aber hatte mein Vater mich in den letzten vierundzwanzig Stunden so dermaßen bearbeitet, dass ich wirklich niemand mehr trauen konnte.

Es war schon eine beträchtliche Strecke zwischen dem Hotel und meiner Mutter. Doch gerade hatte ich unsere Straße erreicht, sah ich in der Ferne, mein Elternhaus. Ein Augenblick, der mich schlagartig stehen ließ.

Zu meiner großen Verwunderung, war kein Licht aus dem Haus zu erkennen. Aber wusste ich nicht zu gut, wie lange meine Mutter täglich auf der Arbeit saß.

Mit zitternden Knien stand ich vor der Haustüre. Blickte wie versteinert auf unser Namensschild, so, als wäre ich hier nicht der gerngesehene Gast. Lange dauerte es, bis ich mich dazu überwinden konnte, die Klingel zu drücken. Aber nichts geschah. Die Türe wurde mir nicht geöffnet. Was mich sehr verwunderte. Aber so oft ich es auch versucht hatte, musste ich mir eingestehen, dass ich ohne Erfolg den Rückzug antreten musste. Hatte ich mit zunehmender Dauer die Motivation verloren. Einfach die Schnauze voll!

Noah

Es war mittlerweile schon spät geworden. Die Dunkelheit war eingebrochen und ich lag mit all meinen Gedanken in meinem Schlafsack, in der Küche, während Lisa in ihrem Bett schlief.

War es mir doch nicht gelungen, Lisa zur Rede zu stellen. Was ich einfach nicht glauben konnte. So hilflos, wie sie mir gegenübersaß. Wollte ich sie unter keinen weiteren Druck setzen. Ließ sie da lieber in ruhe, war es für mich doch selbst nicht ganz einfach, mit der ganze Situation umzugehen. Einfach zu begreifen, was gerade in mir vorging. Aber warum sollte ich mir da noch weitere Gedanken machen?

Plötzlich klopfte es leise an die Küchentüre. Verwundert blickte ich mit verdrehtem Blickes, in Richtung Türe, die sich schon im nächsten Moment öffnete, und Lisa in den Raum eintrat. Und ohne ein Wort zu verlieren, sich bei mir in den Schlafsack legte, was ich ohne jeglichen Kommentar hilflos hinnahm.

Am nächsten Morgen, war es recht seltsam für mich, Lisa Anwesenheit neben mir zuspüren. Sanftmütig streichelte ich ihr Haar. Wusste ich doch selber nicht, wie ich mit der ganze Sache umgehen sollte. Da konnte ich noch zu sehr mit meinen Gesichtszügen spielen, wie ich wollte, Lisa erkannte ziemlich schnell, wie sehr mir die Unsicherheit in den Knochen steckte.

Lisa, sie sich mehr um mehr an meine Seite drückte, bevor sie zu meiner großen Erleichterung aus meinen Schlafsack stieg, und so als wäre nichts gewesen, anfing uns Kaffee zu kochen. Was mehr die Zweifel in mir hoch kochen ließ. Ich eher wie ein blinder Esel mich an den Küchentisch setzte, und nur noch meinen Kaffee haben wollte. Fiel es mir doch wieder schwer zu verstehen, wie schnell sich Lisa in ihrem Verhalten mir gegenüber gedreht hatte.

„Lisa, was ist los mit dir?" fragte ich im Bann all meiner Gedanken, nach meinem ersten großen Schluck, den ich dazu ausgenutzt hatte, meine Gedanken wieder zu fangen.

„Was soll los sein?" erwiderte sich Lisa nach einer langen Bedenkpause, in der sie mich so verhasst anstarrte, als wolle sie mir sagen: „Was willst du überhaupt von mir?"

Lisa versuchte nach langem, mir eine Erklärung abzugeben, aber dafür fehlten ihr die Worte. So oft sie auch angefangen, gingen ihr immer wieder die Worte aus.

Da war er wieder, dieser Wandel. Verängstigt schaute sie mich an. Wusste doch Lisa selbst nicht, was in ihr vorging. Und ich, mich mehr um mehr nur noch verarscht fühlte. So eskalierte die Situation zwangsläufig. Ich schrie immer lauter. Wollte doch endlich nun mehr, eine Antwort. Lisa zog sich immer mehr in sich zurück und klammerte sich so an ihre Tasse fest, als hänge sie an einem seidenen Pfaden.

Ich wollte von dem allem nichts mehr wissen. Schnappte meine Sachen und verließ mit meinen Rucksack das Haus, dass mir langsam, wie ein Gefängnis vorkam.

Ohne Ziel lief ich in der Stadt umher. Ohne einen klaren Gedanken, versuchte ich mit mir ins reine zukommen. Denn Lisa, sie war nicht das einfache Mädchen, die mir Zuflucht gab. Sie hinterließ bei mir ihre Spuren, die ich nicht unterdrücken konnte - die mich so fertig machten.

An einer Parkanlage angekommen, nahm ich nervlich am ende, auf einer Parkbank platz. Die Zeit verging wie im Fluge, und ich wurde einfach nicht schlauer. So sehr ich meinen Kopf in meine Hände neigte, kam nicht der kleinste Ansatz, nur eines erklärlichen Gedanken bei mir zum Vorschein.

Als es dunkel wurde, kam ihn mir die Frage auf, ob ich zurückgehen sollte. Oder gleich zu Paule, der bestimmt noch ein Zimmer für mich übrig hatte! Vorsicht! Dachte ich mir doch da gleich und blieb dort, wo ich gerade war. Und breitete auf der Parkbank meinen Schlafsack aus. Wo ich eine recht bequeme Nacht hinter mich brachte.

Gerade wurde ich am nächsten Morgen von den ersten Sonnenstrahlen aus meinen Schlaf gerissen, sah ich zu meiner großen Überraschung Lisa in unmittelbarer Nähe an mir vorbeigehen. So versteinert blickte sie vor sich her, dass sich mich bestimmt nicht sehen konnte.

 Rasch packte ich meine Sachen zusammen und ging in einem weiten Abstand ihr hinterher. Warum ich das tat? Vielleicht war es Neugier? Oder? Ich wusste es selbst nicht!

An ihrer Schule angekommen, blieb Lisa einen kurzen Moment stehen und schaute sich um. Hatte sie vielleicht Verdacht geschöpft? Zum Glück konnte ich mich gerade hinter einem parkenden Auto verstecken, sonst hätte ich ihr bestimmt eine Erklärung abgeben müssen. Warum überhaupt?

Eine Vielzahl von Schülern stand im lang gezogenen Eingangsbereich, an denen eher Lisa völlig uninteressant vorbeilief. Sie wollte nur so schnell wie möglich ins Gebäude. So als wäre jemand hinter ihr her. Schwer viel es mir, den Spuren von Lisa zufolgen. Hatte ich doch Angst, in der dichten Masse von Menschen erkannt zu werden. Hätte ich sie im nächsten Moment auch schon verlieren können. Als da Lisa von einer kleinen Gruppe sitzender Schüler, gestoppt wurde. Die auf der letzten Stufe sitzend, den Überblick über den gesamten Eingangsbereich hatten. Sie redeten wie wild auf Lisa ein, was ich mit viel Mühe aus der Distanz erkennen konnte.

Doch da ertönten auch schon der Schulgong, und ich aus der treibenden Menge heraus, die ihren Weg ins Gebäude suchte, ich mich schnellst möglich nur noch von meinen Fleck wegbewegen musste, nahm doch die Gefahr der Enddeckung nun mehr gefährlich zu.

Ich konnte es einfach nicht verstehen, wie sehr sie Lisa unter druck setzten. Es einfach nicht begreifen wollte, wie sich Mathias an der ganzen Sache beteiligte. Ging es doch schließlich um seine Schwester. Was machte er hier? War er es überhaupt wirklich? Fiel es mir schwer, dies alles zu glauben.

Schnell ging ich zurück zu meiner Parkbank, die für mich schon wie ein zweites zu Hause geworden war. Denn wo sollte ich schon großartig hingehen. Ein Gedanke, an den ich nie geglaubt hatte. Hatte ich mir doch feste vorgenommen, so schnell wie möglich die Heimreise anzutreten, wusste ich nun umso mehr, dass ich Lisa nicht alleine lassen durfte.

Dort sitzend, wartete ich auf Lisa, die bei ihrem Heimweg, bei mir wieder vorbeigehen musste. Worauf ich nicht lange warten musste, kam es mir doch eher schon so vor, als hätte sie weiterhin keine Lust länger in der Schule zu bleiben.

Verwundert schaute mich Lisa an, als ich im nächsten Moment auf sie zugelaufen kam. Und da war er wieder, dieser Stimmungswandel bei Lisa.

Obwohl ich sie so unter Druck gesetzt hatte, lief sie total überglücklich mir entgegen. Direkt in meine Arme. Viel mir mit meinen Schlag die ganze Anspannung, der Sorge, vom Leibe. Also, dummer hätte die ganze Situation nicht sein können.

Standen der eine dummer da, wie der andere. Keiner wusste, was in den Kopf des anderen vorging. Am liebsten hätte ich gleich Lisa die ganze Wahrheit erzählt. Aber, wie würde sie darauf reagieren? Vielleicht sollte ich doch meine Heimreise antreten. Oder?

Ich nahm zu Feier des Tages, Lisa bei der Hand, und führte sie zu dem nächsten Italiener, der sein Stammessen auf eine so große Kreidetafel geschrieben hatte, dass ich unbedingt diesen Nudeltopf mal ausprobieren musste. Lisa bestellte sich da eher nur eine einfach Pizza. Obwohl ich ihr mehr wie einmal klar gemacht hatte, dass es ich sie einlud.

Vorbei war Lisa schlechte Laune. Die Angst, die ich ihr noch an der Schule ansehen konnte. Stattdessen sah ich dieses Lachen, dass mich so in den Bann gezogen hatte.

Unterhaltsam genossen wir unser Essen, bis zum letzten Bissen. So, als wäre nichts gewesen.

Als wir am späten Nachmittag zurück in Lisas Wohnung kamen, kam es mir eher so vor, als wäre es zwischen mir und Lisa, nie so irgendwelche Spannungen gekommen. Eine perfekte Welt halt! So rein!

Hatte Lisa noch am Morgen noch ihre Wohnung richtig sauber gemacht, so, als wolle sie mir eine große Freude bereiten. War ich doch derjenige, der von uns Beiden, der immer so auf die Sauberkeit geachtet hatte, trotz meiner heimischen Probleme in den eigenen vier Wänden.

Gerade hatte ich meinen Rucksack in der Küche, in die gewohnten Ecke abgestellt, hatte derweil sich Lisa mit einer ihres vielseitigen Buch im Schneidersitz auf ihr Bett zurückgezogen. Setzte ich mich gleich neben ihr, legte meinen Kopf vorsichtig, ohne jeglichen Sinn der Nachdenklichkeit, bei ihr auf die Schulter. Und genoss mit einem zurückziehenden Blick auf Lisas Zeilen meine wieder gewonnene innere Ruhe.

„Was liest du dort?" Fragte ich eher aus Höfflichkeit nach.

„Sommer, der lachende Kühe!" kam da nur direkt.

„Ach ja!" antwortete ich mit einem leicht zunehmenden Lachen, konnte ich doch mit diesem Titel von Buch wirklich nichts anfangen. Lisa mit liebevollen anblickte. Ihr Buch bei Seite legte und im nächsten Moment schon auf mir lag. Was mich völlig aus der Fassung brachte, aber ich trotzdem hinnahm.

Jasmin

Dachte ich noch Vortag, ich wäre in absoluter Sicherheit bei meinen Vater, so saß ich nun bei Rebecca auf dem Beifahrersitz ihres schwarzen Sportwagens, dem sie nach dem Tot von ihren Vater geerbt hatte. Da konnte noch so bequem die Ledersitze sein, ich hatte wirklich kein Auge dafür. Vermisste ich doch sosehr die Sicherheit der vergangenen Tage. Viel es mir doch nun umso schwerer, die letzten zwölf verlaufende Stunden richtig einzuschätzen.

Stand ich noch gestern Abend bei meiner Mutter vor der Haustüre, mit einen am Anfang euphorischen Gefühl, musste ich mir nach mehren Klingelversuche eingestehen, dass bei ihr mein Weg zu ende war.

Verzweifelt den Tränen nahe, ging ich um mein Elternhaus herum, suchte einen Anhaltspunkt gegen all meine Zweifel. Beängstigt blickte ich in die dunklen Fenster, versuchte hinter den zugezogenen Vorhängen, irgendetwas zu finden. Etwas, was mich weiterbringen sollte. Etwas, was mir ein besseres Gefühl geben sollte.

Alleine mit meinen Gedanken, machte ich mich nach vergebener Suche auf den Rückweg zu meinem Vater. Drehte meine Mutter den Rücken zu. So sehr ich auch Angst vor der Dunkelheit hatte, konnte mich an diesem Abend nichts mehr aus der Ruhe bringen. Fing nicht an zu heulen, so gerne ich es auch getan hätte, hielt ich meine Nerven zusammen.

Am Hotel wieder angekommen, ging ich am Pförtner vorbei, der trotz des heißen Sommerabends, sich nicht von seiner langen Dienstkleidung befreien durfte. Gehörte es doch zu gutem Still des Hotels, dessen Einrichtung den Still der 20iger Jahre entsprach. Zudem hatte es etwas an sich, mit langen Mandel und stolzen Zylinder – machte sogar auf einer Frau, wie mir – aus den 90iger – einen enormen guten Eindruck.

Förmlich begrüßte er mich beim durchtreten der Eingangstüre, mich mit meinem Familiennamen, auf den, ich eher dort, am liebsten nur geschissen hätte, stieg ich da doch eher lieber schweigend schnell in dem warteten Fahrstuhl ein.

„Die Swiad, bitte!" machte ich den Liftboy rasch klar, der mich schon von Anfang so dumm angestarrt hatte, was eher mit einem gewissen Neid zutun hatte, den ich von meiner Seite nicht übersehen konnte, gehörte doch unsere Familie zu den Oberen unserer Gesellschaft in der Republik.

„Verreck doch du Arschloch!" war die Bemerkung, die ich beim verlassen des Aufzuges mir verbeißen musste und geradewegs zurück auf unseres Hotelzimmer ging, wo mein Vater vor dem laufenden Fernseher bereits auf mich gewartet hatte, was mich sehr verwundert hatte, mit was ich nicht richtig klar kam, war er doch nach meiner Erinnerung, bereits ins Bett gegangen, als ich mich auf zu meiner Mutter machte.

„Wo warst du gewesen?" Fragte er gleich nach, nachdem ich das Zimmer betreten hatte, obwohl ich noch nicht die Zimmertüre hinter mir geschlossen hatte.

„Bei meiner Mutter!" was mich eher selbstverständlich klang.

„Was wolltest du dort?" Hakte mein Vater mir ein, hatte er doch zuvor mehr als deutlich mir klar gemacht, dass ich mich von ihr fernhalten sollte.

„Aber, es ist doch meine Mutter!" versuchte ich mich mit zunehmender Verzweifelung zu verteidigen.

„Nein!" schrie mein Vater laut auf, was mehr als deutlich für mich war.

„Ich möchte, dass du diesem Miststück nie mehr siehst!" fuhr er auch schon nach einer kurzen Bedenkpause fort.

Miststück! Hatte Papa sie noch nie genannt. Ich verstand die Welt nicht mehr. Er liebte sie doch sosehr. Sie waren doch so ein glückliches Paar. Und nun? Sollte das alles vorbei sein? Endgültig! Ein Gedanken, der in mir die Panik mehr um mehr trieb ließ. Den Tränen nahe, stand ich vor meinem Vater, wusste ich doch selbst nicht mehr, wie ich mich ihm gegenüber verteidigen sollte?

Ich musste hier raus! War der Gedanken, der meinen Körper so verängstigte. Was hatte meine Mutter ihm angetan, dass mein Vater mir dies antat. Fluchtartig verließ ich den Raum.

Den Flur rannte ich in einem zackigen Tempo entlang, auf dem schnellsten Weg aus dem Hotel. Wollte hier nur noch raus hier. Und nun, nun saß ich bei Rebecca im Wagen. Ziel unbekannt. Im Regen. Zu später Abendstunde. Auf leergefegten Straßen, fuhren wir in den neuen Tag hinein.

Am Ziel angekommen, standen wir vor einem alten Haus, das wir über einen schwer befahrbaren Waldweg erreichten. Am Waldrand liegend. In unmittelbarer Nähe der Autobahn, die ich von meinen Standpunkt leicht hören konnte.

Nicht gerade vertrauensvoll sah hier alles aus. Ein mulmiges Gefühl ging mir durch den Magen. Aber was hatte ich noch zu verlieren, hatte mich doch Rebecca so liebevoll auf der Straße aufgefunden, dass ich mir wirklich keinen Grund der Panik machen musste.

Am Anfang fragte ich mich wirklich, was ich hier zusuchen hatte, sah doch das Innere des Gebäude eher nicht gerade sehr einladet aus. Keine Toilette, oder nicht einmal die Farbe an der Wand, war richtig zu erkennen. An der Decke hang eine heruntergezogene Glühbirne, die nur an ein einfaches Kabel hing, und in der Küche ein wenig Licht verbreitete. Einer, der wenige Räumen, die mit Elektronik ausgestattet war, was mir mit zunehmender Abenddämmerung ein wenig die Angst nahm.

Platz nahm ich an einem kleinen Küchentisch, an dem eine Vielzahl von Stühlen sich befand, versuchte ich doch zu verstehen, dass wir hier nicht alleine waren. Während dessen nahm sich Rebecca aus dem voll bestückten Kühlschrank eine Flasche Wein heraus.

Neugierig schaute ich mir wenigspäter die restlichen Zimmer des Hauses an und fand ziemlich schnell eine Vielzahl von Matratzen, die quer über das ganze Haus verteilt lagen. Die Bestätigung, dass wir hier nicht alleine waren.

Rebecca zog es in der Zeit lieber vor, nach einem kleinen Imbiss, sich unter ihre Wohldecke zulegen, die schon wartet auf ihrer Matratze bereitlag. Während ich mir das Dachgeschoss ansah, dass mit einen Blick die Heruntergekommenheit des Hauses mir deutlich machte. Und da konnte Rebecca sich sorgenfrei hinlegen? Was schon erstaunlich war. Ich war froh darüber, als ich unbeschadet von Dachgeschoss zurück zu Rebecca geschafft hatte.

Wir legten uns gemeinsam auf die Matratze und schauten uns, auf den Bauch liegend, gemeinsam das Bild unserer Abschlussklasse an, das überraschend Rebecca aus ihren Geldbeutel nahm.

„Weist du noch wer das ist?" Fragt mich Rebecca mit fragendem Finger, gerichtet auf das Bild, auf die Person mit der ich mit erschrecken sehr viel anfangen konnte.

Es war schon weit nach Zwölf, als wir uns entschlossen hatten, schlafen zugehen. So sehr hatten wir uns über die vergangenen Schultage unterhalten, dass wir über dies alles die Müdigkeiten ganz vergessen ließen.

Welch einen Eindruck das Haus auf mich hinterlassen hatte, so gemütlich hatten wir es uns in kürzester Zeit gemacht. Zusammen gerollt lagen wir dicht an dicht, gemeinsam unter der Bettdecke und versuchten es uns in all dem so kaltem Haus, doch so angenehm wie nur möglich zumachen. Was mal für mich eine neue Erfahrung für mich war, als in meinem hochmodernen Elternhaus zu schlafen, wo mir wirklich an nichts gefehlt hatte. Schien mir das doch mehr als ein wie ein Abenteuerurlaub zu sein.

Schlagartig blickte ich mit aufgerissen Blick aus meinen Schlaf heraus, verschreckt die Wand an. Fremde Stimme im Haus. Was ich nicht glauben konnte. Wo war Rebecca? Die nicht mehr bei mir lag. Was ich nicht glauben konnte, was mir Angst machte. Alleine dazuliegen. Schutzlos ausgeliefert.

Es hatte seine Zeit gedauert, bis ich mich gefunden hatte. Meine Angst überwunden hatte. Folgte ich nun dem Klang den Stimmen, die mich geradezu in die Küche führten. Suchte ich doch eine Antwort auf Rebeccas verschwinden, und traute dort meine Augen nicht, sah ich doch fünf Leute die im Tisch sitzend. Rebecca in der Mitte von vier gleichartigen Gesprächspartnern. Was ich nicht glauben konnte. Viel es mir doch sehr schwer, die ganze Lage einfach zu verstehen. Hatte mir gegenüber Rebecca nie erwähnt, dass wir Besuch bekommen sollten.

Es war schon erstaunlich für mich, wie sehr sich die verschiedenen Arten von Menschen, sich auf das ein und selbe Thema einschossen, was mich irgendwie an meine Schulzeit erinnerte. Mich immer noch nervte! Aber irgendwie konnte ich mich jetzt leichter in die Thematik hineinversetzen, wie damals. Kapitalismus. Globalisierung. Was sich aus ferner Sicht, alles so schmerzhaft anhörte. Aber hatte ich nicht mal mein Bild der Lage selbst bei meiner Arbeit auf der Bank machen können. Verstanden, wie das Börsenparkend ein Spiel trieb, dem sich einfach jeder unterordnen musste.

Es war schon für mich sehr beängstigten für mich, mit anzusehen, wie zwei von ihnen ihre Haare so kurz schneiden konnten, dass man sogar ihre Kopfhaut sehen konnte. Der Rest der Gruppe hatten eher einen längeren Haarschnitt, die zu meinen Egel so verfielst waren, dass man ohne weiteres schnell die einzelnen Läuse erkennen konnte. Was schon wirklich nach einer warmen Dusche schrie. Was eher der ganzen Gruppe weniger interessierte, sie nahmen mich noch nicht einmal, im Türrahmen stehend, so richtig erst.

Rebecca kam noch nicht einmal auf die Idee mich den Herrschaften vorzustellen.

Lange beobachte ich sie von meinen Standpunkt aus, und verlor ziemlich schnell das Interesse an ihrem Gespräch, dass sich mit zunehmender Dauer mehr um mehr wiederholte. Zog ich es doch lieber vor, meinen Schlaf im Nebenraum weiter fortzusetzen.

„Hast du schon Larissa gesehen?" War die Frage, die mich wirklich an meine Schulzeit erinnerte. Schlagartig – hellwach – blickte ich verwundert auf eine Rebecca, die meine Reaktion eher nicht zu Kenntnis nahm. War sie doch bis jetzt immer die Person gewesen, die ich mehr aus Lisas Erzählung her kannte. Gehörte sie doch zu dem Freundeskreis ihres Bruder, was ich nicht so recht einstufen konnte. Oder hatte ich mich da nur eher in mir selbst täuschen lassen?

Noah

Verwundert schaute ich eine Lisa, am nächsten Morgen, an, die noch tief schlafend neben mir lag. Wusste ich doch nicht so recht, wie ich die letzte Nacht aus meiner Sicht einordnen sollte. Hatte ich mich da in etwa, in Lisa verliebt? War das der wirkliche Grund, warum wir jetzt da gemeinsam dalagen?

Sanftmütig weckte ich Lisa mit einem zaghaften Kuss auf ihrer Stirn, aus ihrem Schlaf heraus. Verschlafen mit ihren kleinen Kugelaugen, begrüßte sie mich in den neuen Tag hinein, bis es plötzlich überraschend an der Wohnungstüre klingelte. Und Lisa, sie zog sich schnell ein T-Shirt und Trainingshose an, und machte sich schneller auf den Weg zur Wohnungstüre, als mir lieb gewesen wäre, hatte ich doch keine andere Wahl, mich vor dem anrauschenden Besucher zuschützen, als mich schnell unter der Bettdecke zu verstecken.

„Wo warst du heute? Warst du nicht in der Schule?" Meldete sich gleich nachdem Lisa die Türe geöffnet hatte, eine fremde Stimme zu Worte.

„Ich war die ganze Zeit hier!" versuchte sich Lisa mit einer schlagartigen verängstigten Stimme zu endschuldigen.

Und ich, ich blieb derweil lieber die ganze Zeit unter der Bettdecke und versuchte zu erhören, mit wem sich da Lisa unterhielt. Denn so sehr ich auch versuchte aus der weiblichen Stimme schlau zu werden, konnte ich sie keiner Person unterordnen.

So neugierig ich meine Sinne ausgefahren hatte, war ich in meiner Neugier einfach zu dumm, mal kurz darüber nachzudenken, dass ich vielleicht mal ein wenig besser aufpassen sollte um nicht unter der Bettdecke weiter aufzufallen.

Völlig überraschend blickte ich aus dem Bett heraus, als plötzlich, total unerwartet die Bettdecke weggezogen wurde.

In diese Augen hatte ich wirklich noch nie geblickt. Welch ein zierliches Mädchen da vor mir stand. Mit diesem unschuldigen Blick, die im Schimmer ihrer lang gezogenen schwarzen Haaren mein Herzschlag leicht stiegen ließ. Ihr Blickfang sich zunehmend zu einem breiten Grinsen entwickelte. Vorbei, war die Sturheit, mit der sie zuvor Lisa so zu rede gestellt hatte.

„Jetzt kann ich dich verstehen!" Erwiderte sie einer Lisa, die verängstigt hinter ihr stand.

„Darf ich dir vorstellen „Noah" das ist „Larissa", „Larissa" das ist „Noah"!" Versuchte Lisa die peinliche Situation zu entschärfen. Und schon spielte meine Person keine große Rolle mehr in diesem Spiel, hatte es doch für mich den Eindruck gewonnen, als wüsste Larissa bereits schon, wer ich war. Was mir Angst machte!

Kaum war Rebecca gegangen, da klingelte es auch wieder an der Wohnungstüre, und Mathias im nächsten Moment in der Wohnung stand, der von bisherigem Tagesablauf so angenervt war, dass ich es lieber vorgezogen hatte seiner schlechten Laune aus dem Wege zu gehen.

Wie konnte es sein, dass ein Mensch, wie Mathias es von seiner Art war, sich von dem laufendem Fernsehensprogramm aus der Ruhe treiben ließ. Ich war es gewohnt. Mich konnten diese Talkshows wirklich nicht mehr aus der Reserve locken. Vielleicht war das einer der Gründe, warum Lisa in ihrer Wohnung keinen Fernseher besaß. Was im Nachhinein logisch klang. Denn welch ein Mensch kann sich schon mit deren Themen richtig etwas anfangen. „Wie Deutsch ist der Döner!" waren nicht gerade die Themen, die von Mob zu diskutieren waren. Aber wenigsten hatte sie ihren Sinn der Quote erfüllt.

Aber wenigsten hatte Lisa für ihren Bruder eine kühle Flasche Bier übrig, so dass all sein Frust nicht so lange in ihm hoch kochte, was ich eher genervt aufnahm, wollte ich doch eigentlich nur mit Lisa alleine sein.

Mathias schaute mich verwundert an, sah man doch schon von weiten mir meine Gedanken an.

„Was ist los mit dir?" Hakte er gleich bei mir nach, war doch seine Schwester mittlerweile in die Küche gegangen, und so, Lisa von unserem Gespräch nichts mitbekam.

Worauf ich nur die Schulter zuckte, wusste ich doch wirklich nicht, wie ich mich ausdrücken sollte.

„Was ist passiert?" Fragte Mathias mit zunehmender Sorge nach.

„Das weis ich selbst nicht!" machte ich meine Sprachlosigkeit frei Luft.

„Wie meinst du dass?" Nun saß ich da, mit dem Gesicht der Hilflosigkeit. Was sollte ich schon Mathias großartiges zur Antwort geben. Plötzlich klingelte es, zu meinen Glück, an der Wohnungstüre, und zu meiner großen Überraschung Larissa wieder da war. Hatte sie doch die ganze Zeit vergebens, bei Mathias geklingelt. Wolle sie doch mit ihm ganz schnell reden, was Mathias eher schnell auf den Plan riefen ließ. Er sehr schnell die Wohnung verließ, um sich ganz Larissa zuwidmen. Da spielte meine Person eher keine großartige Rolle mehr in Mathias Aufmerksamkeit. Kam es mir eher so vor, als hänge von diesem Gespräch die Zukunft unseres Landes davon ab.

Lisa schaute wenig später leicht verwundert, als sie mich nur noch alleine in der Wohnung sah, dachte sich doch, ihr Bruder würde noch bis zum Abendessen bleiben. Und nun, wurde mir sehr schnell klar, dass hier etwas nicht richtig in Ordnung war.

Jasmin

So mühte ich auch war, hatte ich es wirklich nicht einfach einzuschlafen. So sehr quellte mich der Gedanke, der letzte Tage, dass ich nicht zur innerlichen Ruhe fand.

Was hatte ich hier eigentlich verloren? Bin ich im Kreis einer neuen Bewegung, die sich gegen den Globalen Klima, der heutigen Zeit zu wehren versucht, gelandet.

Was hatte ich damit zutun? Ich konnte es nicht mehr hören. All diese Argumente. Immer wieder die gleichen Storys. Konnte die nicht mal über etwas anderes reden?

Ich weis nicht, was mich dazu getrieben hatte, aber ich zog fluchtartig meine Schuhe an und verließ vorsichtig durch das Hinterfenster das Haus, und rannte nur noch in den dunklen Wald hinein. Was ich nicht glauben – einfach nicht verstehen konnte, wie sehr mich die Panik trieb, hatte ich doch noch kurz zuvor mich so schön mit Rebecca unterhalten. Also? Woher kam diese Angst!

Zu meiner Überraschung dauerte es nicht lange, bis mein Fortsein ihnen auffiel. Und eine regelrechte Jagt nach mir veranstaltet wurde.

Warum waren sie so hinter mir her? Welche Interessen hatten sie an meine Person?

Schnell versteckte ich mich in einer alten Punkeranlage, aus dem zweiten Weltkrieg, und rührte mich dort nicht von der Stelle, bis sie zu meiner großen Überraschung schnell die Suche wieder abbrachen.

Aus meinen Versteckt hinaus konnte ich beobachten, wie sich Rebecca noch kurz mit den Jungs unterhielt und dann sich auch schon wieder von ihnen verabschiedete, und mit ihrem Wagen im Bann der Dunkelheit rasch verschwand.

Was ging hier vor? Wie gerne hätte ich bei ihrem Gespräch mit zugehört. Vielleicht, wäre ich da jetzt schlauer?

Ich blieb noch eine weile in meinen Versteckt, um sicher zugehen, dass ich in keine Fall trat. Und rannte dann schnell den Waldweg zurück, bis zur Hauptstraße, wo ich völlig fertig erstmal tief durchatmen musste, hatte mich doch so sehr die Angst getrieben, dass ich mich selbst nicht wieder fand.

Lange lief ich die Straße entlang, ohne jeglichen Schimmer von Orientierung suchte ich meinen Weg. Hatte ich doch absolut keine Ahnung, wo die Straße mich hinführen wurde. Lief ich so in den nächsten Tag hinein.

Wo war ich hier überhaupt gelandet. Einsam sah es hier aus. Kein Auto, das nur so an mir vorbeirauschte. Kein Lebenszeichen, was mir Sicherheit gab. Mich bei jeden weiteren Schritt, immer mehr von der Kälte fesseln ließ. Die Krämpfe, sich immer mehr zusetzen. Konnte ich es doch plötzlich nicht wirklich glauben, als ich da in der Ferne ein Auto kommen sah, was in meinen Augen, wie ein Wunder war, begann es doch gerade an zu regnen.

Ich musste mich noch nicht einmal großartig bemühen, da hielt ein in die Jahre gekommener schwarzer Golf vor mir, der dem Ursprung seiner Generation entsprach.

„Wo wollen sie hin?" fragte ich eine frisch gewordene Mutter, im Geschrei ihres Kindes, das auf dem Rücksitz, in seinem Kindersitz, saß.

„Frankfurt!" antwortete ich eher im Reflex, ohne großartig zu überlegen, was ich dort noch suchen sollte.

Sie nickte nur mit dem Kopf, worauf ich nur schweigend einstieg.

Noah

Am nächsten Morgen wurde ich durch lautes Klopfen an der Küchentüre aus meinen Schlaf gerissen. Reflexartig schaute ich nach oben auf, und sah Lisa gerade durch die Türe hineinkommen. Verängstigt sah sie aus. Mit ihrer Schultasche unter ihrem Arm, wusste ich sofort bescheid, dass sie kurz vor dem Weg zur Schule war.

„Soll ich dich begleiten?" Fragte ich sie direkt aus meinen Schlaf heraus. Konnte ich es mir doch denken, warum Lisa zu mir gekommen war.

Als wir wenig später gemeinsam an der Schule ankamen, blieb Lisa plötzlich stehen. Vorbei war die Erleichterung, die ich ihr den Weg zur Schule ansehen konnte.

Wie versteinert blickte Lisa in Richtung der Eingangstreppe, wo sich eine große Masse von Schülern aufhielt. Mit besorgtem Blick versuchte ich zu erahnen, was in ihr vorging. Was machte ihr solch eine Angst, der von nur einer kleineren Gruppe von Schülern ausging?

Besorgt fragte ich bei einer Lisa nach, die zunächst keine Reaktion auf mich zeigte. Versteinert stand sie nur da, rührte sich keinen cm im Rausch der an ihre vorbei ziehende Masse. Was Lisa weniger störte. Nein, sie stand nur da, bis auch der letzte an ihr vorbeigezogen war. Ein Moment, der mich eher an den wilden westen erinnerte.

Wir standen da. Ich und Lisa. Die Jungs saßen oben. Starrten sie uns doch so an, als käme es unmissverständlich zum entscheidenden Moment.

Im laufe der Zeit, wurde mir das hier alles ein wenig zu dumm. Schnell schnappte ich Lisa bei der Hand, und führte sie die Treppe hinauf, vorbei an den Jungs, die uns so begleiteten hinterher schauten, dass man Lisa den Farbwechsel im Gesicht direkt erkennen konnte.

Die Eingangstüre durchquert, standen wir im einer großen Aula, wovon aus ein großer Schwamm von Schülern sich an den zahlreichen Rundtischen hingesetzt hatten, die den Schüler in der Pause ein gewisse Ruhe bringen sollte. Was im Mittelpunkt zahlreicher Pflanzen, mit einem gewiesen Erfolg verbunden war.

Schweigsam war es in diesem Raum. Überraschend blickte sie uns alle so an, als hätte sie jederzeit mit uns gerechnet, was mir schon ein wenig Angst machte.

Wer war ich? Dass ich solch eine Aufmerksamkeit auf mich zog? Versteinert – gespannt ging ich mit Lisa den Weg entlang, bis wir in ihre Klasse waren. Wo ich mich auch wieder schnell von Lisa verabschieden wollte, und so schnellst möglich wieder auf den Weg zu Lisas Wohnung machen wollte. Wollte ich doch nur noch raus hier. Bekam ich es doch zum ersten Mal die Zweifel, über mein da sein.

Plötzlich ertönte der Schulgong und schon stand Lisas Klassenlehrer vor mir, der wohl der Annahme war, ich wolle mich nach einer neuen Schule umsehen, hatte er mich doch bis dahin noch nie gesehen.

„Willst du nicht noch etwas bleiben?" fragte er mich gleich. Was mich auf einen Schlag völlig aus dem Konzept brachte. Am liebsten wäre ich gleich wieder gegangen, aber schaute mich Lisa so vertieft in die Augen, dass ich mich entschloss noch ein wenig zu bleiben.

„Was machst du denn hier?" viel es Rebecca schwer zu glauben, dass ich nur eine Bank vor ihr, direkt neben Lisa saß.

Während des Unterrichts blickte mich Larissa immer wieder so unwillkommen an, was ich eher unbeeindruckt an mir vorbeiziehen ließ, wusste ich doch ganz genau, um was es hier ging? Was sie in schielte führte? Was für eine Freundin sie wirklich war? Aber konnte ich ihr die Karten auf den Tisch legen. Sollte ich Lisa aufklären, was eine Freundin Larissa wirklich war?

So interessant auch der Unterricht auch sein konnte, kam ich mir doch von meinen Innern so vor, als sei ich die Mauer, die um Lisa war. Ihr all, ihre Sinne nam. Auf welcher Seite war das Gute? Und wo war das Böse. Auf welche Punkt sah mich Rebecca, und wo sah mich Lisa? Wo sah ich mich selbst? War die Frage, die mich während des Geschichtsunterrichts nicht mehr losließ. So dumm es auch anhören mag. Aber welch ein System wurde am 9. November an der Deutsche Deutschen Grenzen gestürzt. Welch eine Führung versuchte sein Volk immer stets zu kontrollieren. Was im Endeffekt zum Sturz der DDR geführt hatte. Also, wie sah mich Rebecca? Zweifel, die mich selbst fertig machten. Hatten mich all die Gespräche, der letzten Tage, so sehr mitgenommen, dass ich nach dieser Stunde nur noch hier raus wollte. War das die Sache, die Rebecca so verurteilte. War das, dass System, indem wir lebten?

„Wo gehst du hin?" fragte mich eine geschockt da sitzende Lisa, die nach Beendigung der erste Stunde einfach nicht glauben konnte, dass ich gehen wollte.

„Ich muss hier raus?" gab ich verwirrt vor mir, trieb mich doch eine innere Kraft nur von hier weg.

Lisa, sie konnte - sie wollte einfach nicht alleine an ihrem Platz bleiben. Schnell packte sie ihre Sachen zusammen und folgte meinen Spuren, und holte mich am Ausgang, der Schule wieder ein.

Schlagartig änderte sich plötzlich nun die ganze Situation. In einem Moment, in dem ich eigentlich gedacht hätte, ich wäre über das Schlimmste hinweg.

Wir hatten gerade das Gebäude verlassen, da standen sie wieder, die Truppe. In einen Halbkreis, hinderten sie uns am vorbeigehen. Mit meiner ruhigen Art versuchte ich der Sache entgegenzutreten. Lisa hingegen, sie stand neben mir und wusste nicht, wie sie mit zunehmender Dauer, sich noch beherrschen sollte.

Beschützerisch griff ich nach ihrer Hand. Versuchte in ihrer Panik meinen Schützerinstinkt wieder neu zu beleben.

Versteinert stand die Zeit still. Kein Mensch, sagte etwas. Ein Moment, der für mich eine ganze Ewigkeit war. Ein Druck, der für Lisa immer schwer zu verkraften war. Sie hielt sich wehrlos an meiner Hand fest. Einen Druck, den ich zunehmend spürte.

Mit all meiner Kraft im Zuge der Verantwortung, biss ich all meine Zähne zusammen und führte Lisa nur noch weg von hier, wusste ich doch nur umso gut, dass meine Zeit angelaufen war.

Zurück in Lisas Wohnung angekommen, lag ich auf ihrem Bett sitzend. Lisa in meinen Arm liegend, sah sie mich so verstarrt an, als wüsste ich die Antwort auf ihre Frage. Obwohl Lisa noch nicht einmal wusste, dass ich wusste, um was es hier ging. Sie hatte nicht gesehen, wie ich ihr hinterher gelaufen war. Welch Beziehung ihr Bruder zu den Jungs hatte. Aber was hatte das alles überhaupt für eine Bedeutung.

„Lisa, warum hast du mir nichts davon erzählt?" fragte ich so direkt, als wäre dieses Thema schon längst über alle grenzen bekannt.

„Ich dufte es nicht!" kam nach einer langen Bedenkpause. Hatte es Lisa verstanden, um was es hier ging?

„Warum nicht?"

„Weil sonst….?"

„Weil sonst was?" frage ich hartnäckig nach, wollte ich es doch nun – jetzt wissen. Aber Lisa, sie sagte kein Wort mehr. Schaute mich stattdessen liebevoll schweigend an, was ich nicht so recht einstufen konnte. Nein – dies konnte ich nicht, und außerdem wollte ich Lisa noch vertrauen? Kam doch so langsam die zunehmende Angst in mir hoch. Und außerdem, was war mit Rebecca, wusste sie über Lisa bescheid? Eine Tatsache, die ich nicht beurteilen konnte. Wie sehr ich es auch versucht hatte. Nein – ich könnte es mir auch nicht vorstellen, dass Lisa über die Machenschaften ihres Bruder bescheid wusste.

Die Luft war trocken. Die Temperaturen waren angenehm. Der Himmel Wolkenlos. Mit einen Wort ausgedrückt, die nächst folgendem Tage verliefen sehr ruhig. Vorbei war es mit der Panik, der vergangenen Tage. Lisa, sie hatte wieder ihre alte Ruhe gefunden. Begleitete ich doch Lisa die nächsten Tage mit zu ihr in die Schule, wo zu meiner großen Überraschung keine Larissa mehr zusehen war. Krank hatte sie sich gemeldet, was ich mit großer Verwunderung zu Kenntnis nahm. Und so verging Tag für Tag. So sehr genoss ich die Zeit mit Lisa, die mir mit jeder zunehmender Stunde immer mehr vertraut war. Wir uns einfach blind verstanden. Sie mir ihr Vertrauen schenkte. Was ich sehr genoss. Mit einer große Ehre an mich nahm. Vergessen war da die kalten Nächte, die ich auf den kalten Küchenboden schlief, so sehr spürten wir füreinander dieses Gefühl, dass wir in einem Bett schliefen.

Es war ein Freitag. Ich hatte gerade mit Lisa zusammen die Schule verlassen und wir gingen wie jeden Tag durch die Straßen dieser Stadt, und schnupperten wie immer an den einzelnen Schaufenstern, der verschiedensten Geschäfte, die für uns immer wieder eine Überraschung offen hatten.

Flashback. Da war sie wieder, die totale Erinnerung. Ich konnte es wirklich nicht glauben, was Jasmin da zu Antwort gab. Von einem Fernseher aus zusehen, der in dem groß angelegten Schaufester, eines großen Elektrogeschäfts, stand. Was Lisa niemals sehen durfte. Sie stand zu meinen Glück auf der anderen Straßenseite, an einem Modegeschäft, war eher nicht mein Geschmack war.

Lisa, sie wollte gerade zu mir rüber kommen, aber da lief ich ihr schon schnell entgegen, denn dies durfte Lisa niemals sehen.

Am späten Abend lagen wir zusammen auf dem Bett. Lisa in meinen Armen - ihr Kopf auf meinen Bauch liegend, genoss sie meine körperliche Nähe.

Geschockt über Jasmins Aussage, viel es mir schwer, diesen Moment zu genießen. War ich doch nicht der, bei dem sich Lisa den Schutz suchte?

Verletzlich, ungeschützt kam ich mir so vor, als wusste ich nicht, wie ich das alles aufnehmen sollte. Sollte ich es Lisa erzählen, in welch eine Beziehung ich mit Jasmin stand?

Nein, sie durfte von der ganzen Sache nichts erfahren. Niemand durfte wissen, wie sehr sie in meiner Näher in Gefahr war. So Leid, es mir auch tat, ich musste weg von hier. Musste Lisa alleine lassen. Eine Endscheidung, die ich mir selbst niemals zugetraut hätte. Mir nie vorgestellt hätte können. Aber hatte ich eine andere Wahl, als leise meine Sache zu packen und die Wohnung zu verlassen. So gerne, ich es auch getan hätte, ein letztes Mal Lisa in die Augen geschaut hätte. Aber wusste ich so gut, dass sie in meiner Umgebung, der großen Gefahr ausgesetzt war.

So friedlich sie da lag. So sehr sie mir ihr vertrauen geschenkt hatte, war mir Arschloch klar, dass sie ab jetzt wieder alleine war.

Lange beobachtete ich noch Lisa, bis ich die Wohnung verließ und fluchtartig mich von Gebäude entfernte.

Draußen auf der dunklen Straße angekommen, rannte ich so schnell wie ich nur konnte, wollte ich doch nur weg von hier.

Mit Tränen in den Augen kämpfte ich mich bis zur nächsten Autobahnausfahrt durch, wo ich zu meinem Glück nicht lange warten musste, bis ich mitgenommen wurde und meine Reise ihre Fortsetzung suchte.

Jasmin

Ich war frei! So schwer es mir auch viel dies zu glauben, hatte ich mich nun endgültig von meiner Vergangenheit befreit, und konnte unbeschwert neue Wege gehen.

Ich genoss es richtig nach langen, ohne jeglichen Druck mal wieder in einem Cafe zu sitzen, und einfach den Tag an mir vorbeiziehen zulassen. Während da nicht diese Blicke, die unaufhörlich auf meine Person gerichtet war. Derer, die es nicht glauben konnten, dass ich noch immer auf freien Fuß war. Was viele einfach nicht wahrhaben wollten. Einfach nicht glauben konnten, dass ich ohne jeglichen Rücke, mehr, als nur davon kam.

Es war schon recht spät geworden, als ich mich dazu überreden konnte, meinen Rückweg zum Hotel aufzunehmen. Machte mir doch die zunehmende Dunkelheit mehr um mehr Angst. In einer Stadt, die mir mit ihrer übermächtigen Größe, schon wie ein leeres Blatt Papier vorkam. Aber zu meinem Glück waren die Geschäftsbeziehungen meines Vaters in dieser Stadt so verstickt, dass ich hier ohne Problem ein Zimmer fand.

Aber? Wie hätte es wohl mein Vater hingenommen? Hatte er es gerne gesehen, wie ich nun der ganzen Sache ein Ende gemacht hatte. Es aus eigener Kraft geschafft hatte, nun mehr meinen eigenen Weg wieder zu finden.

So stellte ich mich ganze alleine der Öffentlichkeit. Stellte mich all jenen Frage, die meine Person aus dem Schutzfeld hinaus in das gesellschaftliche Leben zurückstellte. Vorbei war es mit der hervorgetreten Revolution. Ich war jetzt wieder ganz die Alte.

Es war ein schönes Hotel, dass, was ich mir ausgesucht hatte. Schön, wie es da stand. In seinem vollem Prunk, da in der dunklen Abenddämmerung, vor all den Scheinwerfer, in das richtige Licht gesetzt wurde. Seine Internationalität im Glanz aller internationalen Flaggen, die am Vorplatz wehend, jeden Neuankömmling seine Gastfreundlichkeit demonstrierte.

Schnell trat ich vorbei, am Baschen, durch die großräumige Drehtüre, in den Empfangsbereich des Hotels ein, wo zu dieser Stunde mich der Hotelboy mit einem leichten Kopfnicken begrüßte, war er doch mit meiner Person besten betraut. Lag es wohl an den klagvollen Namen meiner Familie, der in diesem Land mindesten bei jeden zweiten bekannt sein musste. Natürlich gab man mir das beste Zimmer des Hauses, ohne irgendwie großartig nachzufragen.

Gerade hatte ich mich in meinem Zimmer zurückgezogen, lag ich schon in meinem Bett, wollte ich doch nur schlafen.

Warum klingelte plötzlich mein Zimmertelefon? Hatte ich doch dem Hotelboy ausdrücklich gesagt, keine Anrufe auf mein Zimmer durchzustellen. War doch die Angst vor Noahs Rache jetzt einfach zu groß, um jetzt noch ein unnötiges Risiko einzugehen.

Dritter Teil

Noah

 Es war schon ein dummes Gefühl für mich, am Abend, auf dem Campingplatz, in seinem aufzuschlagen Zelt zu liegen. Oder welch ein gesunder Menschenverstand überredet sich schon freiwillig auf einem Campingplatz Urlaub zumachen? Welch ein Mensch gesinnt sich schon gerne zu solchen Menschen, die ihren Campingplatz, schon als ihr zweites zuhause bezeichnen? Was für mich unmissverständlich war. Wie sehr ein Mensch sich in einem zusammengepferchten Wohnwagen absolut wohl fühlen konnte, war wir völlig fremd. Also, dass perfekte Versteck für mich. Denn welch ein Mensch würde mich schon auf einem Campingplatz vermuten. Wusste man doch, dass ich mir vom finanziellen her, mir jederzeit was Besseres leisten konnte. Welch Möglichkeiten mir offen standen. Also, wer würde mich schon auf einen heruntergekommenen Campingplatz vermuten, wo sich jeder einzelner hinter seiner eigenen Mauer nur so sein Bier schmecken ließ. Was mich eher weniger interessieren konnte, so sehr steckte in mir noch die vergangene Nacht in den Knochen, dass ich letzten endlich nur froh darüber war, hier fürs erste einen sicheren Aufenthaltsort gefunden zuhaben.
Verschreckt schaute ich aus meinem Schlafsack hervor. War ich doch von letzter Nacht in solch einen tiefen Schlaf versunken, dass es mir schwer so glauben war, welch ein Mensch sich an meinem Zelteingang zu schaffen machte, und mich geradewegs wachrüttelte.
„Wer sind sie?" schrie ich ihn, gefangen in meinem Schlafsack, vor lauter Verzweifelung, an. Und versuchte mich mit aller Kraft zu befreien, was mir in meinem engen Schlafsack so schwer viel, dass, gerade als ich mein Zelt verlassen hatte, er schon über alle berge war.
Regungslos stand ich da und versuchte zu verstehen, was sich gerade abgespielt hatte. Wer hatte es hier auf mich abgesehen? Ich fing auf dem Campinglatz nach einem Anhaltspunkt zusuchen. Dabei musste man nicht all der schnellste sein, um rasch zu erkennen, dass ich hier auf dem Campingplatz der Fremde war. Ich war der, der völlig fertig gestern Abend auf den Campingplatz angekommen war, während manch einer sich gerade hinter seinem Grill, zum allabendlichen Abendessen, zurückgezogen hatte.
Missmutig schaute man mich an, während ich meinen Weg zurück zu meinem Zelt ging. Kam es mir so vor, als wüsste man es nicht so recht, wo man mich einstufen sollte.
Wieder am Zelt angekommen, musste ich mir eingestehen, dass in der Zwischenzeit jemand mein Zelt durchwühlt hatte. All meine Sachen, die quer verteilt im Zelt herumlagen. Was ich eher mit großer Verwunderung zu Kenntnis nahm. Wusste ich doch nicht so recht, wie ich mit der ganzen Situation umgehen sollte. Kam ich mir eher so vor, als wäre ich in einem schlechten Film. Daher versuchte ich schnell die ganze Sache zu vergessen. Packte einfach so, als wäre nichts gewesen, meine Sachen zurück in meinen Rucksack, und somit für mich die ganze Sache einfach erledigt sein musste.
Gerade hatte ich noch meinen Schlafsack wieder richtig hingelegt, kam auch schon der erste Hunger in mir hoch. Ein Hungergefühl, das mich irre suchend über den ganzen Campingplatz scheute. War ich doch hier der Fremde, in einer Stadt. Der Wurm im System, der hier nicht den Überblick fand.
Nur mit viel Mühe entdeckte ich zwischen all den Campingwagen am Rande des Stausees, eine kleine Würstchenbude, die die Bewohner des Campingplatzes einer allumfassenden Abwechselung zwischen all den Badebetrieb gab. Der hier bis zum Bootverleih keine Wünsche unerfüllt ließ.
Gemüsesuppe, war nicht gerade meine Lieblingsspeise, die mich glücklich machte. Umso mehr genoss ich von meiner Holzbank aus, die direkt vor den Verkäuferhäuschen stand, die herrlichen Aussicht, raus auf den Badesee. Auf dem sich um diese Uhrzeit, sich schon ein Heer von Badegästen breit gemacht hatte.
Lag es am Geschmack der Suppe, oder eher im Akt des Verständnisses - was hatte ich hier verloren? Was hatte mich hierher getrieben! Warum aß ich überhaupt hier diesen Fraß? Wo war die Einfachheit? Ich hatte es einfach satt! Wollte nicht mehr hier diesen Fraß – dieser Standart essen. Hatte ich mich in der Vergangenheit einfach zu sehr in meine Einzimmerwohnung abgequält, dass ich einen Neuanfang wirklich mehr als verdient hatte.

Ein Spiel, mit dessen Regeln, ich schwer zu kämpfen hatte. Aber wie würde Jasmin mit dem allem umgehen? Musste ich ihr doch wirklich eingestehen, dass sie mit ihrer Aussage bei der Polizei einen großen Schritt mir voraus war! War sie es vielleicht, die den Verfolger auf meine Spuren geschickt hatte? Die mich unbedingt an die Wand drücken wollte? Aber hatte sie nicht bei Ihrem glorreichen Auftritt im Fernseher, eher mal darauf achten sollen, dass sie nicht gerade im Vordergrund ihres Hotel ihren Standpunkt der Öffentlichkeit zu erklären versuchte. Denn so gut auch ihr auch Plan war, umso schneller hatte ich mir ihre Telefonnummer besorgt. Dafür brauchte ich nur von der nächsten Telefonzelle aus, bei der der Auskunft anzurufen, und mich nur noch auf Jasmins Zimmer weiter verbinden zu lassen. Aber warum sollte darüber noch ein Gedanken verlieren, saß doch der Hass auf ihre Person so tief in mir, dass ich nach einem vergebenen Versuch von letzter Nacht, nur noch meine Ruhe wollte.

Plötzlich schreckte ich aus der Tiefe meiner Gedanken hervor. Da war wieder dieser Typ. Der, der noch am Morgen bei mir am Zelt war. Schlagartig nahm ich die Verfolgung auf. Doch ich konnte es wirklich nicht glauben. So schnell wie er gekommen war, war er auch wieder weg. Wie vom Erdboden verschwunden. Orientierungslos. Völlig perplex ging ich herum, versuchte aus der Masse der treibenden Gesellschaft, einen entscheidenden Anhaltspunkt zu finden. Ich wollte mich nicht Kampflos geschlagen geben. Vielleicht hatte er den nächsten Bus, in die Stadt genommen. Ein Gedanke, den ich auf schnellste folgen musste. So stand ich auch schon, einen kurzen Moment später, an der Bushaltestelle, die sich vor dem Haupteingang des Campingplatzes befand. In einer ziemlich heruntergekommen, in die Jahre, gekommene Unterstellmöglichkeit, die mit all möglichen Veranstaltungstipps der letzten Zeit so voll geklebt war, dass man wirklich nicht die kleinste Chance hatte, hier noch einen klaren Überblick zu behalten. Was auf dem Campingplatz bestimmt eher kein Schwein interessiert hatte, stand ich doch nach einer nicht all zu langer Wartezeit, in dem Blickfang, eines rechts perplexen Busfahrers. Kam ich mir eher so vor, als wäre ich der erste Mann auf dem Mond. So waren nun die Menschen auf dem Campingplatz. Warum sollten sie sich noch einen Halt außerhalb ihrer Welt suchen, hatten sie noch in ihrer Campinggemeinschaft, alles das was sie hier brauchten.

Ich setzte mich auf einer der mittleren Plätze des Busses, der zu meinem Glück zur dieser Stunde nicht gerade sehr besetzt war. Nur zwei Grundschüler, die es sich auf der hinteren Sitzreihe bequem gemacht hatten. Nein, von denen ging wirklich keine Gefahr aus!

An der nächsten Bushaltestelle gestoppt, stieg ein älterer Mann in den Bus hinzu, dem ich am Anfang, als Bedrohung nicht so recht erst nehmen konnte. Mit Erleichterung, meine Aufmerksamkeit, an der mir vorbeiziehenden Landschaft widmen konnte. Plötzlich verschlug es mir den Magen. Wo hatte er schlagartig diese Zeitung her. Ich musste so schnell wie nur möglich einfach hier raus. Was würde – wie würde er reagieren, wenn er mich auf dem Bild wieder erkennen würde. Denn so blöde konnte man wirklich nicht sein. Da war sie wieder, diese Angst. Total verwirrt versuchte ich mein Gesicht hinter meiner hochgezogenen Jacke zu verstecken. Niemand! Keiner Durfte jemals erfahren, wer wirklich ich war. Welch eine Rolle meine Person in der Gesellschaft spielte. Welche Regeln sie ausgesetzt war.

Es schien für mich, wie eine Wiedergeburt, als ich endlich in der Innenstadt angekommen, aus dem Bus ausstecken konnte. Von dem ich mich rasch entfernte. Zu groß war die Gefahr, von der angesammelten Masse des Busbahnhofes erkannt zu werden. Und als Mob, hatte ich vor der Masse mehr als nur Angst. Und bewegte mich in einem raschen Tempo einfach davon - hatte einfach keinen Blick für den Rest der Welt übrig.

Schaute auf meinem Weg in Richtung Stadtkern, nicht ein einziges Mal hinter mich. Vorbei, durch die Stadt – suchte ich bei meinem Gang, die große Aufmerksamkeit zu vermeiden. Lies jegliche Menschenmassen links an mir vorbeiziehen. So sehr saß der Schock noch in meinen Knochen, dass jegliche Realisierung der Wahrnehmung mir immer mehr den Verstand nahm. Die Zeit in mir alles verdrehen ließ. Ich mühe hatte, meinen Körper von all den Einflüssen zu schützen. So sehr schoss der Schweiß meinen Rücken herunter, dass es mir schwer viel, mich gerade noch auf den Füßen stehen zu sehen.

Wo stand er? Wo war er? Diese Person, die mich auf diese Spur gebracht hatte. Wo war diese Person, die noch am Morgen mein Zelt durchwühlt hatte.

Hilflos schweifte mein suchender Blick, im Mittelpunkt, auf dem stehenden Paradeplatzes, der den Stadtkern fühlte. Welch einen Weg sollte ich gehen? Gepackt von der Angst, kam es mir so vor, als wäre mir eine ganze Arme hinter mir her. Als hätte ich Beton an meinen Füßen. Als hätte ich soeben erst das Laufen erlernt.

„Hey, sie!" da war sie wieder, die Realität. Wie aus einem Traum erwacht, starrte ich in der Mitte der Straße stehend in ein verängstigtes Gesicht, jeder Frau, die wie der Blitz, im nächsten Moment, auf den mich zurauschenden Straßenverkehr, von Bürgersteig aus aufmerksam machte, der direkt auf mich zufuhr.

Jasmin

Was war das für ein Gefühl, dass mich am nächsten Morgen aus den Schlaf gerissen hatte. So völlig frei! Ohne jegliche Art von Zwängen ging ich ins Badezimmer, meines großem Hotelzimmers. Wo ich nach langen echt ein super glückliches Gesicht im Spiegel erkennen konnte. Eine Stimmung, die sich nach einer langen Dusche nur noch steigern konnte. Fühlte ich mich doch jetzt zum ersten Mal richtig frei, in dieser Gesellschaft.

Gerade hatte ich mich fertig für den Tag gemacht, verließ ich auch schon mein Zimmer. So sehr zog mich mein Hunger Richtung an dem Empfang des Hauses vorbei, wo ich jedem gleich mit meiner guten Laune ansteckte. Nur strahlende Gesichter: Mensch ging es mir gut! Nichts konnte meine gute Laune jetzt noch stoppen.

„Frau Theis?" sprach mich plötzlich der Chef des Hauses an, der mir im Eingangsbereich entgegenlief. Was mich ein wenig überraschend hatte. Wollte ich doch eigentlich nur frühstücken gehen.

„Ja!" erwiderte ich vorsichtig, kam doch da wieder diese Zweifel in mir hoch.

„Gestern Abend, hat jemand versucht sie noch telefonisch zu erreichen!" Nah Mahlzeit, dass hatte mir gerade noch gefehlt. Wer hatte den hier eine Ahnung, wo ich mein Lager bezogen hatte?

Panik stieg in mir auf. Vorbei war es mit der guten Laune. Verzogen war mein Hunger. Gleich ging ich zurück auf mein Zimmer, packte meine Sache zusammen. Denn eins wusste ich sofort, dass ich hier nicht länger bleiben konnte. Da konnte man mich bei der Bezahlung meiner Rechnung, noch so sehr bitten, zu bleiben. Ein Blick in mein Gesicht hätte genügt, um zu erkennen, dass ich wirklich mit den Nerven am Ende war. War doch der Wunsch nach der Freiheit einfach so groß, dass er nicht in Erfüllung gehen konnte? Das war mir beim einsteigen des Taxi klar, dass das hier noch längst nicht zu ende war.

„Fahren sie mich bitte zum Bahnhof!" wies ich den Fahrer gleich an, war das doch der Mobilste Ort, an dem ich mich nur noch sicher fühlte. Das ständigen kommen und gehen, all jener Menschen, die sich auf der Fort- und Weiterreise befanden. Bis hin zu ihren endgültigen Reiseziel. Wo immer es sich auch befand?

Kaum hatte ich den Bahnhof bereiten, kam ich mir so vor, wie bestellt und nicht abgeholt. Unter einer all so mächtigen Bahnhofshalle zustehen, die hier in Frankfurt einmalig ist.

Regelrecht, mit Angst stand ich unter dem all so mächtigen Bahnhofsdach, in der die Züge wieder den gleichen Weg rückwärts raus fuhren, wo sie auch rein gefahren waren.

Es viel mir schwer, in all dem Menschentreiben, den Überblick, vor der für mich so wichtigen Informationstafel zu gewinnen, die mir ein wenig Ruhe brachte. Ein Gutes Gefühl von Sicherheit, wusste ich doch nur zu gut, dass ich hier nicht länger bleiben würde. Aber so schnell änderte sich die Displayanzeige – so schnell bewegte sich das Rad der Zeit, dass man sich den Lauf der Zeit nicht so schnell anpassen konnte. Ich Mühe hatte, einen klaren Punkt für mich zu finden. Ein Ziel, dass mich von diesen Leid befreien sollte. Was meine Angst wieder aufkommen ließ. Gehörte ich doch zu der kommenden Generation, die im Rausch der Zeit eine immer größere Rolle ausspielte.

Schnell rannte ich zu meinem Bahnsteig. Dort angekommen, wusste ich nicht so recht, ob ich in den Dort warteten Zug einsteigen sollte. War es die Angst? Schnell musste ich mich entscheiden, drückte mir doch die Zeit so sehr im Nacken, dass ich letzten Endes einstieg.

Gerade war ich eingestiegen, schlossen sich auch die Türen hinter mir zu. So setze ich mich auch schon gleich auf den nächst freiem Sitzplatz, in einem Moment, wo der Zug sich in Bewegung setzte.

Schnell hatte ich mich mit meinem Schicksaal abgefunden, da ließ ich mich auch schon in den nächst liegendem freiem Sitzplatz fallen. Herrschte doch zu meinem Glück, nicht gerade der Betrieb in meinem Abteil, dass ich mir um einen freien Sitzplatz Sorgen machen musste.

Ich Endschloss mich bis zur Endstation durchzufahren, war ich doch bis dahin noch nie in meinem Leben in Berlin gewesen. Eine Stadt, die sich mit jedem gefahren km immer mehr näherte. In eine Zeit, in der ich von meinen Sorgen befreite. Ich mich in meinen Sitz zurücklehnte, suchte ich an der vorbeirauschende Landschaft einen festen Punkt zu finden, der mir die innere Ruhe zurückbringen sollte. All die durchquerten Bahnhöfen, von deren kleinen Gemeinden, die auf meiner Reise solch eine unbedeutsame Rolle spielten, dass der Zug geradewegs durchfuhr.

Der Zug näherte sich rasch Berlin und ich wurde langsam immer nervöser. So eine Art Anspannung gemischt mit ein wenig Vorfreude und Angst vor mir selbst. Ein Gefühl, was ich so noch nie erlebt hatte. War ich doch zuvor, noch nie in solch einer großen Stadt gewesen. Solch einer mächtigen Welt. So unpersönlich. Trat ich am Ziel angekommen, nun am Bahnhof Zoo, aus einen Zug aus, den ich während der Fahrt so gut kennen gelernt hatte, dass mir mein Abteil schon etwas wie ein eigenes Zimmer für mich geworden war. Stand ich nun auf dem Bahnsteig, in einem Meer von Menschen, indem es mir für den ersten Moment schwer viel, den Durchblick zu finden. Viel es mir von Lichtschein geblendet wirklich schwer, rasch die richtige Sichtweite für diese Welt wieder zu finden.

Wie von einem Hammer getroffen, eilte ich umher, und konnte es kaum glauben, als ich unbeschadet den Bahnhof verlassen hatte. Wusste ich nun nicht, wo ich hingehen sollte. War es vielleicht die falsche Endscheidung, nach Berlin zufahren?

So ging ich zur nächsten U-Bahnstation. Planlos in der Schah der treibenden Meute, stieg ich in die wartende U-Bahn ein, die schon wartet am Bahnsteig stand. In deren Dichte ich mir wie in einer Konservendose vorkam. Mühe hatte, beim Losfahren, nicht umgerissen zu werden.

Ziel unbekannt! Stieg ich von dem allem orientierungslos, an der nächsten Station aus. So schwer es mir auch viel, musste ich mir wohl oder übel eingestehen, dass es so nicht weiter gehen konnte, wie ein Irrer daherzulaufen. Ohne Ziel!

Mit einem starken Kaffee versuchte ich in einem nahe liegendem Straßencafe, das sich in unmittelbarer Nähe der U-Bahnstation befand, meine mühten Sinne wieder zum Leben zu bringen.

Im Cafe herrschte zu meinem Glück nicht gerade dieser Betrieb, der meine angeschlagenen Nerven noch der goldene Rest geben konnte. Außer ein Mann in meinem Vaters Alter, der in unmittelbarem Blickwinkel zu mir saß, war hier niemand mehr zu finden.

„Darf ich ihnen noch eine Tasse Kaffe bringen?" unterbrach mich plötzlich der Kellner in all meiner Bedenklichkeit, die ganz auf den Mann gerichtet war.

„Ja, gerne!" antwortete ich mit schnell gewonnener Stimme. Wusste ich doch zudem nicht, wo ich hingehen sollte.

Verflickst schnell kam ich mit dem Kellner ins Gespräch, als dieser kurze Zeit später mit meiner Tasse zurückkam. Zu meinem großen Erstaunen setzte er sich zu mir an den Tisch. Hatte er wirklich den Betrieb, dass er sich das erlauben durfte. Doch gerade kamen wir so richtig ins Gespräch, betrat eine kleine japanische Reisegruppe so schnell das Cafe, dass der Kellner seine Arbeit leider vorsetzen musste.

Erst als er meinen Tisch verlassen hatte, viel es mir auf, dass der Mann mit seinen markanten grünen Augen nicht mehr an seinem Platz saß. Da war sie wieder, diese Angst? Wurde ich hier bereits schon erwartet? Doch gerade wollte ich fluchtartig das Cafe verlassen, legte mir Wortkarg der Kellner, ohne jeglichen Kommentar, mir die aufgeschlagene Zeitung auf den Tisch.

Wohnungsanzeigen? War das die Idee, für mein Fortkommen. War das die Zuflucht, die ich suchte. Ich blickte mich zum ersten Mal im Cafe um. Versuchte zu verstehen, wo ich hier überhaupt gelandet war. Verstand nun sehr zäh, was dieser Ort mir sagen wollte. Heller Holzboden, schwarze Decke, die mit ihrer Anzahl von Sternleuchten, das Wechselspiel der Lichter in der einfach und doch so schlichten Einrichtung von einfachen Tisch- und Holzstühlen in der Bindung all der Heimatbindung des kühlen Norden, mir gleich die Herkunft des Besitzer zeigte. Vielleicht hatte er deshalb mich nicht gefragt, wo ich herkam. Oder hatte er es zuvor in meinem Dialekt gemerkt? Oder konnte er sich einfach in meine Situation versetzen?

War ich bereit für einen Neuanfang? Sonst hätte der Kellner mir bestimmt nicht die Zeitung hingelegt.

Obwohl ich nicht all so lange in der Stadt war, hielt ich mich nicht länger auf, an der nächsten Telefonzelle, die sich am ende der Straße befand, meine Entscheidung im wahrsten Sinne umzusetzen.

Es viel mir wirklich leicht, die einzelnen von mir rot markierten Wohnungsanzeigen anzurufen. Und das Ergebnis, war wirklich nicht das Beste. Was in solch einer Millionenstadt, wie Berlin mir schwer viel, dies zu glauben. Musste es doch für mich möglich sein, heute hier noch meine eigenen vier Wände zu finden. Kaum es mir doch so vor, als wäre diese Stadt, das zentrale Sammellager für derer zu sein, die sich auf der Flucht vor sich selbst befänden.

Rasch trat die Abenddämmerung ein, was bei meiner Arbeit eher wie im Rausch an mir vorbeizog. Ich einfach nicht verstehen konnte - einfach wollte, dass der entscheidende Schritt mir nicht so recht gelingen wollte. Hatte ich doch die Hoffnung schon fast aufgegeben, da bekam ich bei meiner letzten Anzeige den Zuflucht, den ich so nötig hatte.

An der angegebenen Adresse angekommen, stand ich in einer kleinen dunklen Zwischenstraße, in Bezirk Kreuzberg. Vor einem Haus, dass dem typischen Bild, der Straße entsprach. Spiegelte es doch dem Bild der 70iger wie, wo hier die Studentenbewegungen, noch ihren Höhepunkt hatten. Aber es konnte noch so der Verputz von der Wand fallen, ich war einfach zu mühte, als da noch ein weiteren Gedanken zu verschwenden.

„Hallo, ich bin Phillip!" begrüßte mich ein kurz schwarzhaariger, schmächtiger Mann, meines Alters, der nach meinen ersten Eindruck, ein typischer Kunststudent war.

Rasch führte er mich in die Wohnung rein, die sich im obersten Stockwerk befand, konnte er doch schon an meinen immer kleiner werdenden Augen erkennen, dass ich wirklich schon zu mühte für ein weiteres Gespräch war. Und die Wohnung, sie schrie regelrecht nach Ordnung. Herumstehende Getränkedosen auf dem Küchentisch, die schnell aus dem nebenliegenden Wohnzimmer verlegt wurden. So eng es auch hier war, hatte man Platz für einen Fernsehensessel, der direkt vor dem Großbildschirm gestellt war. Da glich zu meinem Erstaunen ein schnell besorgter Unterstelltisch, eher dem heruntergekommenen Eindruck der Wohnung wieder.

Während ich auf dem Sofa platz nahm, das sich unmittelbarer Nähe der Sessel seinen Platz mit dem Rücken zur Wand hatte, kochte Phillip in der Küche, eine starken Kaffee, und erzählte mir mit Zimmerübergreifende Stimme, die Entstehung seines letzten Urlaubbildes, das sich direkt über den Fernseher hang. Was so harmonisch auf mich wirkte, hatte ich doch ganz vergessen, wie sehr New York auf mich gewirkt hatte. Zu einer Zeit, in der noch alles normal war. Die Uhren noch ihren gewohnten Takt liefen.

„Und du möchtest gleich hier einziehen?" fragte mich Phillip mit gezuckter Schulter, sah er doch kein Gepäck an meiner Seite. Worauf ich nur schweigsam mit dem Kopf nickte.

Noah

Was war geschehen? Schweiß gebadet lag ich in meinen Zelt und lauschte dem Rausch meiner Gedanken, die im Twist durch meinen Kopf jagten. Alles durcheinander wirbelte. Nichts dort stehen ließ, wo es einmal stand. Was mir die Sicherheit nahm. Und das, dass sollte endlich alles vorbei sein?

Hatte ich mich so geirrt? Warum sollte ich alles in Frage stellen? Konnte mich die Angst so zugesetzt haben, dass ich mir noch nicht einmal selbst traute.

Warum hatte ich das alles verdient? War Jasmin daran schuld! Hatte sie mich so gegen die Wand laufen lassen? Nur um ihre Person aus den Schussfeld zu ziehen. Aber war ich nicht der jenige, der mit ihr im Hotel geschlafen hatte.

Plötzlich, wie vom Affen gebissen, rannte ich zur nächsten Telefonzelle, die sich beim Pförtner befand. Das letzte Kleingeld war noch nicht ganz durchgerutscht, da hatte ich schon Jasmins Telefonnummer von ihrem Hotel gewählt.

Da ein Freizeichen. Ich wurde sichtlich immer nervöser. Hörte mein Herz sprichwörtlich aus der linken Brust hämmern, was mit zunehmender Dauer immer schlimmer wurde, war es doch die Stunde der Abrechnung für mich gekommen.

Wie gerne hätte ich Jasmin am Hörer meine Meinung gesagt, musste ich mir aber mit großer Enttäuschung leider von Empfang des Hotels sagen lassen, dass Jasmin das Hotel leider verlassen hatte. Aber zu meinem Glück hatte sie im Hotel eine Handynummer zurückgelassen. Für welchen Zweck – davon hatte ich keine Ahnung!

Zu meiner großen Verwunderung hatte ich noch ein wenig Kleingeld übrig, dass ich sofort Jasmin Handynummer anwählen konnte. Was meinen Herzschlag, gleich wieder zum rennen brachte. Aber ich wollte es nun wissen. Mit zunehmender zögerten Finger wählte ich ihre Nummer, der bei jeden weiteren gedrückten Tasten immer mehr zitterte.

„Bist du es Jasmin?" fragte ich geschockt nach, als sie schnell unerwartet abhob.

„Bist du es Noah?" irritiert erwiderte sie meine Frage, die ich geschockt mit einem einfachem „Ja!" beantwortete.

„Warum hast du mir das angetan?" hakte ich direkt nach.

„Was meinst du?" konnte sie sich doch nicht denken, auf was ich eigentlich aus war. Schweigen draht ein. Niemand wusste was er dem anderen sagen sollte.

Sofort baute sich bei mir ein schlechtes Gewissen auf. War ich doch der, der Hals über Kopf Jasmin eiskalt stehen gelassen hatte. Also, was war mit meiner Situation? Geschockt drückte ich den Hörer ab.

Kaum hatte ich mich wieder gefasst. Mich wieder von dem Telefon weggedreht, da klingelte erneut das Telefon, was ich zunächst nicht glauben konnte, dass jemand in einer Telefonzelle anrief.

„Hallo, wer da?" meldete ich mich mit stark verzögerten Stimme am Hörer.

„Guten Morgen, Noah, du weist wer hier spricht?" was ich zunächst nicht ernst nehmen konnte. Erst mit zunehmender Stimme, wurde mir so allmählich klar, dass das hier kein Scherz war.

„Was wollen sie von mir?" hatte sich doch die Panik so sehr in mir breit gemacht, dass ich nicht auflegen konnte.

„Seih heute Abend um 23Uhr am Busbahnhof, in der Stadt." und schon hörte ich im nächsten Moment, wie jemand von der anderen Seite, die Leitung abdrückte.

Verzweifelung, Angst machte sich in mir breit. Ein Gefühl, dass mich fesselte. Mich den Tag nicht mehr alleine ließ, meine Gedanken mehr um mehr beschäftigte. Was sollte ich in dieser Situation nun machen? Sollte ich dem ganzem aus dem Weg gehen? Aber was wusste ich schon!

Ich hatte recht Probleme am Abend, beim besteigen des Linienbusses meine Panik zu verstecken. Trat doch die Entscheidung mir immer mehr ins Gewissen. Bestand doch noch die Möglichkeit, bei den einzelnen Haltestelle auszusteigen und der ganzen Sache ein ende zu bereiten. Aber ich fuhr bis zur Endstation Busbahnhof durch. Was ich mir selbst nicht erklären konnte. Lag dies vielleicht an meiner Neugier?

Dem Ziel immer näher kommend, sah ich schon von der Ferne, den immer näher kommenden Busbahnhof. Dessen Anblick, mir mein Herz immer mehr zu raßen brachte. War ich mir doch nun bewusst, dass für den Rückzug kein Weg mehr offen stand.

Nachdem der Bus gestoppt hatte, öffnete dieser schon die Türe, und ich stieg schneller aus, als mir gewesen wäre. War es die Neugier? Oder wollte ich die Sache nun endlich hinter mich bringen?

Mit einem mulmigen Gefühl im Magen, stand ich unter den breit gefächertem Glassdach, das sich über dem gesamten Busbahnhof zog. Wo zu dieser Stunde ich der einzige Mensch war. Keine Menschenseele weit und breit zu sehen war. Da konnte ich noch im so schön in der Beleuchtung des Busbahnhofes stehen, meine Angst tat dies eher keinen Abbruch.

Und nun, was sollte ich jetzt machen? Wo waren die nächsten Anweisungen, die mir meinen fortlaufenden Weg weiter erklären sollte. Und so stand ich da, wie die Kuh im Walde. Wie bestellt und nicht abgeholt. Minute für Minute, und nichts geschah. Als plötzlich aus der Ferne der Dunkelheit, ein Taxi neben mir auftauchte. Sah er doch in mir ein sicheres Geschäft, wussten wir beide nur zu gut, dass ich der letzte Bus des Tages erwischt hatte. Aber darauf konnte ich nur scheiße. Machte es mir doch die Situation nicht leichter, hier überhaupt jemand zu vertrauen. War ich mir doch selbst nicht sicher, was ich hier tat. Vielleicht sollte ich mich zurück zu meinen Bus begeben, der wie so viele an seinem letzten Stopp einfach abgestellt wurde. Aber was sollte mir das bringen, die ganze Nacht warten, bis dieser wieder am nächsten Morgen die Türe öffnete. Aber Hauptsache weg von diesem Taxi. Dessen Fahrer mich mit seinen marktenden Augen so scharf beobachtete, als sei es sein Ziel, mir unbedingt in meinen Arsch zuficken. Oder ist das eher die neue Generation von Studenten.

Gott, mach dass dieser Schwachkopf weiter fährt. Plötzlich, total unerwartet stieg er aus. Ich werde ihn umbringen. War der Gedanke, der seine annäherten Person, immer mehr in mir hochstiegen ließ. Seine schwarzen kurz geschorenen Haare, im grellen Neolicht schon im Trass seiner schwarzen Kleidung mir den Eindruck des letzten Samosreis hinterließ. Aber Samosreis rauchen nicht. Also was wollte dieser Typ von mir.

„Haben sie Feuer?"

„Leider nicht! Ich bin Nichtraucher!" So musste er die Zigarette, die er soeben zwischen seinen Lippen gesteckt hatte, wieder rasch in der Verpackung verschwinden lassen. Was wirklich besser für seine Gesundheit war. Aber seiner Laune nach, konnte ich von Glück aus sagen, dass ich jetzt noch lebte.

Junge lach mal! Du machst mir Angst. Sah ich doch da die ganze Sache wieder mit zunehmender Sicherheit ins Auge. Da drückte er mir schweigsam einen Briefumschlag in die Hand, und war schneller wieder weg, als ich beten konnte.

Da war sie wieder, diese Angst in mir. Voller Frage, rannte ich ihm noch hinterher. Aber außer ein davonrasendes Taxi, sah ich nichts mehr.

Stand wieder da, in der nackten Dunkelheit. Völlig ungewiss, verstand ich die Welt nicht mehr. Mit einem Briefumschlag in meiner Hand, den ich mit zunehmender Panik öffnete und einen Brief zum Vorschein zog.

Gehe sie in die Innenstadt. Zum Paradeplatz. Zur Telefonzelle, dort werde sie weitere Anweisungen bekommen!"

Zu meinem Glück, war es von Busbahnhof aus nicht all so weit, bis in die Innenstadt.

Wo standen sie? Wo waren sie? Versteckt in der Dunkelheit. Beobachten sie mich? Waren sie mir auf der Spur? Kam es mir doch so vor, als mich jemand beobachtete.

Mit schnell verängstigten Blicken ging ich meinen Weg fort.

Schön sah der Stadtkern aus. In der Dunkelheit hatte ich ihn noch nie gesehen. Der Paradeplatz, umzogen von einer bracht vollen Eichenallee, unter deren Kronen Parkbänke, jeden Besucher einen Sitzplatz anboten.

Nur mit viel Mühe entdeckte ich die Telefonzelle, die versteckt in der Dunkelheit unter einer der Eichen so versteckt lag, dass sie erst nach erneutem Blickfang fand.

Kalt war es. Schweine kalt. Vorbei war es mit den angenehmen Temperaturen vom Vormittag. Da kam ich mir schon recht dämlich vor, neben einer Telefonzelle zu warten. Und ich nicht wusste, ob ich mich freuen sollte, als plötzlich das Telefon klingelte.

„Hallo!" meldete ich mich vorsichtig am Hörer, versuchte ich doch meine Unsicherheit zu überspielen.

„Gehe zur Kirche, und warte dort!" da war die Leitung wieder unterbrochen. Ich hatte keine Gelegenheit nur die kleinste Frage zu stellen. Aber zum Glück reichte meine Intelligenz aus, um die nicht weit entfernten Kirchsturmsitze zusehen, die aus der Reihe der City hervor trat, was mir als Orientierungssinn voll ausreichte.

Als ich endlich an der Kirche eintraf, zeigte meine Armbanduhr bereis an, dass es weit nach Mitternacht war. Da war es um zu erstaunlichen für mich, dass um diese Uhrzeit noch die Kirchentüre noch offen war. Lag es an dem heißen Sommerabend, oder an der Unlust des Pfarrers, der seine Pflichten nicht nachkam.

Ich überlegte nicht lange. Schaute mich noch einmal nach hinten um, und schon trat ich zögerlich in die Kirche ein. Aber warum sollte ich hier noch Angst haben, konnte ich doch im Haus Gottes meine Panik ruhig bei Seite schieben. Ein recht seltsames Gefühl, dass in mir vorging. In einem Menschen, der nie viel Wert darauf gelegen hatte, in die Kirche zu gehen.

Durch die Tür eingetreten, stand ich in einem kleinen Raum. Indem ein nicht übersehbares Jesuskreuz hing. Schön war es. Machte es doch auf mich einen Eindruck der inneren Ruhe. So, als wäre mir Gott ganz Nahe.

Langsam trat ich hervor, und schaute mir in aller Ruhe das Kreuz vom nahe an. Holte mir aber im gleichen Moment eine Bibel, die wie so viele auf ein schön bestückten Tisch lag, der direkt unter dem Jesuskreuz befand.

Mit der Bibel in der Hand, und einer gewiesen Anspannung im Bauch ging ich durch den Mittelgang, der Kirche, in der eine kühle Stimmung herrschte. Jeder meiner einzelne Schritte durch die auftreten Schall durch das ganze Gebäude wirbelte. So ging ich direkt auf das groß stehende Jesuskreuz zu, das sich hinter dem Alltag an der Wand befand.

Es hatte etwas Einzigartiges an sich. Seine Größe. Seine gewaltigen Spannweite, die sogar solch einen jungen Menschen, wie mich, so finanzierte. Was im Glanz aller Kerzen, die umringt quer in der ganzen Kirchen standen, mir fast den Atem nahm. Setzte ich mich vorne in die erste Reihe. Schlug die Bibel auf und lass daraus. Hatte ich doch in der Zwischenzeit ganz vergessen, warum ich überhaupt hier war. Und so verging die Zeit.

Plötzlich merkte ich, wie sich jemand direkt hinter mir setzte. Ich wollte mich gerade nach hinten umschauen, um zu sehen, wer da war.

„Drehen sie sich nicht nach hinten um, und seien sie ruhig!" ertönte da schon eine harte Stimme, die mir all meine Panik zunehmend verstärkte.

„Sind sie alleine?"

„Ja, ich bin alleine!" viel es mir doch schwer die Worte zufassen.

„Hören sie mir gut zu, ich habe nicht die Zeit übrig, die wir bräuchten um uns zu unterhalten, daher habe ich dir etwas mitgebracht, dass die ganze Sache ein wenig beschleunigt. Hast du das verstanden?" ich nickte nur schweigend mit meinem Kopf.

„Das ist gut! Also hören sie mir jetzt gut zu. Ich werde mich jetzt von meinen Platz begeben, und du wirst solange schön brav nach vorne schauen, bis ich die Kirche wieder verlasse habe. Und dich erst wieder herumdrehen, wenn du den Klang der Türe hörst. Hast du das verstanden?" ich nickte wieder mit meinem Kopf.

„Gut, dann werde ich jetzt gehen!" sprach und ging.

Was war geschehen? Dass war die Frage, die mir die ganze Zeit durch den Kopf jagte. Konnte ich doch einfach nicht begreifen, was gerade passiert war. Kam es mir gerade so vor, als wäre ich in einem schlechten Krimi.

Nervös blätterte ich in meiner Bibel herum. Ziellos. Planlos. Vielleicht würde ich ja eine Antwort darin finden. Eine, die ich jetzt dringend bräuchte. Versuchte ich doch zu begreifen, was vorgefallen war.

Da waren sie wieder, seine Worte, die schlagartig, wie eine Bombe in meinen Kopf hochkamen. Reflexartig drehte ich mich nach hinten um, und sah in der Windeseile eine Wasserflasche zusammen mit einem Briefumschlag auf seinem Platz liegen. Neugierig griff ich danach. Und lass kurze Zeit später den aufgeschlagenen Briefumschlag.

„Wir wissen, wer du bist. Wir wissen, was du getan hast. Wenn du nicht möchtest, dass wir dich auffliegen lassen, trink diese Flasche aus!"

Mit zunehmender Dauer, war ich nun im Siedepunkt meiner nervlichen Panik gelandet. Sollte ich etwas davon trinken? Hatte ich überhaupt eine andere Alternative. So trank ich ohne großartig nachzudenken.

War es vielleicht Selbstmitleid, was mich dazu getriebne hatte? Aber da merkte ich schon wie mein Körper rasch mühte wurde, und ich kurze Zeit später in der Kirche einschlief und ich die völlige Kontrolle verlor.

Jasmin

Es fiel mir schwer zu glauben, dass Noah sich bei mir gemeldet hatte. Hatte ich doch feste damit gerechnet, die Vergangenheit könne mir nichts mehr antun, schwebte mir jetzt noch Noahs Stimme in meinem Gedächtnis. Mit dessen Anruf ich am wenigsten gerechnet hatte. Was ich einfach nicht glauben konnte. Einfach nicht wahrhaben wollte. Hatte ich bereits mit meiner Vergangenheit schon abgeschlossen, und war bereit für meine Neuanfang.

Plötzlich klopfte es an meiner Zimmertüre, und Phillip im nächsten Moment bei mir im Zimmer stand. Erschreckend starrte er mir in mein Gesicht, wo die zunehmende Angst nicht wirklich schwer zu übersehen war. Was Phillip eher schweigsam hinnahm und ohne jegliche Bemerkung wieder mein Zimmer verließ. Hatte er doch bestimmt besseres zutun, als bei mir den Seelentröster zu spielen. Was mich von seinem Verhalten her sehr überrascht hatte. Mir die Sprachlosigkeit nur so durch den Kopf schießen ließ. Wie ein blindes Kind, das nach Lieben und Anerkennung aus war, folgte ich den Spuren Phillip, der in die Küche ging, wo mich schon ein recht ausreichendes Frühstück auf mich wartete, auf was ich gerne versichtet hätte.

„Du siehst nicht gerade so aus, als hättest du Hunger! Stimmt etwas vielleicht etwas mit dir nicht?" sah man wirklich mir meine schlechte Laune an.

„Es ist alles in Ordnung!" und schon hatte ich die volle Aufmerksamkeit, nach der ich mich ersehnte. Was Phillip eher weniger interessiert hatte, er frühstücke einfach weiter, ohne irgendwie großartig auf mich einzugehen. Was ich perdu einfach nicht glauben wollte.

Zum Glück gehörte Phillip zu den kurz frühstückten Menschen, der nach nicht all so langer Zeit anfing gesättigt den Tisch abzuräumen, und völlig überraschend sein Notebook auf den Tisch stellte. Was mich wirklich sehr überrascht hatte, konnte ich mir doch keinen reim machen, was mir nun bevorstehen würde.

„Da staunst du?" erwiderte Phillip mit einem breiten Lachen, und zeigte mir im nächsten Moment die Internetseite, die er zusammen mit ein paar Freunden erstellt hatte. Was mich eher wie eine Internetzeitung aussah. Also, dass war der Grund, warum Phillip so sehr beschäftigt war. Schien es mir doch seinen Worten nach, dies die Tätigkeit zu sein, für die sich der ganze Freizeitverlust lohnte.

„Was wollt ihr damit erreichen?" hakte ich verwundert nach, viel es mir doch schwer, mit der Fülle von Informationen recht umzugehen, die mir dort präsentiert wurden.

„Wir wollen die Welt aus unserer Sicht richtig offen legen!" erklärte er mir mit ruhiger Stimme Phillip so, als hätte er auf diese Art von Fragen schon längst gewartet. Und fuhr dann gleich fort: „Über diese ganzen Politiker, die doch im Zeichen ihrer Macht, sich die Gesetzte so ausgebaut hatten, wie sie für ihren Zweck selbst brauchten!"

„Wie meinst du dass denn?" drehte sich doch meine Gedanken mehr um mehr im Kreise.

„Ein Beispiel! Sind die Politiker nicht der Berufstand, der ohne großartige Verhandlungen mit einem stillschweigenden Nicken einfach ihr Gehalt erhöhen kann. Was die Gewerkschaft eher vor Neid erblassen ließ. Oder noch ein Beispiel! Weist du noch der Spendenskandal der CDU, der mit solch einem System aufgebaut wurde, dass die Mafia eher vor Neid erblassen ließ. So durchgeführt wurde, dass die Wahrheit nie wirklich ans Tageslicht kam. Da konnte der entsprechende Untersuchungsausschuss noch so sehr ihre Vernehmungen durchführen, er bekam an die entsprechenden Personen einfach nicht ran. Und was anderes, wie Lügen bekam man nicht zu Ohren!"

„Aber was hat das mit der Politik zutun, ging es doch hier nur um eine Partei?" fragte ich interessiert nach, war mir doch die ganze Sache nicht schweigend an mir vorbeigegangen.

„Ich lach mich tot! Du wirst mir doch eingestehen, dass das nicht nur eine Partei so macht. Die haben doch alle ihre Tricks. Sitze doch viele Politiker, in irgendwelchen Vorständen von Großunternehmen. Und denkst du, die würden sich selbst ein Stein in den Weg legen!"

Was hatte ich da noch dagegen zusetzen, machte ich doch da meine eigene Erfahrung.

Phillip arbeitet, zu meinem Glück, nicht all zu lange an seinem Notebook herum, so dass ich von dem ganzen Scheiß mir nichts mehr anhören musste. Von dem ich wirklich nichts mehr hören wollte. Was immer es auch sein möge, zog ich die innerliche Ruhe lieber vor.

Nachdem Phillip all seine Unterlage wieder in seinem Zimmer verstaut hatte, gingen wir gemeinsam in die Stadt, wollte doch Phillip sich doch dort noch mit ein paar Freunden treffen. Wozu ich nicht gerade die Lust gehabt hatte, aber immer noch besser war, wie alleine in der Wohnung herumzusitzen.

Drei U-Bahnstationen weiter stiegen wir am Alexanderplatz aus, wo wir bereits schon erwartet wurden. Und ich zum ersten Mal mit Phillips Freundeskreis in Kontakt kam, der nach seinem ersten Erscheinungsbild einen recht friedlichen Eindruck bei mir hinterließ.

„Darf ich dir vorstellen, Christoph, Mike, Sascha und Tarek!" eine Gruppe, die zusammen mit Phillip auf die Uni ging.

Obwohl es nach dem Wetter so aussah, als könnte es heute noch zu regnen beginnen, gingen wir in die nicht weit entfernten Parkanlage, von denen es in dieser Stadt zu häuft gab. Da konnte ich noch so sehr auf die Gruppe einreden, in ein Cafe wollte wirklich Niemand gehen.

Von dem kalten Ost-Wind, der uns unter der großen Eiche sitzend, uns gewaltig ins Gesicht wehte, ließen wir uns nicht gerade aus der Bahn werfen. Wie konnte man sich nur bei solch einem Wetter wohl fühlen? Kamen doch schon die ersten vereinzelten Regentropfen herunter. Was Phillip nicht gerade aus seiner Ruhe bringen ließ, backte er doch von dem allem unbeeindruckt sein Notebook wieder mal aus, und hielt ihn in die Mitte der da diskutierten Menge, die sich im Kreis niedergesetzt hatte. Die sich sehr für das da stehende, auf dem Bildschirm interessierte. Das Wetter eher schweigsam an sich vorbeiziehen ließen. Was mich eher abschreckte. Ich wollte nur weg von hier. Was von denen eher Niemand so recht interessieren wollte. Heftig unterhielten sie sich. Es stellte sich schon so raus, als sei Tarek der geistige Führer der Gruppe war, der der Rest Gruppe sprichwörtlich von den Lippen abblies. Ihm schon fast zum Gott machten. Was schnell bei mir die aufgebaute Smpaty verschwinden ließ.

Ich hatte es wirklich satt. Konnte von diesem ganzen Müll nichts mehr hören. Konnte sie nicht irgendwann mal damit aufhören, mit ihrem sozialen Getue, das mich schon reif für die Irrenanstalt machte.

Tarek regelrecht auf uns alle so eingeredet hatte - so sehr das es Phillip schon regelrecht die Angst im Gesicht stehen ließ, da, dagegen zu sprechen. Christoph die Ratlosigkeit nur im Gesicht raus und runter lief. Mike und Sascha sich im Schaden von Christoph, der sich schon vor lauter Ratlosigkeit die Haare ausriss, sich nur dumm gegenseitig anstarrten. Und um das Wetter, machte sich da niemand so recht seine Gedanken, was im laufe der Zeit schnell immer schlechter wurde. Was keiner so recht, richtig begreifen wollte. Kam es mir doch gerade so vor, als genossen sie dieses Wetter. Diese Einsamkeit - fern ab dem Trubel.

„Wie soll die Sache jetzt weitergehen?" hakte nach einer kurzen Bedenkpause Phillip nach, viel es doch jeden schwer die Worte Tareks zu versetzen.

„Das müssen wir jetzt erst mal sehen!" antwortete sehr direkt Tarek so, dass ich von meiner Seite keinen Grund mehr sah, noch weiter nachzufragen.

„Aber wir können doch nicht so machen, als hätten wir die Sache unter Kontrolle!" kam da von einem leicht verzweifelten Phillip zu Vorschein.

„Warum, ist doch bis jetzt alles gut gelaufen." was nur von einem Christoph kommen konnte, der sich seine Angst nur so verkneifen musste.

„Ihr lebt doch alle in einer Traumwelt!" Machte sich mehr um mehr Phillip zum Sonderling. Der von der Gruppe mit zunehmender Dauer immer mehr an den äußeren Rand gedrückt wurde, was mir schon echt Angst machte. Alles um mich vergessen ließ. Ich gespannt in die Gruppe schaute. Einfach verstehen wollte, was sich da anbahnte.

„Was willst du mir damit sagen?" hakte Tarek hartnäckig nach. Sah es doch so aus, als würde Phillip seiner Meinung nach, sich von der Gruppe abspalten.

„Nichts, was du denkst!" zweifelte Phillip ängstlich ab. Schaute ihn doch Tarek mit solch einem Blick so an, der mir ein regelrechter Schauer über meine ganzen Körper jagte.

Ich verstand die Welt nicht mehr. Um was ging es hier? Nur um eine Studentenzeitung? Oder um mehr? Die Stimmung kochte mehr um mehr hoch - in der niemand so recht wusste, was er machen sollte. Merkte ich doch jetzt so richtig, welche Rangordnung in der Gruppe herrschte.

Noah

Verwundert öffnete ich aus einem tiefen Schlaf gerissen, meine Augen. Wo war ich hier gelandet? Völlig benommen lag ich auf einer einfachen Matratze, die in der Mitte eines leeren Raums, der mit einer einfachen Glühbirne ausgestattet war, die an einem einfachen Kabel hängend, den Raum beleuchtete.

Es dauerte lange, bis ich meine Gedanken sich wieder neu gefangen hatten. Ich begreifen konnte, wo ich hier gelandet war. Konnte ich mir doch nun wirklich, im Nachhinein, in den eigenen Arsch treten, dass ich diesen verfuckten Scheiß überhaupt getrunken hatte.

Ich hatte mich noch ganz wachgerüttelt, da hörte ich auch schon, wie von außen Jemand die Türe aufschloss, die im nächsten Moment geöffnete wurde. Und ein Mann vor mir stand, der mir irgendwie bekannt vorkam, aber dessen Gesicht ich irgendwie nicht so recht einordnen konnte.

„Komm mit!" machte er mir unmissverständlich klar, und ich schweigend seinen Spuren folgte. Missmutig. Vorsichtig. Voller Angst. Hatte ich doch keinen Schimmer, was mich erwarten würde.

Seltsam, sah das hier alles aus. Ein Haus, dessen Erscheinungsgeruch, mich an eher an die 60iger Jahre erinnerte. Und seitdem, nach seinem farblichen Eindruck, unbewohnt blieb.

Wir gingen gemeinsam aus meinem Zimmer heraus, marschierten durch einen langen Flur, wo ich mit zusammengezucktem Kopf laufen musste, um zu verhindern, dass ich mir nicht den Kopf anstieß. So schlagende ich mich durch. Von einem Meer von kleinen Pfützen, die von Grundwasser aus, hoch gedrückt wurden. Das Ende des Flures erreicht, gingen wir über eine in der Not gezimmerte Holztreppe hinauf ins Erdgeschoss und standen im nächsten Moment in einem leicht bestückten Raum.

Recht vergammelte Tapetereste, die erkennen ließen, wie schön es hier einmal gewesen sein musste. Aber das passende optimal zu dem durchnässten Teppichboden, der diese Hässlichkeit optimal wieder ausglich.

Am Tisch sitzend, warteten dort drei Personen auf uns. Zwei männliche, die nicht gerade viel älter waren, wie ich. Der eine gab nach meinen Erscheinungsbild eher, den entscheidet Ton an. Sah man doch hinter seiner markanten Hornbrillen seine stark wirkenden Augen. Eine Intelligenz, die bei seinen kurzen Haarschnitt nicht zu übersehen war. Umso beruhigender war es für mich, dass man bei seinem Kollegen den mittleren Bildungsstand schon eher sah, was mich mehr an meine Schulleistungen erinnerte. Nicht ganz zu vergessen, war die Dame, meines Alters, die ein wenig abseits von den Zweien so versteckt saß, und mir deswegen nicht gleich aufgefallen war.

„Nehme doch platz!" forderte diese mich gleich auf, stand doch ein leerer Stuhl für mich schon breit.

Schweigsam saß ich da und wusste nicht, was ich sagen sollte. Was wollten diese Menschen von mir? Was hatte ich, an was sie so interessiert waren?

„Wir brauchen deine Hilfe?" was ich absolut nicht verstehen konnte.

„Mein Hilfe! Wie darf ich das verstehen?" hakte ich mit großen erstaunen nach. Eine Angst, die meine Hand mehr um mehr zum zittern brachte.

„Ich denke, du hast von uns gehört?" fragte mich mein Tischnachbarn, der mit der Brille.

„Gehört! Von wem soll ich mal gehört haben?" erwiderte ich mit großen erstaunen.

„Kennst du nicht „die freie Generation?"

„Woher soll ich euch kennen?" erinnerte mich das doch mehr an die Sendung mit der Maus.

„Wir wissen aber wer du bist?" änderte sie schlagartig das Thema.

„Woher?"

„Aus dem Fernseher!" jetzt schluck es dreizehn. Hatte ich doch die ganze Zeit gedacht, mein Weg wäre sicher, undurchdringlich – für niemand voraussehbar, musste ich mir nun eingestehen, dass ich der Praktikant des Systems war, dass aufgedeckt wurde. Meine Tarnung aufgeflogen war. Erwischt! Ich hielt ihnen meine Hände entgegen, mit der Hoffnung sie würden mir Handschellen anlegen und der ganze Sache ein Ende zu machen. Aber da wurde ich leider enttäuscht.

„Warum lacht ihr?" sah ich doch im nächsten Moment, drei Menschen vor mir sitzen, die sich vor lauter lachen echt noch auf ihre Stühle halten konnten. Was ich nicht glauben konnte, hatte ich mich doch mit meiner Vergangenheit schon abgefunden.

„Keine Angst, wir sind nicht die Polizei!" eine Bemerkung, auf die mir das Lachen eher schwer viel.

„Wir brauchen eher deine Hilfe?" Also, dass war der Grund, dass man mich hierher gebracht hatte.

„Inwiefern!"

Und nun legte man mir eine Vielzahl von Zeitungsartikel vor mir hin, die auf die innerste Bewegung der „freien Generation" zeigte. Was ihre Ziele waren? Was ich nicht glauben, einfach nicht verstehen konnte. Oder wollte! Ein Gedanken? Eine Frage, über die ich nicht nachdenken wollte.

„Was habt ihr mit mir vor?" fragte ich nach einer kurzen Bedenkpause nach, wollte ich doch nur noch weg von hier. Worauf man mich nur schweigsam anstarrte. Hatte man sich hier in meiner Art geirrt. War ich nicht der, der ihre Erwartungen erfüllen konnte? War ich doch aus meiner Sicht, der einfache Praktikant, der nie die Hauptrolle in Erweckung gezogen hatte.

Ich musste hier raus! Wollte mit dem allem hier absolut nichts mehr zutun haben. Fühlte ich mich doch nervlich hier nicht mehr zuhause. Aber so sehr ich auch gerne gehen wollte, lies man meinen Wunsch keinen freien lauf.

„Du kannst nicht gehen?"

„Und warum?" meldete sich der letzte Widerstand in mir.

„Wo willst du überhaupt hin?" perfekte Gegenfrage, die noch den letzten Widerstand in mir zu fall brachte. Sah ich mich doch in einem leeren Tunnel stehen, wenn es um das Thema, Reisefortsetzung ging. Da blieb mir nur noch die Möglichkeit zurück in meinen Raum zu gehen. Mein Zimmer, das man extra für mich hergerichtet hatte. Und dorthin zurück, musste man mich nicht wieder begleiten. Denn mit meiner da liegenden Moral, hätte ich mir nicht mich einmal einen runder holen können. So beschissen ging es mir wirklich!

Gerade hatte ich die Türe hinter mir verschlossen, legte ich mich wieder zurück auf meine Matratze, und da kehrte auch wieder Ruhe in mein Leben.

In welch einer Welt war ich gelandet? Was hatte ich wem getan? Was solch eine Aufmerksamkeit auf mich gezogen hatte. Und da war sie wieder, diese Gedanken. Jene Fragen, die sich ganz um Jasmin zogen. Wie ging es ihr? Wo war sie im diesem Moment? Und hatte sie von dem allem eine Ahnung, was ich gerade durch machte? Oder steckt sie selbst dahinter? Was ich nach einer kurzen Bedankpause, einfach nicht glauben konnte. Einfach nicht verstehen wollte. Denn darin war ich mir sehr sicher, dass sie mit dieser Verbindung keinen Kontakt hatte. So gut kannte ich sie bestimmt?

Zermürbt von dem allen, schlief ich schnell wieder ein. Hatte ich doch noch so viel Schlafmittel in meinem Blut, das ich nicht wirklich großartig warten musste, bis ich endlich einschlief.

Schnell eingeschlafen, trat mich eine daher schleichende Damen wieder aus meinen Träumen.

„Wer ist da?" fragte ich zermürbt, aus meinen Schlaf heraus.

„Ich!" kam da von einer zarten Damenstimme, die mich eher auf den ersten Eindruck, an Jasmin erinnerte. War sie es wirklich? Lange rieb ich mir meine Augen. Aber was nützt einen die schönsten Träumen, wenn sie nicht der Wahrheit entsprechen. Es war die Frau, die kurze Zeit zuvor, mich so in der Küche voll gelabert hatte.

Was führte sie zu mir? Hatte sie mir etwas Bestimmtes zusagen? Hatte sie eine Mission zu erfüllen? Nachdem ich ihnen meinen Standpunkt klar gemacht hatte, konnte ich es nicht begreifen, welch eine Rolle ich noch bei ihnen spielte. Aber sie interessierte dies wohl am wenigsten. Warum auch! Hatte sie doch meine Person sicher in ihrer Gewalt. Konnte sie doch mit mir machen, was sie wollten. So schwer es mir auch fiel, ich musste es mir wohl oder übel das eingestehen, dass ich hier nur der Spielball war.

Ich setzte mich auf. Rieb mir nochmals die Augen, und da setzte sich sie schon neben mich. Was mir im ersten Sinne überhaupt nicht gefiel. Mich aus meinen Konzept brachte. Mich schnell unsicher erschienen ließ. So sehr ich mich auch zögerte, viel es mir schwer, meinen gebrochenen Widerstand nach außen zutragen. Konnte sie nicht Irgendjemand anderes finden. Jemand, der ihre Ansicht teilte. Warum wollen sie gerade, dass ich ihnen helfen sollte.

„Was wollt ihr von mir?" da war sie wieder, diese Angst.

„Was denkst du?" Bingo, auf diese Frage war ich nicht gefasst. Und schon musste ich in mir wieder einer dieser Aufklärungsstunde über mich ergehen lassen.

Es macht wirklich nicht viel Spaß dabei, da zuhören. Mir fehlte wirklich das Interesse. Ging es mir doch in den vergangenen Jahren so gut, dass da wirklich kein Sinn bestand, mich mit dieser Art von Schwachköpfen zu beschäftigen.

Eine Mutter, die für meinen ständigen Wohlstand immer bereit stand. Einen Vater, der für den finanziellen Aspekt stets da war. Also, was wollten die eigentlich von mir?

Und was meinten die überhaupt damit „Menschen anderer Länder!". Sollen die doch bleiben, wo der Pfeffer wächst. Was interessieren mich schon derer Armutsgeschichte. Mir ging es doch wirklich gut! Also, kein Grund der Panik war angesagt. Und außerdem hatten diese nicht ihre eigenen Machtinstrumente. Oder musste man denen wirklich noch das Sprechen beibringen. Was ist schon schwer daran, seine eigene Meinung offen zutragen. Waren wir hier wirklich die Dummen, die sich um jeden scheiß kümmern mussten.

Mir fiel es schwer, ihr weiterhin offen zuzuhören. Aber was konnte ich schon machen, lag doch meine Situation so offen auf dem Tisch, dass ein verlassen des Raumes wirklich undenkbar gewesen wäre.

„Was denkst du darüber?" Eine Frage, auf die ich am liebsten nur noch mit einem lauten Lachen antworten hätte können. So saß ich da, mit all meiner Fragwürdigkeit, ließ ich mich nicht von meiner Meinung abbringen.

Was sollte ich ihr sagen? Welche Antwort könnte ihr gefallen? Was war mit mir los? Warum konnte ich ihr nicht meine Meinung ins Gesicht schlagen! Ich zuckte nur mit meinen Schultern, so als würde ich sagen wollen: „Du hast Recht!" Und sie in mir einen liebevollen Eindruck hinterließ.

Hatte sie mich gewonnen? Wo kam dieses Lächeln her, das sie mir schenkte? Oder irrte ich mich da nur!

„Wie heißt du eigentlich?" fragte ich nach einer Zeit des gegenseitigen dummen anstarren.

„Warum möchtest du das wissen?" kam da mit einem leichten Augenzwinger zurück.

„Weil ich es gerne wissen möchte, mit wem ich es hier überhaupt zutun habe?"

„Eigentlich dürfte ich dir das nicht sagen!"

„Jetzt sag schon?" forderte ich sie gespannt auf.

„Rebecca!"

Rebecca machte mir trotz ihrer schwer verständlichen politischen Meinung, einen sehr netten Eindruck auf mich. So war es nicht verwunderlich, dass ich mich ihrem Blickfang nicht ganz entziehen konnte. Aber warum war sie überhaupt zu mir gekommen? Doch nicht, um mit mir zu sprechen.

So unterhielten wir uns diesmal ganz privat. Was auch mal eine schöne Abwechselung war. Ich mal Zeit zum Luftholen hatte. Sie kein Thema ausließ. Wir uns so unterhielten, als wäre wir die besten Freunde, die ihren Vater durch einen tragischen Unfall verloren hatte.

Es dauerte nicht lange, als wir Beide uns immer mehr näher kamen. Da spürte ich schon im nächsten Moment Larissa Zunge in meinem Hals. Was mich von meinem Sockel riss. Ich mit Worten nicht mehr beschreiben konnte, was in diesem Moment in mir vorging.

Am nächsten Morgen lagen wir Beide nach einer durchfickten Nacht, glücklich und zufrieden auf meiner Matratze.

Als der Sturm nach langen, sich nun mal wieder gelegt hatte, kam Larissa wieder zu dem Teil, ihrer Politik. Und fragte mich daher: „Bist du dabei?" und ich nickte nur schweigsam mit dem Kopf. Wohl bei ich in diesem Moment mein Schwanz mehr auf ficken ausgerichtet war, als mein Kopf mit dem Denken.

So saßen wir da. An jenen Tag, in unserem klein abgeschotteten Raum. Der, mit seinem großen Tisch. Auf dem, zu meiner großen Verwunderung, ein paar Dinge aufgebaut waren, mit denen ich absolut nichts anfangen konnte.

„Was habt ihr damit vor?" Sah es doch nach meiner Meinung so aus, als ginge es hier um eine Bastelstunde. Eine Benzinflasche. Eine Glühbirne. Eine 4,5 Volt Batterie. Und noch ein paar kleinere Dinge, wie Klebeband und ein altes Stofftuch, mit was ich wirklich nichts anfangen konnte.

So sehr ich auf eine Antwort gewartet hatte, umso schneller sah ich, wie in Windeseile vor meinen Augen eine Art von Stickstoffflasche, in derer Kopf das Tuch, dass in Benzin gedrängt war, oben hinaus schaute. Und an der Seite war mit dem Klebeband die Batterie, von wo aus zwei Kabel in das Innern der Flasche führte, wo sie an den Kopf der Glühbirne, befestigt.

So seltsam der Tag für mich angefangen hatte, so merkwürdig ging er weiter. Es dauerte nicht lange, bis wir alle samt, dicht zusammengepfercht in einem alten VW Bus saßen, der sich im berauschenden Tempo über die Autobahn langsam der Frankfurter City näherte. Währenddessen herrschte eher nicht die Gesprächsbereitschaft unter uns.

Schweigende Stille herrschte während der ganzen Fahrt. Absolut kein Wort wurde gesprochen. Rebecca, die neben mir auf der hinteren Rückbank alleine saß, sah man die Nachdenklichkeit im Gesicht nur so auf und ab gehen. Was ging in ihr vor? Hatte sie schon ein erahnen, wo ihr Ziel war.

In der Frankfurter City angekommen, fuhren wir nach meiner Meinung einfach blind in der Stadt umher. Was wahrscheinlich nicht zu der Vorbereitung ihres Planes gehörte. Gut ich musste mir da in dieser Hinsicht keine Art von Vorwürfen machen, hatte ich doch ihnen bereits geklärt in welchem Verhältnis meine politische Meinung stand.

Es dauerte lange, sehr lange, ein bisschen zu lange, fast so, dass ich und Rebecca echt besseres zutun hatte, als, ihren Jungs weiter zuzuschauen, die absolut keinen Schimmer hatten, wie sie der Wegbeschreibung von Seitens Larissa folgen sollten.

„Bleib doch einfach hier stehen!" schrie Rebecca breitlaut auf. Die endgültig die Schnauze voll hatte. Hatten wir doch völlig unbemerkt das Ziel erreicht. Da konnte man von Glück reden, dass Rebecca da mit ruhigen Nerven stand.

Vor dem Kaufhaus stehend, musste man mir nicht sagen, dass Larissa die entscheidende Kraft im Bus war. Sie war die Schüsselperson, die die ganze Sache in der Hand hatte. Und ich, was war ich in diesem Moment? Diese Frage, steckte mir beängstigten in den Knochen. Wollte ich doch nur ein Praktikum in einer Bank machen.

Während Rebecca nochmals mit ihren Jungs ihren Plan durchging, rannte mein Herz nur so vor Aufregung daher, stand doch mein Leben vor einer entscheidenden Kehrtwende.

Möge man sich doch nun mal die in ganze Situation hinversetzen. Dachte ich noch am Morgen zuvor, alles wäre nur ein Spiel. Wurde dieses Spiel nur zur harten Realität. Also so saß ich da, an jenen Dienstag, mit erhöhten Blutdruck und wartete auf das Kommando „Los!", dass mir in Zeitlupe durch den Kopf ging. Es mir wie ein Altraum vorkam.

Wie aus der Pistole geschossen, änderte sich schlagartig die ganze Situation. Wie vom Blitz getroffen, griffen einer der Jungs zum Handschuhfach, wo er ein Stapel Gesichtsmasken herausholten, die er rasch in der Gruppe verteilte, und jeder sich gleich über seinen Kopf überzog. Und ich, ich saß da, mit meiner Maske in der Hand und wusste nicht so recht, was ich machen sollte. Aber bevor ich noch reagieren konnte, hatte Rebecca, die noch am Tag zuvor zusammen gebastelte Flaschenbombe mitgenommen, während sich ihre Jungs mit gewöhnlichen Farbdosen bewaffneten.

Ich folgte blind der Gruppe, die schon den Bus verlassen hatte. Eine Situation, in der ich nur noch hilflos meine Maske überzog, und ihren Spuren folgte.

Zum Glück herrschte um diese Uhrzeit nicht all der Betrieb in den Straßen dieser Stadt, dass wir nicht von dem Risiko ausgehen konnten, unangenehm aufzufallen.

Die Geschäfte standen kurz vor dem Ladenschluss. Was eher manch ein Verkäufer zur allgemeinen Ordnung ausnutzt hatte. So dass wir ohne jegliche Mühe in das Kaufhaus eintreten konnte. Der Moment, der Überraschung uns zugute kam. Rannten wir zuerst in die Damenoberbekleidungsabteilung. Gingen in Windeseile einmal mit der Farbedose quer durch die Abteilung, und rannten dann auch schon die Rolltreppe hinauf in den ersten Stock. Dort stand eine kleinere Gruppe von Verkäuferinnen, die sich moralisch schon auf den Feierabend eingerichtet hatte.

Seltsam schauten sie uns hinterher. Wo mögen wir wohl hergekommen sein. Schnell legte Rebecca ihre zusammen gebastelte Flasche in eins der Kleiderregale ab. Und da geschah das, womit niemand gerechnet hatte. Was auf keinen Fall passieren durfte. Schlagartig, völlig überraschend riss ihr ein stark gebauter Mann, Rebecca, ihre Maske vom Kopf.

Wo kam er her? Hatten wir, die Gruppe so sehr geschlafen, dass wir das Risiko unsere Aktion total vergessen hatten.

Rebecca wusste nicht, was sie machen sollte. Sie blieb schlagartig, wie von Blitz getroffen, auf der Stelle stehen. Ich nur noch reagieren konnte. Als ginge es um mein Leben, riss ich sie am Arm fort.

„Wir müssen raus hier!" schrie ich sie so laut auf, dass jeder der Gruppe nicht mehr ein zweites Mal hinhören musste.

Es kam mir so vor, wie eine Widergeburt, als der letzte von uns die Autotüre zuzog, und wir endlich losfuhren. Man sprichwörtlich die Spannung im Auto fallen hörte. Absolut kein Wort, wurde gesprochen. Man schaute sich noch nicht einmal gegenseitig an. Jeder beschäftigte sich ganz alleine mit seinem Gedanken. Man hörte sprichwörtlich die Stechnadel auf den Boden fallen.

„Alles klar mit dir?" sprach ich nach einer langen Bedenkpause Rebecca an. Ihr sah man an, dass ihr der Schock noch richtig in den Knochen steckte. Wie konnte sie nur so dumm gewesen sein? Fragen über Fragen, auf die Rebecca zur keiner Antwort kam. Mich schweigsam anstarrte. So sehr ich auch nach einer Antwort verlangt hatte.

Über die Autobahn rasten wir schnell aus dieser Stadt., inder wir uns nie wohl gefühlt hatten. Nicht unserem Bild entsprach.

Als wir kurz vor unserem Ziel waren, war jeden von uns klar, dass wir so nicht weiterfahren konnten. Unser Wagen war bekannt. Man musste feste davon ausgehen, dass wir gesehen wurden. Wir unseren Wagen so schnell wie möglich loswerden mussten. Was so nicht geplant war. Was so niemand vermeiden konnte, dass Rebeccas Maske von Kopf gerissen wurde. Ein Risiko, dass niemand vorgesehen hatte. Half es uns da wirklich weiter, dass wir in einem abgelegenen Waldstück, unseren Bus in brand steckte. Wohl kaum! Wir mussten uns eingestehen, dass wir unser Risiko nicht verloren hatten.

Jasmin

Schlafen, war in dieser Nacht wirklich nicht drin. So sehr ich es mir gewünscht hatte, fühlte ich mich in dieser Nacht hier in nicht so wolle. War es die heiße Sommernacht, die meinen blanken Schweiß, an meinen nackten Körper zerfließen ließ. Konnte das so weitergehen?
So gerne ich auch weiter im Bett liegen geblieben wäre, zog ich mir schnell nur ein T-Shirt an, und ging in Richtung Badezimmer. Sah ich es doch als meine Pflicht, mich von diesem Körpergeruch zu befreien.
Ich es sichtlich genoss, wie sehr das kühle Wasser meinen nackten Körper herunterließ. Ich sanftmutig meinen Körper streichelte. Was ich so lange nicht mehr getan hatte.
Aus der Dusche hinausgetreten, trocknete ich mich schnell ab, zog mein T-Shirt wieder an, bannt meine Haare nach hinten zusammen und wollte eigentlich nur noch auf mein Zimmer gehen.
Konnte Phillip nicht schlafen? Es viel mir schwer ihn im Wohnzimmer sitzen zusehen. Wie gespannt starrte er von seinem Fernsehensessel auf, auf den laufenden Fernseher.
Mit immer kleiner werteten Schritten näherte ich mich von hinten an Phillip heran, der von dem allem nichts mitbekam. Gebannt schaute er auf den Fernseher. Bilder, die mir bei jedem weiteren Schritt aus der Ferne immer klarer wurde. Sah ich doch das, was ich längst vergessen wollte.
Anschlag auf das Kaufhaus in Frankfurt. Was aus meiner Sicht schon eher wie ein Kinderstreich aussah. Eher aus der Sicht der breiten Öffentlichkeit schon ausreichte, für eine Sondersendung, die geradewegs in das laufende Programm eingeschoben wurde.
„Was ist los?" fragte ich einen Phillip, denn es schwer viel, seinen Blick von Fernseher zu lösen.
„Phillip, was ist hier los?" wiederholte ich hartnäckig meine Worte, ging doch Phillip nicht gerade sehr auf mich ein. Blickte er mich doch nur noch schweigsam an. Womit ich nicht gerade sehr viel anfangen konnte.
Plötzlich klingelte das Telefon. Was Niemand von Beiden wirklich hörte. Niemand sich für das Telefon interessierte. Die Zeit sprichwörtlich erstarrte. Die Sekunden verstrichen, zu unbeschreiblichen Stunden wurden. Eine Situation, in der wir uns nur gegenseitig gebannt anstarrten.
„Phillip! Was wird hier gespielt?" schrie ich ihn an. Sah ich doch im laufenden Fernseher, ein Fahndungsbild einer jungen Dame, die man mir nicht ein zweites Mal vorstellen musste. Ich kannte sie! Und das nicht nur im Vorbeilaufen. Es war Rebecca.

Noah

Wer eigentlich so blöde ist, in der Mitte seines Weges, sein Auto in brand steckt, sollte nicht die Frechheit haben, sie noch zu beschweren, wenn er den Rest des Weges weiter zu fuß fortsetzen muss. Was eher für meinen Körper und Geist, mehr, als nur ein Leidesweg war. Umso mehr sah man mir das Lächeln im Gesicht stehen, als wir zurück in unserer Hütte, in Mitte des Waldes, wieder ankamen. Und ich mich nur noch schlafen legen konnte.
 Es war mal schön für mich, am nächsten Morgen mal nicht geweckt zu werden, und einfach mal auszuschlafen. Was mir ziemlich gut gefiel, hatte ich doch aus den vergangenen Tagen noch so viel Schlaf nachzuholen, dass ich mich noch unbesorgt auf meiner Matratze zu Seite legen konnte. Mein Wunsch nach Ruhe voll nachgehen konnte. Aber da kam schon Rebecca zu mir ins Zimmer. Mit einer Krise, die ich ihr im ganzen Gesicht leicht erkennen konnte. Bevor ich was sagen konnte, zeigte sie mir die Tageszeitung.
Rebecca, dessen Gesicht nicht wirklich auf der Titelseite zu übersehen war. Sie war doch die, die doch den entscheidenden Ton angegeben hatte. Ihr innerer Kampf, der für jeden jetzt sichtbar war. Also, warum sollte ich mir da noch die Zeitung unter die Nase halten.
Ich wusste doch zur zu gut, welch ein Schaden wir dort angerichtet hatten. Wie wir vorgegangen waren. Also, warum sollte ich mir da noch Gedanken, um den entstehenden Schaden, machen.

Ich wusste, welch ein Stand, da meine Person hatte. Das ich mit dem allem nichts zutun haben wollte. Ich brauchte mir keine Sorgen um meine Identität zumachen. Meine Person, blieb von dem allem weiterhin nicht betroffen. Aber Rebecca, sie blickte mich so an, als hätte ich ihr Leben in der Hand.

Aber warum bestand bei ihr der Grund der Panik? Sie wollte doch dass? Sie war doch die, die mit vollem Elan, die Gruppe angeführt hatte. Oder steckt da vielleicht mehr dahinter?

Lange schauten wir uns schweigend an, bis wir weniger später gemeinsam hoch in die Küche gingen, wo der Rest der Gruppe bereits auf uns gewartet hatte. Nicht gerade gesprächig sahen sie aus. Mit einer eher nachdenklichen Mimik starrten sie auf den Küchentisch, wo ein weiteres Exemplar der Tageszeitung lag.

Eine Betrachtung, in der mich nur alle schweigend so anstarrten, als seinem sie am Ende ihrer Reise. So befriedigt von ihrer Tat. So geistreich – völlig ausgeglichen, so seien sie bereit zum streben. Doch da klingelte auch im nächsten Moment Rebecca Handys und die Situation schlagartig eine neues Bild bekam.

„Hast du das gesehen?" meldete sich Rebecca mit einer euphorischen Stimme am Hörer, wohl wissen, wer schon am anderen Ende der Leitung, mit ihr sprechen wollte. Worauf nur ein langes Schweigen zurückkam.

Wer war diese Person, die Rebecca so in den Bann gezogen hatte? Eine starrende Kälte im Raum verbreitete. Niemand so recht wusste, wie er mit dem Anderen umgehen sollte. Aber da legte Rebecca nach einen kurzen Gespräch auch wieder den Hörer auf. Hatte man ihr gesagt, was mir ihr sagen wollte.

„Mit wem hast du gesprochen?" versuchte ich doch meine Neugier bei Rebecca zustillen. Worauf Rebecca, eher nicht einging. Sie mich eher, völlig ignorierte. So, als sei sie nicht befugt, mit jemanden darüber zu reden.

Wer war diese Person? Welche eine Bedeutung hatte sie in diesem Spiel? Konnte mir das mal jemand sagen? Ich verstand die Welt nicht mehr – ich verstand nichts mehr! Ich konnte nichts mehr sagen – ich wollte nichts mehr sagen – zu diesem Spiel – zu diesem Lauf – zu dieser Gruppe von Menschen – die mich nur schweigend anstarrten. So, als wüssten sie, wo meine Gedanken waren. Welch ein Leid sie gerade durchlitten. Hatte ich das wirklich verdient? Aber, das was ich sah – was sollte ich mit diesem ausgeschnittenen Zeitungsartikel anfangen, der mir im nächsten Moment, aus dem nichts, von Rebecca auf den Tisch gelegt wurde. Gehörte er zu diesem Spiel? Wer war überhaupt dieser Typ auf dem Bild, der mit seinem schwarzen Anzug auf dem breiten Bild, wirklich nicht zu übersehen war.

„Was soll ich bitte damit?" hakte ich recht verwundert bei einer Rebecca nach, die, ich in diesem Moment, recht um ihren Wissenstand beneidete.

„Hast du denn überhaupt keine Ahnung, wer das ist!" Rebecca, sie konnte es wohl nicht glauben, dass ich die letzten Tage wohl keine Zeitung gelesen hatte. Sah ich doch von meiner Seite überhaupt kein Anlass dafür, wie denn auch. Also, wer um aller Welt, war dieser Mann.

„Er ist ein Verräter!" schlug Rebecca Wutendbrand auf den Tisch.

„Was hat er getan?" konnte ich doch mit dieser Äußerung überhaupt nichts anfangen.

„Er – der hat uns alle alleine gelassen!"

„Du willst mir doch nicht sagen, dass dieser Mann zu euerer Gruppe gehörte!" Was wirklich nicht seinem äußerem entsprach.

Interessiert betrachtete ich mir den Zeitungsartikel von näherem, der von einer M.R geschrieben wurde. Was mir nicht gerade sehr viel über den Verfasser sagte. Hatte doch dieser bestimmt keine Lust, mit seinem vollen Namen in der Öffentlichkeit zu stehen. Was auch gut verständlich war! Denn zu sehr sich auch der Verfasser hinter seinen Abkürzungen versteckte, so sehr hielt er sich nicht mit seinen Beschuldigungen zurück.

„Und, was wollt ihr jetzt tun?" fragte ich gleich, nachdem ich die letzte Zeile gelesen hatte, eine Rebecca, die mich die ganze Zeit aufmerksam beobachtet hatte.

„Wir müssen uns auf den Weg machen?" führte Rebecca schlagartig die Gruppe aus dem Haus. Mit was ich in dieser Situation am wenigsten gerechnet hätte. Und ich - ich schwieg – und folgte neugierig ihren Spuren.

Ein neuer Wagen musste her, und dass sehr schnell. Mobilität, war jetzt wirklich gefragt, wenn wir hier weg wollten. Aber wo sollte es hingehen? Wo sollte unser Ziel sein? Denn nach diesem Zeitungsartikel, machte es mir wirklich Angst darüber nachzudenken, wo meine nächste Station war. Wem konnte ich da noch trauen?

Aus Sicherheitsgründen warteten wir ab, bis die Abenddämmerung eingebrochen war. Und so gingen wir erst im Schutz der Dunkelheit zur nicht weit entfernten Landstraße, wo sich die Jungs überraschend ihren eigenen Weg suchten. Was Rebecca eher mit einem gefassten Eindruck hinnahm.

Rebecca, sie hatte sich schon eher darauf eingestellt. Was ich ihrer Reaktion zufolge nicht verstehen konnte. Hatte ich da etwas verpasst? Wohl kaum. Kam ich mir schon so langsam so vor, als gehörte ich zu ihnen.

Rebecca und ich, wir zogen es lieber vor, den Jungs das erste vorbeifahrende Auto zugeben, dass zu meiner großen Überraschung gleich hielt. Und sie sich schnell von unserem Weg verabschiedeten.

Es war schon alles ein wenig seltsam. Kaum waren wir Beide alleine, änderte sich schlagartig Rebeccas Verhalten. Lieb war sie - richtig zutraulich. Weg war diese harte Führungseigenschaft von ihr. Wirklich lieb! So hatte ich sie wirklich noch nie erlebt.

„Alles klar bei dir?" worauf Rebecca nur dem Kopf nickte. Aber so sehr Rebecca, mit mir den Weg suchte, zogen wir es doch lieber vor, bis zu meinem Campingplatz zu fuß zumarschieren. Wo noch immer mein Zelt stand. Aus dem ich gleich meinen Rucksack holte, und Rebecca ein paar meiner Kleider gab, mit denen man sie nicht so schnell erkennen konnte. Reichte doch die Schirmmütze meines Kapuzenpullovers weit über Rebeccas Gesicht, sodass sie niemand auf den ersten Anhieb gleich erkennen konnte. Vorsichtshalber gab ich ihr noch meine schwarze Vollmütze, die ich für alle Fälle, schnell griffbereit, in der Außentasche meines Rucksacks, immer parat hatte. Baute dann noch schnell mein Zelt ab, und so gingen wir gemeinsam zum Besucherparkplatz des Campingplatzes, der Abseits von all dem Trubel sich so weit weg befand, und man leicht davon ausgehen konnte, ungestört ein Auto zu klauen. Und siehe da, wir hatten bei einem grünen Fiat Punto glück, bei dem man vergessen hatte, ihn abzusperren, was nicht gerade die Herausforderung für uns war. Schnell fuhren wir in die umliegende Kreisstadt, und standen schon kurze Zeit später an der Telefonzelle auf dem Paradeplatz, da wo alles angefangen hatte.

Rebecca zuckte schnell den Hörer in ihre Hand. Schmiss ein wenig Kleingeld durch den dünnen Schlitz, und wählte dann auch schon die Nummer, die sich in ihren Kopf schon festgesetzt hatte. Und musste wirklich nicht lange warten, bis sich eine weibliche Stimme auf der anderen Seite meldete.

War sie es? Ich hatte überhaupt keine Ahnung, was mich erwarten würde. Die Beiden unterhielten sich nicht gerade all so lange, musste doch Rebecca ständig auf der Hut sein. Es kam mir eher so vor, als gäbe man Rebecca nur die entsprechenden Anweisungen. Aber für was? Und von wem?

Kaum war das Gespräch zu ende, hing Rebecca ohne ein Wort zusagen, den Hörer wieder ein. Und blickte mich so an, als wäre ich der letzte Mann auf diesem Planeten.

„Was ist Rebecca?" hakte ich gleich verwundert nach, was Rebecca eher mit einem versteinerten Blick erwiderte. Was mich nicht gerade sehr viel weiter brachte. Mir die Unsicherheit durch den Körper jagte. Da war sie wieder, diese Frage? Sollte ich vielleicht doch gehen? Mich von dem allen fern halten. Denn die Gelegenheit war wirklich passend dafür. Was konnte mir jetzt noch nach allem dem, Rebecca noch mir eins auswischen. Aber Rebecca, war sie nicht die Frau, die mich in den letzten Stunden so beeindruckt hatte, dass mich die Neugier, über dem allen stand. Also blieb ich bei ihr!

Plötzlich! Schlagartig änderte sich die ganze Situation. Wo kam dieses Polizeiauto her, dass unerwartete aus der nächsten Straßenecke zum Vorschein kam. Was sollten wir machen? Rebecca, sie ließ sich nicht ein zweites Mal bitten. Sie zog mich so schnell an sich heran, dass ich ihre Zunge in meinen Hals, auf den ersten Anhieb nicht wirklich genießen konnte. Ein Kuss zur Tarnung. Coole Idee! Darauf wäre ich nie gekommen! Was nach Rebeccas Reaktion eher nur zur Tarnung diente. Die perfekte optische Täuschung halt! Die die Polizei ahnungslos an uns vorbeifahren ließ. Ließ sie mich ohne jegliche Regung wieder los. Und ich, ich wusste nicht, wie ich auf die ganze Situation eingehen sollte. Wie gerne hätte ich mit ihr darüber gesprochen. Aber darüber zureden, dafür hatten wir wirklich, zu diesem Zeitpunkt, keine Zeit. Schnell gingen wir zurück zu unserem Auto, wo Rebecca gleich das Steuer übernahm, während ich mich mühte auf den Beifahrersitz niederließ. Wo ich mich während der ganze Fahrt bis hin zum Frankfurter Hauptbahnhof - die Zeit dafür ausnutzte, noch ein wenig schlaf nachzuholen. War es doch so ein Gefühl, der Vorsicht. Wusste ich doch nicht, was mir noch bevorstehen würde.

Als wir später, endlich, an unserem Ziel ankamen, herrschte dort, trotz der späten Abendstunde, noch ein hektisches Treiben, was Rebecca stillschweigend, zum Gegensatz zu mir, hinnahm. Rebecca, sie hatte eher den vollen überblick in der für mich doch so großen Bahnhofshalle. Die – so was hatte ich noch nie erlebt. Ein Staunen, aus dem ich nicht mehr herauskam. Was Rebecca eher kalt ließ. Sie besorgte uns lieber am Schalter die Fahrtickets und kam auch schon zu mir schnell zurück, und dann gingen wir gemeinsam zu unserem Bahnsteig, wo unser Zug schon bereit stand.

Dort angekommen, verstand ich zum ersten Mal, wo es hingehen sollte. Was ich an der Bahnsteigbeschilderung nicht übersehen konnte. Was für jeden Fahrgast leicht verständlich war. Aber was zum Fuck sollte ich in Hamburg. Ein Rätsel, das mir eher zu diesem Zeitpunkt mehr um mehr Magengeschwüre bereitete.

Schnell stiegen wir in den dort warteten Zug ein. Rebecca zuliebe setzten wir uns ins Raucherabteil, was mir von meiner Seite völlig egal war. Bestand doch der größte Teil meines Freundeskreises aus Rauchern. Da brauchte ich mich auch nicht so zu wundern, als wenig später Rebecca zu ihrer Zigarettenschachtel griff. Und im nächsten Moment eine Zigarette aus der Schachtel nahm, die sie gleich in ihrem Mund ziepte und schnell sich ansteckte. Was sie eher mit einem grinsen zur Kenntnis nahm. Was mir eher, in einem schweigen, am Arsch vorbei ging konnte, konnte sie mich damit wirklich nicht mehr schocken. Da konnte das Abteil noch bis zum letzten Sitzplatz vollbesetzt sein, kannte ich doch diese Atmosphäre schon aus manch einer Kneipe, die es in meiner Heimatstadt nicht zu wenig gab. Da machte mir Rebecca neu gewonnener Bekanntheitsgrad eher mehr sorgen.

Würde sie jemand wieder erkennen? Gut, sie hatte sich in meinen Kapuzenpullover so gut versteckt, dass ich sie selbst in manch einer Situation nicht mehr wieder erkannte. Also, konnte da nichts großartiges mehr schief gehen.

Ich war froh darüber, als der Zug endlich losfuhr. Schnell trat Ruhe in das Abteil ein. Zogen es doch die meiste Fahrgäste vor, die Fahrt durch die Nacht, im Schlaf zu verbringen. Wie auch Rebecca, ihr sah man deutlich die Müdigkeit des Tages im Gesicht an. Sie schlief schon ganze alleine ein. Derweil zog ich es lieber vor, aus dem Fenster heraus, ein Schimmer der vorbeirauschenden Landschaft, in der Schwärze der Nacht, zu erkennen. Was eher für mich wie ein Hoffnungsloses Spiel erscheinen ließ. Absolut nichts war zu erkennen.

Die Fahrt wurde schnell, mehr um mehr, eher ein Leid der Langeweile. Mit der Zeit machte sich bei mir der Hunger bemerkbar, was eher das Signal für mich war, den Weg zum Speisewagen aufzunehmen, der zu meinem Glück nicht all so weit von unserem Abteil entfernt war. War es doch für mich mehr als ein Kampf gewesen, durch den engen Mittelgang, der jeweiligen Abteils mich hindurchzukämpfen.

Am Speisewagen angekommen, öffnete ich auch schon die Schiebetüre, und schaute auch schon gleich verwundert drein. War sie es wirklich? Obwohl sie hinter einer breit aufgeschlagenen Zeitung versteckt saß, war ich mir sicher, dass sie es war.

„Bist du es Lisa?"

„Noah! Du hier?" Sie konnte es selbst nicht glauben.

„Ja! Schön dich wieder zusehen!" stotterte ich daher. Wohl gefasst, meine Unsicherheit, die ich ihr nicht zeigen wollte.

„Dich auch!" erwiderte sie mir total perplex. Perplex! Ja perplex, war ich in diesen Moment auch. Was ich auch nicht abstreiten möchte - was man auch gut verstehen könnte. Hatte ich doch Lisa Hals über Kopf verlassen. An jenem Morgen, an jenem Abend, an den doch unser Verhältnis ein schlagartiges Wände bekommen hatte.

„Wie geht's dir?" fragte ich vorsichtig eine Lisa, mit leicht zögerlicher Stimme. Hatte ich doch eigentlich damit gerechnet, sie würde mir jederzeit eins überbraten.

„Danke gut!" antwortet sie mir mit selbstbewusster Stimme.

„Wirklich?"

„Warum willst du das wissen?"

„Weil ich mir große Sorgen um dich machen!" brache nun die Gefühle in mir aus.

„Das glaube ich dir da eher weniger?" kam da gleich hinterher.

„Was ist los mit dir?" fragte ich eher geschockt nach.

„Warum bist du denn abgehauen?" jetzt brachte sie die Sache auf den Punkt. Jetzt war es raus! Die Frage, vor der ich solch eine große Angst hatte.

„Lisa, ich darf dir das nicht sagen!" versuchte ich mich nach einer langen Bedenkpause zu endschuldigen.

„Wie du, was darfst du mir das nicht sagen?" mit den letzten Hauch von menschlicher Manie.

„Lisa verstehe doch!" bettelte ich um ihr Verständnis.

„Was soll ich verstehen?" wollte sie es doch nicht begreifen, dass ich ihre Gefühlswelt so überrollen hatte.

„Lisa, bitte!" versuchte ich mich noch mit letzter Kraft zu halten.

„Was Noah! Um was bittest du mich. Noah, du warst der Mensch, auf den ich die ganze Zeit so sehr gewartet hatte. Ich habe dir vertraut…. geliebt! So sehr wie noch bei einen anderen Menschen… und nun bittest du mich… was soll die Scheiße!!!"

1:0 für Lisa! Jetzt hatte sie mir endgültig den Rest gegeben. Was sollte ich da sagen?

„Lisa schau auf deine Zeitung… ein blick auf die Titelseite!" was Lisa eher mit einem Zögern tat. Wusste sie doch nicht so recht, wie sie mit meiner Erklärung umgehen sollte.

„Sag bloß nicht, dass du damit etwas zutun hast?" erschreckt Lisa auf.

„Lisa… verstehe… ich wurde darein gezogen!" gab ich erschreckt von mir. Hatte ich doch große Angst, Lisa würde mir nicht glauben.

„Noah! Was ist passiert?" Fragte sie mich nach einer kurzen Bedenkpause völlig erschreckend, konnte sie doch nicht glauben, was sie da sah.

Ich zuckte mit den Schultern, war ich doch selbst sehr verwirrt gegenüber der ganzen Situation.

„Wie denkst du, wie die ganze Situation jetzt weiter geht?" das wusste ich selbst nicht.

So komisch auch die ganze Situation war, fühlte ich mich in der ganzen Tragik sehr wohl. Lisa, sie war die Person, die mir immer fehlte. Die genau wusste, wie sie auf mich eingehen sollte.

Wir sprachen lange darüber. Über mein Wohlbefinden. Versuchte ich mit all meiner Panik eine Antwort auf meine Situation zu finden.

Es kehrte schnell wieder Ruhe in meinen Innern ein, in der wir nun da saßen und schweigend uns gegenseitig anstarrten. Wusste doch niemand von uns Beiden so recht, was er dem anderen noch sagen sollte. Was auch gut verständlich war, mussten wir uns doch ohne ein Wort zusagen, uns eingestehen, dass die Gefühle noch da waren.

„Wie geht's dir jetzt?" hakte ich nach langen schweigen nach.

„Danke! Mir geht's es gut!" kam da leise, aus einem sichtlich erleichterten Gesicht. Und schon erzählte mir Lisa, sie mir ihre Geschichte, wie es weiterging nachdem ich gegangen war.

Kaum hatte ich die Wohnungstüre hinter mir zugeschlagen, weckte ich durch meinen lauten Lärm Lisa aus ihrem tiefen Schlaf heraus. Die in ihrem Bett liegend, nicht so recht wusste, wie sie auf mein plötzliches verschwinden reagieren sollte. War ich vielleicht nur auf die Toilette gegangen? Fragen über Fragen, die ihr durch den Kopf gingen. Denn das ich weg war? Das konnte Lisa wirklich nicht verstehen. Einfach nicht glauben. Erst als sie mehrmals vergebens nach mir gerufen hatte, wurde ihr mit der Zeit klar, dass ich nicht mehr da war. Eine Fragnis, das sich bestätigte, war doch mein Rucksack nicht mehr in der Küche auffindbar.

Lisa fing – sie lag heulend in ihrem Bett. Verkroch sich unter ihrer Bettdecke und wussten nicht so recht, wie sie mit der neue Lage umgehen sollte. War ich doch der Mensch, die ihr die zugesicherte Sicherheit gab. Was sie an mir liebte. Was uns eigentlich zusammengeführt hatte. Aber ich war weg - mit all ihrer Hoffnung!

Während Lisa so den ganzen Tag in ihrem Bett verbringen wollte, klingelte es, so gegen den Mittag, an ihrer Wohnungstüre. Die Lisa sehr zögerlich geöffnet - aber auch mit einer gewissen Hoffnung, hatte mich doch Lisa noch nicht abgeschrieben.

Verschreckt sah Lisa plötzlich ihrem Bruder vor ihr an der Türe stehen, mit dem sie wirklich am wenigsten gerechnet hatte. Der seine Schwester wirklich noch nie so erlebt hatte. Ihr zerknittertes Gesicht, was für ihren Bruder kein schöner Anblick war, der sein Hass auf meine Person schnell stieg ließ. War doch sie seine Schwester, die Person, für die er alles machen würde.

Es viel Lisa schwer zuglauben, dass ich ein Teil ihrer Vergangenheit war. Und nun, nun war ich wieder da. In einem Zug zwischen Frankfurt und Hamburg. An einem Tisch, im Speisewagen, wo wir verkrampft uns gegenübersaßen. Mit einem Hauch in der Luft, als hätte wir uns nie aus den Augen verloren.

Ob ich sie immer noch liebte, ich wusste es nicht?

Peinliche Situation, die ich schnellsten überspielen musste.

„Wo fährst du hin?" beendet ich das lange schweigen, viel uns doch das Reden mit der Zeit immer leichter.

„Ich besuche eine Schulfreundin in Berlin!"

„Was machst sie dort?" fragte ich interessenhalber nach.

„Sie macht dort eine Ausbildung!"

Plötzlich unerwartet schaute ich auf meine Armbanduhr. Wie konnte es sein, das die Zeit wie um Fluge vorüber zog, und ich gar nicht gar nicht gemerkt hatte, dass ich eigentlich wieder zurück bei Rebecca sein müsste.

„Ich muss wieder gehen!" redete ich Lisa ins Wort, die gerade ihre Schüchternheit verloren hatte. Was Lisa nicht glauben konnte. Es viel ihr schwer, mich wieder gehen zusehen. Ich, der sie so gerne gewonnen hatte. Ich, der Lisa so sehr in mein Herz gewonnen hatte. Ja, es war ich, der sie nun wieder sitzen ließ. Aber, was hatte ich schon für eine andere Wahl? Ich wusste, dass jede weitere Sekunde, die Lisa an meiner Seite war, sie der großer Gefahr ausgesetzt war. So sehr es nun mal war, viel es mir schwer, selbst diese Endscheidung einzusehen. Aber ich musste weg - einfach fort von hier! Zurück! So schnell wie möglich, zu Rebecca. Gott, sei mir gnädig, und macht dass sie noch schläft. Rebecca, sie durfte niemals Lisa sehen. Wie würde sie reagieren? Würde sie das Risiko, wie ich, einfach übersehen! Ich wusste, dass ich Lisa vertrauen konnte.

Wir näherten uns schnell Hannover, als ich mich von meinen Platz begab. Lisa, sie schaute mich so an, als hätte ich sie am liebsten in den Arm genommen. Aber war es nicht die Distanz, die mich noch schützen konnte? Was in meiner Gefühlswelt ein Akt der Selbstzerstörung war. Aber was gab es da noch für eine andere Alternative für mich! Lisa, sie wusste nur zu gut, dass hier unser gemeinsamer Weg zu ende war. Sie wusste in Hannover umsteigen, um ihren Weg nach Berlin weiter fortzusetzen. Und ich, ich hatte keine Ahnung, was mich an meinem Ziel erwarten würde.

So sehr die Zeit in mir drängte, begleitete ich noch Lisa zur Ausgangstüre. Wie sehr schmerzte es ihn mir, dass Lisa deutlich mit ihren Tränen zu kämpfen hatte. Aber, was hatte ich für eine andere Alternative? Die Stunde der Trennung stand nun unmittelbar davor.

„Ich werde dich vermissen!" strahlte ich ihr ins Gesicht. So schwer mir der Abschied auch viel, versuchte ich noch ein letzten Stück Glückseligkeit aufzubringen.

„Werden wir uns wieder sehen?" Worauf, ich nur mit dem Kopf nickte. Wobei ich mir selbst nicht sicher war, ob, dass das Beste für Lisa wäre.

Und nun geschah es – Lisa - sie viel mir in die Arme. Zu einem Moment, als der Zug aus der vollen Fahrt endgültig am Hannover Hauptbahnhof hielt. In einer Situation, wo sich Lisa immer mehr fester an mich herandrückte.

Sanftmütig streichelte ich ihr noch durch Haar und dann geschah das das was niemals passieren durfte. Ich küsste sie. Und schon stürmte Lisa im nächsten Moment aus dem Zug. Und dann fuhr mein Zug schon seinen Weg fort. Und ich sah eine hilflose Lisa hinterher, die auf dem Bahnsteig stand. Den Kampf gegen ihren Tränen nun endgültig verloren hatte. Lisa, wie gerne hätte ich deine Nähe gesucht! Lisa, wie gerne hätte ich dir gesagt, dass ich dich noch so liebe!

Schnell machte ich mich auf zu Rebecca zurück, die zu meinem Glück noch schlief. Sie hinterließ nicht gerade den Eindruck, als hätte sie etwas von meinem Fortbleiben gemerkt. Tief und feste schlief sie. Erst kurz vor Hamburg wachte sie auf. Eine Zeit, die ich ausnutzte, im Schmollenblick, gespannt – gestarrt - ich aus dem Fenster blickte. Fixiert auf die vorbeirauschende Landschaft, die im Schein der aufgehenden Sonne, so allmählich sich von ihrer Schein der Dämmerung befreite, versuchte ich meine Gedanken zu sortieren. Unterdrückte dabei meine Gefühlswelt. Zog dabei zu meiner alten Stärke auf. Was so Rebecca niemals anders erleben durfte.

„Wir sind am Ziel!" murmelte Rebecca aus ihrem tief erwachten Schlaf heraus. Und schon zog ich Rebecca aus dem Zug hinaus, über den Bahnsteig, durch den Bahnhof hinein in die Hamburger Innenstadt, wo zu dieser Stunde der übliche Morgenverkehr herrschte. Sah man doch vor lauter Beinen den Boden nicht mehr. Zusammengepfercht, hatte ich echt mühe, Rebecca an der Hand zuhalten. Wurden wir doch so hin und hergedrückt, dass ich echt Mühe hatte, bei meiner guten Laune zubleiben. Was bei Rebeccas Gangart wirklich eine schwer beschreibliche Aufgabe war. Mir kam es schon so vor, als sei's ihr großes Ziel, mit mein letzten Stück meines Nervenbündel zunehmen. Saß ich noch vor kurzem in der Luxusklasse – im ICE – dem Flagschiff, der Deutschen Bundesbahn, stand ich nun da, in einer der überfühlten U-Bahn, wo man jeden fahrenden Meter am eigenen Körper nachvollziehen konnte.

Als die U-Bahn endlich an unserem Ziel anhielt, und die Türen sich öffneten, sah ich das als ein Eintritt durch das Himmelstor. Befreit von meinen Qualen, ring ich nach frischer Atemluft. Und folgte dann den Spuren Rebeccas, die geradewegs auf den schnellsten Weg die B-Bahnstation verließ, und die nächst gesichteter Telefonzelle anlief. Wo man schon von weiten sehen konnte, dass sie schneller die Nummer gewählt hatte, als ein Gedanken an die nächste Gebührenerhöhung der Deutschen Telekom zu machen.

„Mit wem hast du gesprochen?" Fragte ich sie gleich, nachdem ich sie wieder eingeholt hatte.

„Mit meinem Informanten! Mehr darf ich dir nicht sagen." was mehr als deutlich bei mir ankam.

Da war sie wieder, diese arrogante Rebecca. Gott, wie ich diese Rebecca so hasste! Mit ihrer dämlichen Meinung. Immer diese politische Meinung. Die, die sie so antrieb, dass mir keine Chance der Rechtfertigung blieb.

Wir gingen weiter Richtung Rathausplatz, saßen uns dort in ein kleines Cafe, das nicht weit von der Binnenalster entfernt war, die im Herzen von Hamburg, jeden Neubesucher, einen überwältigten Eindruck über diese Stadt vermittelte. Wo zu meinem großen Glück nicht der Menschenauflauf war. Wollte ich doch eigentlich nur noch für mich alleine sein. So saßen wir uns doch in einer der ruhigeren Engen eines schönes Straßencafes, wo man vom Eingang aus, uns nicht auf den ersten Blick erkennen konnte. Rasch bestellte ich mir bei der jungen Kellnerin, die mit ihrem extremen kurzen Mini mir gleich aufgefallen gefallen war, ein kühles Bier. Rebecca, sie saß eher nur angespannt da. Ihr war es nicht nach trinken zumute.

Ich hatte noch nicht den ersten Schluck genießen können, da setzte sich auch schon jemand zu uns an den Tisch. Wer war sie? Viel es mir doch schwer, sie einzuordnen. Dachte, ich noch an Anfang, sie hätte sich bei uns am Tisch geirrt. Aber Rebecca, sie kannte ihr System. Sie wusste, wo sie ihren Teil einordnen musste.

„Hey Rebecca!" die ihr darauf hin nur so das Feuerzeug hinhielt, dass sie nur ihre Zigarette, die schon zwischen Lippen hing, an ihr noch kräftig ziehen musste, bevor sich schon deinen ersten Zug Nicotin in ihren Gaumen spürte.

„Hast du schon davon gehört?" erwiderte nach einer kurzen Zigarettenpause Rebecca.

„Klar! War ja nicht in der Zeitung zu überlesen!" Eine Aussage, die bestimmt auf unseren Kaufhausanschlag in Frankfurt deutet. Mit was ich mich da nicht so in Bezug nehmen konnte. Ich wollte einfach mit der Sache nichts mehr zutun haben.

Aber, was saß denn da überhaupt? War sie die M.R. die diesen Bericht geschrieben hatte? Was bei mir, in diesem Moment, eher nicht die so wichtige Rolle spielte. Denn, was mich auf der anderen Seite eher umso mehr verwunderte, war ihr Saarbrücker Dialekt. Meiner Heimatstadt.

Wer saß da? Wer hatte sich hier hinter solch einer falschen Fassade versteckt, dass es mir nicht gelang die wahre Intensität der Person zu erkennen.

„Wie weit bist du mit der Sache schon?" erkundigte sich Rebecca voller Neugier bei ihr.

„Soviel ich weis hat sich von seiner Frau jetzt scheiden lassen!"

„Wie hast du das hinbekommen?" fragte Rebecca voller Euphorie nach.

„Jemand war mir noch ein Gefallen schuldig!"

„Denkst du, dass sie auf wirklich auseinander sind?"

„Mach dir mal keine Sorgen, er wohnt jetzt in Köln. Weitweg von seiner Frau."

„Bist du dir da ganz sicher?"

„Mach dir mal keine Sorge, mein Freund hat dort alles unter Kontrolle!"

„Ein Freund, du hast einen Freund?"

„Mathias, habe ich dir nicht von ihm erzählt!"

Über was Unterhielten sich die Beide. Hatte ich etwas verpasst? Gedanken, über Gedanken, die mich mehr um mehr in der Unsicherheit sitzen ließ. War ich nur ein Teil von Rebeccas System, oder war ich der Teil? Eine Angst, die ich mit einem weiteren Bier schnell verschwinden ließ. Wollte ich darüber nicht weiter nachdenken!

Es war schon recht spät geworden, als Rebecca und ich es endlich geschafft hatten, wieder nach einer harten Rückreise wieder in unserer beschauliche Hütte anzukommen, wollte ich mich doch nur noch auf meiner Matratze schlafen legen.

Mein Zimmer erreicht, zog ich gerade noch meine Schuhe aus und legte mich mit meinen restlichen Kleidern nur noch hin. Hatte doch der Schlaf über mich schon die Herrschaft gewonnen. Spürte ich plötzlich im nächsten Moment Rebeccas Nähe an meiner Seite, was mich sehr in die Irritation riss, so frisch waren noch Lisa Worte in mir, dass ich mit bester Phantasie, in geschlossene Augen, die junge Kellnerin, an mir vorbei marschieren ließ!

Am nächsten Tag saßen wir allesamt, wie gewohnt, in der Küche. Ich, Rebecca und ihre Jungs. Während sich Rebecca schweigsam an ihrer Kaffeetasse festhielt, sah der Rest der Gruppe ziemlich fit aus, obwohl sie erst heute Morgen zurückgekommen waren, was mich sehr überrascht hatte, hatte ich sie in diesen Sinn schon längst abgeschrieben.

Über den gestiegen Tag wurde kein Wort gesprochen. Eher, über das übliche Tagegeschehen - mit eher gedämpfter Tonart. Während wohl mehr Rebecca es in der Zwischenzeit lieber vorzog, über ihre einzelne Punkte schweigsam nachzudenken, die sie am frühen Morgen ihn ihrem Notizbuches notiert hatte. War das der Grund, warum sie fast die ganze Nacht nicht geschlafen hatte?

„Jungs, wir brauchen Geld?" meldete sich Rebecca schlagartig zu Worte und schob mir im gleichen Moment eine ausgerissene Seite ihres Notizbuches rüber. Wo auf der untersten Zeile eine beträchtliche Summe stand, mit der ich mich nicht in Verbindung setzen konnte. Gut, ich möchte nicht behaupten, dass ich diese Summe nicht hatte. Aber, ging es doch alleine um mich, wenn über meinen neu gewonnen Reichtum dachte! Also, warum sollte ich da was von meiner Freiheit abgeben?

„Tut mir leid, diese Summe habe ich nicht!" versuchte ich mich zu endschuldigen.

„Aber in den Medien wurde doch...." hakte Rebecca mit einem Akt der Verzweiflung nach.

„Ach die Medien, die reden nur dummes Zeug, dass wisst ihr doch selbst!" haute ich gekonnt in Rebeccas Worte, der man nur noch um so sehr die Verzweiflung im Gesicht ansehen konnte. Hatte sie doch bestimmt schon mein Geld in ihrem System verplant, so musste sie nun feststellen, dass der

Schuss gewaltig nach hinten losging. Ich mit dem nichts mehr wissen wollte. Wo war die Ruhe in der Freiheit, die mir so fehlte?

„Was habt ihr jetzt vor?" Fragte ich nach einer langen Bedenkpause, in der wir uns nur gegenseitig anstarrten.

„Wie ihr?" viel es doch Rebecca schwer, dass ich mich von der Redewendung, von der Gruppe ausgrenzte.

„Ja du und deine Jungs!"

„Was meist du damit?"

„Ich will mit der Sache einfach nichts mehr zutun haben!" War es wirklich schon Zeit zum Aufbruch für mich?

„Ich denke, du bist von der Sache überzeugt?"

„Das war ich vielleicht gestern!" Jetzt hatte ich das gesagt, was mir schon die ganze Zeit durch den Kopf ging. Was einfach mein Wunsch war. Ein Bedürfnis, nach heißer Sehnsucht - nach meiner großen sehnsüchtigen begehrenden Liebe. Aber was ist schon die große Liebe?

„Du Arschloch! Du bist ein Verräter!" schrie mich Rebecca lautstark an.

Ich wollte mich gerade zu Worte melden. Etwas, was, die ganze Situation entschärften sollte, aber da spürte ich nur noch ein Schlag auf meinen Hinterkopf, und ich bewusstlos zu Boden ging.

Jasmin

Ich verstand im wahrsten Sinne des Wortes die Welt nicht mehr. Wo war ich? Wo stand ich? Mir zog es sprichwörtlich den Boden unter den Füßen weg. Was war das für ein Film, der da im Fernsehen lief. Ich wollte es einfach nicht begreifen, was ich da sah. Wie sich Noah auf diese ganze Sache einließ. Was wollte dieser damit überhaupt bezwecken? Wollte er, als der Revolutionär dastehen? Über was ich nur lachen konnte! Aber irgendwie konnte ich es nicht verstehen, dass diese ganze Sache so Phillip in den Bann gezogen hatte. Hatte er sich noch am Vortag mit seinen Freunden, in der Gesprächsrunde, heftig, zu sehr, sich zu wehr gesetzt, kam es mir nun so vor, als hätte er volles Verständnis für das, dass, was Noah und Co da taten. Eine Tatsache, auf die ich keinen Kommentar abgab. Ich zog es lieber vor, schweigend auf meinem Zimmer zu gehen, wo ich echt besser zutun hatte.

So sehr hatten mich die vergangen Tage mitgenommen, dass ich eigentlich den Schlafnotstand der vergangenen Tage nur noch nachholen wollte. Aber, war das nicht ein seltsames Gefühl, alleine in einer fremden Wohnung zu sein, und so begleitete ich eher Phillip mit in die Stadt, die für mich noch viele Überraschungen übrig hatte.

Phillip ging auf irgendeine Versammlung, die wir mit der U-Bahn, am äußeren Stadtkern, erreichten. Um was es im Endeffekt dort ging, dass wusste ich selbst nicht. Ich glaube es hatte etwas mit Computer zutun, sonst hätte Phillip bestimmt nicht sein Notebook mitgenommen.

Wir kamen an einer kleinen Halle an, die einen recht ziemlichen fertigen Eindruck hinterließ. Fast so, als hätte man ihren Abriss schon längst beschlossen. Aber Phillip war diese Art von Luxus schon gewohnt. Also, in ihm konnte da nichts mehr großartig den Egel hochkommen lassen. So hatte ich halt keine andere Wahl, als mit einer Menge von zahlreichen Teilnehmern die Halle zu betreten, die mit ihren Autos, aus dem gesamten Bundesgebiet angereist waren, was man leicht an den verschiedensten Nummerschildern erkennen konnte, die quer verteilt, rings um die Halle standen.

Obwohl ich nicht gerade in der Laune war, fremden Menschen gegenüberzutreten, tat ich Phillip den Gefallen und blieb bei ihm. Folgte ihm mit, in das Herz der Halle, in der schon eine unübersichtliche Menschenmasse an den zahlreichen aufgebauten Biertische so platz genommen hatte, dass sie ohne weiteres Probleme ihre Aufmerksamkeit auf die vor ihnen aufgebaute Bühne werfen konnte. In derer Mitte sich ein erhobenes Redepult befand, zu dessen Unterstützung sich jeweils die entsprechende Lautsprechen an den Ecken er Bühnen befanden, aus denen noch zu diesem Zeitpunkt leichte Rockmusik, von jener Musikanlage, lief, die in unmittelbarer Nähe, das wirklich nicht übersehbaren Wahlplakat stand, dessen Titel: „Gib der Demokratie eine letzte Chance", mir gleich zu denken gab. Und siehe da, es dauerte wirklich nicht mehr lange, bis Tarek zusammen mit seinen Gefolge und die Ecke kam. Was mich nicht gerade großartig aus der Bahn warf.

„Wie geht's euch?" welche Frage, die er uns da entgegenbrachte. Mit seinem dämlichen Lächeln, wo ich am liebsten gleich hineingeschlagen hätte. Aber Phillip störte dies eher weniger.

Es dauerte nicht lange, bis sich die Halle bis zum letzten Sitzplatz gefühlt war, und die Veranstaltung begann. Es war nicht gerade die Art von Veranstaltungen, die ich mir gewünscht hatte. Wo war die Spontaneität, der jungen Generation? Stattdessen saß ich nur in einer mühten Debatte, die mich mehr um mehr von Stuhl zog. Wenigsten waren die Getränke frei. Obwohl ich gar nicht soviel Cola trinken konnte, um mich irgendwie bei Laune zuhalten.

„Gefällt es dir hier nicht?" fragte mich Phillip nach einer Weile, konnte dieser schon die Lustlosigkeit an mangelten Interesse, in meinen Gesicht ablesen. Aber ich war wirklich nicht der Freund von Sozialer Gerechtigkeit. Wie denn auch, ging es mir doch wirklich mehr als gut, nicht von häuslicher Seite, sondern – was hatte ich nicht alles getan – ich hatte meine Millionen, die ich sogar mit Noah geteilt hatte. Also, war das nicht sozial? Und warum war die Politik daran schuld? Ich konnte es wirklich nicht mehr hören! Das ganze hin und her. Bla bla bla. Darauf scheiß ich nur! Aber irgendwie bewunderte ich die Menschen hier, die sich die ganze Mühe gemacht hatten – und den ganzen Weg auf sich genommen hatte – für was – für rein gar nichts! Oder hatte ich mich da zu früh über sie lustig gemacht? Schlug doch wenig später die Stimmung schlagartig um, als diese Hackfresse von Tarek das Mirofon übernahm. So sehr die Stimmung in der Halle gegen seine Person spielte, ließ sich Tarek nicht aus seiner Ruhe bringen, für was ich ihn einfach bewundern musste, wie sehr er seine Sache durchzog, bis auch der letzte in der Halle verstand, dass er nun am reden war.

Tarek war wirklich aus seiner Rede herauszuhören, dass ihm sein Weg, seiner Argumente nicht gerade sehr schwer viel. Der Standpunkt seiner Argumente zu Stimmungsschwanungen in der Halle geführt hatte, ließ er sich doch nicht von dem Kurz der Globalen Machtverhältnisse in der Politik der Macht, zu neuen Schein verblenden. Einen Druck unter die sich Phillip beugen ließ. Auf dessen Zug er aufsprang. Aus seinen eigenen Willen oder aus gezwungen Massen! Ich war diesem Scheiß wirklich nicht mehr gewachsen. Gott! Wo war ich hier nur gelandet? Ich musste raus hier! Auf in die Damentoilette, wo von aus ich mit Sicherheit ausgehen konnte, dass mich Niemand der Jungs so schnell auftreiben konnte.

In einer leergefegten Toilette genoss ich es sehr, alleine vor dem Spiegel stehend, mir mit einem feuchten Tuch, durchs Gesicht zuwischen. Was mir schon wie die Segnung Gottes vorkam. In Stiller Eintracht, dessen Nachdenklichkeit mich in die enge Toilettenkabine zwang. Wo ich meine Gedanken gerade ihren freien lauf nehmen wollte, als plötzlich jemand in die Toilette eintrat. Dessen Person ich leider nur, an ihren auffallenden roten Turnschuhe erkennen konnte, die unter dem breiten Schlitz der Toilettenkabine, mir gleich ins Augenlicht viel, die nach meinen Geschmack schon eine beträchtliche Summe kostet hatten. Denn so gut, kannte ich mich als Frau mit Schuhen aus.

Sie hinterließ auf mich einen sehr gestressten Eindruck, aber doch zugleich einen sehr zuversichtlichen Standpunkt, so, als hätte sie gerade bei Rollet den Jackpot geknackt. Sie ließ sich viel Zeit am Waschbecken, bis sie plötzlich ihr klingelte Handy aus ihrer Tasche zog.

„Mach dir keine Sorgen?" waren die erste Worte, mit denen sie sich am Hörer meldete. Konnte ich doch von meiner so nicht weit entfernten Position, die Panik ihres Gesprächspartners hören. Aber zu meinem Pech, konnte ich, so sehr, ich mich darum bemühte, nicht heraushören, um was es hier ging.

„Mach dir keine Sorgen, ich werde schon darauf aufpassen, dass Jasmin nichts passiert!" Jetzt schluck es endgültig dreizehn. Das war mein Name, der doch so eben genannt wurde, obwohl hier mich wirklich niemand kennen durfte.

Kurze Zeit später, war ich wieder alleine in der Toilette. Mit all meinen Gedanken. Wusste nicht, was ich sagen sollte. Ich verstand wirklich die Welt nicht mehr. Konnte ich hier wirklich noch jemand trauen?

Wie gelähmt konnte ich mich keinen cm bewegen. So gerne ich es getan hätte, konnte ich nicht die Spuren dieser Frau folgen. So gerne ich es auch getan hätte, musste ich sie alleine ziehen lassen. Jene Frau, die mir die Angst zeigen sollte, um was es hier ging.

Warum auch immer, mir wurde jetzt eins klar, ich musste hier raus, ohne eine Lebewohl zu Phillip zusagen. Konnte ich ihm überhaupt noch trauen?

So weit mich auch die Füße tragen hätte können, hielt es für besser, noch einen kurzem Moment, mich in meinen Versteckt zuhalten. Denn eins wollte ich jetzt bestimmt nicht, Hals über Kopf mich in irgendeinen Weg zu stürzen, dafür hatte ich in der Vergangenheit einfach zu viel durchgemacht.

Am Anfang kam ich mir schon ein wenig zu blöde vor, wie Mrs. 007 durch die Gänge, hinaus ins freie zu schleichen. Und wie ein blindes Huhn lief ich orientierungslos durch die Stadt, in der ich schlagartig keinen sicheren Hafen mehr hatte. Denn eins war mir sofort klar, dass ich ihn Phillips Wohnung, ich mich unter keinen Umständen noch blicken lassen durfte.

Ich fuhr mit der U-Bahn bis zum Endstation „Warschauer Straße", die sich im Herzen dieser Stadt befand. Was für die heutige Zeit irgendwie wie seltsam war. Dazustehen – an einem Ort, da, wo damals die Grenzen des kalten Krieges war. Getrennt von einer Mauer, teilte sie Kapitalismus und Sozialismus. Ost und West, was heute alles nur noch eins ist. Alles ineinander lief. Keine Grenze war mehr zusehen. Versuchte ich bei fortschreiten, im Augenschein des Fernsehensturm, der schon jeden Ankömmling den Standpunkt des Alexanderplatzes verriet, so meine Gedanken zu sortieren. Der Platz, eines der Brummstück der ehemaligen DDR, die bestückt mit all ihren Überwachungskameras ein Spiegelbild eines Staates war, dessen Gesellschaft, deren Schicksal nun mit der Zeit ganz von selbst wachgerüttelt hatte. Ein Vorsichtsgefühl, das mir niemand mehr Vertrauen schenkte. Ich absolut keinen Passanten, der mir über den Weg gelaufen war, in die Augen schauen konnte. So sehr ich immer wieder die Straßenseite gewechselt hatte, ließ die Panik nicht bei mir nach.

Noah

Es dauerte lange, bis ich mit höllischen Kopfschmerzen wieder auf meiner Matratze aufgewacht war, und den verlauf der letzten Stunden in meinen Gedanken Widerspiegel konnte. Viel es mir überhaupt schwer zu verstehen, wer ich war?

Langsam stand ich mit weichen Beinen auf, und lief im Raum umher, was mir nur mit sehr viel Mühe gelang. In einem Ort, der mir so fremd zugleich, so bekannt war. Stand ich von dem Kellerfenster, das so eng mit Holzbrettern verrammelt war, dass ich nur mit viel Mühe durch einen kleinen Schlitz einem Blick nach draußen werfen konnte. Plötzlich drehte ich mich nach hinten zu der öffnete Türe um, dessen lauten Türschloss ein Knacken hinterließ, dass mich mehr an Schloss Dracula erinnerte, als sonst was.

Die Türe war noch nicht ganz offen, da sah ich auch schon Rebecca hineintreten, die sich gleich zu mir auf die Matratze setzte. Was mir nicht gleich gefiel. Denn, was hatten wir beide noch zu besprechen, hatte ich ihr doch meine Ansichten mehr als deutlich klar gemacht. Also, was wollte sie da noch tun? Was hatte sie da noch dagegenzusetzen!

„Was willst du von mir?" fühlte ich mich doch von ihr, nur angenervt.

„Ich möchte, dass du mir hilfst!" was unmissverständlich bei mir ankam.

„Und wie stellst du dir das vor?" sah ich mich doch nun auf der Seite der Gewinner.

„Ganz einfach!" Kaum gesagt, zuckte sie einen Briefumschlag aus ihrer Jackentasche hervor, und sprach auch schon gleich fort: „Hier in diesem Briefumschlag, befinden sich die Beweismaterialen, die alles mit unserem Kaufhausanschlag zutun haben. Und glaube mir, dass reicht voll aus um dich voll an den Arsch zu kriegen.

„Also, wenn du nicht möchtest, dass meine Kontaktperson damit zur Polizei geht, dann tue besser, was ich dir sage!"

Also, dass war alleine der Grund der Mission in Frankfurt. Wie konnte ich nur so dumm gewesen sein, und darauf hineinzufallen.

Mir waren die Hände gebunden. Was konnte ich da noch dagegensetzen. Jetzt konnte nur noch eine Rebecca beim verlassen des Raums beobachten, die mich in wahrstem Sinne in der Hand hatte.

Im Rausch, des da sein, schaute ich die Wand an. War mir doch endgültig klar, dass ich in diesem Spiel, die Entscheidente Schlacht verloren hatte.

Jasmin

Das Nachleben, hatte sich mit dem Eintritt der Dunkelheit, in der Stadt breit gemacht. Vergessen war der Stress der Menschen, die sich noch am Mittag so in ihrem Beruf gequält hatten, und nun sich mehr um mehr in ihre eigenen Wände zurückzogen, um sich auf ihren nächst bevorstehendem Arbeitstag vorzubreiten. Ich dagegen, ich quälte mich durch die Straßen, wie der einsame Cowboy, der durch sein Dorf trat – nur hatte dieser Cowboy sein Salon im Auge, und ich eher ein herkömmliche Bushaltestelle. An der zu meinem großen Glück niemand weit und breit zusehen war. So das ich mit besten Gewissen, unbeobachtet, mich dort niederlassen konnte. Ungestört, befreit von allem Stress wollte ich einfach mal meine Schuhe ausziehen, und auf gut deutsch gesagt, tief durchatmen. Legte ich mich gleich hin. Ich hatte mich so sehr an die Holzbänke gewöhnt, dass ich gleich einschlief. Was für mich wie eine Wohltat war, schlief ich bis zum nächsten Morgen durch.

„Geht es ihnen nicht gut?" weckte mich eine junge Dame, am nächsten Morgen. Vom Feind entdeckt und vernichtet zu werden – so groß war die Angst in mir – stattdessen schenkte sie mir Trost und Mietleid. Gelang es ihr doch wieder mich zu beruhigen. Unaufgefordert, fast freundlich drückte sie mir ihr letzte Stück Kleingeld in die Hand. Sah ich so fertig aus? Wenn sie wüsste, wie reich ich in Wirklichkeit war. Ist auch egal! Ich spiegelte in diesem Moment, das Bild, deren Menschen, die nicht in der Lage waren, sich selbst über die Runde zu helfe. Aber, stimmte das wirklich! Wusste diese Frau, wie reich ich wirklich war?

Gerade hatte ich das letzte Kleingeld zusammengezählt, kam auch schon der Liniebus, in den ich schneller, mit meinen Schuhen unter dem Arm, sprang, als ich es selbst glauben konnte. Mit den gerade erstandenen Kleingeld bezahlte ich den Fahrpreis und setzte mich auf den ersten freien Sitzplatz, wo ich im rausch der vorbeifahrenden Umwelt, meine Schuhe anzog.

In all meiner Nachdenklichkeit versunken, viel es mir schwer, im Rausch der Fahrt meine Umwelt wahrzunehmen. All die Menschen, Autos, jene Gebäude, die dieses Stadtbild so prägten. Die den geschichtlichen Lauf dieser Stadt zeigte. Jener Wandel, aus dem sich die Stadt befreite. Ich hatte überhaupt keinen Plan, wo meine Fahrt enden sollte. Wo mein Ziel war. So machte ich es mir kurze hand am leichtesten, indem ich mit der großen Massen ausstieg. In Bann ihrer Anwesendheit ging ich in ihrem Zog, für mich überraschend in die freie Universität, die abseits im Glass der Friedrichstraße, die schon seid Mitte der 20iger Jahre immer im Mittelpunkt dieser Stadt, stand. Da war es für mich eher verwunderlich, dazustehen, im Glassschimmer des Universitätsgebäudes - im Lichtschein von Gottes Gnaden, der eigentlich verstehen müsste, warum ich im nächsten Moment in der obersten Sitzreihe des total überfühlten Politik Vorlesung saß. Im Groll derer, die mit Herz bei der Sachen waren, was ich eher mit mehr Distanz beobachtete.

Das war also der Stoff, der Phillip so ein Hass in sich kochen ließ. „Schwarzgeldaffäre" war nun der Begriff, des demokratischen Rechtsempfinden. Ein Spiegelbild, das unserer Verfassung entsprach.

Damals nach der Beendigung des dritten Reiches, wo sich die Menschen so nach der Freiheit sehnten. Ihre Werte noch schätzten. Aber darüber machte ich mir hier nicht so viel Gedanken. Ich wollte hier nur raus. Weg von der Problematik, die mir wirklich schon am Arsch vorbeiging.

Ich war gerade mal eine Straße weiter gekommen, da kam ich auch schon am nächsten Kiosk vorbei, wo ich mir Interessenweise, mir gleich die neuste Tageszeitung kaufte, war es doch der

Wohnungsmarkt, der Teil der mich sehr interessierte. Und nicht wie die bereits erwähnte Schwarzgeldaffäre der CDU, die nicht übersehbar, breit auf der Titelseite aufgemacht war. Ein Teil, den ich schnell überschlug. Wer konnte da noch eine Zeile wirklich erst nehmen. Zweizimmerwohnung, mit 50m², vorhandene Einbauküche, Holzboden, zu einem ordentlichen Preis, war eher der Teil der Tageszeitung, der mich direkt ansprach. Worte, der Freiheit, die mir die Angst nahm. Mir Halt gaben. Vielleicht war das die Einstellung, die mich die Wohnung bekommen ließ. Oder eher die Tatsache, dass ich der einziger der vielen Wohnungsanwärter war, die sich, in der großen Mengen, vor der Wohnungstüre angesammelt hatte – jeder sich seine Chance ausgerechnet hatte. Gerade ich derjenige war, der im Besitz einer goldenen Expresskarte war? Was für eine Frage, die ich gar nicht in mir hochkommen lassen wollte. Wie denn auch, was war schon eine Mietvorauszahlung von fünf Monaten. Von mir aus hätte ich das ganze Haus kaufen können. Eine Tatsache, die wirklich keinen Punkt für eine Gesprächsrunde geben konnte. Obwohl, sie taten mir alle samt Leid. Jeder einzelne. Die, die sich viele Hoffnung gemacht hatten. War doch die Wohnung sehr kinderfreundlich und besonders sehr WG tauglich. Aber was sollte ich denn machen, und außerdem hatte ich mir die Wohnung bei der Besichtigung, schon in meinem Gedächtnis fertig eingerichtet. Himmelblaue Decke. Cremig gestrichene Wände, passenden zu dem schwarzen Holzboden, der sich schon bereits in der Wohnung befand.

Die drei herfolgenden Tage verliefen so, wie ich mir das nicht vorstellen konnte. Ich genoss es richtig, mit meiner schiff gefalteten Papiermütze, trillerte ich laut jenes Lied mit, dass lautstark aus jener Musikanlage kam, die ich mir als Zugabe zusätzlich zu all den zahlreichen secondhand Kleidern kaufen musste.

Ich hatte außer einer einfachen Badezimmereinrichtung, und einer vorhandene Einbauküche keine Grundeinrichtungsmöglichkeiten, die mir meine Lage ein klein weniger angenehmer machten könnte. Zum Glück hatte ich noch am Tag meiner Mietvertragsunterschreibung, mich in den nicht weg abgelegenen IKEA Markt eine einfache, aber doch bequeme Matratze, die mit ihrer 1,60breite, mir keine Grenzen setzen konnte. Aber gleich nachdem die Farbe an die Wänden getrocknet war, schleppte ich mich mit der U-Bahn wieder in den IKEA Markt und fühlte mich an diesem Tag zu einer der Millionen IKEA Kunden, die mit ihren ganz persönlichen präparierten Katalog, ihre eigenen Wänden verunsicherten. Es waren wirklich drei wunderschöne Tage, die ich erleben durfte.

Ich hatte es mir gerade in meinen eigenen vier Wänden, vor dem Fernseher gemütlich gemacht, und genoss es einfach so den Abend, bis es plötzlich an meiner Wohnungstüre klingelte. Was für mich, schon eher, nicht zu glauben war, erwartete ich doch wirklich keinen Besuch. Wie denn auch, hatte ich doch bis dahin niemand so recht meine Adresse gegeben. Bei meinen Kontakten, sprach ich schon eher mit mir selbst.

Vorsichtig ging ich zur Wohnungstüre. Blickte mit gespenstiger Neugier durch die Türspion, und hätte in diesem Moment nicht längst gewusst, dass ich nicht träumen würde, ich hätte mich jetzt wohl mal hart gezwickt.

Mit Begeisterung riss ich die Wohnungstüre auf, nahm Lisa gleich in meine Arme. War sie doch immer die Person gewesen, die ich innerlich so vermisst hatte. War sie doch die Person, zu der ich all meiner Angst, zu Vergangenheit, nie das Vertrauen verloren hatte.

In ihren Armen liegend, nahm sie mir all meinen Druck von meinen Schultern. Eine seltsame Situation, die ich nicht gewohnt war. War ich doch immer der gewesen, der sich setzt um Lisa gekümmert hatte. Es war einfach ein Gefühl, dass über das hinausging, was ich bis dahin erlebt hatte. Es war das Gefühl, der totalen Hingabe. Was sollte ich machen? Wie konnte ich mich dagegen wehren – hatte ich überhaupt noch eine andere Wahl. Schnell geschah es, sowie ich es mir wirklich nicht vorgestellt hatte, lange wir doch kurze Zeit später, auf meiner Matratze. Spürte ihre Nase Zunge auf meinen blanken Busen. So schön, wie ich es mir in meiner schönsten Phantasie nicht vorstellen konnte.

Vierter Teil

Noah

Es dauerte seine Tage, bis ich mich in meinem Zimmer wieder gefunden hatte. Tage, in denen ich mich vor Langeweile bei jedem cm² meines Zimmers, persönlich vorstellen hätte können. Bis an jenen Tag, als plötzlich Rebecca bei mir im Raum stand.

„Komm mit!" Forderte sie mich unmissverständlich auf, und ich nur noch schweigend ihren Spur folgte. Das Zimmer verlassen, gingen wir über Erdgeschoss, auf den direktesten Weg, verließen wir durch die Haustüre das Gebäude, raus ins freie, wo es mittlerweile schon dunkel geworden war.

In der Abendschwärze stehend, atmete ich erstmal tief durch, hatte mich doch die starke Luft im Haus zu sehr zu schaffen gemacht, dass es mir schwer viel, auf Anhieb, wieder einen klaren Gedanken zu fangen, was der Rest der Gruppe, eher weniger interessierte. Sie stießen mich eher sprachlos in einen neu besorgten VW Bus. Gott, weis wo sie den herhaben!

Während der Fahrt, versuchte ich mit zunehmendem suchten Blick, aus dem Fester, zu erkennen, wo unser Ziel war. Was ich aber in der Fülle der Nachtdämmerung, eher ein vergebenes Spiel war.

Im Rausch der Geschwindigkeit, des dahin schleichenden Wegs, setzten wir unsere Fahrt auf der Autobahn fort. Mit einem Tempo - in einer Zeit, der ich noch versucht hatte, noch ein wenig schlaf nachzuholen. Was mir nur mit viel Mühe gelang, wurde ich doch durch das ständige Aufblitzen des Gegenverkehrs immer wieder aus meiner Ruhe gerissen.

Kaum hatten wir das Ende unsere Fahrt erreicht, wachte ich schon plötzlich schreckhaft, durch das schlagartig Bremsmanöver auf. Und ich meine Zeit brauchte, um mich von meiner Müdigkeit zu befreien, bevor ich überhaupt verstehen wollte, in welch einer Situation ich mich im nu befand – voller Neugier blickte aus dem Auto. Traurig sah es draußen aus. Gelangweilt! Aber irgendwie kam mir alles bekannt vor?

Gerade waren wir alle samt aus dem Auto ausgestiegen, blickte ich mit suchendem Blick, in der Abenddämmerung, in der Kölner Innenstadt umher, die mich gleich wieder an Lisa erinnerte.

Hatte sie mich vielleicht schon in der Stadt entdeckt? Wie wir angeführt von Rebecca in ein altes Mehrfamilienhaus gingen. Wohl kaum? Oder war sie noch in Berlin? Ein Gedanke, an den ich nicht denken wollte.

Das schmale Treppenhaus hinauf, gingen wir bis in den vierten Stock, wo die Wohnungstüre bereits so leicht geöffnet war, dass wir nur noch eintreten mussten.

„Hallo, ist hier jemand?" Rief ich im Kreis aller schweigenden in die Wohnung hinein. Und siehe da. Wir mussten nicht lange warten, bis jemand um die Ecke kam. Verschreckt sah er aus. In der Mitte seiner zwei Kuppelns, die an seiner Seite liefen. Die äußerlich gar nicht zu ihm passten. Verdammt kurze Haare. Ich schätze mal so um die 6mm. Seine Kuppeln standen eher mehr auf Wollpullover, die farblich sogar zueinander passten. Der eine blau, der andere rot. Sah echt gut aus!

„Schön, dass ihr es geschafft habt, hierher zukommen!" Was Rebecca eher mit einem breiten Grinsen zu Kenntnis nahm. Und dann zogen wir uns auch schon in die Wohnung zurück, die nicht wirklich mehr als ein durchschnittliche Zweizimmerwohnung war. Zu einem Schlafzimmer, befand zu der Küche, und notdürftigen eingerichteten Badezimmer, in den anderen Raum ein großräumiges Sofa, und ein kleiner Farbfernseher, indem, um diese Uhrzeit auch nicht das Programm der optimalen Unterhaltung lief. Und von all den Essenreste, die von sämtlichen Fastfood Läden, quer über den Zimmerboden verteilt lagen, davon wollte ich wirklich nichts mehr wissen. So sehr auch der Hunger in mir brande. Da ließ ich mich doch lieber mit meiner Müdigkeit, auf dem Sofa nieder. Ja, nach Schlaf, war mir wirklich zu muthe. Aber Rebecca, sie unterhielt sich so sehr mit ihren Gastgebern, über irgendeinem Scheiß von dem ich wirklich nichts hören wollte. Mensch, ich wollte nur schlafen! Ich wollte einfach meine Augen schließen und schlafen. Aber sie diskutierten im wahrsten Sinne des Wortes die Decke runter. Legten jedes Wort zweimal um. Aber, wie schon gesagt, ich hatte echt besseres im Sinn, als da zuzuhören.

Es war schon recht früh am Morgen, als sie sich endlich auf einen Standpunkt geeinigt hatten und ich mit meinem Haufen zusammen gewürfelter Einzelgänger, die es irgendwie geschafft hatte, sich über die Interessengemeinschaft zu finden, einzuschlafen. War doch jeden von uns die Müdigkeit im Gesicht zu erkennen.

Während die einen noch in ihrem eigenen Bett schlafen konnten, legte ich mich zusammen mit Rebecca und der Rest der Bande zwischen Fernseher und Sofa in bereitgestellten Schlafsäcken, die auf den Fußboden ausgelegt waren. Und so schliefen wir bis in den späten Mittag rein. Als ich plötzlich unerwartete am nächsten Morgen aus meinen Schlaf gerissen wurde.

Gerade hatte ich meine müde kleinen Augen wach gerieben, sah ich eine bis dahin unsportliche Rebecca im Jogginganzug vor mir stehen. Was ich aus meiner bisherigen Erfahrung, ich eher nicht glauben konnte. Hatte ich mich da anscheint geirrt?

Was eher bei dem Rest der Gruppe aus einem verständlichem Auge gesehen wurde. Gehört das vielleicht zu Rebecca neuem Gesundheitsplan oder eher zu dem gestiegen Thema, dass durch die Rund ging? Da war mir doch mein Schlaf eher viel wichtiger. Behutsam legte ich mich wieder auf die Seite, wollte ich doch nur noch ein wenig schlafen nachholen.

Es war schon recht spät am Nachmittag, als ich mich dazu überreden konnte, aus meinem Schlafsack zu steigen und in der Wohnung noch etwas passenden zu Essen zwischen all den frischen Essenresten zu finden, die quer verteilt in der leeren Wohnung standen. Wo ich zu diesem Zeitpunkt ganz alleine war. Was mich ein wenig verwundert hatte. Denn konnte sie mich nach all meiner bisherigen Erfahrung, wirklich so alleine lassen.

Lange musste ich nicht suchen, bis in der Wohnung etwas Essbares für mich finden konnte, womit ich mich gleich auf dem Sofa niederließ und nur noch für mich essen wollte. Dort sitzend, blieb ich nicht lange alleine, kam doch kurze Zeit später Rebecca zurück von ihrer Joggingtour, was ich eher nicht glauben konnte. Wie lange war Rebecca unterwegs? Wie lange hatte ich geschlafen?

Verwundert von all dem Sporttreiben, entschloss ich mich nach einem kräftigen Schluck Kaffee, der die Tasse endgültig leerte, nur noch vor der Haustüre frische Luft schnappen wollte. Wozu mir niemand eine Einladung zuschicken musste. Bei diesem Sonnenwetter, das so geschmeidig durch das Fenster eintraf, was für mich, mehr als eine Aufforderung war, die Wohnung zu verlassen.

„Wo gehst du hin?" Fragte mich eine verwunderte Rebecca, stand ich doch schon zu verlassen der Wohnung, an der Wohnungstüre breit.

„Frische Luft schnappen!" konterte ich ihr direkt, gab es noch nichts mehr, was mich in dieser Wohnung aufhalten konnte.

„Was meinst du damit?" Sah mich doch Rebecca in der zunehmenden Gefahr, ich könnte die Flucht ergreifen.

„Ich gehe mir ein wenig die Füße vertreten!" Wiederholte ich mit zunehmendem Druck mein Ziel.

„Komm aber wieder? du weist ja, der Briefumschlag!" Was ich eher mit einem schweigenden Blick beantwortete.

So ging ich mit der Erlaubnis von Rebecca aus der Wohnung, hinein ins Trebenhaus, wo eine recht kühle Luft durch die geöffnete Haupteingangstüre, durch das Treppenhaus, ging. Frisch. Unverbraucht. Brachte sie meinen Körpergefühl wieder auf vollen touren. Was schon wie einer Wiedergeburt glich. Vergessen war die schlechte Luft, die mich in der Wohnung, bei meinem Frühstück, eher an das letzte Abendmahl erinnerte.

Draußen im Freien stehend, stand ich nach langem, wieder im krallen Sonnenlicht, was mich schon eher ein ungewohntes Gefühl für mich war.

Völlig unbefangen, von allen Fängen befreit, konnte ich meinen Weg in die von mir gewünschte Richtung schlagen.

In kürzen der Zeit, viel es mir schwer, mich bei guter Laune zuhalten, lief ich doch wie ein armes einsames Würstchen durch die wenig bekannten Straßen, die ich bereits durch Lisa kennen gelernt hatte. Vielleicht mit der Hoffnung, sie treffen zu können? Aber sollte ich nicht der Realität mal ins Auge schauen. Wusste ich doch aus der erste Hand bestens bescheid, dass sie hier nicht in Köln war. Aber Wünsche, sind mal Wünsche, und die Realität ist nun mal die Realität. Und die Realität besteht nicht aus wagen Illusionen, sondern aus der blanken Wahrheit, in der ich mich nun befand.

Es war schon ein seltsames Gefühl für mich, als ich wenig später über die Domblatte lief. Nicht all so weit von dem Cafe entfernt, wo Lisa und ich uns zum ersten Mal richtig uns näher kamen. Wie gerne hätte ich die Gelegenheit ausgenutzt, für einen Kaffee oder ein einfaches Bier dort zu trinken. Aber mir war wirklich nicht nach trinken zu muhte. So schön der Ort auch war. Aber war das nicht etwas was mir fehlte. Ein Gefühl, das ich erst mit Verlauf der Zeit wahrnehmen konnte. Bedeutete mir Lisa wirklich so viel?

Als ich mich kurze Zeit später von all dem Trubel befreit hatte, setzte ich meinen Weg durch eine schmale Straße fort. Und stand plötzlich, völlig unerwartet eine junge Familiemutter gegenüber, die einen recht erschöpften Eindruck auf mich hinterließ. Was mich auch nicht recht verwundern ließ. Hielt sie doch in der einen Hand eine große Anzahl von überfühlten Einkaufstüten, und auf der anderen Seite, da saß ich ihr junger Sprössling, der nur so wild vor sich herumschrie. Ein Anblick, der nicht gerade beschreibliche schön für mich war. Ich nicht wusste, wie ich auf dem schmalen Gehweg an ihr vorbei sollte. Nicht wusste, wie ich auf sie Reagieren sollte. Am liebsten hätte ich ihr den einen oder anderen Geldschein in die Hand gedrückt. Denn so einen Eindruck machte sie nicht gerade auf mich, als kämen sie aus einem sicheren Haus.

Aber warum sollte ich ihr gerade ein wenig von meinem Geld geben? Ich hatte dafür meine Haut aufs Spiel gesetzt. War ich doch der, der von der Polizei gejagt wurde. Gut, die Frau wurde bestimmt auch gejagt – nicht von der Polizei, sondern eher von der Sozialhilfe. Gut, das hatte nicht die gleiche Auswirkung! Aber was hatte das noch für eine große Bedeutung für mich, wenn man nicht von dem Jäger, sondern eher von der Armut erfasst wird. Was wahrscheinlich keinen Unterschied machte!

„Kann ich dir helfen?" Fragte ich bei einer Frau nach, die eher auf mich einen sehr genervten Eindruck hinterließ. Was mich ein wenig sehr überrascht hatte - hatte ich doch eigentlich damit gerechnet, dass mir diese Frau, mich so herzlich, mit meiner Hilfsbereitschaft, in Empfang nehmen würde. Aber was sah ich? Ein Gesicht, Gott, wie dumm sie mich anschaute! Und so machte ich mich wieder zurück auf den Weg, in die Innenstadt. Und siehe da, da kam ich ganz per Zufall wieder am dem Griechen vorbei, wo ich zum ersten Mal Lisa getroffen hatte.

Kurz überlegt, ging ich auch schon die Eingangstüre hinein. Setzte mich an dem ein und selben Tisch, an den ich wenige Wochen zuvor, platz genommen hatte. Und warum ich das tat? Hatte ich vielleicht die Sehnsucht, nach einer Lisa? Die mir so fehlte. Die ich in jener Person sah, die ich von meinen Tisch aus sehen konnte.

Ich musste nicht lange warten, bis schon die Bedienung mit der Speisekarte, unter ihrem Arm, zu mir an die Tisch kam. Aber nach etwas zu essen zu muhte, war bei mir wirklich nicht drin. Da bestellte ich mir doch lieber eine kühle Cola!

Gerade wollte die Bedienung wieder meinen Tisch verlassen, da fragte ich sie: „Arbeitet heute nicht Lisa?" Mein Gott, ich konnte es wirklich nicht lassen, nach ihr zu fragen. Wie oft hatte ich es mir eingeredet. Und ich hatte es immer noch nicht verstanden. Lisa, sie war nicht hier in Köln.

„Lisa, wer ist Lisa?" Worauf sie nur mit dem Kopf schüttelte. Eine Einstellung, die ich nur bewundern konnte, viel es mir doch echt schwer, in dieser Sache einen neue Abschnitt anzufangen.

Dankend weißte ich sie ab, konnte sie mir doch nicht weiterhelfen, da konnte sie mich noch so sehr angrinsen, wie sie wollte.

Aber so Leid es mir auch für sie tat, bekam ich nicht Lisa aus meinen Kopf heraus. Und sie, Lisa, sie war nicht bei mir. Was um alles in der Welt, hatte sie in Berlin verloren? Eine Denkweise, die ich nicht von mir kannte. War ich vielleicht eifersüchtig geworden?

Schnell trank ich meine Cola aus. Ließ auf meinem Tisch einen zehner liegen. Und ging auch schon wieder zu unserem Wohnhaus zurück, wo bestimmt Rebecca langsam immer nervöser wurde.

„Du hast dir verdammt viel Zeit gelassen?" empfing mich Rebecca mit erhobenem Zeigfinger, an der Wohnungstüre. Was mir eher blind am Arsch vorbeiging. Ich trat da lieber schwersten Nöten in die Wohnung ein, ohne dabei nur ein Wort zu verlieren. Was hatte ich da sonst für eine andere Möglichkeit.

Mit mühten Blick, und schweren Beinen, setzte ich mich neben Rebecca, die sich mittlerweile vor dem Fernseher platz genommen hatte.

„Du Rebecca, wo sind denn die Anderen?" Fragte ich nach kurzer Zeit verwundert nach, konnte ich es doch, so schwer es mir auch viel, nicht glauben, dass wir die einzigen in der Wohnung waren.

„Die sind weg!" Eine Antwort, die nicht gerade sehr aussagefähig war. Ich endgültig die Schnauze auf den heutigen Tag, im wahrsten Sinne des Wortes, nur noch voll hatte.

Als ich am nächsten Morgen in meinen Schlafsack aufwachte, traute ich meinen Augen nicht. Da waren wieder der Teil der Jungs zurückgekommen, die mit Rebecca wieder mal heftig auf dem Sofa diskutiert hatten. Auf der anderen Seite konnte ich es nicht begreifen, dass Rebeccas Jungs, die uns nach Köln begleitet hatten, noch immer noch nicht eingetroffen waren. Fragen über Fragen? Warum sollte ich mir noch Gedanken machen, wusste ich nicht einmal, wie ihre Namen waren. Also, warum diese Geheimniskrämerei?

Mit knurrten Magen und mühten Blick entschloss ich mich, nach langem aufzustehen. Wurde doch Rebeccas Diskussion mit zunehmender Dauer immer heftiger. Also, da war wirklich kein weiterer Schlaf mehr möglich. Doch gerade hatte ich mich zu ihnen auf Sofa gesetzt, kehrte Stille in den Raum ein.

„Wie hast du geschlafen?" Widmete plötzlich Rebecca ihre Fürsorglichkeit für meine Person.

„Danke! Sehr gut!" erwiderte ich ihr mit leicht verschlagener Mimik, konnte ich das doch nun mehr, einfach nicht glauben, dass sie wieder ganz die alte liebe Damen war. Und siehe da, Rebecca, sie fing sogar ein Gespräch mit mir an, was ich nach den letzten Stunden gar nicht verstehen konnte. Hatte ich mich doch an die Person, des Sklaven Davids gewohnt, war es nun umso schöner für mich, die Welt von der anderen Sicht wieder wahrzunehmen.

Wir unterhielten uns sehr lange, über Dinge, so, als, wäre wir immer die besten Freunde gewesen. So als hätten wir voreinander nie ein Geheimnis gehabt. War wirklich schön war! Was mir sichtlich sehr gut tat.

„Möchtest du mich heute beim joggen begleiten?" Eine Idee, von der die anderen nicht gerade sehr begeistert waren. Waren sie eifersüchtig, oder warum flippten der Rest der Gruppe so aus?

Ein Verhalten, auf was Rebecca nicht gerade sehr einging. Sie ließ eher alles schweigsam an sich vorbeigehen. Sie machte schon immer das wonach ihr stand, und da spielte die Meinung anderer eher keine Rolle in ihrem Spiel.

Worauf ich nur mit freudestrahlend mit dem Kopf nickte, war das doch mal die Chance mal wieder alleine mit Rebecca zu sein.

Ich besorgte mir nur noch von Rebeccas Jungs, trotz heftiger Gegenwehr, einen Jogginganzug und wollte nur noch mit Rebecca laufen gehen, die schon an der Eingangstüre auf mich gewartet hatte.

Wir sahen wirklich wie das perfekte Paar aus, während wir daherliefen. Farblich ergänzten wir uns – ich mich mit meinem roten und sie mit ihrem blauen Jogginganzug. Was schon von weiten ein sehr harmonisches Bild machte.

So sehr ich auch das Grüne auf unserer Laufstrecke suchte, zog es Rebecca es lieber vor, nicht von ihrer Route, der vergangenen Tage, abzuweichen. Die zu meinem ersetzten, zu meinen Gelegen, auf den harten Asphalt, der Kölner City führte. Mit einem Tempo! Ich recht echt mühe hatte, neben Rebecca mitzuhalten. Das ich keine Zeit dafür hatte, die an mir vorbeiziehende Umwelt wahrzunehmen. Lagen wir doch nach meinen Körpergefühlt, weit unter dem Weltrekord. Kein Kiosk, keine Tankstelle, die wir zur Grundversorgung ausnutzen könnten. Menschen, waren wir schnell! Ich spürte sogar meine eigenen Füße nicht mehr vor lauter Rennerei. Das alles hier, hatte ich mir wirklich ganz anders vorstellt. Ruhig, harmonisch - in einem Tempo, indem ein lockeres Gespräch möglich gewesen wäre.

Rebecca, sie machte zu meiner absoluten Überraschung auf einen kleinen Zettel ihre Notizen. Was bei diesem Tempo für mich eher schon unbeschreiblich erschien. Aber Rebecca, sie wusste schon, warum das alles tat!

Wieder an unserer Wohnung angekommen, viel es mir schwer, in einem Stück, unbeschadet das Treppenhaus, hoch, durch unsere Wohnungstüre einzutreten. Wo ich mich so schnell von meinen

Laufschuhen befreit hatte – sah ich sie doch schon als ein Zeichen des Teufels an. Von dem ich mich nur noch mit einem Schlag befreien wollte.

Wie ein Verrückter suchte ich mir gleich, unter dem Gelächter der Anderen, etwas zu trinken, was ich am Wasserhahn im Badezimmer endlich fand.

„Was ist los mit dir?" Kam eine stark besorgte Rebecca zu mir ins Badezimmer, die es absolut nicht glauben konnte, wie sehr mein Leben an diesem Wasserhahn hing.

„Was soll los sein!" Konnte ich es doch nicht glauben, wie unbeschadet Rebeccas, die ganze Sache auf sich genommen hatte. Worauf Rebecca nur lachen konnte. Ihr gefiel es, wie sehr ich mich zum Affen machte. Eine Situation, die alles locker schien ließ. Nichts war mehr von der angespannten Stimmung im Haus zu spüren. Es schien mir so, als würde jeder jedem vertrauen.

Was für ein Spiel wurde hier gespielt? Welche Rolle spielte ich darin noch. Warum waren alle so um mein Wohl bemüht?

Der restliche Tag verlief so ruhig, wie man sich das nur vorstellen konnte. Ich lag breit geschlagen in meinem Schlafsack, und versuchte mich so gut, wie es nun mal ging, mich vor dem allmorgendlichen Lauf zu erholen. Während es Rebecca genoss, den restlichen Tag vor dem Fernseher zu verbringen. War sie doch nicht gerade in der Laune, sich unter Menschen zum mischen. Eine Zeit, die ihre Jungs zum Einkaufen ausnutzte. Gab es doch die letzten Tage einfach soviel Leitungswasser zu trinken, dass mal Bier wieder gefragt war. Doch kaum herrschte Ruhe in der Wohnung, schaltete Rebecca den Fernseher aus, was mich ein wenig überrascht hatte. Wo war die Ruhe, die für sie brauchte. Sie hinterließ eher den Eindruck, als wolle sie mit mir reden. Da öffnete sich auch schon die Wohnungstüre wieder, und unsere Jungs nach langen wieder zurückkamen. Die einen ziemlich fertigen, doch zugleich, glücklichen Eindruck auf uns hinterließen. Was eigentlich bei einer Rebecca zu wahren Freudentänzen verlassen sollte. Sie war doch immer die, die den Plan nie aus den Augen verloren hatte. Wusste sie was, was nur sie wissen konnte? Rebecca, sie machte mir angst!

So schnell wie der Wind, war sie weg, Rebeccas Missmut. Da war sie wieder, diese harte Schale, mit der sie ihre Jungs in Empfang nahm. Rebecca, sie wusste nur zu gut, welche Taten sie vollbracht hatten. Was sie ihr, mit einem breiten Grinsen bestätigte. Also, wo gab es da Zweifel für Rebecca. Ich verstand die Welt nicht mehr!

Eine ganz neue Situation war geboren. Nicht war mehr mit der Gemütlichkeit. Alles war so, wie es war. Kalt. Fremd. Wer interessierte sich hier noch für meine Person. Schweigend lag ich da. Keines Blickes würdig. Es kam mir gerade so vor, als wäre ich gar nicht hier. Als wäre ich das fünfte Rad am Wagen.

Überraschend ging von da an, Rebecca mir aus dem Weg. Was ich mir absolut nicht erklären konnte. Suchte ich doch nur eine Antwort, auf meine Frage. Eine Tatsache, die mir verjährt wurde.

Als der späte Abend eingetreten war, saß Rebecca bereits mehr als sechs Stunden mit ihren Jungs in der Küche. Wo sie angeblich etwas Wichtiges zu besprechen hatten. Und ich, ich saß vor dem Fernseher. Die Füße auf den Tisch gelegt, schaltete ich kreuz und quer, ohne jeglichen Plan, zwischen den einzelnen Programmen herum. Mal pro sieben, dann mal ZDF. Völlig entnervt schaltete ich wenig später den Fernseher aus. Was für die Vergangenheit, für solch einen Fernsehsüchtigen, wie ich es gewesen war, nie denkbar gewesen wäre. Aber sind im Laufe unserer Gesellschaft, die Medien so eintönig geworden, dass das Ausschalten, immer noch die beste Art der Vertrennung war. Da schaute ich doch lieber mal in der Küche nach. Und siehe da, was sah ich, als ich plötzlich die Küche betrat. Ein großer Haufe, dick gebündelter Eintausendmarkscheine. Was ich im ersten Moment nicht so recht glauben konnte. Hatte ich doch noch immer die Worte Rebeccas im Hinterkopf, wir brauchten jeden Pfennig.

„Machst, dass du hier raus kommst?" schrie mich Rebecca gleich an, als sie mich sah.

„… was ist los mit dir!" hakte ich total perplex nach. Aber Rebecca, sie gab mir keine Chance, auf eine Antwort. Ließ mich wie der der letzte Depp stehen. Da setzende ich mich doch lieber vor den Fernseher, wo zu meiner großen Überraschung gerade die Spätnachrichten anfingen. Die ich zunächst mit einen mühten Augen beäugten. Aber was sah ich da, ein Foto, auf dem ein Auto zu sehen war, dessen Fahrer mir irgendwie bekannt vorkam.

Verschreckt sprang ich auf. Versuchte zu verarbeiten, was mir gerade gezeigt wurde. Sah ich doch, wie die Jungs einen Geldtransporter, mit vorgehaltenem Gewehr und Pistole, überfielen. Was ich zu nächste nicht glauben konnte. Hatte ich doch zunächst den Eindruck gewonnen, Rebecca hätte sich von dieser ganzen Sache abgewandt. Eine Meinung, die ich schnell ablegen musste. Oder hatte vielleicht Rebecca mit dem allem nichts zutun. Hatte es vielleicht ihre Jungs ohne ihr Wissen getan? Was eigentlich nicht zutreffen konnte, wurde doch sie so dermaßen von Rebecca gelenkt, dass ich mir diese Behauptung mit großer Wahrscheinlichkeit, schnell wieder abschreiten konnte.

Plötzlich kam Rebecca zu mir in den Raum. Mit einem Gesicht, aus dem man nicht schlau wurde. Verängstigt sah ich sie an. Versuchte zu erkennen, was in ihr vorging – was mich erwarten würde.

Die Sekunden vergingen, wie Stunden. Eine Zeit, in der ich Rebecca schweigend vor mir stand. Die Unsicherheit, sich immer mehr ausbreitete. Mein Herz immer schnell raßen ließ. Mein Blick immer mehr versteinerte.

„Was ist los?" hakte ich nach einer langen Schweigeminute nach, viel es doch uns Beiden immer schwerer auf den anderen einzugehen.

„Ich muss mit dir reden!" Jetzt wurde es nach meiner Auffassung interessant.

Hatte Rebecca in all ihren politischen Geredete eine Stelle wohl vergessen, die sich mir jetzt unbedingt mitteilen wollte. Wie spannend! Wie aufgeregt ich war! Das ich diesen Scheiß nicht mehr hören konnte. Hatte ich doch meine Ansichten zu dieser Lage, mehr als deutlich klar gemacht. Da konnte Rebecca noch so sehr mit ihren Reitzen spielen, ich bekam mit Sicherheit diesen Abend keinen mehr hoch.

Als ich am nächsten Morgen, von meinen Schlafsack aus, vorbei an der Küche ins Badezimmer ging. Konnte ich es am Anfang nicht so recht glauben, dass Rebecca mit ihren Jungs in der Küche saß. In einem Moment, wo ich unter der Dusche stehend, gerade den Wasserhahn aufdrehen wollte, hörte ich überraschend, wie eine größere Gruppe, die Wohnung verließ. Was ich am Anfang nicht so recht glauben konnte, einfach nicht begreifen wollte, was sie nun wieder im Schilde führten. Erst als ich frisch geduscht das Badezimmer verlassen hatte, sah ich das Niemand mehr da war. So war ich wieder alleine in der Wohnung, was ich wirklich sehr genoss.

Schnell zog ich mich an und machte mich auf den Weg wieder in die Innenstadt, mit der Hoffnung, vielleicht würde ich ja Lisa treffen, die ich mehr um mehr nur noch vermisste.

Wie sehr hatte ich vergebens die Stadt auf den Kopf gestellt. Wie sehr in mir auch das Herz rannte, war ich mir nicht sicher, was ich bei Lisas Wohngebäude zu verloren hatte. Aber bevor es mich in den nervlichen warn ziehen ließ, drückte ich auch ihre Klingel, und fing an zu warten. Aber so sehr mir die Ruhe in mir stand, viel es mir schwer zu glauben, dass sie nicht aufmachte. Da konnte ich noch so oft klingeln wie ich wollte, ich musste mir wirklich eingestehen, dass das hier alles wirklich vergeben war. Da ging ich lieber gleich zurück zu meiner Wohnung, wo so zu meinem Glück noch niemand zurückgekommen war. Wollte ich doch nur noch für mich alleine sein. Denn ich war wirklich nicht in der Lage, jemand gegenüber zu treten. Frustriert legte ich mich auf das Sofa, wo ich kurze Zeit spät, einschlief.

Es dauerte nicht sehr lange, bis ich wieder aufwachte. Machte doch Rebecca beim Eintritt des Zimmers so einen Lärm, dass ein weiterschlafen wirklich nicht mehr denkbar gewesen wäre. Da konnte ich noch so mühte sein!

Verwundert schaute ich sie an. Blickte auf eine Rebecca, die sich wieder mal von in ihrem Sportdress befand. Ihr bunter Jogginganzug und durchlarschten Turnschuhen, gehörten wohl zu den Merkmalen, eines Terroristen. Merkmale, die wohl ihren Jungs gewaltig nervten. Denn, wo waren sie alle? So war ich wieder alleine mit Rebecca in der Wohnung. Rebecca – ohne ihre Jungs. Aber dies interessierte mich jetzt eher weniger. Jetzt interessierte ich mich eher nur für Rebecca, die konzentriert auf dem Sofa saß, und sich ganz mit ihrem Notizbuch beschäftigte. Und ich, ich sah sie an, und wartete auf eine Reaktion von ihrer Seite. Ein kurzes „Hallo!" oder nur ein einfacher Blick zu mir herüber, was mich sehr gefreut hätte. Aber stattdessen, blieb ich jeder Reaktion fern. Man nahm mich überhaupt nicht wahr. Da blieb ich doch lieber in meinen Schlafsack liegen.

Die Zeit verging wie im Fluge. Ich lag mit meinen geschlossenen Augen da, lauschte der Ruhe, der durchs Zimmer ging. Plötzlich verließ Rebecca das Zimmer. Was ich gar nicht glauben wollte. Dachte ich doch wirklich zuerst, sie würde zu mir kommen. Schaute ich ihr im nächsten Moment deprimiert hinterher. Musste ich mir doch eingestehen, dass ich mich in Rebecca verkuckt hatte. Aber Rebecca, sie interessiert dies wohl weniger. Ohne einen Blicks würdigt, ließ sie mich auf den Fußboden liegen. Was ich mir so nicht eingestehen wollte. Schnell sprang ich aus dem Schlafsack heraus und folgte Rebecca in die Küche, wo sie am Küchentisch sitzend, ich sie vorsichtig, mit einem „Wie geht's dir?" ansprach. Was sie eher mit einem sinngemäßen „Gut!" zu Kenntnis nahm. Und so verging die Zeit. Lange starrten wir uns gegenseitig nur schweigend an. Mit meinen suchendem Blick, versuchte ich in Rebeccas Mimik zu erkennen, was in ihr vorging. Wo war ihr Problem? Was suchte sie zwischen den Zeilen.

Wie sehr Rebecca auch in ihren Notizblock blätterte, erkannte ich keine Erleichterung in ihrem Gesicht. Die Sekunden liefen nur daher. Minute für Minute. Dick dag. Der Klang der Küchenuhr, der durch den Schweig einer tot klingelten Wohnung ging. Die Stunden vergingen. Die Dunkelheit brach ein. Stunden, in der wir uns schweigend gegenübersaßen. Bis sich die Wohnungstüre öffnete und ihre Jungs mit einer Unmengen von Einkaufstüten bewaffnet in die Wohnung eintraten, und Rebecca schnell wieder der alte wurde.

Schnell breitete die Jungs ihre gekaufte Ware auf dem gesamten Küchentisch aus, und ich dinge zu Gesicht bekam, wo ich mir keinen Zusammenhang machen konnte. Von einfachen Kleidungsstücken bis zum Tapetenmesser, ließen sie keine Einzelstücke aus.

„Habt ihr alles bekommen?" Eine Frage, worauf sie nur mit dem Kopf nickten. Sie wussten wohl genau, dass Rebecca nicht den Dingen ein Zufall überlassen wollte. Was ich auch an ihrer markanten Art erkennen konnte. Wie sehr sie sich persönlich davon überzeugt hatte, dass ihre Jungs alles besorgt hatten, was sie ihnen zuvor aufgeschrieben hatte. Was wohl ein Bestandteil ihres Notizbuches war. Aber, was im Endeffekt dabei raus kommen sollte, darauf war ich wirklich selbst gespannt. Lagen doch da wesentlich mehr dinge auf den Tisch, wie bei unserem Ausflug in Frankfurt. Aber irgendwie, war die Anfangseuphorie von vergangenen Tagen unter aller Anwesenden nicht mehr spürbar. Es schon den Eindruck bei mir hinterließ, als sei die Gruppe von einer fremden Macht kontrolliert – gesteuert – in die Mangel genommen. Doch da klingelte wieder Rebeccas Handy. Und es mit einem Schlag mucksmäuschen still wurden, so als melde sich der Messias ganz persönlich bei Rebecca.

„Wie weit seid ihr?" hörte ich von der anderen Seite der Leitung. Mit viel Mühe konnte ich das Gespräch mithören, saß doch Rebecca in meiner unmittelbarer nähe. So dass ich mit großer Anstrengung den Saarbrücker Dialekt jene Person heraushören konnte, die ich wahrscheinlich schon in Hamburg gesehen hatte.

„Wir liegen genau im Plan!"

„Und was mit ist den Sachen, habt ihr sie?"

„Ja! Sie liegen gerade vor mir!"

„Gut, dann macht weiter, wie wir es besprochen hatten!" und schon war die Leitung wieder tot. Und ich war noch irritierter wie zuvor.

„Mit wem hast du gesprochen?" versuchte ich doch meine Panik zu überspielen. Auf was Rebecca nur ein lachen übrig hatte. Sie fast vor lauter Lacherei, sich eher noch auf den Stuhl halten konnte. Ein Anblick, der eher mein Nervenkostüm noch den Rest gab, als die Sicherheit, nach der ich mich so sehnte.

So Panikhaft der Tag geendet hatte, genoss ich es am nächsten Morgen mit ruhigen Fuß in der Küche zu sitzend. Wo zum Glück jeder mich ganz alleine ließ. Waren doch die Jungs im Wohnzimmer so sehr in ihrer Bastelstunde verstrichen, dass ich mir an diesen Tag wirklich mal einen Kaffee genießen konnte.

„Kommst du mit joggen?" stand plötzlich Rebecca an der Küchentüre. Ein Vorschlag, zwischen dem ich hin und her ziepte. Ich und Sport. Hatte doch gerade Berlin für 2000, eine Absage für die Olympischen Spiele bekommen, also wo lag der Eifer zum Training. Aber auf der anderen Seite, war mir ja nicht gerade bewusst, welche Geschichtsträchtige Bombe, die Jungs wieder mal am bauen waren. Und wenn da mal was schief gehen sollte? So zog ich schnell meinen Jogginganzug an und rannte mit meinen zugeschnürten Turnschuhen Rebecca nach, die es zu diesem Tage, wieder deutlich unter ihren Weltrekord lief, denn anders konnte ich mir mein Leid wirklich nicht anders erklären. So sehr ich eine Rebecca nur von hinten sehen konnte, genoss ich es richtig ihren wohl geformten Arsch in vollen Zügen, mir in betracht zu ziehen.

War es meine Dämlichkeit oder warum war ich fast Rebecca hinten drauf gelaufen, oder lag es einfach an Rebecca Neugier? Warum blieb sie auch plötzlich vor dieser großen weißen Villa stehen. Einen Protz, der es in dieser Gegend zu häuft gab? Lag es vielleicht an der wirklich nicht übersehbaren Videoüberwachungsanlage, die rings um das Gebäude für Sicherheit sorgten oder eher vor dem schwarzen Porsche, der unmittelbar vor der Türe stand.

Es dauerte nicht lange, bis ein so um die in die leicht gekommener alter Mann, aus der Haustüre kam. Seiner Ausstrahlung entsprechend, kam er mir gleich bekannt vor. War er doch der Geschäftsmann, den ich auf dem ausgeschnittenen Zeitungsartikel gesehen hatte. Selbstbewusst, blickte er zu uns rüber. Doch gerade, war er in seinen Wagen gestiegen, lief Rebecca auch schon weiter. Erstaunt darüber, lief ich gleich Rebecca hinterher.

Wer war dieser Mann? Kannte er Rebecca? Wusste er wer Rebecca war? Fragwürdig lief ich zu Rebecca auf, der man so tief die Verbissenheit im Gesicht stehen saß. Man spürte regelrecht den Haas, der ihr Blut zum kochen brachte. Ich hielt es da lieber vor meine Klappe zuhalten. So schlau war ich schon geworden, dass ich in solchen Momenten lieber Rebecca ganz in Ruhe zu lassen.

In der Wohnung wieder angekommen, ließ ich Rebecca den Vorrang sich unter die Dusche zustellen, derweil zog es lieber vor, meine Gedanken vor dem Fernseher neu zuordnen.

„Wenn du möchtest, kannst du jetzt ins Badezimmer!" stand plötzlich Rebecca spliter fassen nackt, nur in einem großen Badetuch umwickelt, neben mir. Was eher nicht gerade meine Sinne ansprach. Was war mit mir los? Dass ich darauf nicht ansprach. Ich war wirklich seltsam drauf. Und Rebecca, sie hatte einen berauschenden schönen Körper. So glatt und geschmeidig ihre Haut war. So rein. So frisch roch sie. Völlig gefesselt. Voll im Bann meiner Sinne, konnte ich das nicht glauben, warum sie ließ die Hülle fallen. Ich ihren wohlgeformten Körper genießen konnte. So schön geformt. Unbeschreiblich in seiner Art. Einfach nicht zu beschreiben war. Ließ Rebecca im nächsten Moment ihr Handtuch fallen. Ihren Körper mir immer nähe kamen lies. Was für eine Situation. Was war hier los? Wo standen meine Gefühle? Wer war Lisa? Standen meine Gefühle doch bei Rebecca? Warum ging ich auf dieses Spiel ein? Aber es hatte alles keinen Sinn, ich schlief mit Rebecca.

Was war das für ein Gefühl, als ich noch am späten Abend mich unter die Dusche stellte. Wollte ich doch nur noch von meinem Schweiß befreien. Von all den Treck, von dem ich mich nur noch lösen wollte.

Kaum hatte ich das Badezimmer verlassen, wusste ich mit erstaunen feststellen, dass Rebecca Jungs mittlerweile wieder eingetroffen waren, und ich wieder zurück in die zweite Reihe abgeschoben wurde. So leid es mir auch tat. So sehr ich es bedauerte Rebeccas Aufmerksamkeit wieder mit den anderen Teilen zu müssen, war ich zu Recht erleichtert darüber, nicht mehr in ihrer Nähe seinen zu müssen.

Von der Türe aus beobachtete ich, wie sehr sich Rebecca mit Jungs unterhielt. Ihnen die Anweisungen erteilten, die sie aus ihrem Notizbuch entnahm. Was mich ein wenig abschreckte. Wurde mir doch im laufe der Zeit richtig bewusst, für was sie mich benötigte. Was mich sehr verängstigte! Aber, was konnte ich schon dagegen tun. Saß ich doch selbst mit im Boot. Und zudem wer würde mir da schon glauben, saß ich doch im Gegensatz zu Rebecca am kürzerem Hebel. Und, wer da im Endeffekt von uns Beiden den Schalter umdrehte, dass spielte, in diesen Spiel eher keine großartige Rolle mehr.

Mir ging es nicht gerade so berauschend, dass ich mich über meine fortlaufende Zukunft keinen weiteren Gedanken machen musste. Ich hatte mich mit meinen Schicksaal schon abgeschrieben. Mir war wirklich alles nur noch scheiß egal! Ich wusste, wie Rebecca zu mir stand.

Am nächsten frühen Morgen, zu einem Zeitpunkt, als nichts mehr zu sagen war, ging nach der Anweisung zufolge, ich mit Rebecca joggen. Nach der uns bekannten Strecke, die mir besten bekannt war. Daher war es auch nicht verwunderlich, dass wir nach wenigen gelaufenen Kilometer vor der „bekannten" Villa standen. Wo eine recht entspannende Stimmung herrschte. Weit und breit war Niemand zu sehen. Absolute Ruhe. Nur das Rauschen des Windes, stürmte leicht betäubend umher. Es war die Ruhe vor dem Sturm.

Hinter einem parkenden Auto versteckt, beobachteten wir die Vorderfront des Gebäudes. So verging die Zeit und nichts geschah.

Nervös tippte ich mit meiner Fußspitze auf dem Gehweg, was Rebecca nicht gerade großartig aus ihrer Ruhe bringen ließ. Denn sie kannte, welch ein Spiel uns bevor stand.

Plötzlich öffnete sich die Haustüre. Da sah ich ihn wieder - dieser Geschäftsmann, der mit seinem markanten Auftreten gerade das Haus verließ, und rasch in seinen schwarzen Porsche stick, der wartend vor seiner Haustüre stand. Gerade hatte dieser im Vollrausch aufheulender zehn Zylinder das Grundstück verlassen, zuckte auch schon Rebecca ihr Handy zum Vorschein. Kaum wählte sie die letzte Nummer auf ihrem Display, spürte ich durch einen lauten Knall erwacht, eine Druckwelle aus der unmittelbaren Umgebung. Vibrierte Häuserwände. Platzende Glasschreiben. Passanten, die Panik haft umherliefen. Eine Sprachlosigkeit, die sich bei mir schlagartig in die plage Panik umschlug.

„Komm mit!" Auffordert zog mich Rebecca am Ärmel mit. Und ich mit gebannter Panik anfing nur noch zu rennen. Mit einem Schock, der mit das Rennen erschwerte. Bei jeden weiteren Schritt, bei jeden weiteren Atemzug, verdammte ich den Weg zu den es hier gekommen war. Ein Zustand, der absoluten Sprachlosigkeit, der mich überfiel. Wie konnte es nur soweit gekommen sein? Warum hatte ich nichts getan? Schweres muhte sortierte ich meine Gedanken neu, ging mir dies doch alles ein bisschen zu schnell. Zu unerwartet. Zu überraschend.

Mit versteinertem Blick saß ich in der Wohnung, auf dem Sofa. Rebecca, sie stand derweil pfeifend in der Küche. Was ich nicht glauben konnte, wie diese Schlampe von Bist, so kalt, als wäre nichts passiert, sie das Frühstückt machte. Aber mir war wirklich nicht nach Frühstück zumute. Da konnte ich noch so sehr in meiner Kindheit mit Rührei gesättigt worden sein. Mir stand eher das gelbe im Ei im Margen, was ich mit mühe noch verbergen konnte.

Gerade hatte sich Rebecca mit einem breiten Teller neben mich gesetzt, öffnete sich im nächsten Moment die Wohnungstüre. Und schon begrüßte Rebecca ihre Jungs mit einem breiten Grinsen im Gesicht. Alle samt sah man nun ohne viele Worte, der Glückseeligkeit im Gesicht stehen. Ging doch ihr Plan voll auf. Aber wo war der Rest der Gruppe? Die, diese Wohnung gehörten? Das war eine gute Frage? Hatte ich sie doch nur ein einziges Mal gesehen!

Gerade hatte Rebecca ihren leeren Teller zurück in die Küche gepackt, packte die versammelte Mannschaft ihre Sachen zusammen.

„Es wird Zeit zum Aufbruch!" wie es Rebecca nannte. Sie hatten hier in Köln ihre Sachen getan. Wer fragte mich da noch nach meinen Problemen. Wusste ich doch selbst nicht, wo mein Herz stand!

Jasmin

Mir standen die Tränen im Gesicht. Was sollte ich sagen, mein Vater war tot. Was sich mich eher wie ein schlechter Witz wiedergab, den ich aus den Berichten der Nachrichten nicht wirklich glauben konnte. Brach für mich doch da die Welt zusammen, in der mein Vater mir immer den Rückhalt gab.

Es hatte seine Zeit gedauert, bis ich mich wieder gefunden hatte. Und nun ging mir nur noch ein Gedanken durch meinen Kopf. Ich wollte nur noch mit meiner Mutter reden. Jetzt sofort!

Schnell schnappte ich mir den Telefonhörer, wählte die Nummer von Zuhause, die mir wirklich nicht aus den Gedächtnis gefallen war, so sehr ich es mir auch an manchen Tage gewünscht hätte. Lisa, sie war wirklich nicht gerade sehr begeistert von der Idee, dass ich mit meiner Mutter sprechen wollte. Sie kämpfte regelrecht gegen meinen sturen Kopf an. Aber leider vergebens. Ich musste mit meiner Mutter sprechen. Erst als ich nach mehreren vergebenen Freizeichen wieder den Hörer auflegte, konnte ich in Lisas Gesicht eine gewisse Erleichterung ansehen, auf was ich mir keinen Reim machen konnte. Dachte ich doch am Anfang, sie sei um meine Person besorgt.

Der Abend war gerade angebrochen, und wir hatten uns gerade eine Pizza geteilt, die wir uns zuvor bringen gelassen hatten, waren wir beide doch an diesem Abend zum selber kochen einfach zu faul, dass wir den örtlichen Pizzadienst vorzogen. Als plötzlich Lisas Handy sich in der Hosentasche bemerkbar machte, was ich mich ein wenig verwunderte, war mir doch bis zum heutigen Tag nicht bekannt, dass Lisa überhaupt ein Handy besaß, was Lisa nach ihren Angaben zu ihrem letzten Geburtstag von ihren Bruder geschenkt bekommen hatte, der sich doch immer so um seine kleine Schwester kümmerte.

Gerade hatte Lisa das Gespräch entgegengenommen, erkundigte sich schon ihr Bruder bei ihr, wo sie denn genau in Berlin sei. Es schien mir schon so, als führte er ständig Kontrolle, wo denn immer seine Schwester sei. Was nach dem Verständnis, der ihres Bruders leicht erklärlich war. Denn wie sehr hatte er darunter gelitten, als er bei seiner Geburt seine Mutter verloren hatte. Und Mathias und von seinen Vater ins Heim gesteckt wurde. Bis ihn Lisas Vater in an sich nahm, kannte er doch Mathias wirklich Mutter von ihrer gemeinsamen Schulzeit. Was in der Familie ein absolutes Tabuthema war. Worüber Lisa eigentlich mit mir nie darüber sprechen durfte. Aber sie hielt schon in der frühsten Kindheit diesen Druck nicht mehr standhalten. War es doch strengsten verboten, sogar im engsten Familienkreis darüber zu sprechen.

Man wollte in der Zukunft Mathias kein Steine in den Weg legen, war die These von der Lisa immer so hing. Vielleicht war das der Grund, warum auch sein Vater mit ihm nach Köln gezogen war. Denn Lisas Mutter, sie war nie damit einverstanden gewesen, Mathias zu akzeptieren. Sie beugte sich eher dem Druck ihres Ehemanns. Vielleicht war das auch der Grund, warum sich die Beiden scheiden ließen. Lisa hatte mit mir nie ernsthaft darüber gesprochen.

Ich konnte Lisas Bruder schon von Geburt nicht leiden. Und jetzt war dieser Schwachkopf auf den Weg nach Berlin. Lisa, sie stand eher ihrem Bruder sehr offen gegenüber, dass es mir schon selbst Angst machte. Kam es mir doch so vor, dass das Verhältnis zwischen den Beiden, so gut wie noch nie war. Wie sehr sie aufeinander eingingen. Es verschluck mir sprichwörtlich die Sprache. Vielleicht lag es an der neu gewonnen Liebe von Seitens ihres Bruders. Was mir den letzten Rest von Verstand nahm. Hatte ich da etwas verpasst!

Gerade hatte Lisa ihr Telefongespräch beendet, blickte mich eine stark verwunderte Lisa an, die nicht so recht glauben konnte, wie sehr sie sich mit ihrem Bruder unterhalten hatte.

„Seid wann hat denn dein Bruder eine Freundin?" machte ich meine Bedenken frei.

„Seid sehr lange schon. Sie sind schon seid mehr als fünf Jahren zusammen!"

„Komisch, dass ich davon nichts weis?"

„Habe ich dir nichts davon erzählt!" wiederholte sie meinen Missmut.

„Nein, hast du nicht!" „Kommt sie hier aus Berlin?" hakte ich interessiert nach.

„Nein, sie kommt aus Saarbrücken. Sie macht eher hier in Berlin gerade die Ausbildung zum Journalisten!" was mir irgendwie bekannt vor kam.

Noah

Wir fuhren auf der Autobahn in Richtung Süden. Es schien mir so, als ginge es zurück nach Saarbrücken. War schon der Zeitpunkt zur Heimkehr da?

Vielleicht hatte ich mich da noch am Anfang zu früh gefreut, sah ich doch in der fortlaufende Autobahnbeschilderung meine Heimatstadt immer näher kommen. Dachte ich noch am Anfang, ich sei im sicheren Gewässer unterwegs, bocken wir zwanzig Kilometer vor Saarbrücken von der Autobahn ab.

Kreis Kaiserslautern. Nicht gerade meine Lieblingsgegend. Ich vermied sie nicht nur, wegen ihres Fußballtraditionsverein anging, sondern eher mehr um dem Dialekt, der für mich mehr, als nur schwer verständlich war.

Während der Fahrt wurde nicht gerade viel gesprochen. Was hatte wir uns eigentlich noch untereinander großartiges zusagen, kannte jeder doch den anderen seine Ansichten so gut, dass jedes weiteres Wort mehr als überflüssig war. Ich genoss die daher schweigende Stille, der ich mich, in meinen Gedanken zu vertiefte. Dachte nochmals über alles nach. Wie so oft! Stand mein Leben vor der entscheidenden Kehrtwende?

Wir setzten unseren weiteren Weg auf der Landstraße fort. Durchquerten eine Vielzahl kleinere Gemeinden, in denen nicht gerade das Treiben herrschte. Vorbei war das mulitkulti Klima, das mich noch in Köln so fasziniert hatte. Hier waren die Menschen eher unter sich. Jede Familie, die ihren Stammbau im Dorf ließ. Aber wir ließen uns von dem allem unbeeindruckt. Fuhren derweil in einen schmalen Feldweg ein, der schwer erkennbar von der Landstraße führte. Und nun war es schlagartig vorbei mit der gut gemütlichen, bequemlichen Autofahrt. Schlaglöcher für Schlagloch, wirbelten uns so stark durcheinander, dass wir, die letzten Meter unserer Strecke, wirklich nichts mehr zu lachen hatten.

Immer mehr fuhren wir in den Wald hinein. In den wir nach wenigen Metern hielten. Das Auto geparkt, standen wir nun so in Mitte des Waldes da. Und ich sah kein Ziel, mit dem ich etwas anfangen konnte.

Eises schweigend herrscht im Auto. Wir starrten uns nur gegenseitig an. War doch Rebecca, die einzige von uns allen, die jetzt noch wusste, wie es weitergehen würde. Und was lief im Radio? Nein – diese Sondermeldung hatte nicht mit unserem Bombenanschlag zu tun. Waren wir doch zu diesem Zeitpunkt schon mehr als fünf Stunden unterwegs. Eine Dauer, in der die Fernsehstationen schon ausführlich darüber berichtet hatten, dass man über dieses ausgelutschte Thema keinen Punkt mehr dazusetzen konnte. Was in der heutigen Medienwelt eher schon typisch war.

Plötzlich klingelte Rebeccas Handy, und da war sie wieder, diese Stimme, die sich bei Rebecca gemeldet hatte. Die ich vom meinen Beifahrersitz ziemlich schnell direkt erkannte. Unmissverständlich erkannte ich diesen Dialekt, der sich in meinen Kopf eingebrannt hatte.

Schnell beendete Rebecca das Telefongespräch und schon im nächsten Moment hielt ein aus der Ferne anrauschender Kleinbus direkt vor unserem Wagen. Und meine Befürchtung bestätigt wurde. Es war die Drei Personen, die ich im Auto sah. Der Kurzhaarige mit seinen zwei Baumwohlkragen Jungs, die uns zuvor in Köln die Wohnung übergeben hatten.

Jetzt wurde mir bewusst, warum wir uns all neue Kleider gekauft hatten. Wer würde uns jetzt noch als die Freiheitskämpfer halten. Frisch umgezogen in einen nagelneuen Auto, vielen wir auf unserer weiteren Reise wirklich nicht weiter auf. Es schien mir so, als wären wir ein Puzzelstück des Systems.

Es dauerte nicht lange, bis wir in der nächst größeren Stadt ankamen, wo wir gleich den Hauptbahnhof ansteuerten, wollten wir doch unsere Reise so schnellst möglich fortsetzen. Verwundert schaute ich dabei umher, war mir doch im ersten Moment gar nicht so recht bewusst geworden, wo wir gelandet waren. Irgendwie kam mir diese Umgebung, in der ich mich befand, ein bisschen fremd vor. War ich doch zuvor nie in Kaiserlautern gewesen. Eine Stadt, in der ich bis zu diesem Zeitpunkt noch nie bewegt hatte. Gut, dass mag wohl daran gelegen haben, dass diese Stadt nicht auf einen Saarländer ein liebevollen Eindruck hinterließ.

In der kleinen Bahnhofhalle schaute Rebecca auf den Fahrplan nach den für uns passenden Zug, und besorgte uns dann schnell am Schalter die passenden Fahrkarten, die ich mir bestimmt nicht bei meinem Talent so rasch nie besorgt hätte.

Im Zug sitzend, wusste ich noch immer so recht, wo unser Ziel war. Denn in Köln konnte wir uns auf keinen Fall mehr blicken lassen, dafür musste ich nur eins und eins zusammenzählen, um das zu begreifen. Aber, wo konnte wir uns noch sehen lassen, konnte ich es mir doch schon denken, dass nach uns mit Hochdruck gesucht wurde.

Saß ich doch diesmal gewaltig in der Scheiße! Nicht zu vergleichen mit dem, was ich bis jetzt angerichtet hatte. Diesmal ging ich einen großen Schritt zu weit. Rebecca, sie sah das als Norm an. Sie wusste genau, mit wem sie sich da angelegt hatte. Aber hatte ich das so, jemals gewollt?

Im Abteil saßen nicht gerade viele Menschen. Eine Bundeswehrsoldat, der mit seinen voll gepackten Reisesack, schnell den Eindruck hinterließ, er sei auf dem Nachhauseweg. Ein älteres Rentnerpaar, dass den Schimmer hinterließ, es sei auf einer ihrer letzten Reisen. Und nicht zu vergessen, die dort alleine sitzende Studentin, die eher ihre Aufmerksamkeit mehr auf ihr Buch gezogen hatte, als auf die Abfahrt des Zuges, der einfach nicht losfahren wollte. Aber warum blieb der Zug noch so lange am Bahnsteig stehen, mussten wir doch laut Fahrplan, schon längst auf den Weg sein? Doch da öffnete sich nach nicht zu langer Zeit, die Zwischentüre unseres Abteils und zwei Amerikanischen Militärpolizisten hineinkamen, die in dieser Region immer noch mit kritischen Augen beäugt wurde. Kam sie doch bestimmt aus der nicht all so weit weg, von der Militärbasis in Ramstein. Die größte Militärbasis außerhalb von den Vereinigten Staaten, wo sie bestimmt stationiert waren. Die bei vielen Menschen, immer noch ein Dorn im Auge war. Sie hatten es einfach satt, die Zeit der Besatzung. Vorbei war die Zeit des Kalten Krieges. Jetzt war der Zeitpunkt angebrochen, wo das Deutsche Volk seinen eigenen Weg suchen durfte.

Obwohl die Zeit der Selbstfindung schon längst begonnen hatte, taten sie, die Supermacht aus Übersee, sich schwer mit ihren zunehmenden Machtverlust abzufinden. Spielten sie doch nur noch die Rolle des einfachen Besuchers. Eine Situation, die für sie schwer zu verstehen war.

Missmutig starrten sie uns an. Was mir Angst machte. Wusste sie, wer wir waren? Aber sie gingen so schnell an uns vorbei, und verschwanden rasch ins nächste Abteil, dass wir davon ausgehen konnten, dass sie keine Bedrohung für sie, in unserem Abteil sahen.

Schnell kehrte wieder Ruhe in unser Abteil ein. Und dann fuhr auch schon der Zug los. Rebecca legte sich zurück und nutzte die Gelegenheit zum schlafen. Ihr stand die ganze Fahrerei in den Knochen. Der Studentin, ging es nicht gerade viel besser. Saß sie noch am Mittag wahrscheinlich in einen total überfühlten Hörsaal, und musste sprichwörtlich ihren Prof. aus der letzten Reihe, notgedrungen von den Lippen ablesen. Was nicht gerade die besten Vorraussetzungen war, einen gut bürgerlichen Abschluss zu machen. Aber darüber hätte bestimmt Rebecca mehr sagen können. Sie hatte sich immer was, worüber sie sich beschweren konnte. Und der Bundeswehrsoldat, was hatte er wohl bestimmt an diesen Tag schon alles erlebt. Wahrscheinlich war er schon halb Fünf, in der Früh, aufgestanden. Um Sechs stand er Stramm. Um Acht hatte er wahrscheinlich nicht mehr die Lust auf die Landesverteidigung. So hatte er sich bestimmt seinen Dienst zur Landesverteidigung wirklich nicht vorgestellt. Aber zum Glück, ging es jetzt nach Hause zu Mama. Also, warum konnte er uns noch gefährlich werden, uns konnte wirklich nicht mehr aufhalten.

Wir waren auf alles vorbereitet. Was konnte uns da noch ein Rentnerpaar antun, sah man doch ihre zitterte Hände, ein Spiegelbild, dass sie sich auf der Zielgerade ihrer Zeit befanden.

Als wir am Frankfurter Hauptbahnhof ankamen, sah mit der zunehmenden Abenddämmerung, den alltäglichen Feierabendverkehr durch die Bahnhofshalle gehen. Was mir an unseren letzten Aufenthalt sehr bekannt vorkam. Denn so fremd war mir das alles so noch nicht geworden.

Kaum waren wir aus dem Zug gestiegen, hatte ich wirklich keinen Plan, wie unsere Reise weitergehen sollte. Denn das wir seid unserer Kaufhausanschlag in dieser Stadt nicht zu den Ehrenbürger dieser Stadt gehörten, dass verstand sich schon von selbst. Umso unerklärlich erschien es für mich, als wir aus dem Bahnhof, hinaus in die Stadt gingen.

Gerade hatten wir den Ausgang des Bahnhofes durchschritten, standen wir am Taxistand, der sich so direkt vor dem Bahnhof befand, dass sich die Ankömmlinge ihre Reise zu der Endgültigen Adresse fortsetzen konnten.

Schnell stieg Rebecca mit der restlichen Gruppe ins wartete Taxi ein. Wo sie sich zusammengepackt dicht gerade noch in das Taxi packten. Und ich, ich konnte es nicht glauben, wie ich am Einstieg von Rebecca gehindert wurde. Was ich wirklich nicht verstehen wollte. Einfach nicht begreifen konnte. Ging es mir doch das alles ein wenig zu schnell.

„Was soll dass?" schrie ich laut auf, wollte ich mich doch nicht den Haien zum fraß vorwerfen lassen.

„Wir werden uns bei dir melden!" und schon schlug Rebecca die Türe zu. Und ich nur noch das Taxi seinen Weg in die Ferne fahren sah. Super, jetzt stand ich alleine da! Was ich immer wollte. Wie sehr hatte ich mich immer danach gesehnt, mal einen Moment alleine zu sein. Ein Wunschgedanke, der da, nach langem, nun mal in Erfüllung ging.

Am Anfang wusste ich nicht, was ich noch machen sollte. Wie gerne hätte ich Rebecca eine Frage gestellt, die es mir erlaubt hätte, über den weiteren Verlauf zu informieren. Aber warum sollte ich mich so mit meinen Gedanken fertig machen. Mensch ich war frei! Konnte doch nun machen, wozu mir die Lust stand. Und das wollte ich doch immer! Also, warum sollte ich mich noch fertig machen.

„Mathias!" Schrie ich plötzlich lauf auf, sah ich ihn doch in der Ferne, in der Dunkelheit, an einem Kiosk stehen. Und Mathias, verwundert blickte er zu mir herüber, als er mich auf ihn zu kommen sah.

„Was machst du denn hier?" Begrüßte er mich total perplex. Hatte er doch nach seinen Erscheinungsbild, wirklich nicht mit mir gerechnet.

„Ich bin auf der Durchreise!" versuchte ich mein plötzliches erscheinen zu endschuldigen.

„Und was machst du hier?" konterte ich gleich.

„Ich bin auf den Weg nach Berlin!"

„So ein Zufall, da muss ich auch hin!" wusste ich doch nicht, wohin ich gehen sollte.

„Ehrlich?" Zweifelte Mathias vielleicht an meinen Worten.

„Schön dich hier zu treffen!" fuhr er gleich fort, hatten wir uns doch Beiden nach so langer Zeit viel zu erzählen.

„Komm, lass uns etwas trinken gehen!" Forderte ich ihn gleich auf, machte sich doch mehr um mehr, bei mir der Hunger breit. Und bis zur nächsten Kneipen, war es sowieso nur ein Katzensprung entfernt.

Wir genossen unser Bier vorne an der Decke. Direkt vor dem Wirt, so, dass wir es zum Nachtschub nicht all so weit war.

„Was willst du eigentlich in Berlin?" Fragte ich Mathias gleich nach den ersten Schlug genommen hatte, war ich doch sehr neugierig welch einen Grund ihn in dieses Stadt trieb.

„Ich möchte meine Freundin besuchen!"

„Wie, kommt die aus Berlin?" dachte ich doch er würde auf die Dauer eine Fernbeziehung führen.

Nein, ich habe sie in Saarbrücken kennen gelernt. Zu meiner Zeit, wo ich noch in Saarbrücken gewohnt hatte!"

„Was hat dich eigentlich nach Köln gezogen?" wurde ich doch mit der Zeit immer neugieriger.

„Die Scheidung meiner Eltern!" jetzt blieb mir der Schluck im Hals stecken, denn damit hatte ich wirklich nicht gerechnet.

Komisch, dass mir darüber Lisa nie etwas erzählt hatte. Jetzt verstand ich auch nun mehr, dass sie mir nie etwas von ihrem Privatleben erzählt hatte.

Mir fiel es schwer, mich auf das fortlaufende Gespräch weiter einzulassen, war es mir doch von meiner Seite sehr peinlich gewesen, Mathias weiter darauf anzusprechen. Aber Mathias, ihm entgegen, er hinterließ nicht den Eindruck bei mir, als würde in diese Sache weiter großartiges berühren. Zum starken Gegensatz zu Lisa!

„Mach dir nichts daraus, dass ich schon seid zwei Jahren vergangen. Also, mach dir da wirklich keine Sorgen!" beruhigte mich Mathias mit einem Augenzwingern, sah er doch, den zunehmenden Druck in meinen Gesicht stehen.

Und so verging der weitere Abend, ohne weiteres darüber einzugehen. Hielt ich doch das Thema für zu privat, als weiter darauf einzugehen. So sehr die Neugier in mir gestiegen war, zog ich es lieber vor, meine Klappe zu halten.

Wir hatten gerade unser viertes Bier heruntergespült, da verlangte Mathias überraschend nach der Rechnung, lief er doch seinem Zeitplan schon mittlerweile hinterher!

Es war schon fast Zwölf, als wir in der Frankfurter Bahnhofshalle standen. Inder zu dieser Stunde, eher die Gähnte Leere herrschte. Ein Anblick, der für diese Stadt eher die unbekannte Kehrseite der Münze war. Lag doch diese Stadt in dem Mittelpunkt, der Finanzwelt, in dem Geschehen, der wachsenden Gesellschaft, der nun im Schlaf der Zeit lag. Ein für mich unglaubwürdiger Anblick, den ich nicht glauben konnte. Den ich einfach nicht genießen konnte. Sosehr ich es auch getan hätte.

Wir mussten wirklich nicht lange suchen, bis wir unseren Zug fanden, der alleine in der großen Bahnhofshalle bereit stand. Es schien mir so, als beendet er einen harten Arbeitstag, und bringe den Bahnhof in einen angenehmen Feierabendschlaf, bevor es morgen wieder aufs Neue losgeht.

Es war wirklich, nach den Worten von Mathias, das Angenehmste, den Nachtzug zunehmen. Da war der billige Preis, der bei mir eher die unbedeutsame Rolle spielte. Mehr die Bequemlichkeit bei mir im Vordergrund stand, die mich von dieser Art zu Reise schnell überredete. Bekam man doch im wahrsten Sinne des Wortes, von der Reise einfach nichts mit, und konnte unbeschwert die ganze Fahrt einfach durchschlafen.

Ich hatte das große Glück gehabt, dass ich mir mit Mathias zusammen ein Abteil alleine teilen konnte. War doch der Reiseverkehr am Abend nicht mehr so stark, dass sogar wenige Abteile unbesetzt blieben. Was uns nur sehr entgegen kommen konnte. Bei der Größe, die die Abteils hergaben, hatten wir zu zweit in unserem vierer Abteil schon recht mühe uns unbeschadet zu berühren. Aber waren wir Beide nicht so mühte, dass uns das eigentlich am wenigsten ausmachte.

Wir wollten nur noch so schnell wie möglich, uns auf unseren ausgezogenen Betten hinlegen. Denn eins war mir von Anfang gleich klar geworden, dass ich für Berlin unbedingt fitt sein musste. So viele Frage auch mir durch den Kopf gegangen waren, wollte ich Mathias weiterhin nicht damit nerven. Obwohl, er die Person war, die all meine Antworten näher kommen konnte. Spürte ich die Angst in mir – so ein Gefühl, dass das alles noch nicht vorbei war!

Jasmin

Wer klingelte so früh schon an meiner Wohnungstüre? War ich doch gerade erst aufgestanden, und hatte gerade die Kaffeemaschine eingeschaltet. Also, wer wollte mir da so früh schon einen Besuch bescheren? Lag doch noch immer Lisa in meinem Bett.

Noch schnell schnappte ich mir meinen Bademantel, und ging vorsichtig zur meiner Wohnungstüre.

„Ist Lisa, da?" Fragte mich gleich ein ziemlich gut gebauter Mann, der mir gleich mit seinen markanten Augen gefiel. Aber, wo um alles in dieser Welt, hatte dieser Kerl meine Adresse her? Denn, dass ich meine Adresse nicht in irgendeiner Kontaktanzeige gesetzt hatte, daran konnte ich mich wirklich erinnern.

„Was willst „du" hier?" Viel es mir doch schwer, total perplex, auf die ganze Situation einzugehen.

„Ich möchte nur meine Schwester sehen!" Antwortete er mir eher total kalt, von der ganzen Situation einfach unberührt. Schien ich ihn doch nicht gerade großartig aus der Bahn zu werfen. Lag es an meinen Bademandel?

Also, so sah Lisas Bruder aus. Von den ich schon so viel gehört hatte.

„Lisa, sie schläft noch!" bat ich Mathias gleich in die Wohnung ein, der sich bei Eintritt auch schon gleich vorstellte, schrie doch mein Bedürfnis nach Kaffee in mir so laut auf, dass ich auf den schnellsten Weg zu mir in die Küche zurückging, wohin mich auch Mathias gleich begleitete.

War in diesem Moment Mathias seiner Schwester so unbedeutsam geworden, erklärte ich ihm doch mehr wie einmal, wo er seine noch immer schlafende Schwester finden würde? Ich denke, sie war eine der Gründe, warum er nach Berlin gekommen war? Machte er nicht gerade die Anstallten seine Schwester sehen zu wollen.

„Wie lange bist du schon in der Stadt?" war ich doch völlig davon überrascht, dass ihr Bruder schon in der Stadt war.

„Ich bin erst heute Morgen mit dem Nachtzug gekommen!" Was mich sehr überrascht hatte. Denn, so hatte ich ihn nach seinem Erscheinungsbild wirklich nicht eingeschätzt. Wäre es nach mir gegangen wäre, hätte ich ihn eher als Mercedesfahrer eingestuft, der in seinem Geschäfts stets die überhand hielt.

„Ich dachte, du wolltest erst später kommen?" versuchte ich aus meiner Verwirrung eine Antwort zu finden, hatte ich doch noch ganz andere Worte, von Lisa, in meinem Hinterkopf.

„Es ist noch wichtiges dazwischen gekommen, deshalb bin ich ein wenig früher gekommen!"

„Was denn?" trieb mich meine weibliche Neugier immer mehr nach vorne.

„Ist nicht so wichtig!" wogte er schnell ab. So als wäre es ihm sehr ungenehm darüber zu reden. Als spreche ich einen Wunden punkt bei ihn an.

„Mathias, was machst du denn hier?" kam plötzlich eine daher schreiende Lisa herbei, die voll glücklich, aus meinen Schlafzimmer herbeilief.

„Ich muss mich mal erkundigen, wie es meiner kleinen Schwester geht!" Versuchte er sich doch, bei ihr einzuschleimen. Was jedenfalls gut bei ihr ankam. Lisa, sie strahlte, über beiden Backen hinweg. Und das sollte ihr Bruder gewesen sei? Der ihr zu tief zugesetzt hatte. Mensch, ich hatte doch noch all die Gesichte von Lisas Trauerwelt in meinen Hinterkopf. Also, was ging ich hier vor! Ich verstand wirklich die Welt nicht mehr! Und so verging der Morgen.

Während ich mich, mit all meiner Vorsicht, vor meinen Fernseher, in meiner Wohnung, zurückgezogen hatten. Unterhielt sich währenddessen Lisa sehr mit ihrem Bruder, den sie wirklich lange nicht mehr gesehen haben musste. Schien es mir doch eher, als hätte sie ihren Frieden gefunden. Was mich sehr für Lisa gefreut hatte, kannte ich doch all ihre Probleme. Doch plötzlich schreckte Mathias panikhaft auf.

„Wir bitten, um ihre Aufmerksamkeit…" Klang es aus dem Fernseher heraus. Lag was Neues in der Luft? Eine Sondermeldung um diese Uhrzeit - hatte der Tag doch gerade erst angefangen.

Mathias hörte im wahrsten Sinne des Wortes, bei jeder einzelne Silbe des Kommentartors so direkt zu, dass seine Schwester sich im wahrsten Sinne um ihre Person, keine Gedanken machen musste. Genauer gesagt, es ging um meinen Vater! Wer hatte ihn getötet? Hatte man nun die Leute gefasst? Musste ich da nicht glücklich sein?

Aber, warum hatte ich einen Grund dazu? Denn mein Vater war tot! Und was konnte ihn da noch zurückbringen?

Also, ich konnte bei dieser Nachricht wirklich nicht, die Begeisterung in mir wecken.

„Verfluchte scheiße!" Schrie Mathias plötzlich auf. Stand ihm dieser Bericht so nahe? Warum wollte er es nicht einfach begreifen, dass sie nicht alle Täter festnehmen konnten.

Die Beamten, des Sondereinsatzkommandos, es ihnen nicht gelang, eine kleiner Gruppe von Gleichgesinden, nicht dingfest zumachen. Was ich nicht glauben konnte! Sah doch nach dem Bericht, zu urteile, alles so perfekt aus. Wie ein Kunstwerk, hatte sie den Wagen, der gerade Frankfurt verlassen wollte, auf der offenen Landstraße gestoppt. Und nun, nun sollte alles vergebens gewesen sein. Denn gelungen, konnte man diese Aktion wirklich nicht nennen. Denn so lange man noch von einer Gefahr ausgehen konnte, war die Innerliche Sicherheit noch immer in Gefahr. Aber, von diesem System hatte ich wirklich nicht mehr zu erwarten. Also, warum regte sich da noch Mathias großartig auf. Hatte er in dieser Hinsicht, noch etwas zu erhofft?

Noah

Ich versuchte in all dem Stadtgetümmel einen Anhaltspunkt für mich zu finden. Wo sollte ich hingehen? Dachte ich nach am Anfang, ich könnte einfach den Spuren Mathias folgen. Stand mir mehr die Sprachlosigkeit im Gesicht. Denn, was hatte Mathias dazu getrieben, mich alleine, völlig abgehenkt, in der Stadt stehen zu lassen?

„Kann ich dir vielleicht helfen?" Sprach mich plötzlich, auf der Straße stehend, eine Dame meines Alters an. Versankt - starrte sie mit ihren grünen Augen, mich mit solch einer Intensität an - was ich so noch nie erlebt hatte.

Verstört ging ich auf sie ein. Wurde ich doch von der ganzen Situation, einfach auf den falschen Fuß erwischt. So, als hätte sie auf mich gewartet.

An der Ecke stehend, hatte sie mich aus der treibenden Menschenmasse herausgezogen. Fast schon so, als hätte sie die ganze Zeit auf mich gewartet. Nicht all so weit vom KDW (Kaufhaus des Westen), das in mitten der Kurfürstenstraßen sich befand, das in unmittelbarer Nähe der Heinrich Willhelm Kirche sich befand, die zur Abschreckung zur Vergangenheit, des zweites Weltkrieges, nicht ganz wieder hergestellt wurde.

Wer war diese Frau? Welch ein Vertrauernserweckenden Eindruck hinterließ sie bei mir, dass ich ihr gegenüber nicht fremd auftrat.

„Ich bin neu hier in der Stadt!" versuchte ich mein unsichereres Auftreten zu endschuldigen. Denn eins war ich mir gleich von Anfang klar, dass ich diesen Druck der Großstadt, so noch nie an mir erlebt hatte. Vergessen, war Köln oder sogar Frankfurt. Städte, die für mich noch übersichtlich waren. Aber hier, im Mittelpunkt von Europa, da, da war alles ganz anders, wie zuvor.

„Lust, auf etwas trinken zu gehen!" Versuchte ich der Lage wieder Herr zu werden. Alles wieder nach meinem Willen laufen lassen zu wollen.

Zum Glück, kannte sie sich zum meiner Fähigkeit, zu separaten Endschlüsselung von S und U Bahnfahrplänen, sich da etwas besser aus, als ich. Und ich ihr somit nur noch hinterher laufen musste. Stress, der sich bei mir, in den voll gedrückten typischen gelben BVG Wagen, gar nicht bemerkbar machen wollte. Denn, sie war ein Bestandteil, dieses Irrenhauses, in dessen Mitte - im Kern dieser Stadt, in der sie, nach ihren Worten nach, sie seid zwei Jahren lebte. Und noch nebenbei eine Ausbildung zur Journalistin vollzog.

Eigentlich kommt sie aus der nähe von meiner Heimatstadt, was ich ihrem Dialekt schon leicht entnehmen konnte. Das sagt schon wirklich mehr, wie tausend Worte. Und jetzt, lebte sie in Berlin. Was ein Sprung in dieser Gesellschaft! Von der Ecke, in den Mittelpunkt der Gesellschaft. Anders konnte man es wirklich nicht mehr ausdrücken.

Wir fuhren vom Kurfürstendamm, bis zur Endstation Warschauer Straße durch, wo sich der Trubel, auf die äußeren Stadtbezirke, auf eine erträgliche Weise, normalisiert hatte.

Kaum waren wir aus der U Bahn ausgestiegen, spürte ich den Geist der ruhigen Art. NO Stress! Hier sah ich wirklich, mein Lieblingsstadtteil von Berlin. Wen interessierte da noch den Rest der Stadt.

Egal, was die Stadt noch für mich übrig hatte, sie hatte mich in eine, für mich, schönsten Gegenden geführt. Cafe an Cafe. Schöne Lokale, optimal, für Menschen, meiner Generation. Billig, preiswert, einfach so gemütlich, dass man gar nicht mehr „Nein!" sagen konnte.

Wir setzten uns bei diesem herrlichen Sommerwetter, draußen von eins der viele Straßencafes, das in diesem Viertel, schön um einen Paradeplatz gelegen war, der für jeglichen Veranstaltungen in diesen Viertel zu dem allgemeinen Wohl aller diente.

„Schöne Gegend, hier könnte man es sich echt schön machen!" machte sich meine Begeisterung nach meinen ersten Schluck, aus meinem kühlen Bierglas, bemerkbar. Während sie sich mit einen großen Eisbecher vergnügte. Was bei diesem Wetter, wirklich nicht mein Ding war. Und außerdem, war noch nie die Erdbeere, die Frucht, nach der meine Sinne girrten.

„Lebst du hier?" Hakte ich gleich interessiert nach. War ich mir doch in meiner Frage ziemlich sicher, dass sie im diesem Viertel ihr Reich gefunden hatte. Umso überraschender schaute ich in die Wäsche, als sie eher schüchtern mit ihren Kopf schüttelte. So, als wäre es ihr schon peinlich gewesen, dass es leider nicht so wahr, und sie hier in dieser Gegend, sich nur als Besucherin blicken lassen konnte.

„Anderswo, ist doch auch schön!" Versuchte ich die ganze Situation zu entschärfen, wollte ich doch wirklich nicht, dass sie wegen mir sich so verlegen fühlte.

„Na ja, hier würde ich immer noch am liebsten wohnen!" Unterstrich sie ihre Begeisterung für dieses Viertel. Worauf, wir Beide nur noch laut lachen konnte, denn in dieser Hinsicht waren wir uns ziemlich schnell einig geworden.

Mona war mir wirklich sehr nett zu mir! Es hatte etwas, sich mit ihr zu unterhalten. Ihre schwarzen Haare, unterstrichen die Aura, in der ihre klarvollen Augen, sehr zu Geltung kamen. Und ich, wie sehr hatte, ich sie in meine Person angezogen? Sonst hätte sie mich bestimmt nicht einfach so aus der Masse heraus angelabert. Was wirklich nicht an einem anderen Ort besser passieren konnte. Direkt vor dem Bahnhof, so als hätte sie auf mich gewartet. Unglaublich! Aber wahr! Was ich mir gar nicht so recht vorstellen konnte! Worüber ich eigentlich nie nachgedacht hatte! Zog ich es doch lieber vor, Mona in vollem Zücken zu bewundern.

Die Zeit verging schneller, wie mir das eigentlich lieb gewesen wäre. Hatte der Tag noch so absolut beschissen anfangen, fand er jetzt noch einen schönen Höhepunkt, dass dieser Tag immer in meiner Erinnerung ein Platz haben wird.

Die Abenddämmerung nahm uns mehr um mehr die Sicht. Die Straßenbeleuchtung verbreitete in den engen Straßen, eine gewisse Ruhe ein. Eine Gemütlichkeit, die die Menschen aus den Häusern zog und aufs ins Nachtleben schickte. Und bei mir machte sich so allmählich die Müdigkeit im Körper breit. Aber ich wollte nicht gehen! Ich hatte sogar im Laufe der Zeit, meine Nahrungsaufnahme auf das Materialwasser umgestellt, um den Schlafprozess in meinen Körper zu verlangsamen. Und Mona, was ging in ihr vor? Wollte sie schon gehen? Hatte sie doch schon längst ihr Eis verschlungen. Und trank jetzt schon ihr drittes Bier. Was wirklich bei dieser Sommernacht, dass beste gewesen war.

„Wenn du willst, kannst du gerne bei mir schlafen?" Eine Frage auf die ich wirklich nicht eingestellt war. Sah man mir wirklich an, dass ich wirklich nur auf der Reise war?

Denn, womit hatte ich das wirklich verdient, dass sich Mona so um mich bemühte? Ich nahm natürlich ihr Angebot dankend an! Und so dauerte es nicht sehr lange, bis wir uns gemeinsam auf machten.

Jasmin

War ich froh darüber, dass endlich die Nacht angebrochen war, und ich in dessen Schutz meine Wohnung verlassen konnte. Konnte ich doch den weiteren Geredeten von Lisa und ihrem Bruder auf die Dauer wirklich nicht mehr aushalten. Denn ich war wirklich schon dran, aus dem Fenster zu springen, denn so viel Geschleimtes, war wirklich schon selbstmordverdächtig. Dafür ging es mir jetzt umso besser! Bei dieser herzlichen Sommernacht, viel es mir nicht gerade sehr schwer, mich dazu zu überreden, mich in Bewegung zu setzten. Zum Gegensatz zur manch einer Joggingtour, vergangener Tage, die ich in manch einen Regenschauer schon beendet hatte. Aber damals, war noch damals, und heute bin ich wieder ein wenig schlauer. So machte ich mir ernsthafte Gedanken, über das, was passiert war, und wie ich dem ein Ende setzen könnte. Denn so konnte es wirklich nicht mehr weitergehen. Aber, wie würde es Lisa verstehen, dass ich nichts mehr mit ihrem Bruder zutun haben wollte. Was sie einfach respektieren musste, dass ich ihn von meinem inneren Gefühl nicht länger mehr in meiner Wohnung haben wollte. Oder sollte ich wirklich sie beide für immer stehen lassen? Was eigentlich das Beste gewesen wäre. Aber, wie sollte ich es anstellen? Denn einfach so, hier nichts dir nichts, einfach nicht mehr zu meiner Wohnung zurückzugehen, dafür war meine Lage einfach nicht kalkulierbar. So zog ich es lieber vor, den für mich passenden Moment abzuwarten. Aber, wann würde dieser kommen?

Hatte ich Angst, meine Bahn zu verlassen. Einfach mich gegen alles quer zu stellen. Denn, dass es mir in dieser Hinsicht, an genügend Mumm fehlte, hatte man mir schon bereits in meiner frühen

Jugend klar gemacht. Denn, ich nahm nicht umsonst, den alltäglichen Fahrdienst meines Vaters in Anspruch, der mich jeden Tag vor seinem Arbeitsbeginn noch schnell zur Schule fuhr.

Nach seiner Meinung nach, hätte ich mich einfach mehr durchschlagen müssen. Denn das jeder Mal von seinen Mitschülern im Bus eins auf die Nase bekommt, war doch irgendwie doch schon selbstverständlich.

Aber mich hatte es für den Rest meines Lebens geprägt. Was wäre wohl geschehen, wenn mein Vater nicht vor meiner laufenden Klasse, ein Wort für mich eingelegt hätte. Was zugleich sehr peinlich für mich war! Aber auf der anderen Seite, verstanden erstmal meine Mitschüler, unter welch einem Goldenen Dach ich lebte. Und von da an, hatte ich wirklich keine Schwierigkeiten unter meine Schülern Freunde zu finden. Aber Lisa, sie hielt immer zu mir! Sie saß seid meinen ersten Schultag immer neben mir. Bis sie selbst den Druck nicht mehr aushielt. Denn irgendwie wollte jeder mein bester Freund sein! Jeder wollte zu mir nach Hause kommen. Was mir auf der einen Seite eher sehr nervte, aber auf der anderen Seite, war es ein schönes Gefühl von der Menge auf Händen getragen zu werden. Niemand eine Rechenschaft ableisten zu müssen. Denn, was hatte ich ein Interesse mich vor meinen „Freunde" zu Erklärung zu bitten zu lassen, wenn es mal Streit gab. Denn auf einen Anrufer weniger, konnte ich wirklich gerne versichten. Mir viel das im Endeffekt gar nicht auf! Das Lisa, das Gerüst war, das alles zusammenhielt. Mich vor den Wahren einer Rebecca zu schützen versuchte, die ich in letzter Zeit wirklich gut verstehen konnte. Aber, woher kam dieser ganze Hass gegen meine Person? Woher kam nicht das Verständnis, mich in Ruhe zu lassen? Ich, dem doch alle so zu Füßen lagen. Denn, wie oft hatte ich Rebecca zu mir eingeladen? Wie oft hatte sie mich sitzen gelassen?

Ich hatte gerade meinen Weg unbeschadet fortgesetzt, als ich plötzlich an der nächsten Straßenseite nicht mehr meinen Augen trauen konnte. War sie es wirklich? Mona, zusammen mit Noah. Zwei, die ich wirklich nicht hier erwartet hätte. Was machten die Beiden hier in Berlin?

Mona, war sie immer noch in ihrer Ausbildung. Was ich irgendwie nicht glauben konnte, hatte ich doch Anfang ihrer Ausbildung ihr immer wieder Emails geschrieben, die leider immer unbeantwortet blieben. Dachte ich noch am Anfang es wäre ihr falscher Stolz mir gegenüber zuzugeben, dass sie nicht die Ausbildung beendet hatte, frage ich mich jetzt, wer war diese Person – ein Freund? Und Noah, richtig gut sah er aus. Wie sehr die Beiden miteinander umgingen. Wie sehr sie miteinander lachten. Hey, ich war doch die von uns Beiden, die es doch geschafft hatte, seine Person, auf eine bessere Stufe zu stellen. War es doch mein Plan, in all dem Trubel Noah alleine sitzen zu lassen. Und jetzt? Ich verstand die Welt nicht mehr! Lag es doch vielleicht an meiner Dummheit, so wie es meine Mutter, mir wieder in meiner gesamten Kindheit einredet hatte. Für sie war ich immer die gewesen, ohne die niemand etwas ohne ihre Hilfe, etwas erreicht hätte. Was mir mein Vater im Restaurant deutlich klar machen wollte.

Mein Vater, er hatte jemand neues in seinem Leben gefunden, der ihm dieses Gefühl, dass ihn jemand braucht, geschenkt. Aber meine Mutter, was war mit ihr?

So sehr ich in der Situation geschockt wurde, wurde ich schnell neugierig. Mit großen Abstand, und genügend Vorsicht, folgte ich ihren Spuren. Mit dem Gedanken, er dürfe mich Niemand - absolut Niemand - zu keinen Zeitpunkt sehen.

Aber irgendwie kam mir ihr Weg, bei jedem weiteren Schritt, immer mehr bekannt vor. Die Häuser, die parkenden Autos, sie kamen mir alle so bekannt vor, als wäre ich hier nie weggezogen!

Hinter einem parkenden Audi, beobachtete, ich aus vorsichtiger Distanz, wie schnell die Beiden, in die Wohnungstüre eintraten. Ich blieb noch eine Stunde in meinen Versteck, war die Neugier in mir einfach zu groß, als ich jetzt schon gehen wollte.

Gab es vielleicht die Möglichkeit an der Wohnungstüre zu lauschen? Kam ich vielleicht so der ganzen Sache auf die Spur?

Hatte ich überhaupt eine Chance zu begreifen, welch eine Rolle Noah in diesem Spiel hatte?

Aber gerade hatte ich mich dazu überwunden, mich aus meinen Versteck heraus zu begeben, sah ich in der Ferne eine ziemlich fertige Rebecca auf das Haus kommen, die wenn sie sich nicht für einen kurzen Moment unter der Straßenlaterne eine Zigarette eingesteckt hätte, ich niemals erkannt hätte.

Was ging hier vor? Wo war ich hier gelandet? Das plötzlich alle Personen, auftraten, die ich nie in diesem Spiel als Gegner vermutet hätte, sondern eher als Mitstreiter. War meine Position wirklich so wichtig, dass ich meinen Verräter in den eigenen Reihen hatte? Was ich nicht glauben konnte! Was mir einfach Angst machte. Ich ging! Ich wollte das einfach nicht verstehen, und redete mir dass alles nur ein.

In meiner Welt war doch alles so perfekt! Sie würde mir nichts antun, sie waren doch meine Freunde, und das wusste ich doch wirklich. Und nun sollte ich alles in Frage stellen?

Noah

Phillip, Monas Mitbewohner, hinterließ bei mir einen sehr intelligenten und sehr freundlichen Eindruck. Er hatte wirklich nichts dagegen, dass ich im Aufenthaltsraum ihrer Zweizimmerwohnung schlafen konnte. Das schlicht, aber recht gemütlich eingerichtet war.

Obwohl es noch nicht so spät war, hatte ich wirklich sehr mit meiner Müdigkeit zu kämpfen. Denn irgendwie schlafen wollte ich so wirklich nicht! Einfach so schön angenehm war der Tag für mich gewesen - was ich wirklich so lange nicht mehr erlebt hatte.

Wir saßen noch all zu dritt auf dem Sofa, und unterhielten über die nicht gerade großartigen, aber lockeren Themen unserer Generation. Tranken dabei die letzten Falschen Bier, die trotz ihrer Knappheit, Phillip ohne Murren aus dem Kühlschrank für uns geholt hatte! Vielleicht, war es die Freute bei ihm das wieder Mona aus Hamburg zurückgekehrt war, wo sie ein Praktikum zur ihrer Ausbildung absolviert hatte. Was nach der Aussage nach, von Phillip mehr Erfolgreich ausgelaufen sei, als man sich eigentlich unter einem Praktikum vorstellen könnte.

Mona, sie war nicht die, die sich einfach hinter einen Kopierautomat stellten wollte. Was nach ihren Worten, bei mir mehr als verständlich ankam. Konnte ich mich da doch leicht in die Rolle des Gewerblichen Haussklave leicht hineindenken. Sie hatte es sogar geschafft, mit einem Artikel recht Aufruhr zu leisten.

„Kann ich diesen Artikel mal lesen?" Fragte ich gleich nach, war ich doch sehr interessiert darauf, mit welchem Thema Mona so die Leser ansprach. Mona, sie ließ sich da wirklich nicht zweimal bitten. Nach ihren Gesichtsausdruck, war sie mehr als nur Stolz auf sich. Ein Strahlen, das mehr wie sichtbar, bei mir rüber kam. Und gerade konnte ich noch das Strahlen in ihren Augen erkennen, hatte ich auch schon eine Kopie des Artikels in meiner Hand. Und jetzt, jetzt, wurde ich mit einem Schlag nüchtern. Weg war all der Alkohol, der am diesem Abend durch meinen Körper gejagt wurde. Nicht war mehr zu spüren von all den Promillen, die sich bei mir im Kopf angesetzt hatten. War das nicht dieser Artikel, der mir schon Rebecca gezeigt hatte.

Schnell trat die Erinnerung bei mir wieder ein. Denn irgendwie war mir damals diese Frau bekannt vorgekommen, die absetzt von dem Mann so weit weg stand, dass sie mir wahrscheinlich am Anfang gar nicht richtig aufgefallen war. War ich doch wirklich mehr wie einmal bei Jasmin zuhause gewesen. Sie war es doch, die mir immer die Haustüre aufgemacht hatte. Jasmins Mutter, hatte sie in der Finanzwelt solch eine Macht, dass ihre Endscheidungen solch eine Welle durch die Republik zog.

„Diese Frau kenne ich!" Sprach ich im Unterbewusstsein auf, worauf mich Mona nur schweigend starrend anblickte, als wolle sie mich fressen.

„Die habe ich doch mal in Saarbrücken gesehen!" versuchte ich mich aus der ganzen Situation herauszuziehen. Merkte ich doch ziemlich schnell, dass das Blatt gerade vor der Wähnte stand.

„Wo?"

„Wie ich auf meiner Bank war!"

„Ich hoffe, dass sie dort nicht mehr ist!" Fluchte Mona leicht auf. Phillip, ihm entgegen, ihm war die ganze Situation ziemlich peinlich. So als hätte er Mona nicht mehr unter Kontrolle. So, als hätte mir Mona mehr erzählt, als er eigentlich wollte.

„Mir kam es so vor, als hätte sie etwas persönlich gegen sie?" anders konnte ich mir Mona plötzlichen aufbauenden Stimmungswandel nicht erklären.

„Sie ist an dem Tot meines Vaters schuld!" was ich wirklich nicht glauben konnte, war doch Mona von ihrer Stimmung her, nicht mehr zu bremsen.

„Mona, beruhig dich!" Aber Mona, sie ging nicht auf die Bitte Phillips ein.

„Sie ist…" „Mona, halt jetzt dein Maul!" fuhr Phillip ihr so gewaltig zwischen die Worte, das mit einem Schlag toten Stille in der Wohnung herrschte.

Wo war ich denn hier gelandet! War meine Anwesendheit hier mehr als Zufall?

Phillip, kam jetzt schnell aus seiner ruhigen Art heraus. Schickte er doch kurze Hand Mona auf ihr Zimmer, wo sich nur noch wütend ihre Zimmertüre hinter sich zuschlug, und sich gleich schlafen legte.

Eigentlich, wusste ich nicht so recht, was ich jetzt noch machen sollte? Denn so gastfreundlich auch der empfangen war, fühlte ich mich hier wirklich nicht mehr ganz so wolle.

„Mach dir nichts draus! Es fehlt Mona immer noch schwer, mit der ganzen Sache umzugehen." Versuchte sich Phillip zu endschuldigen. Er konnte sich wirklich schnell in meine Situation versetzten. Denn, wenn, dass so lange noch weiter gegangen wäre, dann hätte ich lieber auf einer harten Parkbank geschlafen, an was ich mich mittlerweile schon gewöhnt hatte.

Jasmin

Rebecca musste nicht lange warten, bis sie mit einer der unzähligen Mitbewohner, des Hauses, durch die Haupteingangstüre schlüpfen konnte, war doch dies die einzige Art für sie, ins Gebäude zu bekommen. Aber zu meiner großen Verwunderung, kam sie nach zehn Minuten wieder zurück, und verschwand in der Schwärze der Dunkelheit, in der großen Stadt, was für mich auch ein Zeichen, des Aufbruchs war. Denn was hatte ich hier noch wirklich zusuchen. Ich hatte das gesehen, was mir weiterhelfen konnte.

„Wo warst du denn gewesen?" Fragte mich gleich Mathias, als zurück auf meine Wohnung kam. Wollte ich doch eigentlich mir nur mal kurz die Füße vertreten, sah man Mathias die volle Erleichterung um meine Sorge an. Also, Zweifel, dass mich hier jemand an die Leine nehmen wollte, die kamen wirklich nicht bei mir auf. Stand ich außerdem noch so sehr unter dem Schock, der Erkenntnisse der letzten Stunden, dass ich selbst nicht mehr wusste, was ich überhapt denken sollte, daher legte ich mich schnell in mein Bett. Ich wollte wirklich mit Niemand mehr heute Kontakt haben.

Am nächsten Morgen, wollte mich mir nicht so recht der Kaffee schmecken. Da war es mir irgendwie recht peinlich, dass Mathias an diesem Tage, sich echt die Mühe gemacht hatte, Lisa und mir ein angenehmes Frühstück zu bereiten.

„Alles klar bei dir?" Hakte besorgt Lisa bei mir nach, die es wirklich nicht glauben konnte, wie nachdenklich ich in meine Kaffeetasse schaute. Worauf ich nur mit dem Kopf nickte. Ich war wirklich nicht für ein Gespräch bereit.

Hatte mich wirklich Noah so zum nachdenken gebracht. Er, der mir eigentlich nie großartig Sorgen bei mir ausgelöst hatte. Er, der nur als Mitläufer, von mir diente. Sah ich bei der Unterstützung seiner Person, eine Gefahr für mich und meine Person? Oder warum, ging mir alles Mögliches durch den Kopf!

„Ist wirklich alles in Ordnung bei dir?" Hakte Mathias nach einer langen Schweigepause nach, in der er mich nur lange anstarrte. War ich wirklich so durchschaubar, dass mich dieser Fremde, was für mich Mathias eigentlich war, leicht verstehen konnte. Plötzlich klingelte Mathias Handy, was für mich schon ein erleichterter Befreiungsschlag war. Mich im nächsten Moment, aus Mathias Bann gezogen hatte. Ein Moment, den ich gleich ausnutzte, um mich von Tisch zu begeben. Denn so schwer es mir auch selbst fiel, mir einzugestehen, fühlte ich mich so langsam in meiner eigenen Wohnung nicht mehr wohl.

„Hallo!" Melde sich einfach Mathias einfach am Hörer, und wurde direkt von der anderen Seite, lange und sachlich über den Stand der Dinge aufgeklärt, bevor auch schon wieder schnell den Hörer auflegte.

Gerade hatte Mathias sein Handy wieder in seiner Hosentasche verschwinden lassen, zog er auch es schnell vor, meine Wohnung zu verlassen.

Noah

Phillip lag niedergeschlagen auf dem Fußboden, und Mona, war in der Wohnung nicht auffindbar. So hatte ich mir wirklich den Morgen wirklich nicht vorgestellt. Gerade aufgestanden, kam ich mir trotzdem so vor, als läge ich noch im Tiefschlaf. Was ging hier vor? Wie sollte ich auf Phillip eingehen, der neben einer zerschlagenen Vase vor mir lag.

„Wir müssen so schnellst wie möglich hier raus?" Sprach plötzlich Rebecca auf, die für mich total unerwartet aus Monas Zimmer kam.

„Was machst du denn hier?" machte ich schlagartig meine Verwunderung frei. Wurde ich doch durch ihr plötzliches Erscheinen völlig überrumpelt. „Wir müssen jetzt gehen!" Schrie mich Rebecca lautstark an, und ging daher erst gar nicht auf meine Frage ein.

Wie eine Verrückte zog sie mich am Ärmel auf der Wohnung, so, als wäre der Teufel hinter uns her. Was mich sehr verwunderte! Mir die Fragen nur so durch den Kopf schießen ließen. Wer war diese Mona? In welch einer Wohngemeinschaft, war ich hier überhaupt gelandet? Frage, über Frage, die mir die Unsicherheit durch die Knochen jagte.

Wie von Sinnen, rannten wir von dem Treppenhaus heraus, ins Freie. Sprangen in einen silbernen neuen VW Golf, der mit laufenden Motor, auf die andere Straßenseite auf wartete. Schnell übernahm Rebecca das Lenkgrad, während ich eher ohnmächtig auf dem Beifahrersitz platz nahm. So schnell ging dies alles! So schnell wurde ich von der ganzen Situation überrannt - was ich eigentlich eher nur aus einem James Bond Film kannte.

Mit durchdrehenden Reifen, machten wir, dass wir von diesem Ort so schnell wie möglich wegkamen. Fort von der Gefahr, dessen Bekanntschaft Rebecca unbedingt vermeiden wollte.

Unverzüglich suchten wir die Deckung in dem pendelten Stadtverkehr, indem wir uns sicher fühlten. Und wir wieder im Gedrosselten Tempo unsere Fahrt fortsetzen konnten. Aber trotzdem fuhren wir aus Sicherheitsgründen zwei Stunden quer so durch die Stadt, bis wir uns absolut sicher sein konnten, dass uns niemand verfolgte. Was ich eher mit einem Schweigen hinnahm. So tief steckte der Schock noch in mir, dass ich absolut nicht zum reden breit war. Rebecca hingehen, sie konzertierte sich voll auf den Verkehr. Immer wieder blickte sie in den Rückspiegel, und sich zu vergewissern, dass uns auch niemand folgte.

Plötzlich parkte sie den Wagen in der Nähe von dem Bahnhof, Zoologischer Garten. Und ich mich im nächsten Gedanken, mich im nächsten Zug sitzen sah. War wirklich die Zeit dafür schon angetreten, meine Reise fortzusetzen?

Rebecca machte sich nicht gerade die Mühe, ihren Wagen abzuschließen. Sie ließ eher zu meiner großen Überraschung den Autoschlüssel stecken. Und so rannten wir gleich in die nächsten U Bahnstationen, die sich weit abgelegen vom Bahnhof befand.

In der U Bahnstation angekommen, wartete bereits die U Bahn auf uns, wo zu meinem Glück nicht gerade der Betrieb herrschte. Zu peinlich wäre es für mich gewesen, wenn man mir die ganze Unsicherheit am Körper angesehen hätte, was eher für Rebecca einer ein Sicherheitsrisiko gewesen wäre.

Gerade hatte wir platz genommen, wurde mir zum aller ersten mal richtig klar, wie schnell mein Herz schlug. Mit einer Kraft, als hätte ich gerade einen hundert Meterlauf hinter mir gebracht.

Also, dass war die pure Angst, die einen Mensch in den Warn ziehen konnte. Mir die Minuten zu Stunden werden ließ - mir die kurze Fahrt mit der U Bahn schon, wie eine Weltumsegelung erschienen ließ.

Wir stiegen im Berliner Stadtbezirk „Kreuzberg" aus, und beendeten unsere Flucht in der dritten Etage eines in der nähe liegenden Mehrfamilienhaus, dass sich in unmittelbarer Nähe der U Bahnstation befand. Wir hatten uns in eine Zweizimmerwohnung zurückgezogen, die sich Rebecca nach ihren Angaben, für einen Monat zwischen gemietet hatte. War doch der eigentlich Eigentümer der Wohnung, in dieser Zeit zurück zu seinen Eltern in die Staaten geflogen. Und so sah auch die Wohnung aus. Eine wirklich nicht übersehbare, Nationalflagge, die wirklich für jeden sichtbar, über dem Sofa hang. Was für mich schon recht sonderlich war! In der Wohnung des Feindes suchte Rebecca unterschlupft. So als bitte Hitler Stalin um Asyl. Was wirklich mehr als sonderbar klingt - überhaupt nicht realistisch! Rebecca, war wirklich jedes Mittel recht, um uns aus der Schutzlinie zu bringen.

Während ich mich auf dem breiten grünen Sofa niederließ, das direkt unter der Flagge stand, vergewisserte sich Rebecca, auch aus dem Fenster blickend, dass uns auch niemand verfolgt hatte.

„Kannst du mir mal sagen, was überhaupt los ist?" Brach ich nach langem, mein Schweigen, bekam ich doch so allmählich wieder die Ruhe in mir, die ich zum nachdenken brauchte.

„Sie sind hinter uns her?" stotterte Rebecca mit verzogener Sprach auf.

„Wer ist hinter uns her?" Konnte ich es doch irgendwie nicht glauben, was sie mir da verständlich klar machen wollte.

„Die freie Generation!" Mit der ich auch in Frankfurt und Köln manch ein Erlebnis hatte. Und gleich wieder bei mir die Gedanken, über das letzte Gespräch, mit Rebecca, hochkamen. Was wollte sie noch dort von mir? Mein Geld! Das mit mir Jasmin geteilt hatte. Das konnte sie vielleicht von ihr holen, aber von mir bekam sie keinen einzigen Pfennig. Und das wusste auch Rebecca ganz genau. Oder? War das wieder eins ihrer neuen Spiele?

„Rebecca, willst du mich verarschen?" Machte ich meine Zweifel laut. Kam mir dies doch so allmählich zu Kindisch vor.

„Merkst du denn nicht, dass du nur ein Spielball das Systems geworden bist!"

„Was meinst du damit?" Hakte ich nach einer langen Bedenkzeit nach, in der es mir schwer viel, diese Worte richtig einzuordnen.

„Wie blöde bist du eigentlich! Ist dir wirklich noch nichts aufgefallen!"

„Was meinst du damit?" kehrte doch bei mir wieder die Unsicherheit zurück.

„Das, dass hier alles nur ein Spiel ist. Man hat es doch nie auf „dein" Geld abgesehen!"

„Auf was dann?" Konnte ich es doch nicht so recht glauben.

„Auf Jasmin!" Was in mir wie eine Bombe einschlug.

„Was ist mit Jasmin?" Hakte ich nach einem Moment der Befangenheit nach. Aber so sehr ich mich nach einer Antwort gesehnt hatte, Rebecca, sie schwieg. So, als wolle sie sich nicht mit diesem System anlegen.

Jasmin

Ich machte mir wirklich keine Gedanken, wo Mathias hingegangen sein konnte. Ich war nun wieder froh, mit Lisa alleine in der Wohnung zu sein. So eingeklemmt fühlte ich mich in Mathias Gegenwart, dass mir meine eigene Wohnung schon wie mein eigenes Gefängnis vorkam. Und Lisa, sie schaute noch immer sehr betrübt ihren Bruder hinterher, wohl dieser schon seid einer Stunde die Wohnung verlassen hatte. Sie hinterließ schon eher den Eindruck, als wäre es ein Abschied - vorüber ich nur lachen konnte. Denn sie waren Beide noch so jung, dass man in dieser Hinsicht, darum wirklich keine Gedanken machen musste.

Ich lag mit verschlafenen Augen wieder im Bett, war doch die Nacht nicht gerade sehr lange für mich gewesen. So sehr hatte sich Lisa mit ihrem Bruder unterhalten, dass es für mich sehr schwer war, für längere Zeit durchzuschlafen.

Wie ein Geheimrat saßen die Beide zusammen. Lisa, sie redete so lese mit ihrem Bruder, dass es für mich wirklich unmöglich war, zu erfahren, über was sich die Beiden unterhielten. Was mich nicht so sehr interessiert hatte, wie es eigentlich sein sollte. Aber jetzt, wusste vielleicht Lisa, wo ihr Bruder hingegangen war.

Gerade hatte er das Telefongespräch beendet, war Mathias jetzt auch schon weg. Was muss das für ein Grund gewesen sein, dass er seine Schwester einfach so stehen ließ?

Ich schlief bis in den späten Mittag hinein, was mich selbst verwundert hatte. Im doppelten Sinne, wo war Lisa, die zu meiner großen Überraschung nicht mehr in der Wohnung auffindbar war, als ich aufwachte. Keine Spur von ihr, war in der Wohnung zu entdecken.

Ich hatte mich gerade vor meinen Fernseher gesetzt, da klingelte es auch schon bei mir an der Haustüre. Und gleich, war mein Gedanke wieder bei Lisa. War sie doch meines Erachtens lang genug weg gewesen.

Noah

Eigentlich wollte ich mir nur ein wenig die Füße vertreten, ging mir doch Rebeccas Heimlichkeiten, nun gewaltig an die Nerven, brauchte ich doch jetzt wirklich mal meine Zeit für mich, um über alles nachzudenken.

Was wollte dieses Weib mir eigentlich damit sagen! Wer hatte es hier auf Jasmin abgesehen? Und warum überhaupt? Kannte ich sie doch so gut, dass ich ohne Bedenken, meine Hand für sie ins Feuer legen würde. Also, wem hatte da Jasmin schon auf die Füße getreten. Sie war doch die Liebe, die nie in der Lage gekommen wäre, sich mit diesem System anzulegen. Also, was sollte ich mit Rebeccas Märchenstunden noch anfangen.

Ich musste raus hier! Ich brauchte mal ein wenig Abstand. Raus aus der Wohnung. Spazierte ich um den Block, denn zu dieser Stunde, wollte ich nur noch für mich alleine sein. Während sich Rebecca auf Sofa niederließ. Sah man doch ohne große Mühe ihre Müdigkeit ihr im Gesicht stehen.

Was hatte Rebecca eigentlich zurück nach Berlin getrieben? Woher wusste sie eigentlich, wo ich war? Frage, um Fragen, die mich einfach nicht loslassen wollten! Was war das überhaupt ein System, von dem wir hier überhaupt redete wurde. Diese „freie Generation"?

Ich war gerade wieder an der Haupteingangstüre angekommen, wo mir gleich die Türe durch einen heraustretender jungen Mann geöffnet wurde, der gerade das Gebäude verließ. Der mich bei durchschreiten so angeschaut hatte, dass mir sein Blick einfach nicht entgehen konnte. Provozierend! So als wolle er mich vernichten! So, als wüsste er, wer ich war. Ein Anblick, den man nur weichen musste.

An der Wohnungstüre angekommen - die ich gleich sehr vorsichtig öffnete, wollte ich doch auf keinen Fall Rebecca aus ihrem Schlaf reißen, wusste ich doch nur zu gut, was sich bis dahin schon alles durchgemacht hatte.

Ich verhielt mich wirklich so leise, wie ich es nur tun konnte. Schloss vorsichtig die Türe hinter mir zu. Lief auf Zehenspitzen durch die Wohnung. Doch plötzlich, für einen kurzen Moment, in den ich nicht aufgepasst hatte, schmiss ich bei einer seitlichen Drehung ein Stapel CDs vom Schreibtisch. Aber so viel Lärm auch in der Wohnung entstanden war, Rebecca sie ließ sich nicht dadurch aus ihren Schlaf reizen, was mich schon ein wenig verwunderte. War sie wirklich so mühte gewesen? Verwundert beugte ich mich über sie. Wie sanftmütig sie ihre Augen geschlossen hatte. Friedvoll. Wie ein kleines Kind, lag sie vor mir.

„Rebecca, bist du wach?" Flüsterte ich ihr aus direkter Nähe sanftmütig ins linke Ohr. Aber nichts bewegte sich - hätte ich doch schon längst senkrecht im Bett gestanden.

„Rebecca, bist du wach?" Nichts bewegte sich. Sanftmütig streichelte ich ihr Haar. Glitt mit meiner Hand ihr durch Haar, sanft an Hals endlang. Kein Plus! Ich konnte es nicht glauben. Schreckhaft schaute ich auf. Verschreckte ich drein! Versteinert versuchte ich sie doch wachzurütteln. Aber nichts geschah. Absolut nichts! Keine Regung, kein Zeichen, dass mir den Schrecken nahm. Rebecca, sie war tot!

„Noah, was machst du hier?" schrie Jasmin gleich verschreckt auf, als sie mir ihre Wohnungstüre aufmachte.

„Wir müssen sofort weg hier!"

„Was ist los?" kam das doch alles ein wenig so schnell auf sie los.

„Wir müssen nur weg hier?" da zog ich Jasmin schon an ihrem Ärmel.

Jasmin

Auf dem Beifahrersitz, eines VWs Golf, der Wunderweise im Bahnhof, Zoologischer Garten, auf uns gewartet hatten, fuhren wir nun mit durchgedrehtem Gaspedal von Berlin weg. Lag ich noch vor einer Stunde, mit bester Laune in meinem warmen Bett, verstand ich nun beim besten Willen die Welt nicht mehr.

War das die Vorhut zur Hölle? Wohin sollte unser Reise jetzt noch führen? Was hatte Noah wieder an meine Seite geführt?

„Rebecca ist tot!" murmelte Noah immer wieder vor sich auf. „Rebecca ist tot!" ich konnte es nicht mehr hören.

„Was ist los?" fuhr ich Noah an, hatte ich doch, seid seinem plötzlichen Erscheinen, bei mir vor der Wohnungstüre, kein einziges Wort mehr gesprochen.

„Rebecca ist tot!" wiederholte er sich wie in im rausche, immer und immer wieder!

„Kannst du dich mal genauer ausdrücken?"

„Jasmin, sie wollen dich umbringen?"

„Wer will mich umbringen?" konnte ich doch das beim besten Willen einfach nicht verstehen.

„Die freie Generation!"

„Wer?" Jetzt hatte wohl Noahs Märchenstunden angefangen.

„Die freie Generation!" wiederholte sich Noah, ohne eines kurzes Blickes an mich zu richten. Noah sah man die Panik im warten Sinne des Wortes, im Gesicht an. Er machte gerade so, als wäre der Teufel persönlich hinter ihm her war? So, als wüsste er, mit wem er sich da angelegt hatte.

„Willst du mich verarschen!" Ich hatte es wirklich satt. Ich wollte so schnell wie möglich, wieder zurück in meine Wohnung, nach Berlin, wo ich vor diesem Schwachsinn nur meine Ruhe hatte. Sollte er doch hingehen, wo Noah wollte, ich hatte meine Ruheort gefunden.

„Nennst du das hier, die Verarsche!" und da hatte ich auch schon im nächsten Moment, irgendein Notizbuch auf meinen Beinen liegen, mit dem ich anfangs eher gar nichts anfangen konnte.

„Was ist das?"

„Rebeccas Notizbuch!" das ich gleich in meinen Besitz nahm. Ich war neugierig geworden. Ich wollte wissen, nach welche Regel, wir gespielt hatten. Einfach erfahren, wer unser Gegner war. Hatte ich noch am Anfang gedacht, ich befände mich in einer freien Gesellschaft. Schlug es mir bei durchlesen jeder weiteren Seite, regelrecht den Boden unter den Füßen weg.

Warum hatte mir das Rebecca antun wollen? Sie, die doch immer so in meiner unmittelbaren Nähe, in Saarbrücken gewohnt hatte? Warum wollte sie, dass ich unbedingt diese Reise antreten wollte? Ich verstand, wirklich die Welt nicht mehr! Ich konnte es einfach nicht begreifen, dass solch eine Person, solch einen Hass gegen mich aufgebaut hatte.

Dachte ich noch am Anfang, es wäre die normale Rivalität, die nun mal an den Schulen unter den einzelnen Schüler herrschte.

Warum hatte sich Rebecca so darum bemüht meinen Vater in Köln umzubringen? Sie hatte ihn noch nie kennen gelernt, geschweige noch nie gesehen. Also, warum dieser Hass? Wegen seiner neuen Liebe?

„Wo hast du dieses Buch her?" Hakte ich in mitten bei durchblättern der einzelnen Seiten, nach, blieb mir doch beim durchlesen jeder weiteren Seite immer mehr die Spucke weg.

„Ich habe es in Rebeccas Seitentasche wieder gefunden, kurz nachdem, ich mich zu dir aufgemacht hatte." Jetzt war ich richtig geschockt. Und Noah, er hatte recht gehabt! Da stand sie, meine letzte Adresse in Berlin. Wie konnte sie die nur herausgefunden habe? Wer war zum fuck, war, die freie Generation!"

Noah

Stillschweigend saß Jasmin neben mir. Wie versteinert durchblätterte sie Rebecca Notizbuch. Deren Inhalt sie noch am Anfang für einen Witz gehalten hatte. Aber nach ihrer Reaktion zufolge sie langsam verstand, in welch einem Spiel ihre Person hier verbunden war. Aber welch eine Rolle, ich in diesem Spiel hatte? Dass wusste ich selbst beim besten Willen nicht. Auf diese Frage, fand ich keine Antwort in Rebeccas Notizbuch. Standen sie vielleicht auf den letzten zwei Seiten, die herausgerissen wurde. Oder wusste etwas, die Person, die im vorderen Telefonverzeichnis, so durchgestrichen wurde, dass man sie beim besten Wille nicht mehr entziffern konnte. Oder gehörte das alles noch zu dem Spiel, das hier noch nicht zu Ende war?

Nach der letzten Notiz von Rebeccas Buch zufolge, folgten wir der Spur, die uns weiterhelfen konnte? Aber, würde es Jasmin verstehen, dass ich den letzten Akt unserer Reise, in unserer Hand hatte. Oder, sollte ich sie zurück nach Berlin bringen? Sollte ich mich von dem allem abdrehen? Hatte ich überhaupt da noch eine Chance, mich von dem Spiel abdrehen?

„Wo fährst du denn hin?" Das war die Frage, vor der ich die ganze Zeit Angst hatte.

„Zu deiner Mutter!"

„Was?" Schrie Jasmin laut auf, sie konnte es so wenig glauben wie ich selbst!

Jasmin

Ich wusste nicht, was ich sagen sollte. Ich wusste nicht, wie ich auf die ganze Situation reagieren sollte. Wir waren auf den Weg, zu meiner Mutter. Wie konnte mir das Noah nur antun. Musste das wirklich sein? Was hatte sie mit der ganzen Sache zutun? Lag es an den zwei letzten herausgerissenen Seiten, von Rebeccas Notizbuch. Beschrieben sie den Weg zu meiner Mutter, die es in ihrem Leben nie leicht hatte. Oder vielleicht lag es an die Beziehung meines Vaters, mit seiner neuen Flamme. Oder war sie ganz auf meine Person ausgerichtet? Fragen, von denen ich absolut keine ernst nehmen konnte. Aber Noah, er wollte eine Antwort! Er wusste, dass wir um diesen Weg nicht mehr drum herumkamen. So gerne er mich nach Berlin zurückgefahren hätte, verstand ich sehr schnell, dass der Höhepunkt all der Folter wirklich nicht unumgänglich war. Ich musste einfach mit meiner Mutter reden. Sie kannte die Antwort! Sie wusste, was hier gespielt wurde. Sie verstand, warum Rebecca sterben musste.

So sehr ich Saarbrücken in meiner Jugend geliebt hatte, kam mir sie bei jeden weiteren entgegenkommenden Kilometer, mehr wie die „Hölle" vor. Es war der Ort, an dem alles begonnen hatte. Sollte es nun hier wieder enden?

Bei der weiteren Fahrt, sprachen wir kein weiteres Wort mehr miteinander. Jeder konzertierte sich voll auf sich selbst. Auf das, was ihm durch den Kopf ging. Auf das, was bis dahin durchgemacht hatte. Versuchte ich einen Anhaltspunkt zu finden, der uns zu diesem Weg gefunden hatte.

Mit zunehmendem Herzschlag fuhr Noah von der Saarbrücker Stadtautobahn, und wir näherten uns schnell, durch den dichten Stadtverkehr, meinen Familienhaus, bei dem ich noch bei meinen letzten Besuch, vor verschlossenen Türe gestanden hatte.

Mein Herzschlag erreichte seinen absoluten Höhepunkt, als wir bei einbiegen in unsere Einfahrt, ich Licht in unserem Haus brennen sah. Nun wusste ich, dass absolut keine Weg mehr dran vorbei führte!

Noah ging es nicht gerade viel besser, wie mir, als ich auf die Türklingel drückte. Und wir mussten nicht all so lange warten, bis meine Mutter uns die Türe öffnete. Mit einem Blick, als hätte sie uns schon längst erwartet. Als wüsste sie, warum wir hier waren. „Kommt herein!" Forderte sie uns gleich in die Küche. „Ich muss euch etwas sagen!" jetzt war der Punkt gekommen, wo das letzte Stück unseres Puzzles gefallen war. Hatte es etwas mit meinem Vater zutun? Denn ich konnte es wirklich nicht glauben, dass meine Mutter nicht in Trauer um den Mann war, mit dem sie zwanzig Jahre verheiratet war. Kein Bild, das an ihn erinnerte, war in der Wohnung zu sehen. Er schien mir so, als hätte sie meinen Vater, ganz aus ihrem Leben gestrichen.

„Was ist los?" Startete ich blind das Gespräch, wusste ich doch selbst nicht, was ich sagen sollte.

„Das ich seid kurzen wieder neu verheiratet bin!" Was ich nicht als die Lösung meines Problems sah. Viel es mir doch zunehmend schwer, Real und Unreal zu unterscheiden.

„Kennst du eine Rebecca Schönhäuser?" wechselte ich schlagartig das Thema, wollte ich doch die Sache so schnell wie möglich auf den Punkt bringen!"

„Schönhäuser, der Name sagt mir was! Hat ihr Vater nicht mal in der Saarbrücker Fiale gearbeitet!" fuhr meine Mutter fort, die wenn es um ihre Mitarbeiter ging, immer ein gutes Gedächtnis hatte.

„Was ist mit ihr?" hakte meine Mutter interessiert nach, die meinen schlagartigen Themenwechsel einfach verstehen wollte.

„Sie ist tot. Sie wurde umgebracht!" brachte ich die Sache gleich auf den entscheidenden Punkt. Und Noah, er saß schweigend neben mir. Ihm sah man die Erleichterung mir gegenüber im Gesicht stehen, dass ich das Gespräch mit meiner Mutter übernommen hatte.

„Wie dass?" Was eher meine Mutter mit nüchterten Stimme, ohne jegliche Mitgefühl zu Kenntnis nahm.

„Es hätte mich auch nicht gewundert? Es war Typisch für diese Familie!" Was mir jeglichen Sinn zur Realität nahm. Wie konnte meine Mutter so etwas sagen. Wie konnte sie das so unberührt lassen. Hatte sie nicht vergessen, dass ihr Mann gerade umgebracht wurde.

„Was ist so typisch, für die Schönhäuser?" Antwortete ich eher aus dem Unterbewusstsein heraus. Denn in diesem Ton meiner Mutter gegenüberzusitzend - die für mich in dieser Situation eine fremder Mensch war.

„Ach, Herr Schönhäuser, war eher der Loser, der geborenen Versager! Wer konnte schon diesen Namen für ernst nehmen. Wer konnte schon diesen Mann Verantwortung in die Hand drücken. Es war wirklich die beste Endscheidung, dass ich diesen Menschen, so schnell wie möglich endlassen hatte!"

„Rede nicht solch einen Schwachsinn!" fuhr ich meiner Mutter ins Wort, die mehr um mehr, mir immer fremder wurde.

„Ach, was kann ich dafür, wenn sich dieser Schwachkopf das Leben nimmt!"

War das der Grund, der Rebecca dazu getrieben hatte, all diesen Hass gegen mich aufzubringen. Aber, warum gegen mich! Und was hatte das mit der „freien Generation" zutun? Warum war jetzt Rebecca tot? Denn das war bestimmt nicht, ein Teil ihres Planes!

„Mutter, was hast du getan?" Ich konnte es einfach nicht glauben, dass sie so kalt dachte. Noah schaute meine Mutter so an, als hätte er verstanden, warum meine Mutter so gehasst wurde. Er, er hatte sich bestimmt mit Rebecca mehrmals tiefgängig unterhalten. Noah verstand Rebecca, in der Person meiner Mutter. Sie wusste, um was es in dem Geschäft ging. Was spielte da noch Mitgefühl für eine Rolle? Eine Tatsache, die ich nicht glauben – einfach nicht verstehen konnte. War das die Demokratie, die wir so in der Schule vermittelt bekommen hatten. Sollte das die Freiheit eines Landes sein, in der ich meine Zukunft planen sollte? Wer war ich – gehörte ich dieser Generation an, die sich das antun sollte. Hatte wir nicht – unsere Generation, dass Recht auf die Freiheit? War das der Grund, für den Kampf, für den Rebecca stand. Aber, was war der Grund, warum Rebecca sterben musste! War sie selbst zum Feind ihrer Generation geworden war?

Noah

Dieses Miststück, ich konnte ihr wirklich nicht mehr in die Augen schauen. Wusste sie überhaupt, was sie da von sich gab? Rebecca, sie war tot, und sie nahm das so hin, als wäre es das normalste der Welt. Aber eins, verstand ich in der ganze Sache nicht, warum spielte ich da eine Rolle in diesem Spiel. Warum suchte Rebecca meinen Kontakt? War es wirklich nur mein Geld? Ich verstand wirklich die Welt nicht mehr! Ich wusste nicht mehr, wem ich noch vertrauen konnte? Ich stellte mir alles in frage was mir nur durch den Kopf ging.
Ging jede Person durch, die mir in der letzten Zeit über den Weg gelaufen war. War das normal? Dieses Mistrauen, von meiner Seite. Gehörte das zu dem Spiel? Gehörte das zu unserer Gesellschaft, dass jeder nur noch seinen Weg suchte?
Plötzlich klingelte es an der Haustüre. Was Jasmins Mutter eher mit Erleichterung zur Kenntnis nahm. Es schien mir so, als wäre es die Lösung all ihrer Fragen. Es schien so, als wäre es der Erlöser mit all seiner Macht, dem sich mich unbedingt gegenüber stellen wollte.
Ich wollte es wissen – ich wollte die Antwort auf all meine Fragen?
Missmutig, mit immer kleiner werdenden Schritten ging ich auf Haustüre zu. Mit zunehmendem Pulsschlag, vermied ich es erst durch den Türspion zu schauen. Ich hatte wirklich keine Angst mehr davor - denn nach all meiner Erfahrungen, war ich wirklich auf alles vorbereitet.
Wie der letzte Krieger drückte ich den Türgriff nach unten und zog mit einem Zug die Türe auf. Denn die Zeit des Warten, sie war hier und jetzt vorbei. Ich war am Ziel angekommen.
„Was machst du hier?" Nein, diese Person, sie musste man mir wirklich nicht mehr vorstellen.
„Noah, ich kann dir alles erklären!" versuchte er sich von seiner Schuld bewusst, bei mir zu endschuldigen.
„Ich glaube, da gibt es nichts mehr zu erklären!" Jetzt verstand ich hier, um was es die ganze Zeit ging. Es war „die Macht!", „die absolute Macht". War das noch normal? Sollte man da noch was sagen?
„Mein Junge…." „Vater, halt einfach deine Klappe!" fuhr ich ihm ins Wort, ich konnte jetzt wirklich keinen mehr glauben.

Jasmin

Wie ein Bekloppter zog mich gleich Noah aus der Küche heraus. Er hatte seiner Meinung mehr gesehen, als ihm eigentlich lieb gewesen wäre. Er konnte meine Mutter mittlerweile schon so gut einschätzen, dass er die Bindung zu seinem Vater sich leicht erklären konnte.
War das vielleicht der Grund, warum Noah zu mir in die Bank kam. War das der Weg, der Verbindungen, der ihn zu mir führte?
Es war klang verständlich, dass sein Vater, es in seinem Amt, es nie so weit geschafft hätte können, wen er nicht die Hilfe meiner Mutter gehabt hätte, die in der Wirtschaft, da ein wichtiges Rolle spielte! Und andersrum ging es bestimmt nicht anders. Und das nannten die Beiden liebe!
War das die Story - war das der Grund, von dem Zeitungsbericht, den Mona während ihrer Ausbildung zu diesem Ruf verholfen hatte. Machte sie dies zu einer guten Journalistin? War das der Grund, warum Mona so Rebecca verhalf. Sie hatte für sie herausgefunden, wer an dem Tot ihres Vater wirklich Schuld war.

Fünfter Teil

Noah

Es klang schon mehr als verwunderlich, fast wie ein gespieltes Drama. Mein Vater zusammen mit Jasmins Mutter in einer Beziehung. Was würde meine Mutter dazu sagen, wenn ich ihr dieses Bild beschreiben würde. Hatte sie doch seit der Trennung von meinem Vater, eher ihr Leben wieder abseits von all dem politischen Leben, von dem meines Vaters, wieder ganz auf sich selbst gerichtet. So schwer sie auch mit ihrem eigenen Lebensalltag zu kämpfen hatte, zog es lieber den Sozialen Abstieg gegenüber, dem Leben meines Vaters vor, der von innenpolitischen Intrigen nicht genug bekommen konnte.

Aber das ich zum Spielball meines Vaters wurde, dies, viel mir schwer wirklich zu glauben. War ihm die Macht wirklich so wichtig, dass er sogar dafür seinen eigenen Sohn aufs Feld schickte?

„Was sollen wir jetzt machen?" hakte ich versteinert bei einer Jasmin nach, die wie angefesselt bei mir auf dem Beifahrersitz saß.

Verängstigt blickte sie zu mir herüber, mit einem Blick, der mein seelisches Dasein beschrieb – mich einfach nicht schlau machte – mir die Angst unkontrollierbar erschienen ließ. Mich durch einen zeitlosen Tunnel fahren ließ.

Vorbei an den zahlreichen Ausfahrten, die ich unbeeindruckt an mir vorbeiziehen ließ, drückte ich im Unterbewusstsein, getrieben von meinen Gedankenfluss, das Auto an sein Limit seiner Tragfähigkeit. Ohne Rücksicht – ohne Einsicht, auf meine Umwelt. So verging Stunde für Stunde.

„Fahr da rein!" schrie plötzlich Jasmin so laut auf, dass ich echt Mühe hatte, nicht das Steuer zu verreisen. Ich musste gewaltig in die Eisen gehen. Fast hätte ich sich der laufende Verkehr bei mir im Heckteil wieder getroffen, was mir eher am Arsch vorbeiging, war mir doch längst den Sinn der normalen Realität schon längst verloren gegangen.

Ich wusste es wirklich nicht, was Jasmin auf einem Autobahnrasthof wollte, war doch der Tank nach meinem Display noch mehr wie halb voll. Aber vielleicht musste sie ja nur auf die Toilette gehen. So hielt ich vor der dich gefühlter Raststätte, auf der sich zu diesem Zeitpunkt, sich ein Meer von Reisenden eintraf. Da konnte man echt von einem Wunder sprechen, dass ich zwischen all den zahlreichen Lkws, die ihre gesetzlichen Ruhezeiten einhalten mussten, noch ein freien Platz fand, der sich zu unserem Glück, von all dem Trubel so weg befand, dass ich in den Fängen der treibenden Menge, eine sichtliche Ruhe genießen konnte. Aber hatte das alles noch einen Sinn?

Jasmin

Wo war ich hier überhaupt gelandet? Eigentlich wollte ich nur eins – nur für mich alleine sein! Weg von all meinen Probleme! Weg von all meinen Sorgen! Weg von all meinem Übel – musste ich meinen Weg alleine durchstehen.

Auf dem Rasthof, wollte ich am Anfang, nur frische Luft schnappen. So machte sich in den Storm meiner Gedanken, in all meiner Panik breit. Ich konnte – ich wollte Niemand mehr trauen. Ich wusste nicht, wo mein Kopf stand, was ich - denken – reden – oder – ich hatte wirklich keine Ahnung!

Eingeschlossen in der Damentoilette, saß ich auf der zugeklappten Toilette, in meiner Kabine. Hielt meinen Kopf, auf meinen Knien abgestützt, in meinen Händen. Abgeschottet von all dem Trubel, saß ich alleine da und versuchte mich wieder neu zu fangen. Meine Gedanken neu zu ordnen – in einem Raum, in dem die Zeit nur daher schritt.

Hatte sich die heutige Gesellschaft so verändert, dass wirklich jeder gegen jeden kämpfte. Niemand - wirklich Niemand mehr trauen konnte.

Gesellschaft unabhängig, konnte der eine mit dem anderen kein Wort mehr reden – oder wollte das Niemand mehr?

War der Hass der Elite so groß? Oder war die Elite, die, die sich die Gesellschaft nach ihren Reformen ganz nach ihren eigenen Wünschen so zu Eigen machte, dass niemand nach ihnen greifen konnte. War es das, was mir dieser Weg erklären wollte? War dies der Grund, warum mein Vater sterben musste? War er das Werkzeug meiner Mutter – war er das Instrument, der gesellschaftlichen Veränderung? Der zu seinem Übel die Fronten gewechselt hatte.

Wer er doch immer der kritische Mensch in seiner gesamten beruflichen Laufbahn, bis zu der Hochzeit mit meiner Mutter, gewesen, der er zu liebe seine Kritik an der heutigen Finanzwelt einstellt hatte. Das Lager von heute auf morgen gewechselt hatte. Er zu einem anderen Menschen wurde.

War doch mein Vater noch am Anfang ihrer Beziehung eher ein Journalist, dessen Fähigkeiten, ohne die Hilfe meiner Mutter, nicht zu dieser Position gekommen wären, die er heute nun mal besetzt hatte. Aber was hatte das mit Noahs Vater zutun?

Plötzlich hörte ich Noahs Stimme, mit dessen erscheinen ich überhaupt nicht gerechnet hätte. Schnell stellte ich mich so auf die Toilette, dass, wenn er unter die Kabine durchgeschaut hätte, nicht meine Füße gesehen hätte.

So sehr stand ich ihm mit meiner Vorsicht gegenüber, dass ich keinen Mucks von mir gab, bis er, zu meinen Glück, schnell wieder verschwand, wusste wir beide doch, dass es von nun an das Beste war, von hier an getrennte Wege zu gehen.

Noah

Ich konnte dieses Weib wirklich nicht verstehen! Befand sie sich vielleicht wieder in ihren Wechseljahren, oder was ging ihr da für eine Nummer durch ihren Kopf? Denn so hatte ich sie wirklich noch nie erlebt! Von dieser Jasmin hatte ich jetzt endgültig die Schnauze voll. Sollte sie doch hingehen, wo der Pfeffer wächst – mit ihren scheiß Gefühlen, die mir echt aus den Hals kamen. Ihr Verständnis, von dem ich nichts verstand! Meine Bildung wahrscheinlich nicht die aller beste war! Aber, leck mich! Ich ging zurück zu meinem Auto - dass Auto von Jasmins Mutter - das jetzt mir war. Mit dem ich nur noch verschwinden wollte. So schnell wie möglich. Nur noch weg von hier.

Aus einem Schrei vor Wut und Verzweifelung ließ ich den Motor aufheulen, und trat dann auch schon das Gaspedal durch, und verließ mit einer Vielzahl Kopfschüttelten Blicke die Raststätte. Und konnte erst wieder tief durchatmen, als ich meine Fahrt wieder vorsetzen konnte, wusste ich doch nur zu gut, dass das schlimmste mir noch bevorstehen würde.

Sechster Teil

30.12.1999

Jasmin

Es war schon verwunderlich! Für einer der letzten Tag des Jahrtausend, mit dem nun das laufende Jahrtausend so langsam seinen Ende einläutete. Wenn ich da nur an das letzte Jahrhundert denke, zieht sich schon mein Körper zusammen.

Zwei Weltkrieger, zahlreichen Staatskrisen, und ein nicht vergessener Kalter Krieg. Stand es nun der Menschheit offen, für das nächste Jahrtausend aus ihren alten Fehler zu lernen.

Und bei mir? Wie würde es bei mir weitergehen? Ich war wieder zurück nach Berlin gegangen, wo ich in meiner Wohnung, meine neue Freiheit genießen wollte.

Ich wollte nichts, von meinen bisherigen Leben mehr wissen. Ich hatte in Berlin mehr als ich brauchte. Hatte hier wirklich niemand, der mich erkennen konnte. Niemand, der mich nervte! Weit weg von meiner Mutter. Entfloh ich meiner Vergangen, bildete mir ein neues Ich, in einer Stadt, die mich auf Neues kennen lernen konnte.

War es doch dass, was die Menschen so sehnten, wenn sie in eine neue Stadt gingen. Ein Moment der gesellschaftlichen Wiedergeburt. Gerieben von der Vergangenheit, von der ich nichts mehr hören wollte. So sehr meine Mutter mich in meiner Kindheit an der Hand geführt hatte, so tief saß nun in mir der Hass

Ich hatte gerade die Wohnungstüre hinter mir zugeschlagen, da klingelte in meiner Wohnung das Telefon, von was ich mich nicht gerade aus der Ruhe bringen ließ. Aber, was soll die Scheiße, die Zeiten sind nun vorbei - Endgültig! Aber würde das auch Noah verstehen!

So viel Zeit auch in den letzten Wochen vergangen waren, konnte ich mich nicht von dem Gedanken befreien, der mich so in die Ecke drückte. Aber was sollte ich machen? Es war schon richtig von mir gewesen, ihm den Rücken zuzudrehen. Aber hatten wir beide nicht die gleiche Vergangenheit - das gleiche Schicksal erwischt – konnten wir nicht einfach getrennte Wege gehen?

So oft ich auch das Treppenhaus schon benutzt hatte, war es für mich immer wieder etwas Neues gewesen, unbeschadet hindurch zukommen. Was für Frau Maier, meine Nachbarin, die eine Etage unter mir wohnte, schon eher mit einem gewissen Humor hinnahm.

„Guten Morgen, Frau Maier!" begrüßte ich sie, wie jeden Tag. Und sie erkundigte sich, wie jeden Tag, ob ich zur Uni ging.

„Nein, Frau Maier, es sind doch gerade Semesterferien!" und schon setzte meinen Weg fort, wollte ich doch nur auf den Schnellsten Weg an ihr vorbei, und somit mir eins ihrer Vergangenheitsgespräche ersparen. Denn dieser Frau gegenüber, hatte ich nichts zu erzählen. Zu groß war die Angst in mir, es könnte mir das falsche Wort über die Lippen springen.

So schwer, wie es mir auch diesmal wieder fiel, ließ ich Frau Maier links liegen, so wie ich es in den letzten Tagen getan hatte. Ich war wirklich nicht sonderbar in der Lage neue Menschen kennen zu lernen. So oft auch mir auch die Uni die Gelegenheit dafür gab. Aber ich hatte mich dort für einen ganz anderen Grund eingeschrieben! Daher war ich recht froh, als ich über einen kurzen Umsteiger, am Sammelbahnhof Alexanderplatz, kurze Zeit später an der Station Tiergarten, nach wenigen Metern zu fuß, mich im sicheren gefühlten Tiergarten befand, wo zu meinen Glück bei diesem Schneebefallendem Winterwetter nicht all so viel los war. War doch der Schneefall in den letzten Tagen einfach so heftig gewesen, dass der Räumungsdienst schon mit den Straßen dieser Stadt seine Probleme hatte.

So ging ich durch den tiefen Schnee, der so hoch war, dass ich recht mühe hatte, die Spuren des Wegesrandes zu folgen. Was für mich eher keine Qual war, sondern eher wie eine Erlösung klang.

Das Kniester des Schnees, was mich zu Kind werden ließ.

Was gab es wirklich schöneres für mich, als diese Geräusch unter mich spüren zu hören. Was für mich schon wie eine Sucht aufgebaut hatte. Von was ich nicht genug bekommen konnte. Was mich jeden Tag immer und immer wieder aus meiner Wohnung trieb. Was mir den Kontakt zur Außenwelt ermöglichte, hatte ich doch wirklich von jeden, mehr als nur die Schnauze voll. Sah ich doch meinen Aufenthalt hier in Berlin, alleine für mein Studium im Jura, zum wichtigsten Punkt, was mich hier noch hielt. Sah ich es doch, als ein Mittel, um dem Treiben meiner Mutter entgegenzusetzen.

Es dauerte lange, als ich mich durch den gesamten Tiergarten, bis hin zum Reichstag durchgeschlagen hatte, der zwischen Brandenburger Tor und Bundeskanzleramt lag, der auch bei diesem kalten Winterwetter eine Menge von Besucher anzog, die sich in einer langen Besucherwarteschlange vor dem Reichstagsgebäude zusammengefunden hatten. Was mich eher unbeeindruckt ließ. Ich hatte mittlerweile verstanden, wie dieser Laden von ihnen lief. Daher ging ich meinen Weg weiter.

Von dem allen unbeeindruckt, ließ ich gerade mal einen Blick zu dem hinterem Teil des Gebäudes schweifen, wo sich einen große Anzahl von Luxuslimousinen geparkt waren. Ein Anzeichen, dass im Reichstag wieder getagt wurde. Doch plötzlich, gerade, als ich unbeschadet meinen Weg weiter fortsetzen wollte, sah ich plötzlich meine Mutter, aus eins der Autos aussteigen.

Sie hatte also ihr Ziel erreicht! Sie war in den Kreis derer eingetreten, die für ihre Welt das entscheidenden Blatt der Macht in den Händen hielt.

Wie angewurzelt blieb ich auf der Stelle stehen. Konnte es – wollte es einfach nicht verstehen, dass ich der Spielball für das Match meiner Mutter war. Ich, der aus ihrem Leib ich kam. Sie, der mich doch immer so wichtig erschien ließ? Hatte ich mich da vielleicht geirrt? Musste ich wirklich verstehen, dass das Spiel der Macht wirklich keine Spielregeln hatte.

Noah

Es war noch nicht einmal sechs Monate her, als ich im Waldrand stehend meine Reise enden ließ. Wusste ich doch nur so gut, dass ich leider die letzten Meter meiner Reise zu fuß bestreiten musste. Denn so schön mir auch der Porsche von Jasmins Mutter auch gefiel, sah ich ihn nun vor mir lichterloh brennen. In all seiner Bracht, viel es mir nicht schwer, all meinen Kummer für mich zu behalten. Aber, dass war nun mal der Lohn, der Gerechtigkeit. Der Lohn, der Freiheit, den ich nun mal zahlen musste. Aber war das wirklich der Preis – der Wohlstand, für den die Freiheit stand?

So sehr mit dieses Feuer in der Abenddämmerung genossen hatte, schmiss ich gerade noch den leeren Benzinkanister, den ich zuvor aus den Kofferraum geholt hatte, ins loderte Feuer, und ging meinen Weg fort, wusste ich doch nur so gut, dass ich noch einen langen Weg vor mir hatte.

„Noah!" begrüßte mich lautstark Lisa an ihre Wohnungstüre in Köln, wo mein bereits neues Zuhause war. Denn wo konnte ich mich jetzt noch blicken lassen?

War Saarbrücken noch so etwas für mich, wie eine Heimatstadt? Was nach meiner Erfahrung, nur noch für mich eine fremde Stadt für mich war, in der ich mich nicht mehr wohl fühlen konnte – einfach nicht mehr wollte. So sehr saß dort der Hass auf meinen Vater, dass die Angst ihm dort über den Weg zulaufen, einfach zu groß war.

Euphorisch, so als hätte ich mich nie von Lisa getrennt, sie mich in ihre Arme nahm. Warmherzig. Voller Liebe spürte ich meine Spannung steigen. Wie dumm musste ich gewesen sein, dass sie alleine ließ? Wie sehr war ich über Lisas Verhalten erstaunt, dass sie mir dies verzieh. Fragen, über Fragen, über die ich nicht mehr nachdenken wollte. So sehr war der Hunger, unsere Seite, dass wir uns nur noch liebten! Uns sehnsüchtig nur noch küssten. Wir uns gemeinsam nur noch spürten. Sehnsüchtig nackt. Verschmäht. Drank ich ihr in ein. Hörte Lisa auftönig aufschreien. Mit all ihrer Lust, spürte ich ihren Körper zittern. Unbegreiflich. Unerklärlich. Spürte ich kein Gefühl in mir hochkommen. Konnte nicht genießen, was ich da verspare. Konnte nicht ertönen, was ich da bekam. Ausgenutzt in meinen Gefühlen, kam ich mir so vor, als ginge es hier nur um ein Spiel.

Ausgenutzt, verspürte ich in meiner Welt, konnte ich es nicht glauben, dass ich nun mit Lisa alleine war. Lag es an dem Druckfreien leben von Jasmins Bruder. Der zu seiner Freundin nach Berlin gezogen war. Ich wusste es nicht. Ich konnte es mir nicht erklären. Was war dass? Was ging ihn mir vor? Was suchte ich? War die Normalität, wirklich so weit von mir entfernt?

Jasmin

Als ich späten wieder zuhause war, viel es mir schwer zu glauben, dass ich den weiteren Abend ohne weitere terroristische Klingelanrufe verbringen konnte.

Kein Klingeln – absolut kein Gebimmel, das mir den Schlaf nahm. Der ich nach solch einen Tag wirklich mehr, als nötig war. Ging mir doch dieses kalte Winterklima sosehr an mein Gemüht, dass aus dem Schlaf nicht mehr raus kam.

So tief schlafend ich in meinem Bett lag, konnte es nicht verstehen, dass ich aus meinen Schlaf wieder durch das läutende Telefon geschmissen wurde. Warum hatte ich das verdient? Fassungslos, starrte ich auf mein Telefon, was für mich schon die Achse des Bösen geworden war.

„Was willst du?" schrie ich noch halb im Schlaf verfallen in den Hörer. Konnte ich doch ein weiteres stillschweigend nicht hinnehmen. Denn so konnte es für die Zukunft wirklich nicht mehr weiter gehen. Hatte es Lisa nicht verstanden? Oder wollte sie es einfach nicht?

„Jasmin, verstehe doch, du bist in großer Gefahr!" jetzt ging es wieder los. Was wollte mir Lisa sagen? Was war der Inhalt ihrer Massage?

„Lisa...." Aber da sprach sie mir wieder ins Wort „Jasmin, du bist die Gefahr für die Bewegung".

„Welche Bewegung?" kam ich plötzlich ins stocken. Denn so dämlich ich Lisa in dieser Situation auch eingestuft hatte, musste ich mich noch an jenen Tag erinnern, wo Lisa mit Abend am Weiher sitzend, vor etwas warnen wollte, was ich erst im laufe der Zeit fürchten gelernt hatte. Also, warum sollte ich ihr jetzt nicht recht geben?

„Lisa, kläre mich bitte auf!" hakte ich nach, viel es ihr doch schwer, die Situation in die passende Worte zu finden. Da hörte ich schon ein schlagartiges Abdrücken der Telefonleitung, von der anderen Seite.

Noah

Den kalten Lauf der Pistole auf meiner Stirn spürend, hatte ich absolut keine Chance auf die Situation einzugehen. Lisa, niedergeschlagen lag sie in der Ecke. Alles ging so schnell – so schnell hatte, sich das Blatt gewendet. So sehr stieg die Angst in mir hoch. Was mir so nicht bewusst werden wollte. Was mir Angst machte? Was sollte ich tun? Wie sollte ich vorgehen? Hatte ich überhaupt eine Chance - eine Chance gegen Lisas Bruder, der seiner Schwester die Pistole unter das Kinn hielt.

Den Zug durchgespannt, drückte er unvermittelt ihr mit voller Kraft die Pistole hin. Nichts mehr war zusehen, von dem lieben Bruder, der sich so großartig immer um seine Schwester gekümmert hatte. Jetzt stand alleine der Schutz der Bewegung auf dem Spiel!

„Ich habe dir doch gesagt, du sollst ihn umlegen!" schrie Mathias in unvermittelbare Härter seiner Schwester ins Gesicht. „Auf dich konnte man sich noch nie verlassen!" fuhr er auch schon gleich fort. War doch der Hass auf Lisa so groß, dass er kein Ende mehr sah.

„Was wird hier gespielt?" schrie ich aus dem Entsetzen heraus. Wusste ich doch nicht, was ich wirklich sagen sollte. So sehr hatten die zwei anderen Typen mich auf den Boden gedrückt, dass ich mich nicht bewegen konnte. Wer waren sie? Hatte ich sie doch zuvor noch nie gesehen? War wirklich die Bewegung so groß!

„Hals maul!" schrie Mathias mich an, während die anderen zwei eher alles schweigenden hinnahmen. Sie hörte nur auf die Worte von Mathias, der für sie, in diesem Sprach. War ihnen überhaupt bewusst, dass sie hier mit meinen Leben spielten.

Ich hatte Angst! Sehr große Angst! Wie sollte das hier enden? Gab es für mich noch ein Ende? Was es das Ende.

Panik, brachte in mir aus! Sie beherrschte meine Körper - meinen Geist - meine Sinne - meine Gefühle! Nichts geschah, was ich noch lenken konnte. Nichts geschah, was ich dirigieren konnte.

Was ging in mir vor? Wie hilflos stand ich dem allem gegenüber?

„Du alte Schlampe, auf dich konnte man sich noch nie verlassen!" Wo war dieser liebeswerte Mathias, der sich immer so führsorglich um seine kleine Schwester sorgte.

„Was ist hier los?" Schrie ich den Raum, aber da sah ich schon im nächsten Moment Mathias zu Boden gehen.

Wie schnell trat Lisa mit solch einer Kraft gegen Mathias Kniescheibe, dass dieser mit voller Wucht auf dem Zimmerboden aufschlug, dass ihm seine Pistole aus der Hand flog, auf die sich Lisa, wie ein verrückte gleich stürzte.

Blitzartig versuchte einer meiner zwei Festhalter sie noch daran zu hintern, aber da viel auch schon ein Schuss. Und mit einem Schlag erstarrte alles! Niemand mehr bewegte sich! Und schon zuckte mein Angreifer zu Bode. Kein Mucks. Keine Bewegung. War er tot?

„Bleibt wo ihr seid, ich schieße…" stotterte eine Lisa daher, die mit wackliger Hand mit der Pistole irritierend durch den Raum fuchtelte.

„Lisa, mach kein Scheiß!" verzweifelt flehte ihr Bruder sie an, der es nicht glauben konnte, wie schlagartig sich das Blatt geändert hatte.

Rasch ließ man mich aus meinen Fängen frei. Wir standen alle da, und blickten wie gespannt auf eine überforderte Lisa, die es selbst nicht wusste, was sie in ihrer Panik richtig machen sollte.

„Noah, verschwinde!" schrie plötzlich Lisa auf. „Nein, Lisa lass ihn nicht gehen!" kochte plötzlich die Panik in Mathias auf. „Du darfst ihn nicht gehen lassen!" „Nein, Mathias, es ist vorbei, es ist alles vorbei, ich lasse mir nicht mehr von dir sagen, was ich machen soll!" hakte Lisa schlagartig nach.

„Lisa, ich bitte dich, er weis zu viel!"

„Nein, Mathias, es ist vorbei!"

„Lisa, bitte! Lass ihn nicht gehen."

„Nein, Mathias, ich mach bei eurem Spiel nicht mehr mit! Soll doch deine Freundin ihre Probleme selbst alleine…" da stürzte sich schon Mathias auf seine Schwester, und ein heftiger Kampf entwickelte sich. Eine Situation, die mein zweiter Angreifer zur Flucht ausnutzte.

Er merke ziemlich schnell, dass seine Person hier keine großartige Rolle mehr spielte. Und ich - ich stand immer noch wie versteinert da, und sah auf dem Fußboden, wo, wie verrückt, Lisa mit ihren Bruder sich um die Pistole rankte. Doch da löste sich auch schon der Schuss.

Lisa, sie lag reckungslos unter ihrem Bruder, der sich schweigend verharrt in den Blickfängen seiner Schwester suchte. Selbst nicht verstand, um was es hier ging. Versteinert vor ihr stand. Schweigend, völlig von der Situation überwältig, sie lange anstarrte.

„Was hast du getan!" sprach ich ihn verstört an, ging mir das dort alles ein wenig zu schnell.

„Noah, Noah!" keuchte eine Lisa auf, die große Kräfte aufbringen musste, um sich verständlich zu machen.

„Lisa!" Und schon beugte ich mich zu ihr nach unten.

„Noah, ich musste es tun. Bitte, verstehe doch, sie hatte mich einfach benutzt!"

„Lisa, es wird alles wieder gut!" flechte ich sie an, in all meinen Gefühlen. In all meinen Schmerz, der mir so mein Herz zerriss. „Noah, höre mir zu…." wusste doch Lisa genau, dass ihr nicht mehr all so viel Zeit bleiben würde.

„Sie wollen Jasmin, verstehst du? Sie wollen Jasmin ans Messer gehen."

„Aber warum?" viel es mir doch schwer zu glauben, was ich damit zutun hatte.

„Ihre Mutter ist für den Tot von Rebeccas Mutter verantwortlich!"

„Aber was hat Jasmin damit zutun?"

„Noah, verstehe doch…. Mona…. Mathias Freundin, sie wollte immer das Rebeccas Mutter so leidet, wie sie es getan hatte. Sie wollte ihr zeigen, wie hart es ist, wenn einen das genommen wird, was einem am meisten bedeutet!"

„Lisa, ihre Mutter, hat Jasmin doch nur ausgeliefert! Ihr war es doch im Endeffekt völlig egal, was mit Jasmin werden sollte. In ihrem Plan, war sie doch nie der Mittelpunkt….." versuchte ich mich zu endschuldigen. „Und was habe ich mit der ganze Sache zutun?" Fuhr ich gleich fort, kam doch jetzt Frage für Frage hoch.

„Du spieltest nie eine große Rolle in diesem Spiel. Du bist mehr per Zufall in diese ganze Sache hineingeraten. Noah, ich habe dich geliebt ich werde dich immer liebe… bitte verstehe mich, dass ich immer um dich gekämpft habe, nie wollte, dass dir etwas passiert! Aber ich konnte sie nicht aufhalten, niemand kann dieses System…." Lisa sackte in sich zusammen. Sie war tot! Und ihr Bruder, er wusste was passieren würde. Noch schnell versuchte ich mich nach ihm umzudrehen, aber er war schon fort und ich alleine…

Jasmin

Konnte ich Lisa Worte wirklich so ernst nehmen. Wie sehr ich mir in der letzten Nacht, so meine Gedanken machte, viel es mir schwer, ihre Worte nicht richtig ernst zunehmen. So schnell war ich nach ihrem Telefonanruf wieder eingeschlafen, dass ich mir am nächsten Morgen darüber einfach keine weiteren Gedanken mehr machen wollte.
Ich hatte noch nicht einmal meinen Frühstückskaffee aufgesetzt, da klingelte es auch schon bei mir an der an der Wohnungstüre.
Wer mag das jetzt sein? Meine Vermieterin? Ohne vorher durch den Türspion zuschauen, öffnete ich gleich die Türe.
„Mona! Was machst du denn hier?" ich war erstarrt über ihr plötzliches Auftreten, bat sie aber gleich in meine Wohnung hinein.
„Du weist doch, dass ich hier in Berlin eine Ausbildung zur Journalisten mache!" ja, dass wusste ich! Hatten wir beide doch wirklich keine Geheimnisse voreinander. Hatte wir doch in unserer Schulzeit solch ein Verhältnis aufgebaut, dass wir uns schon wie Schwester fühlen konnten.
Rasch setzte sie sich zu mir an den Küchentisch, und wir unterhielten uns wie in alten Zeiten. Unbefangen. Ohne jeglichen Druck, fühlte ich mich nur noch bei ihr wohl. Und so, verging die Zeit. Verschreckte drehte ich mich zur Wohnungstüre um, als es wenig Zeit später, erneute klingelte. Was war heute bei mir los? Ich wusste gar nicht, dass zur Party eingeladen hatte!
„Mathias?" mit ihm hatte ich wirklich am wenigsten gerechnet. Regelrecht geschockt starrte ich ihn an. Wusste ich doch mit seinem plötzlichen Erscheinen gar nichts anzufangen. Missmutig hakte ich nach: „Was willst du hier?" „Das Spiel ist vorbei!" „Was ist vorbei?" hakte ich gespenstig nach. Verstand ich doch nur Bahnhof. „Mona, dass spiel ist vorbei!" wiederholte sich Mathias. Verschreckt, drehte ich mich zu Mona um, die in unmittelbaren Abstand hinter mir stand. Was ich nicht glauben – einfach nicht verstehen konnte, wie Mona mit versteinerter Hand, ohne jeglichen Anzeichen von Gefühlen die Pistole auf mich gerichtet hatte.
Was hatte ich ihr angetan, dass sie mir dies antun wollte?
„Mona, was soll dass!"
„Was das soll? Hat dir das nicht deine Mutter gesagt?" klärte mich mit versteinerten Blick Mona auf.
„Wie – was soll mir meine Mutter gesagt haben!"
„Wie blöde hältst du mich!" schrie sie mich an.
„Mona, sie hat von nichts eine Ahnung!" schrie plötzlich Mathias in den Raum.
„Das glaubst du doch wirklich nicht!" erwiderte da sie in einem zunehmenden verharrten Ton.
„Was ist hier überhaupt los!" schrie ich mit zunehmender Verzweifelung in den Raum. Kam ich mir doch so vor, als wäre ich in einem schlechten Film.
„Mona, es ist aus, lass uns das Spiel zu ende sein!" erwiderte ihr ein mehr endfremder Mathias, der sie zunehmenden mit anderem Auge betrachtete.
„Nichts! Absolut niemand kann mich aufhalten…. Niemand.. absolut Niemand!" schrie sie Mathias an, den sie doch so liebte. Der doch ihr Freund war!
„Mona…." Aber da fiel auch schon Schuss, der Mathias mit tödlicher Wirkung ins Herz traf. Mit keinem Schrei – mit keinem Mucks – mit ohne jegliche Art von Regung, landete der leblose Körper

am Boden. Mit all seiner Hoffnung, mit aller seiner Liebe - war es vorbei – hier und jetzt – ohne Reckung verabschiedete sich Mona von ihrem Freund, der ihr doch so vertraut hatte.

„Mona…" „Hals Maul!" fuhr Mona mir ins Wort. Das sollte meine Freundin gewesen sein, der ich so vertraut hatte. Die mich so benutzt hatte. Aber da hörte ich schon den Schuss. Von Schicksaal getroffen, schloss ich reflexartig meine Augen, bereit mein Schicksal entgegenzunehmen.

Noah

„Lisa, Lisa!" versuchte ich sie völlig verzweifelt wachzurütteln, kam es mir doch alles so fremd vor. So irreal! Was ich so noch nie erlebt hatte - was ich so nie beschreiben konnte. Aber so tief der Schock in meinen Gliedern saß. So wahr war das, was geschehen war. So deutlich schnell, wurde mir klar, dass ich hier nichts mehr zusuchen hatte. So laut war der Schuss durch das Gebäude gedrungen, dass ich mit dem plötzlichen Erscheinen der Polizei jederzeit rechnen musste. So rannte ich, so schnell wie ich nur konnte, durch das Treppenhaus, hinaus aus dem Gebäude. Nur weg von hier!

Ich war gerade eine Straßenecke weiter, da hörte ich auch schon das Quizchen der heranrasten Polizeiautos, die mit heulenden Sirene ankamen. Was ich nicht wollte! Wie sehr vermisste ich jetzt schon Lisa, die mir doch alles bedeutete. Die mir so hart und ungemeldet genommen wurde. Mein Herz verspürte die Angst, der Sehnsucht. Mein Verstand sehnte sich nach Rache, wie noch nie zuvor. Schnell besorgte ich mir ein Auto, das ich mir auf dem nächsten freien Parkplatz klaute. Und fuhr im nächsten Moment auf der Autobahn, wusste ich doch zu genau, dass ich das Ziel vor Mathias erreichen musste. So drückte ich mehr um mehr das Gaspedal durch. Verschwendete an keinem Kilometer nur eine Sekunde. Nahm wirklich kein Straßenschild für wahr. Ich musste mich beeilen! Ich musste meine Zeit einhalten. So fuhr ich immer schneller, die Nacht durch. Und am Ziel gerade gestoppt sah ich auch schon Mathias ins Haus rennen. Er hatte es geschafft. Er war schneller! Wie konnte das sein? Wie konnte das passieren? Gab es da noch eine Hoffnung?

Den Wagen in der nächsten Ecke schnell abgestellt, rannte ich den Spuren Mathias hinterher, hatte ich mich doch mit der Situation noch nicht abgefunden. Aber gerade hatte ich das letzte Stockwerk erreicht, sah ich schon Mathias an der Wohnungseingangstüre blutverschmiert vor mir liegen und ich nur noch schießen konnte.

Jasmin

War ich tot! Fühlte sich so das Paradies an? Vorsichtig öffnete ich meine Augen. Verstarrt sah ich in eine über eine daher liegende Mona, die mit einem tödlichen Schuss vor mir lag, ins Noahs Gesicht. Sollten wir uns so wirklich wieder sehen! War das der Zeitpunkt, wo wir beide gemeinsam durch das Ziel unserer Reise schreiten sollten? War dies meine Bestimmung?

„Noah, was soll dass?" ich konnte es nicht glauben. Ich wollte es einfach nicht verstehen, wie sehr – so unberührt Noah mit seiner Pistole herumspielte. Ohne dabei nur ein Wort zu verlieren, starrte er mich völlig entfremdet an. „Noah – was machst du?" sprach ich in völliger Panik. Weil ich es nicht glaube konnte – wollte es einfach nicht verstehen, warum er die Pistole auf mich gerichtet hatte. Sollte es das gewesen sein - war das der Hass der Generation, der uns so zum Rausch bewegte? War ich wirklich *„Der Lockvogel"*!

Danksagung

Eine Danksagung hat meines Erachtens schon den Charakter, der Nachwelt ein paar letzte Worte mitzuteilen bevor man auf dem Elektrischen Stuhl sein Schicksal erleidet. Aber bei einem Menschen, wie ich, geschehen Erfahrungen über Ereignisse, die mich immer wieder auf neue überraschen. Menschen, die mir laufe der Zeit sehr wichtig geworden sind, und die mich in meiner Welt des Schreiben so sehr in meine Welt gewachsen sind, dass ich sie mit nichts mehr missen möchte. Dir Patrick, bei all unserem kreativen Handeln, die mir immer wieder den entscheidenden Anstoß, zu dieser Geschichte geben habe. Und nicht zu vergessen möchte dir Johannes, für unseres gemeinsames Gespräch in der Bahnhofstraße danken, das mir für immer in bleibender Erinnerung bleiben wird. Ganz und gar nicht käme ich auf die Idee, hier die zwei durch geknalltesten Menschen zu danken, die mir in meinen Leben über den Weg gelaufen sind, und ich mit stolz behaupten kann, mit euch immer wieder aufs Neue die Welt zu entdecken. Aber jetzt mal genug, der vielen warmen Worte. Aber ich denke, Tarek und Mathias – ihr wisst schon sehr genau, was ich meine! Und so ist meine Danksargung für erste Mal hier beendet. Gehört es doch nicht gerade zu den Eigenschaften von mir, stets die Türe immer offen zu halten. Und so schöner ist es hier noch mal für mich, in einem letzten Satz jenen Menschen liebevoll zu danken, die mich in meiner Begeisterung verstanden haben, wieder ein neues Buch zu schreiben!

Zum Autor

Geboren am 28.06.1977 erblickte Holger Schnitker, das Licht der Welt, als zweiter und jüngster Sohn, in Saarbrücken. Seine Kindheit, prägte von seiner Legasthenie, die ihn in seiner Schulzeit mehr um mehr zum Sonderling abstempelte.

Mit elf kam nach einem langen Rechtsstreit, aufgrund seiner Behinderung, mit dem Saarländischen Kulturministerium, auf das Postey Sankt Josef Internat, nach Rheinland Pfalz. Wo er seine ersten Schreibversuche startete. Die am Anfang eher mit viel Lachen zu Kenntnis genommen wurde. Und erst im laufe der Zeit, eher durch Zufall, entdecke seine damalige Erzieherin seine Begeisterung zum Schreiben. Sie half ihm dabei seine Legasthenie zu kontrollieren. Und ihm zu der Möglichkeit verhalf, ein Teil seiner Geschichte in Trierer Volksfreund zu veröffentlichen.

Mit sechzehn beendet er nach der dreizehnten Klasse seiner Schulzeit, und begann eine Ausbildung zum Einzelhandelskaufmann, und studierte anschließend mit Auszeichnung Betriebswirtschaft.

Gründete mit sechsundzwanzig das Autorforum www.schreibtischtaeter.com, indem er sein ersten Roman „Pascal" vorstellte.